Corre, Rose, corre

DOLLY PARTON
Y
JAMES PATTERSON
Corre, Rose, corre

Traducido del inglés por Ana Belén Fletes

Título original: *Run, Rose, Run*

Diseño de colección: Estudio Sandra Dios

Copyright de todas las canciones: © Song-A-Billy Music 2021

Esta edición ha sido publicada mediante acuerdo con Kaplan / DeFiore Rights a través de The Foreign Office

PAPEL DE FIBRA
CERTIFICADA

ISBN: 978-84-18945-20-5

Depósito legal: M. 3.151-2022

Printed in Spain

Prólogo

En el espejo de estilo Luis XVI del dormitorio de la suite 409 del hotel Aquitaine se reflejó un instante una mujer delgada de finos rasgos, grandes ojos azules, los puños apretados y el pelo oscuro suelto, ondeando tras de sí mientras corría.

Acto seguido, AnnieLee Keyes desapareció del espejo corriendo con los pies descalzos y entró en el salón de la suite. Esquivó la moldura de madera dorada del canapé y lanzó el cojín hacia atrás. Una lámpara golpeó ruidosamente el suelo al caer a su paso. Saltó por encima de la mesa de centro, con su ordenada pila de revistas *Las Vegas* y una bandeja de trufas de Debauve & Gallais, obsequio del hotel, con el nombre escrito con ganache de chocolate recubierto de diminutas motas de oro comestible. No las había probado siquiera.

Tocó con el pie el ramo de rosas Julieta y volcó el jarrón, desperdigando las flores por toda la alfombra.

El balcón estaba ya a su alcance, con las puertas abiertas al sol de la mañana. Salió y sintió el puñetazo de calor en la cara. Se subió a la *chaise longue,* pasó la pierna derecha por encima de la barandilla, se apoyó y subió el resto del cuerpo.

Haciendo equilibrio sobre la delgada barandilla entre el hotel y el cielo, vaciló un instante. El corazón le latía tan fuerte que le costaba respirar. La adrenalina se le agolpaba en todas las terminaciones nerviosas del cuerpo.

«No puedo —pensó—, no puedo hacerlo.»

Pero tenía que hacerlo. Se aferró una décima de segundo más antes de reunir las fuerzas para soltarse. Pronunció una plegaria desesperada en el último momento. Y se lanzó al vacío. El sol brillaba, pero la vista se le nubló y se convirtió en un túnel. Solo veía lo que había abajo: rostros que la miraban con la boca abierta y gritando, aunque no era capaz de oírlos porque su propio grito lo impedía.

El tiempo se ralentizó. Extendió los brazos como si volara.

¿Y acaso no era lo mismo volar y caer?

«Tal vez —pensó—, excepto por el aterrizaje.»

Cada milésima de segundo se alargó como si fuera una hora; medir el tiempo era lo único que podía hacer ya en ese mundo. Había tenido una vida muy difícil, pero se había aferrado a ella con avidez, tratando de ascender para terminar arrojándose al vacío. No quería morir, pero iba a hacerlo.

AnnieLee se giró en el aire tratando de protegerse de lo que se le venía encima. Tratando de apuntar hacia lo único que podía salvarla.

Once meses antes

Capítulo 1

AnnieLee llevaba una hora de pie al borde del camino esperando a que alguien la dejara subir en su coche cuando empezó a llover en serio.

«Era de esperar —pensó mientras sacaba de la mochila un poncho de plástico de esos que venden en las gasolineras—. Siempre pasa.»

Se lo puso encima de la chaqueta y se cubrió la cabeza mojada con la capucha. Empezó a soplar el viento y unos goterones de agua enormes resonaban con un golpeteo rítmico contra el plástico malo. Pero nada de eso le arrancó la sonrisa optimista de la cara mientras golpeaba el suelo de gravilla del arcén con el pie al son de una canción nueva que se le estaba ocurriendo.

Is it easy?, cantó para sí.

No it ain't
Can I fix it?
No I cain't

Llevaba escribiendo canciones desde que aprendió a hablar y creando melodías desde antes incluso. Para AnnieLee Keyes era imposible oír la llamada de un zorzal, el plic, plic, plic de un grifo que perdía agua o el rítmico ruido sordo de un tren de mercancías y no convertir cualquiera de ellos en una melodía.

«Las chicas locas hallan música en todas partes», le había dicho siempre su madre hasta el día que murió. Y la canción que se le estaba ocurriendo en ese momento le dio algo en lo que pensar aparte de en los coches que pasaban zumbando y en sus ocupantes, secos y cómodos en el interior, que ni siquiera disminuían la velocidad para mirarla.

Y no podía culparlos; ella tampoco pararía para recogerla, y menos con el día que hacía, seguro que parecía una zarigüeya ahogada.

Cuando vio el coche ranchera blanco que se acercaba, como poco, a treinta kilómetros por hora por debajo del límite de velocidad, cruzó los dedos para que fuera un amable abuelo dispuesto a llevarla. Había rechazado la ayuda de dos conductores pensando que tendría donde elegir, primero la de una señora que fumaba un pitillo detrás de otro y viajaba con dos rottweilers que gruñían y mostraban los dientes en el asiento trasero, y después la de un chaval que parecía que iba puesto hasta las cejas.

Era para darse de tortas por ser tan tiquismiquis. Con cualquiera de los dos habría avanzado unos cuantos kilómetros, oliendo a un tipo de humo u otro.

La ranchera blanca estaba a menos de cincuenta metros, veinticinco, y, cuando llegó a su altura, saludó con la mano al conductor amigablemente, como si fuera una celebridad en mitad del arcén de la autovía de Crosby en

12

vez de una don nadie medio desesperada que llevaba todas sus posesiones en una mochila.

El viejo Buick se le acercó por el carril de los vehículos lento y AnnieLee se puso a gesticular como una loca. Pero lo mismo habría dado que se hubiera puesto a hacer el pino y le hubieran salido arcoíris de las botas. El vehículo pasó de largo y fue disminuyendo de tamaño conforme se alejaba. Se puso a patalear como una cría, salpicándose de barro.

Is it easy? —canturreó de nuevo.
No it ain't
Can I fix it?
No I cain't
But I sure ain't gonna take it lyin' down

Era pegadiza, desde luego, y AnnieLee deseó por enésima vez tener consigo su amada guitarra. Pero, para empezar, no le cabía en la mochila, y además estaba colgada en la pared de la casa de empeños de Jeb.

Si algo deseaba (aparte de salir por patas de Texas), era que quien comprase a Maybelle cuidara bien de ella.

Las luces del centro de Houston que se veían a lo lejos estaban borrosas y pestañeó para apartar las gotas de lluvia de los ojos. Si empezaba a pensar otra vez en la vida que había llevado allí, seguro que dejaría de desear que un coche se detuviera y echaría a correr.

A esas alturas llovía como no había visto llover desde hacía años. Como si Dios hubiera recogido toda el agua de Buffalo Bayou para echársela por encima de la cabeza.

Estaba tiritando, le daban pinchazos de hambre en el estómago y de repente se sentía tan perdida y furiosa que le estaban entrando ganas de llorar. No tenía nada ni a nadie en el mundo; no tenía un duro, estaba sola y se estaba haciendo de noche.

Y ahí estaba otra vez esa dichosa melodía; le parecía oírla entre la lluvia. «Muy bien —pensó—, no es verdad que no tenga nada, tengo la música.»

Y ya no se puso a llorar. En vez de eso, se puso a cantar.

Will I make it?
Maybe so

Cerró los ojos y se imaginó subida a un escenario, cantando ante un público entregado.

Will I give up?
Oh no

Notaba cómo aguantaba la respiración su público invisible.

I'll be fightin' til I'm six feet underground

Tenía los ojos apretados y la cara levantada al cielo mientras la canción crecía en su interior. De pronto oyó el aullido de una bocina y dio un brinco del susto que se llevó.

Ya le estaba haciendo una peineta con cada mano al camión articulado que acababa de pasar cuando vio que se encendían las luces de freno.

Capítulo 2

¿Existiría un color más bonito en el mundo? AnnieLee podría escribirle una jodida oda al deslumbrante rojo de aquellas luces de freno.

La puerta del copiloto de la cabina se abrió mientras se acercaba corriendo al camión. Se secó la lluvia de los ojos y miró a su rescatador. Era un hombre con el pelo canoso y algo de barriga, de unos cincuenta años más o menos, que le sonreía desde su metro ochenta largo de estatura. La saludó inclinando un poco su gorra de béisbol como un caballero rural.

—Sube antes de que te ahogues ahí fuera —le gritó.

Una ráfaga de viento agitó la lluvia lateralmente y sin pensárselo más AnnieLee buscó el agarradero de la puerta y subió al asiento, salpicándolo todo de agua.

—Gracias —contestó ella con la respiración entrecortada—. Ya creía que tendría que pasar la noche al raso.

—Pues habría sido una noche dura —dijo él—. Menos mal que he pasado por aquí. A mucha gente no le gusta parar. ¿Adónde vas?

—Al este —dijo ella, quitándose primero el poncho chorreante y la pesada mochila a continuación. El dolor de hombros la estaba matando. Y ahora que lo pensaba, el dolor de pies también.

—Me llamo Eddie —dijo el camionero extendiéndole la mano.

—Yo soy… Ann —contestó ella estrechándosela.

El hombre le retuvo los dedos un momento antes de soltarlos.

—Un placer conocerte, Ann.

Metió la marcha, miró hacia atrás y se incorporó de nuevo a la vía.

El hombre no dijo nada durante un rato, y a AnnieLee le pareció perfecto, pero en un momento dado lo oyó carraspear por encima del ruido del motor y la carretera.

—Me estás empapando el asiento.

—Lo siento.

—Toma, puedes secarte la cara al menos —dijo él tirándole una bandana roja sobre el regazo—. No te preocupes, está limpia —añadió al ver su vacilación—. Mi mujer me plancha un par de docenas cada vez que salgo.

Más tranquila al oír que tenía mujer, AnnieLee se secó las mejillas con el suave pañuelo. Olía a suavizante. Cuando terminó de secarse la cara y el cuello, no sabía muy bien si devolvérselo o no, así que hizo un gurruño y se lo guardó en la mano.

—¿Haces autostop con frecuencia? —preguntó Eddie. Ella se encogió de hombros, porque no le parecía que fuera asunto suyo.

—Mira, apuesto a que llevo conduciendo más años de los que tú tienes ahora, y he visto muchas cosas. Cosas feas. Uno no sabe en quién puede confiar.

Nada más decirlo, AnnieLee vio que alargaba la manaza hacia ella y dio un respingo. Eddie se rio.

—Relájate. Solo voy a subir la calefacción. —Giró el botón y un chorro de aire caliente le dio de lleno en la cara—. Yo soy de los buenos —continuó—; marido, padre, verja de madera pintada de blanco y toda la pesca. Joder, si hasta tengo uno de esos caniches. Aunque también te digo que fue cosa de mi mujer. Yo quería un pastor ganadero australiano.

—¿Cuántos años tienen tus hijos? —preguntó AnnieLee.

—Catorce y doce —dijo él—. Dos chicos. Uno juega al fútbol americano y el otro al ajedrez. Quién me lo iba a decir. —Le alargó un termo bastante machacado—. Toma café si quieres. Pero ten cuidado, porque quema como si saliera del mismo infierno.

Ella le dio las gracias, pero estaba demasiado cansada para tomar café. Demasiado cansada para hablar. Ni siquiera le había preguntado hacia dónde se dirigía, aunque tampoco le importaba demasiado. Iba en la cabina seca y confortable de un camión, dejando atrás el pasado a ciento diez kilómetros por hora. Arrugó el poncho para hacerse una almohada e inclinó la cabeza contra la ventanilla. A lo mejor todo salía bien al final.

Debió de quedarse dormida, porque, cuando abrió los ojos, vio un cartel que decía LAFAYETTE, LUISIANA. Los faros del camión se abrían paso a través de la intensa lluvia. Kenny Chesney sonaba en la radio. Y tenía la mano del camionero encima del muslo.

17

Se quedó mirando los grandes nudillos mientras su mente salía de la neblina del sueño. Y luego giró la cara hacia él.

—Creo que será mejor que me quites la mano de encima.

—Me preguntaba cuánto tiempo ibas a seguir durmiendo —dijo él—. Empezaba a sentirme solo.

Intentó apartarle la mano, pero él apretó más.

—Relájate —dijo él clavándole los dedos en el muslo—. ¿Por qué no te acercas un poco, Ann? Podemos pasar un buen rato.

AnnieLee apretó los dientes.

—Si no me quitas la mano de la pierna, lo lamentarás.

—Madre mía, eres una preciosidad. Relájate y deja que te haga lo que me gusta. —Le subió la mano por el muslo—. Estamos los dos solos aquí.

AnnieLee sentía que se le iba a salir el corazón por la boca, pero no levantó la voz.

—Es mejor que no lo hagas.

—Ya te digo yo que sí.

—Te lo advierto —insistió ella.

Eddie soltó una risilla burlona.

—¿Y qué vas a hacer, guapa? ¿Gritar?

—No —respondió ella metiendo la mano en el bolsillo de la chaqueta, de la que sacó una pistola. Y lo apuntó con ella en el pecho—. Voy a hacer esto.

El hombre retiró la mano tan deprisa que AnnieLee se habría reído de no ser por lo cabreada que estaba. Pero no tardó en recuperarse de la sorpresa y la miró entrecerrando los ojos con una expresión siniestra.

—Te apuesto cien pavos a que ni siquiera eres capaz de disparar esa cosa. Será mejor que apartes esa pistola antes de que te hagas daño.

—¿Que me haga daño yo? —dijo ella—. No es a mí a quien apunta el cañón, imbécil. Y ahora pídeme disculpas por haberme tocado.

Pero el hombre se había enfadado de verdad.

—¡No te tocaría ni con un palo, zorra flacucha! Seguro que no eres más que una pu…

AnnieLee apretó el gatillo y la cabina se llenó de ruido: primero el del disparo, seguido del grito del idiota del camionero.

El camión viró bruscamente y por detrás de ellos les llegó un bocinazo.

—Pero ¿qué coño haces, zorra vagabunda? ¿Estás loca o qué?

—Para en el arcén.

—No pienso par…

AnnieLee levantó el arma de nuevo.

—Que pares. No estoy de broma.

El hombre frenó entre tacos y se paró en el arcén.

—Bájate —le ordenó ella cuando el camión se detuvo por completo—. Deja las llaves puestas y el motor en marcha.

El tipo había empezado a balbucir y a suplicar, tratando de razonar con ella, pero AnnieLee no se molestó en escuchar ni una palabra.

—Que te bajes he dicho. ¡Venga!

Lo apuntó con la pistola y él abrió la puerta. Lloviendo como llovía, se empapó antes de pisar el suelo.

—Eres una loca, una idiota y asquerosa…

Ella levantó el arma y le apuntó a la boca, así que decidió cerrarla.

—Parece que hay un área de descanso a tres kilómetros —dijo ella—. Puedes darte un paseo y una ducha fría al mismo tiempo. So guarro.

Y cerró la puerta de golpe, pero notó que el hombre golpeaba la cabina mientras ella trataba de meter la marcha. Disparó por la ventana, y el tipo paró, lo que le dio tiempo a encontrar el embrague y el acelerador.

Lo siguiente que hizo fue coger la palanca de marchas. Puede que su padrastro hubiera sido el mayor gilipollas del mundo, pero le había enseñado a conducir un coche con marchas. Sabía cómo funcionaba el doble embrague y cómo tenían que sonar las revoluciones. Puede que las canciones no fueran lo único para lo que tenía un talento natural, porque no tardó mucho en sacar el camión del arcén dando tirones y en incorporarse a la autovía, mientras Eddie el camionero soltaba alaridos a su espalda.

«Estoy conduciendo —pensó con una sensación de vértigo—. ¡Estoy conduciendo!»

Tocó la bocina y aceleró hacia la oscuridad. De pronto empezó a cantar.

Driven to insanity, driven to the edge
Driven to the point of almost no return

Marcaba el ritmo golpeando el volante.

Driven, driven to be smarter

Driven to work harder
Driven to be better every day

Soltó una carcajada al pronunciar el último verso. Bueno, ya tendría tiempo de ser mejor al día siguiente, porque al día siguiente saldría de nuevo el sol, y al día siguiente no tenía intención de robar un camión articulado de dieciocho ruedas a punta de pistola.

Capítulo 3

Ruthanna no se quitaba el dichoso *lick*[1] de la cabeza. Un acorde descendente en clave de do mayor estirado como una goma elástica, que pedía a gritos letra, una línea de bajo, una canción en la que vivir. Tamborileó con las largas uñas sobre la mesa mientras revisaba el correo electrónico.

«Más tarde —dijo para sí o a la melodía, no sabría decirlo con seguridad—. Ya nos ocuparemos de ti cuando lleguen los chicos para ensayar.»

Eran las nueve de la mañana y ya había respondido a seis mensajes en los que solicitaban a Ruthanna Ryder, una de las grandes reinas de la música, que honrara con su regia presencia otros tantos eventos importantes de la industria discográfica.

No entendía por qué le costaba tanto a la gente pillar el mensaje: había jubilado la corona. Ruthanna no quería volver a ponerse tacones, pestañas postizas y una resplan-

---

[1] *Lick:* término que significa frase o fórmula melódica corta y que se utiliza especialmente en jazz, cuyos intérpretes pueden recurrir a un repertorio personal de *licks* al construir un solo. *(Diccionario Oxford de música,* Ediciones Omega.) (Todas las notas son de la traductora.)

deciente sonrisa sureña en el rostro. No iba a subirse a un escenario cegador a morirse de calor embutida en un ceñido vestido que le dejaba doloridas las costillas. No tenía ningún deseo de abrir su corazón en una melodía que hiciera que las lágrimas se agolparan en un millar de pares de ojos, incluidos los suyos. No, señor, ya le había dedicado bastante tiempo y se había terminado. Seguía escribiendo canciones (eso no podría dejar de hacerlo aunque lo intentara), pero si el mundo creía que iba a escucharlas, podía irse olvidando. Su música era solo para ella en ese momento.

Levantó la vista de la pantalla cuando Maya, su asistente, entró en la habitación con una bolsa de papel arrugada en una mano y el correo en la otra.

—Hoy sí que brilla el sol en esos discos de oro —dijo Maya.

Ruthanna suspiró.

—Venga, Maya, tú eres la única persona que se supone que no va a agobiarme con mi, abro comillas, carrera. Jack debe de haber llamado con otra de sus «oportunidades únicas en la vida».

Maya se rio, que era lo mismo que si hubiera dicho: «Puedes apostar tu blanco trasero a que sí».

Jack era el representante de Ruthanna, o, mejor, exrepresentante.

—Está bien. ¿Qué quiere de mí esta vez?

—No ha querido decírmelo aún. Solo ha dicho que no es lo que él quiere, sino que está pensando en lo que quieres tú.

Ruthanna resopló con delicadeza.

—Lo que yo quiero es que me dejen en paz. No entiendo por qué cree que sabe más que yo.

Cogió el móvil, que estaba sonando en ese momento, lo silenció y lo lanzó al sofá lleno de cosas que estaba al otro lado de la habitación.

Maya observaba la pequeña rabieta con serenidad.

—Dice que el mundo sigue teniendo hambre de tu voz, tus canciones.

—Bueno, quedarse con un poco de hambre nunca viene mal. —Dirigió una sonrisa traviesa a su asistente—. Aunque no creo que tú sepas lo que es quedarse con hambre.

Maya apoyó la mano en su generosa cadera.

—Lo dices porque tú no tienes ese problema.

Ruthanna soltó una carcajada.

—*Touché*. Pero ¿quién tiene la culpa por contratar a Louie, del sitio ese de las costillas, para que fuera mi chef personal? Podrías haber escogido a alguien que supiera hacer ensaladas.

—Podría, habría, debería —dijo Maya, soltando el montón de cartas en la bandeja del correo y tendiéndole la bolsa de papel a continuación—. Lo envía Jack.

—¿Qué es? ¿Magdalenas? Ya le he dicho que este mes no estoy comiendo hidratos de carbono —dijo Ruthanna.

Aunque Jack no se creía nada de lo que le decía últimamente. La última vez que habían hablado le había dicho que iba a empezar a dedicarse a la jardinería, a lo que él había respondido riéndose tanto que se le cayó el móvil dentro de la piscina. Cuando la llamó después desde el fijo, seguía teniendo la voz entrecortada por la risa. «Te imagino podando los rosales en el jardín tanto como cabalgando desnuda por Lower Broadway a lomos de un corcel plateado como la lady Godiva de Nashville», le había dicho.

La respuesta de ella de que no era época de podar los rosales no lo había convencido.

—No, señora, te aseguro que no son magdalenas.

—¿Has mirado lo que hay dentro?

—Me dijo que lo hiciera. Dijo que viéndolos me aseguraría de que abrirías la bolsa. Temía que, de no hacerlo así, la tiraras en cualquier papelera y que…, bueno, que sería desperdiciar algo tan brillante.

—Conque brillante, ¿eh? —dijo la otra con curiosidad.

Maya la miró negando con la cabeza, como diciendo «No sabes lo afortunada que eres». Pero como la encantadora Maya tenía un marido que le compraba flores todos los viernes y besaba el suelo que pisaba, podría decirse que ella sí que era una mujer considerablemente afortunada. Ruthanna, divorciada desde hacía siete años, solo recibía regalos de la gente que quería algo de ella.

Agarró la bolsa, desenrolló el borde superior, miró dentro y se encontró con un par de pendientes de diamantes tipo candelabro, cada uno tan largo como su dedo índice, uña postiza incluida, sueltos en el fondo de la bolsa, ni cajita de terciopelo ni nada.

—¡La madre de Dios! —exclamó Ruthanna.

—Lo sé, los he buscado en Google —dijo Maya—. Precio disponible a petición del cliente.

Ruthanna los levantó, de manera que captaron la luz del sol y devolvieron sendos arcoíris que se reflejaron sobre su mesa. Tenía muchos diamantes, pero aquellos eran espectaculares.

—Parecen los pendientes que le comprarías a una mujer florero.

—Corrijo —dijo Maya—. Parecen los pendientes que le comprarías a una mujer que te ha hecho ganar millones a medida que iba ascendiendo hasta la cima de la industria y abriéndose camino en el corazón de una gran parte de la población mundial.

El teléfono de la oficina sonó y Ruthanna dejó los pendientes en la bolsa de nuevo sin probárselos siquiera mientras le hacía un gesto a Maya para que respondiese ella.

—Residencia Ryder —contestó Maya con su cara de escuchar atentamente. Al cabo de un momento asintió con la cabeza—. Sí, Jack, le pasaré la información.

—No ha podido guardar su pequeño secreto, ¿verdad? —preguntó Ruthanna cuando su asistente colgó el teléfono.

—Dice que quieren concederte un grandísimo honor en los Premios de la Música Country, pero que tendrías que ir en persona —contestó Maya—. Y quería que te dijera que no deberías dejar pasar esta perfecta oportunidad de ponerte esos pendientes.

Ruthanna soltó otra carcajada. Jack era de lo que no había.

—Puede comprarme diamantes hasta que el infierno se derrita —dijo—. Estoy fuera del negocio.

Capítulo 4

La vieja camioneta F-150 de Ethan Blake cruzó las puertas de la verja de hierro forjado del amplio complejo residencial de Ruthanna en Belle Meade tosiendo y eructando. Menos mal que las cámaras de seguridad no grababan audio, porque daba vergüenza oír los ruidos que hacía aquella vieja Ford. Le hacía falta un sistema de escape nuevo y media docena de arreglos más, pero, hasta que no tuviera algo más que unos pocos miles de dólares en la cuenta, el mantenimiento automotor tendría que esperar.

Ethan detuvo el vehículo a la sombra de un inmenso roble y consultó la hora. Cuando vio que eran las 11:02, se bajó a toda prisa, tanto que estaba ya casi en la puerta cuando se dio cuenta de que se le había olvidado la guitarra. Cuando por fin llegó al porche de la cocina, pasaban cuatro minutos de la hora a la que debería haber llegado y tenía la camiseta blanca completamente sudada.

Giró el pomo, pero la puerta estaba cerrada con llave. Tras unos segundos, empezó a golpear el cristal. No había nadie. Se puso a lanzar todo tipo de imprecaciones a la hiedra que trepaba por los laterales de la mansión de estilo neogriego que su dueña llamaba «castillo» en broma y al final rodeó el edificio hasta la entrada principal y machacó el timbre como un poseso. Ruthanna iba a matarlo.

Por fin, Maya abrió la puerta.

—¿Puedo ayudarlo en algo? —preguntó mirándolo de arriba abajo como si fuera un vendedor de enciclopedias desconocido.

—Maya —dijo él exasperado—, he venido a grabar.

—Ajá, ya —dijo ella, pero sin apartarse para dejarlo entrar.

—Llego tarde, ya lo sé. Lo siento. No conseguía que Gladys se encendiera.

Maya abrió mucho los ojos oscuros.

—¡Te aseguro que no me interesa nada lo que hagas con tu vida! —exclamó.

Ethan se puso rojo como un tomate.

—Gladys es mi camioneta.

Maya se rio de su propio chiste y volvió a ponerse seria.

—Bueno, ya sabes dónde es, será mejor que te des prisa. Te está esperando ya sabes quién.

Agachó la cabeza en señal de agradecimiento, nervioso, y cruzó corriendo el vestíbulo de suelo de mármol, pasando por delante del soberbio salón que había a la izquierda. Ruthanna se referiría a él como «el salón de las visitas» o «la sala» o de alguna otra forma cursi, porque desde luego se parecía a una de esas estancias acordonadas de los museos. Tenía ventanas de cristal emplomado, inmensas y resplandecientes lámparas de araña y las paredes estaban decoradas con ramos de rosas inglesas que caían en cascada pintadas a mano. Era diez veces más grande que todo su apartamento.

Nunca le habían enseñado la mansión, ya que lo único que le interesaba a Ruthanna era que supiera dónde estaba el estudio de grabación del sótano, pero la casa tendría ochocientos metros cuadrados por lo menos. Una vez se había perdido por los pasillos. Pero en ese momento inspiró profundamente (percibía a Ruthanna hirviendo de impaciencia, esperando) y bajó corriendo las escaleras.

Aunque parecía que la mayor parte de la música actual se grababa y mezclaba con poco más que un MacBook y el software Pro Tools, la cantante era de la vieja escuela. Tenía una antigua mesa de mezclas analógica que había rescatado de no sé qué legendario estudio de Nashville y le gustaba que todos sus músicos tocaran juntos en vez de pasarse varios días separando las pistas de audio y haciendo retoques en el estudio. Ruthanna decía que le encantaba el sonido natural y sin pulir que obtenían cuando todos tocaban su parte correspondiente al mismo tiempo.

Ethan abrió la puerta de la sala de directo y vio que casi todos los de la banda estaban en su sitio: Melissa con su violín sujeto bajo el brazo, Elrodd sentado a la batería y Donna jugueteando un poco con el contrabajo vertical.

—Hola —saludó Ethan. No veía a Stan, lo que significaba, gracias a Dios, que no era el último en llegar. Aliviado, fue a posar su instrumento cuando Stan, guitarra solista, salió de la cabina insonorizada con su Stratocaster en la mano.

El músico miró a Ethan como diciendo: «Te vas a cagar, tío».

Ethan oyó la voz de Ruthanna a través del interfono.

—Sé que eres nuevo en el estudio, pero pensé que eras lo bastante profesional como para no hacer esperar a tus compañeros. ¿Es que no te enseñaron a ser puntual en el ejército, capitán Blake?

Se volvió hacia ella, que estaba en la sala de control con el ingeniero de sonido, detrás de un reluciente panel de cristal.

—Lo siento, Ruthanna. No he podido…

La cantante lo interrumpió con un gesto de la mano.

—Me importan un comino tus excusas —dijo—. ¿Crees que eres tan especial que puedes llegar cuando te dé la gana? Eres bastante mono, es verdad, tienes una bonita voz y en un día bueno podrías hacer una burda imitación de Vince Gill, pero Nashville está plagado de guitarristas con vaqueros ajustados y culo prieto que sí son puntuales.

Stan silbó por lo bajo. Estaba claro que se alegraba de no estar en el pellejo de Ethan. Y aunque este se puso como un tomate, no abrió el pico por una vez en su vida. No quería perder el trabajo. No podía permitírselo. Su curro a tiempo parcial en la barra de un karaoke de mala muerte no le llegaría para pagar el alquiler, y mucho menos para dar a Gladys el tratamiento que merecía.

—Yo jamás…

—Y que lo digas —lo interrumpió Ruthanna—. Y ahora saca tu guitarra y ponte a afinar.

Miró a Donna mientras hacía lo que le habían ordenado.

—¿Llevo los vaqueros demasiado ajustados? —susurró.

Pero ella se limitó a reírse.

Cuando terminó de afinar, tocó para calentar la canción que Ruthanna había escrito el día anterior, una insolente parodia de ciertos tipos dentro de la industria musical titulada *Snakes in the Grass*. Punteó la línea de bajo con el pulgar y el resto de la melodía con los demás dedos, al estilo de Chet Atkins, hasta que se dio cuenta de que Ruthanna había salido de la sala de control y estaba de pie justo a su lado.

—Señor Blake, te recuerdo que también tenemos bajista —dijo—, así que no creas que tienes que hacer el trabajo por ella.

Giró la cara y se encontró con los fieros ojos de la mujer. Ruthanna le doblaba la edad, pero seguía siendo hermosa. Tenía una sonrisa capaz de iluminar una sala de conciertos y una lengua más afilada que los colmillos de una serpiente. Ethan adoraba el suelo que pisaba y aún no podía creer lo afortunado que era por poder tocar con ella. Pero tampoco podía entender por qué aún no había publicado ninguno de sus temas nuevos.

—Lo siento, señora —dijo.

Ruthanna le dio un manotazo en el hombro.

—La palabra correcta es *jefa*.

Y con eso se giró sobre los talones y se dirigió al micrófono.

—Muy bien. ¡A tocar!

Capítulo 5

Debajo del chisporroteante cartel de neón en el que se leía CAT'S PAW SALOON, AnnieLee se alisó el pelo e inspiró profundamente.

—Puedes hacerlo —susurró—. A esto has venido.

No es que fuera un gran discurso motivador, pero suponía que tampoco era buena idea quedarse mucho rato hablando sola como una loca en mitad de la acera, así que tendría que conformarse con algo breve y conciso. Inspiró profundamente una vez más, abrió la puerta con determinación y entró.

Hacía fresco en el interior y estaba iluminado por la luz tenue de las guirnaldas de luces navideñas que decoraban el techo y las paredes. Al fondo, sobre el escenario, un hombre con un sombrero de vaquero grande de color negro tocaba una guitarra desvencijada y cantaba una canción de Willie Nelson con voz apagada y melancólica. A su derecha vio una larga barra de madera y, a su izquierda, una mujer con una camiseta que decía NO TE METAS CON TEXAS colocando las bolas en el triángulo sobre una mesa de billar de fieltro rojo. AnnieLee echó un vistazo al público, si es que podía llamarlo así, y decidió que la gente le parecía amable en general. Olía a cerveza y patatas fritas.

En otras palabras, el típico garito, un buen lugar para debutar en Nashville. Se dirigió a la barra y se sentó en un taburete sin hacer caso a las miradas de admiración que recibió.

El barman, un hombre de mediana edad con un bigote como un manillar, deslizó por la barra un posavasos de cartón.

—¿Qué puedo hacer por usted, señorita?

AnnieLee se tragó el miedo y le dirigió una sonrisa radiante como para iluminar un estadio.

—Puede dejarme subir a ese escenario cuando acabe ese tipo —dijo.

El barman resopló y le retiró el posavasos. Se agachó detrás de la barra y reapareció con un cuchillo en una mano y un limón gigante en la otra. AnnieLee lo miró cortar las rodajas que iba echando en el recipiente de los aderezos para las bebidas, al lado de una bandeja llena de guindas de color carmesí. No volvió a mirarla ni a dirigirle la palabra.

«¿Y ya está? ¿Ahora piensa hacer como si no estuviera aquí?»

Tamborileó con los dedos sobre la barra mientras miraba al cantante, que en ese momento estaba tocando los primeros acordes de un tema de Garth Brooks. Nadie parecía prestarle mucha atención. AnnieLee se preguntaba si se sentiría mal por no ser nada más que la música de fondo del local o si estar ahí arriba con una guitarra y un micrófono sería recompensa suficiente, porque si no lo estaba disfrutando lo suficiente, ella le cambiaría el sitio sin pensarlo.

Se retiró el pelo con un manotazo nervioso. Sabía que ella brillaría encima de aquel escenario, solo necesitaba que le dieran la oportunidad. Y Don Bigote tenía que ser el tipo que se la diera, porque le dolían tanto los pies que no podía dar un solo paso más.

Se volvió de nuevo hacia el barman, que había cambiado los limones por limas. Carraspeó, pero él siguió sin hacerle caso.

Vaciló un momento. Tenía las canciones, pero no se había preparado el rollo publicitario para acompañarlas.

«A ver —se dijo—, no has asaltado a ese camionero a punta de pistola para venir a Nashville y quedarte mirando a este tipo mientras corta una puta fruta, así que será mejor que abras esa bocaza y empieces a hablar.»

—Estoy segura de que todos los días viene por aquí gente que quiere cantar —le dijo al hombre—. Pero creo que yo tengo algo que te gustaría ver.

—¿Tus tetas? —dijo alguien con un susurro rasposo y obsceno justo detrás de ella.

AnnieLee se giró con el corazón a punto de salírsele por la boca y apretó los puños. El tipo, un viejo con las mejillas coloradas por la ginebra, retrocedió con cautela, aunque sin dejar de observarla con lascivia.

Cuando se dio cuenta de que no lo conocía, aflojó los puños.

—Cerdo.

—¿Solo un vistazo? —dijo él con tono suplicante.

Pero el barman lo había oído.

—Joder, Ray, ya vale —le gritó, sacudiéndolo con el paño de cocina—. Te han dicho que no. Vete a casa.

El tipo pestañeó con ojos de borracho.

—Pero Billy…

—No me hagas repetirlo, viejo asqueroso —dijo el barman.

Avergonzado de repente, el hombre miró a AnnieLee.

—Discúlpame —le dijo con una leve inclinación de cabeza y a continuación se fue dando tumbos hacia la puerta.

—Lo siento mucho —se disculpó Billy mirando al viejo. Llenó un vaso de agua y se lo ofreció.

AnnieLee se había quedado desconcertada, pero trató de que no se le notara. No era bueno mostrar vulnerabilidad.

—Estaba preparada para defenderme.

—Ya me he fijado. —Limpió la barra con pasadas enérgicas—. ¿Qué quieres tomar? Lo pondré en la cuenta de Ray. Te debe una.

—No quiero nada, gracias. —AnnieLee guardó silencio un momento mientras se infundía ánimo, tras lo cual se puso a hablar tan rápido que no le daba tiempo a respirar siquiera—. Mira, no puedo contarte cómo he llegado a Nashville sin incriminarme, y es una pena, porque es una buena historia, de verdad, pero sí puedo decirte por qué estoy aquí. Voy a triunfar como cantante o moriré en el intento. Me llamo AnnieLee Keyes, cumplí veinticinco la semana pasada y lo único que te pido es que me dejes subir ahí arriba a cantar. ¿Serás tú el que me dé esa primera oportunidad? Espero que sí. Y cuando sea famosa, le contaré a todo el mundo que todo se lo debo a Billy, el barman del Cat's Paw Saloon.

Él volvió a resoplar, pero esta vez con más suavidad.

—Como si necesitara más aspirantes a cantantes desesperados en mi bar. —La miró con los ojos entornados—. Aunque tú no pareces desesperada, para serte sincero.

—Eso es porque parezco ambiciosa. —Se inclinó hacia él como si fuera a contarle un secreto—. Y también parece que me he maquillado en el baño de un Popeyes. —Le tendió un esbelto brazo—. Lo digo en serio, me he maquillado en el baño de uno. Lo que hueles aquí es pura *eau* de pollo frito.

El barman se quedó mirándola un momento y de pronto soltó una carcajada.

—Eres graciosa. La música country es un negocio duro. A lo mejor tendrías que plantearte tu futuro en el mundo de la comedia.

—Sí, lo tengo en la lista de cosas por hacer antes de morir, justo después de subir al Kilimanjaro y ser contorsionista del Circo del Sol. Pero antes tengo que cumplir este sueño, porque es el primero de la lista. ¿Quieres seguir dándome palique o quieres oír lo que tengo preparado?

—¿Sabes cantar?

—Como si me llamara Melodía.

Billy no contestó rápidamente. Bajó una botella de whisky del estante y sirvió un chupito. Pero en vez de ponérselo a un cliente, se lo bebió él.

Ella lo miraba con el corazón en un puño. No podría seguir fingiendo seguridad en sí misma mucho más, pero tampoco podía dejar escapar aquella oportunidad.

—Está bien, mira —insistió más seria—. Lo he dicho en broma. Me dan igual las montañas y los circos. Lo único que quiero es cantar.

El barman echó el vaso en el fregadero lleno de agua con jabón.

—¿Tienes idea de cuánta gente pasa por aquí a la semana en tu misma situación?

—Un millón, seguro —reconoció ella—. Pero yo soy una entre un millón, no una de un millón. Esa es la gran diferencia.

El hombre frunció los labios en actitud pensativa.

—Bueno, acabo de echar a mi actuación de relleno.

—¿Ray? —preguntó ella con sorpresa.

—Ese hombre es mejor que Johnny Cash cuando está sobrio.

AnnieLee se irguió en el asiento.

—Supongo que es mi noche de suerte —dijo.

—Supongo que sí —convino Billy.

AnnieLee se mordió el labio.

—Una cosa más. ¿Tendrías por aquí una guitarra para prestarme?

Capítulo 6

Si se había puesto nerviosa tratando de convencer al barman de que le diera la oportunidad de cantar, no era nada comparado con lo que sintió mientras esperaba al fondo del bar a que llegara su turno de subir al escenario. Sentía una presión en el pecho tan grande por culpa de los nervios que pensó que estaba sufriendo un infarto.

«Inspira profundamente, niña. Esto no es el parque de bomberos», se dijo.

Acarició el borde de la foto de Emmylou Harris que había colgada en la pared y sacudió una mota de ceniza del marco de la foto de Ruthanna Ryder con la esperanza de que el espíritu de las grandes damas del country le diera fuerzas de alguna manera.

Recorrió la sala con la mirada tratando de respirar lenta y profundamente. Solo había unas cuantas docenas de personas en el bar y la mayoría ni siquiera levantarían la mirada de su cerveza cuando empezara a cantar. Entonces ¿por qué estaba tan nerviosa? Le sudaban las manos y tenía las mejillas calientes como una sartén.

A lo mejor era porque nunca más tendría una primera oportunidad. O tal vez porque estaba asustada y sola y necesitaba una señal de que no estaba cometiendo un error monumental.

El cantante del sombrero gigante y la baqueteada guitarra Martin se bajó del escenario con un aplauso tibio por parte del público. Pasó junto a ella camino de la barra.

—Buena suerte, chica —le dijo con voz ronca.

Le tocaba el turno de subir aquellos tres escalones tan difíciles.

Subió sin tropezarse y sin darse media vuelta para salir por patas, algo que se le pasó por la cabeza durante un segundo. Le temblaban las piernas y el corazón se le iba a salir por la boca, hasta el punto de que pensó que no sería capaz de cantar. Se hundió en la silla plegable. Sin levantar la cabeza, movió el micrófono de abajo, de manera que quedara justo delante de la boca de la guitarra, y luego ajustó el micro vocal para que le llegara a la altura de los labios. Cuando levantó la cabeza dispuesta a mirar a su público, se dio cuenta de que no veía nada ni a nadie con la luz del foco que le daba en la cara.

«Bueno, probablemente sea mejor así», pensó.

Se aclaró la garganta antes de hablar.

—Buenas noches —dijo a duras penas, y el micro se acopló con un chirrido. Dio un salto asustada, pero se recompuso y empezó de nuevo—. Perdón. Soy un poco nueva en esto. Espero que mi voz suene mejor.

Alguien de la primera fila se rio por lo bajo. Animada, AnnieLee acarició las cuerdas de la guitarra con suavidad.

—Quiero daros las gracias por acompañarme esta noche —dijo mientras movía la clavija para afinar la primera cuerda—. Aquí, en Nashville, seguro que habéis visto más música en vivo que yo comida caliente.

Rasgueó una progresión de acordes que imaginó que conocerían, *Crazy*, y vio que Billy asentía con la cabeza con gesto de aprobación.

Lo más seguro era tocar una versión, eso lo sabía. Algo clásico y querido por todos, o una canción que los presentes de mediana edad hubieran cantado cuando iban al instituto. *Strawberry Wine*, tal vez, o *Friends in Low Places*.

Pero, cuando ya estaba preparada para interpretar a Patsy Cline, AnnieLee vaciló. Era ella la que estaba en el escenario, era su oportunidad. ¿Por qué cantar las canciones de otro cuando podía cantar las suyas?

Se detuvo en el acorde de do séptima de dominante y dejó que las notas flotaran en el aire.

—¿Sabéis qué? Creo que voy a tocar una canción que no habéis oído nunca —dijo—. Una canción tan nueva que nunca la he cantado delante de gente. —Hizo un rasgueo, sol, después mi menor y después re—. Nadie va a confundirme con Maybelle Carter por hacer esto, pero sé tocar los acordes. Y según tengo entendido, os basta con tres acordes y la verdad,[2] ¿no es así?

Se oyó a alguien jalear alegremente al fondo de la sala, pero AnnieLee no sabría decir si era por lo que acababa

---

[2] El compositor de country Harlan Howard (1927-2002) acuñó esta frase para definir una gran canción de country: *Three chords and the truth* (Tres acordes y la verdad). Desde entonces, infinidad de músicos han utilizado esta frase como título de álbumes y canciones o la han mencionado en sus letras.

de decir o porque un jugador había metido una bola en una tronera.

—Pero será mejor que deje de hablar y empiece a cantar, ¿no os parece?

Sonrió con nerviosismo mientras daba a la guitarra una palmada con aire desenvuelto. Sabía cómo se hacía. Estaba preparada. Solo tenía que relajarse.

Los dedos de la mano izquierda buscaron la posición y empezó a golpear el gastado suelo con el pie al tiempo que tocaba las primeras notas. Se trastabilló una vez, se detuvo y volvió a empezar. Y después, cuando se le calentaron los dedos, comenzó a cantar.

Is it easy?
No it ain't

La voz le temblaba y el miedo le atenazaba la garganta. «Dios mío, no dejes que la cague», pensó.

Can I fix it?
No I cain't

Sonaba vacilante y los nervios convirtieron su voz en un leve y oscilante vibrato.

But I sure ain't gonna take it lyin' down

En algún lugar de la sala, una botella cayó al suelo y se hizo añicos.

Will I make it?
Maybe so

Cerró los ojos para protegerse de la ardiente luz del foco e imaginó que estaba lejos del Cat's Paw Saloon, en otro tiempo y lugar; era pequeña y le cantaba a su osito de peluche usando un cepillo del pelo como micrófono. Por entonces se imaginaba delante de un público enorme que escuchaba emocionado cada nota. Pero en ese momento se imaginaba justo lo contrario: un osito de peluche solo, medio borracho a base de cerveza Miller Lite, que ni siquiera se molestaba en escuchar.

Imaginárselo hizo que se sintiera diez veces mejor, y cuando llegó al estribillo su voz sonaba más firme. Una voz que gruñía, gritaba e imploraba.

Gotta woman up and take it like a man

Notó que el público le prestaba más atención. Sus dedos volaban sobre las cuerdas y al llegar a la segunda estrofa ya cantaba a pleno pulmón. Cantaba porque la hacía feliz y como si le fuera la vida en ello.

Porque sabía que así era.

Capítulo 7

—No mentías cuando dijiste que sabías cantar —dijo Billy mientras servía una ronda de chupitos para unos alborotadores sentados en una mesa al fondo de la sala.

AnnieLee bebió un sorbo de su agua con gas y después se puso el vaso frío contra las mejillas ardientes. Aún no se le había calmado el pulso y el sonido de los aplausos y los vítores del público seguía resonándole en los oídos.

—Yo no miento —dijo ella, apartándose el flequillo húmedo de la frente. Vale que tal vez hubiera incumplido una o dos leyes o que evitara responder a ciertas preguntas directas, pero siempre decía la verdad, a menos que le fuera totalmente imposible. Su padrastro era un charlatán y un mentiroso, y ella no quería parecerse a él en absoluto.

»¿Significa eso que me dejarás que vuelva otro día? —preguntó.

El hombre guardó silencio un momento y luego asintió una sola vez.

—Creo que a lo mejor te dejo.

—Pues será un honor —contestó ella.

Había cantado cuatro de sus canciones propias, pero había pensado que sería mejor no abusar de la buena acogida de Nashville y por eso había decidido coger la vieja guitarra debajo del brazo y bajarse del escenario. Pero entonces los habituales del bar habían empezado a aporrear el suelo con los pies y Billy se había puesto a hacerle señas como un loco desde la barra al tiempo que le gritaba: «¡Quédate en el escenario, chica! ¡Adelante!».

Por un momento se había quedado de pie allí arriba, paralizada bajo los potentes focos, dudando seriamente que aquello fuera real. Había imaginado tantas veces una noche como aquella que de repente le daba miedo que fuera algo sacado directamente de su desbordante imaginación. A lo mejor se había quedado dormida en un banco de un parque y estaba soñando. O lo mismo había hecho volcar aquel tráiler enorme en una cuneta y lo del Cat's Paw Saloon no era más que una alucinación y en realidad estaba en una cama de hospital, no más real que el deseo íntimo y secreto de una cría.

—¿Es fácil? —gritó alguien—. ¡No lo es!

Aquellas cinco simples palabras habían roto el hechizo y la habían devuelto a la realidad. Había vuelto a sentarse en la desvencijada silla del escenario. Y a continuación, sudando por el bigote y el cuello, había tenido que confesar que no podía cantar más canciones originales.

—He estado viajando mucho últimamente —dijo—, y tengo un poco oxidado mi catálogo de fondo. —Se rio—. Pero sí que puedo tocar un clásico bueno, algo que no he escrito yo.

Empezó a tocar los primeros acordes de un himno clásico, *I'll Fly Away,* cuando alguien al fondo de la sala gritó:

—¡Toca otra vez tus canciones!

Y así, sin saber muy bien qué otra cosa hacer, había hecho lo que le pedían, una tras otra. Y le había parecido que al público le gustaron aún más que la primera vez. Hasta corearon los estribillos y todo.

Ahora, sentada cómodamente en un taburete en la barra, AnnieLee no sabría decir si se alegraba de que se le hubiera terminado el repertorio o si quería subirse al escenario otra vez y cantarlo de nuevo.

Billy le tendió la carta, pero ella la rechazó. No podía admitir que no tenía dinero para pagarse la cena. Quería que la recordaran por su actuación, no por ser pobre. Además, llevaba barritas de cereales y frutos secos en la mochila, así que no iba a morirse de hambre.

Al menos por el momento.

—Como quieras —dijo el barman cordialmente.

—Las hamburguesas de aquí están buenas —dijo alguien—. Aunque es carne de gato, ya sabes.

Se giró en el taburete y vio a un hombre con camisa vaquera y tejanos desgastados que le sonreía. Tenía el pelo castaño y los ojos negros como el carbón, y unas piernas largas como las de Johnny Cash de joven. Se le quitó el hipo al verlo. Tenía el rostro más bonito que había visto en la vida.

—Es broma. Espero que lo hayas notado —dijo tendiéndole la mano—. Me llamo Ethan Blake. Y soy muy fan.

AnnieLee inspiró lenta y profundamente. Prefería morirse mil veces a dejar que viera lo nerviosa que la había puesto.

45

—Conque sí, ¿eh? —preguntó ella.

El tipo sonrió aún más, y se le formaron unos hoyuelos en las mejillas, ligeramente ensombrecidas por una barba incipiente.

—Sí —confirmó él—. Soy muy fan de verdad y me llamo Ethan de verdad. —Señaló el taburete vacío que había al lado de ella—. ¿Te importa que me siente contigo?

Ella clavó la vista en su bebida; los cubitos de hielo estaban derretidos casi por completo.

—Como quieras —contestó.

—¿Me dejas que te invite a una cerveza? —preguntó él—. ¿O a una copa de vino o a un cartón de leche?

Ella contuvo la sonrisa mientras removía los restos del agua con la pajita.

—No, gracias.

—Lo has hecho muy bien —dijo él—. ¿Has escrito tú todas esas canciones?

Aquello hizo que lo mirase de nuevo, y esta vez sus ojos lanzaban chispas.

—Por supuesto. ¿Te sorprende, Ethan Blake? ¿Te parece que soy demasiado joven para haberlas escrito? ¿Demasiado dócil? ¿Demasiado femenina?

Él levantó una mano.

—No, no, no, en absoluto. Perdona. Solo quería charlar un poco.

AnnieLee corrió un poco su taburete para apartarse de él. Lo último que necesitaba era que un tío le pegara, por muy guapo que fuera.

—Es que no suelo hablar con desconocidos.

—Vale, lo pillo —contestó él, y le pareció que lo hizo de buen talante, no a la defensiva—. Me parece bien. Pero Nashville es una ciudad pequeña y puede que algún día seamos amigos.

—Lo dudo —dijo ella.

Él dejó un billete de veinte en la barra y le gritó al barman:

—A ver si tú la convences para que se tome algo, Billy. Lo ha hecho muy bien en el escenario.

Y se alejó. AnnieLee lo vio marcharse, preparada para apartar la mirada si se daba la vuelta. Pero no lo hizo. Agarró la misma guitarra vieja del bar y se dirigió al escenario.

AnnieLee sintió que el alma se le caía a los pies. «Mira que eres idiota, Keyes, no has podido ser más borde», pensó.

Capítulo 8

AnnieLee agarró su abrigo y salió del bar antes de que Ethan Blake empezase a tocar. Si era malo, no quería escucharlo. Y si era bueno… prefería no saberlo. No tenía sentido pasarse la noche entera fustigándose por haber sido una impertinente con el nuevo Luke Combs. Bastante la habían golpeado ya.

Fuera hacía fresco y la calle estaba vacía y silenciosa. Lower Broadway, el semillero de garitos con actuaciones musicales de Nashville, estaba unas cuantas manzanas más abajo, en dirección este. Pero desde donde estaba en ese momento no se oía nada más que el zumbido eléctrico de una farola y el aullido de una sirena de policía a lo lejos.

Tras mirar a un lado y a otro para asegurarse de que estaba sola, se encogió de hombros y echó a andar. La brisa de principios de primavera era fresca y todavía tenía la camisa húmeda de sudor. Caminaba con paso ligero, alerta, deteniéndose cada poco para mirar hacia atrás, cauta como un conejo en campo abierto.

Pero nadie la seguía. Recorrió las calles bajo manzanos silvestres cuyas flores recién salidas parecían brillar en la oscuridad. Dobló una esquina, y después otra, en dirección al agua.

Siguiendo el río Cumberland, que serpenteaba a lo largo de toda la ciudad, había una zona de parque alargada en la que AnnieLee llevaba durmiendo los últimos dos días. Había dormido en sitios mejores, eso seguro. Y también peores.

Cruzó Gay Street y trepó por un murete de piedra de baja altura, y en apenas unos pasos llegó a los árboles, que estaban echando las hojas nuevas. Aunque había salido de Houston con veintisiete grados, la primavera se estaba retrasando en Tennessee. Oía el rumor del agua del río y el sonido del tráfico que cruzaba el puente.

Se agachó entre dos hortensias gigantes y buscó la mochila donde la había dejado escondida. Sacó de ella la esterilla y la extendió sobre una zona lisa debajo de un olmo tarareando para sí suavemente, casi sin melodía. A continuación desenrolló el delgado saco de dormir que había sacado (además de una navaja suiza de imitación, cuarenta dólares en efectivo y una proposición indecente) a cambio de Maybelle en la casa de empeños.

Un jersey doblado le hacía de almohada. El parpadeo de un letrero de neón de Coca-Cola al otro lado de la calle se colaba entre la maraña de ramas.

Dormir al raso le recordaba las noches de verano cuando era niña y se tumbaba en la parte de atrás de la camioneta *pickup* de su madre aparcada en el camino de entrada de su casa. Mary Grace vivía felizmente todavía y a veces se tumbaba con su hija bajo las estrellas y le cantaba viejas canciones de cuna populares, como *500 Miles* o *Star of the County Down*.

Por aquella época, quedarse dormida junto a su madre bajo un cielo cubierto de estrellas había sido una aventura. Pero dormir al raso como en ese momento no era más que una necesidad fría y solitaria.

Una racha de viento arrastró un montón de hojas muertas del invierno y un trozo de papel arrancado de un cuaderno hacia la cara de AnnieLee. Cuando las apartó con la mano, vio las palabras «jamás había sentido nada igual y fue…» escritas con rotulador negro en el papel. Habían arrancado el resto.

Se preguntó si aquella nota habría llegado a la persona a la que iba dirigida o si la habrían hecho un gurruño y la habrían tirado entre los arbustos.

—Líneas escritas pero nunca leídas, como una canción que pronuncias solo en tu cabeza —canturreó en voz baja.

Calló un momento para reajustar la almohada improvisada. Si ganara una moneda por cada retazo de canción que había escrito a lo largo de su vida, en ese momento estaría acurrucada entre sábanas de seiscientos hilos en un hotel de lujo en vez de metida en un saco de dormir de poliéster de una casa de empeños debajo de un puto olmo.

Cerró los ojos y regresó mentalmente a unas horas antes esa misma noche, cuando se subió por primera vez a un escenario y le abrió el corazón al público. A lo mejor salía una canción de esa experiencia. Desde luego, cómo había llegado hasta allí y de lo que huía daba para una buena historia. Cuando empezó a quedarse dormida, pensó en Ethan Blake y sus cálidos ojos oscuros.

Al rato llegaron los sueños, y en ellos AnnieLee hablaba en alto. Las palabras no tenían sentido al principio, y, de repente, pronunció un nombre.

—Rose —masculló apretándose más dentro del saco—. ¡Rose! —Levantó los brazos como para protegerse de un golpe—. ¡Cuidado, Rose!

Capítulo 9

Ethan Blake llegó a casa de Ruthanna el martes tan temprano que tuvo que esperar veinte minutos en su camioneta a que se hiciera la hora de presentarse en la entrada de la cocina.

—Buenos días —dijo mientras Biscuit, el gato de la cantante, se le enroscaba en las piernas. Se agachó a acariciarle la cabeza gris.

—Ya lo creo que lo son —contestó Ruthanna, que se encontraba en su lugar favorito de la enorme casa, acurrucada entre los cojines del banco del mirador mientras el sol le acariciaba el cabello caoba cobrizo—. ¿Quieres café?

—Gracias, estoy bien —contestó él. Había parado en Bongo Java de camino. Además, Maya, que estaba delante de la cocina en ese momento, hacía un café tan fuerte que cuando lo bebías sentías que te levantaba el esmalte de los dientes. Dejó la guitarra en su estuche en el suelo de baldosas hidráulicas y cogió una manzana de un frutero enorme situado en la isla de la cocina—. Anoche estuve escuchando a alguien nuevo y fue alucinante.

Ruthanna miró a Maya de soslayo y esta se rio por lo bajo. Ethan se preparó para las pullas que sabía que le iban a caer.

—Y dime, Blake —dijo Ruthanna—, ¿qué era más alucinante, su cara o sus tetas?

—¿Cómo sabes que era una mujer? —preguntó él con la boca llena.

—Porque no soy idiota —respondió la cantante.

—Vale, pero no sé por qué tienes que pensar siempre lo peor de mí. Me refería a su voz.

—Ya, ya —dijo Maya sirviéndose una taza de su café asesino.

—Cantaba como los ángeles, ¿no? —preguntó Ruthanna.

—Es una forma de decirlo muy manida, pero sí —dijo él, conmovido aún por la fuerza contundente de sus letras y el inconmensurable anhelo presente en su voz—. Cantaba como un ángel expulsado del paraíso que desea subir volando al lugar que le pertenece.

Ruthanna se quedó mirándolo.

—Una forma muy poética y muy pretenciosa de describirla para ser solo las nueve de la mañana. Y si te soy sincera, me da que es tristona.

Ethan puso los ojos en blanco y Ruthanna se rio.

—Pero estaba muy buena, ¿a que sí?

—Eso no tiene nada que ver.

—Pues claro que tiene que ver —dijo la cantante—. ¿Qué era lo que decía ese viejo poeta, Tennyson? «En primavera los intereses del hombre joven se tornan prestos en pensamientos amorosos.»

—¿Y ahora quién se pone poética? —preguntó Maya—. Además, creo que ese poema tiene un final trágico.

—En serio, Ruthanna, creo que te gustaría —insistió Ethan—. Es buena y estaba tocando en el Cat's Paw. Ese es tu bar, acuérdate, y me imagino que algún derecho tendrás.

Ruthanna se levantó del banco y cruzó la cocina con sus zapatillas de estar en casa de terciopelo dorado.

—No sé de qué derechos hablas. Que haya cantado en mi bar no me convierte en su propietaria, palurdo. Y, además, no me interesan las aspirantes a cantantes de country. Me da igual que esa chica haya nacido con un dobro en la mano y una armónica en la boca. —Ruthanna había cogido carrerilla y sus frases se convertían en versos de una canción que iba componiendo sobre la marcha—. Me da igual que sea un sol de chica o que pueda cantar a grito pelado las notas altas de *Crazy* —canturreó.

—Ruthanna está retirada y se merece poder no hacer nada —intervino Maya con su tono bajo y cálido de contralto.

Ethan se echó a reír, no pudo evitarlo.

—¿Habéis acabado ya?

Las mujeres se volvieron hacia él con una gran sonrisa.

—Es posible —contestó Ruthanna—. No se me ocurre nada más que rime con «pelado».

—¿«Embelesado»? —sugirió Maya.

—Hazme caso —dijo Ethan—. No lo digo porque yo vaya a sacar algo, lo digo porque creo de verdad que esa chica podría gustarte. —Le dio una palmadita en el hombro—. Se parece mucho a ti —dijo—. Hermosa, con mucho talento… y desagradable como un escupitajo de tabaco de mascar.

Ruthanna lo miró sorprendida y Ethan se quedó callado. ¿Se habría pasado? La cantante era muy conocida por su temperamento, y pocas personas podían hablarle como acababa de hacer él. ¿Por qué narices se habría creído que era una de esas personas?

—Lo sie… —comenzó, pero Ruthanna le lanzó un paño de cocina que le dio de lleno en el pecho.

—Para que lo sepas, me tomo todo eso como un cumplido —dijo.

Ethan suspiró aliviado.

—Me alegro, porque lo he dicho con esa intención.

—Pero sigue sin interesarme tu cantante —dijo, y de repente se le iluminó el rostro y levantó un dedo—: Ya tengo la rima: ¡me has emocionado!

—Creía que habías dicho que habías terminado —gimoteó él mientras Ruthanna se alejaba en dirección al estudio riéndose.

Capítulo 10

El ruido de voces despertó a AnnieLee al amanecer. Estaba helada y le dolía todo el cuerpo por haber dormido en el suelo, pero se quedó inmóvil, no se atrevía a respirar siquiera, mientras trataba de entender lo que decían. ¿A qué distancia estarían?

Y, lo más importante, ¿se estaban acercando?

Oyó a un hombre y una mujer, y esta última dijo algo sobre un «PIE» al que había conseguido disuadir de que no se tirase por un puente el día anterior.

—… no conseguí convencerlo de que yo no era el fantasma de su tía muerta —decía—. ¿Ese tío era más blanco que una sábana y tenía una tía negra? Lo dudo, pero que estuviera confuso sobre quién era yo tenía que ser el menor de sus problemas, pobrecillo.

Era evidente que estaban cada vez más cerca y a AnnieLee no le hacía falta saber qué era un PIE para reconocer que aquellos dos no eran una amable parejita dando un paseo mañanero. Eran polis. Percibió el tono de voz arrogante del hombre al hablar sobre averiguar el paradero de un tipo sospechoso de atracar un establecimiento de la cadena Circle K a punta de pistola.

AnnieLee salió a toda prisa del saco y trató de meterlo en la mochila mientras se agachaba entre los arbustos para esconderse. Estaba empezando a incorporarse para adentrarse más en la maleza cuando el policía gritó:

—¡Alto ahí!

AnnieLee soltó un taco por lo bajo mientras se daba la vuelta y se colocaba bien la mochila sobre los hombros. A lo mejor se creían que ella sí había salido a andar de madrugada.

—Buenos días, agentes —saludó tratando de disimular que le temblaba la voz.

Un cuervo soltó tres sonoros y rasposos graznidos desde lo alto de un árbol. AnnieLee miró las brillantes plumas negras del pájaro, que se mecía en la rama de un árbol cercano, y después miró a los policías, que no le habían devuelto el saludo.

—¿Sabían que ese graznido es un canto? Siempre me ha hecho gracia, porque tienen una voz horrible —continuó ella, encogiéndose de hombros de un modo que esperaba que les pareciera inocente y encantador al mismo tiempo. A lo mejor los convencía de que solo era una urbanita aficionada a las aves un poco excéntrica—. El zorzal, sin embargo, tiene una voz parecida a una flau...

—¿Ha pasado aquí la noche? —la interrumpió el policía. Tenía las piernas separadas y los pulgares enganchados al cinturón.

—Pues... —dijo ella. ¿No era obvio?

—Dormir en el parque es ilegal —dijo él.

La mujer policía dio un paso hacia ella. Llevaba en la mano un vaso de café caliente que olía tan bien que a AnnieLee estuvieron a punto de saltársele las lágrimas.

—Hay un albergue en Lafayette Street —le dijo con amabilidad—. Se llama Rescue Mission, ¿le suena?

—Esto..., sí, claro que sí —dijo AnnieLee retrocediendo un paso. Se fijó en que el otro policía examinaba el suelo buscando agujas o botellas de alcohol barato, lo más seguro.

—No me drogo —dijo sin esperar a que le preguntasen, y luego se sonrojó—. No soy de aquí —añadió, aunque eso también resultaba bastante obvio.

—¿Se encuentra bien? —preguntó la mujer—. ¿Necesita ayuda?

—Sí —contestó ella—. No. Quiero decir que estoy bien. Seguiré mi camino si no les parece mal.

Retrocedió otro paso, alejándose más de ellos.

Los policías se miraron; era evidente que no la consideraban una amenaza ni para sí misma ni para los demás, y, cuando se volvieron de nuevo hacia ella, AnnieLee se despidió con un gesto. Decidió tomarse su silencio como que le concedían permiso para marcharse.

—Gracias y... disfruten patrullando —dijo antes de alejarse de allí a toda prisa, conteniendo la respiración hasta que se sintió más segura cuando los perdió de vista. Tampoco la siguieron llamándola a gritos.

«Hoy es tu día de suerte, guapa», se dijo. Y se esforzó mucho en creérselo.

Capítulo 11

AnnieLee había avanzado unos cuatrocientos metros en dirección sur cuando llegó a una zona de césped alargada y con cierta pendiente. A su izquierda corría lentamente el río y a lo lejos se veía el estadio Nissan. A su derecha, en lo alto de la pendiente, se veía una hilera de edificios de ladrillo entre los que había uno con un letrero donde se leía GEORGE JONES COUNTRY escrito con grandes letras blancas. Decidió subir la ladera de césped que llevaba a las afueras de la ciudad, cantando la canción de Jones *These Days (I Barely Get By),* la canción más desoladora que se había compuesto.

En un pequeño local en Commerce Street gastó tres preciados dólares en el café más grande que tenían, al que añadió un buen chorro de leche y cuatro sobres de azúcar. Ella no solía tomar el café así, pero necesitaba todas las calorías que pudiera almacenar.

Luego se lavó los dientes en el baño y trató de peinarse con los dedos. Se miró al espejo de un lado y de otro para evaluar la imagen que le devolvía. Su madre solía decirle que se parecía a Jacqueline Bisset cuando era joven, aunque AnnieLee no tenía mucha idea de quién era esa actriz.

Lo que parecía en ese momento era hambrienta, pensó.

—Bueno, hay muchas cosas peores en el mundo —le recordó a su reflejo—. Y tú has sido varias cosas.

Pasó el resto de la mañana vagando por las calles y mirando escaparates, pero se sentía extraña y tenía la sensación de que su aspecto llamaba mucho la atención con aquel mochilón lleno a reventar a la espalda. Aunque la música en vivo comenzaba a las diez de la mañana en los locales de Lower Broadway, sabía que no tenía la labia que había que tener para conseguir que la dejaran subir a uno de aquellos escenarios enormes. Los que tocaban allí eran profesionales experimentados.

Por la tarde volvió al parque a esconder sus pertenencias. Un cuervo, no sabía si sería el mismo de la mañana, fue el único testigo que la vio guardar la mochila en el hueco cubierto de ramas y hojas, y regresó a la ciudad caminando con paso cansino.

Había decidido probar suerte en un local pequeño en la esquina de Church Street llamado Dew Drop Inn, pero cuando preguntó en la barra si podía cantar, la camarera ni siquiera la miró y se rio en su cara. Se rio tanto que se le saltaron las lágrimas, y AnnieLee se preguntó si habría bebido más alcohol del que servía.

—Todos los días aparece una cara nueva que me pregunta si puede actuar en mi bar. ¿Es que crecéis como lechugas en algún campo por aquí cerca o qué? Un campo gigante de aspirantes a artista —dijo la mujer por fin limpiándose la cara con el dorso de la mano.

AnnieLee se puso rígida como un palo.

—Podía haber dicho que no y ya está. No hace falta insultar a la gente.

—Lo siento —dijo la mujer, aunque no parecía que lo sintiera. Y a continuación señaló hacia el este—. Prueba en Patsy's.

AnnieLee se dirigió a la puerta. No sabía dónde estaba ese sitio, pero no tenía intención de preguntar.

—Pero quítate las hojas del pelo antes de entrar —le gritó la mujer desde la barra.

AnnieLee se sacó una ramita de entre los rizos oscuros, roja como un tomate.

—Gracias —respondió con tono áspero, y la tiró al suelo nada más salir del local.

Tras girar varias veces, no muchas, por la calle equivocada, encontró el Patsy's y fue a la barra a preguntar, pero el camarero no la dejó terminar y le dijo que dejara su CD en la barra.

—¿Mi qué?

El hombre no respondió y fue a atender a un cliente que sí iba a consumir. Una mujer con gafas de ojo de gato y los labios pintados de un llamativo color rosa se inclinó hacia ella y le dio un toquecito en el brazo.

—Tu demo, cariño —dijo.

—¿Mi qué? —volvió a decir AnnieLee. Sabía que no era lo que se dice una mujer de mundo, pero empezaba a sentirse como si no tuviera ni pajolera idea de cómo funcionaban las cosas en Nashville.

—La mayoría de los que quieren tocar aquí dejan un CD que se han hecho ellos mismos tocando sus canciones, ya me entiendes —explicó la mujer señalando hacia

61

una pila enorme de CD apoyada contra un mostrador detrás de la barra.

—¿Y alguien los escucha? —preguntó AnnieLee. Parecía que tenían más polvo encima que las fotos enmarcadas del Cat's Paw.

—¿Quién sabe? Pero es como una tarjeta de visita, cielo. Tendrás que hacerte uno.

—Gracias, lo haré —dijo AnnieLee. Tendría que añadirlo a la lista de cosas que necesitaba, justo detrás de comida caliente, una cama, una ducha y una guitarra—. ¿Puede decirme algún otro bar en el que probar suerte? ¿Algún sitio pequeño y poco conocido tal vez?

La mujer garabateó el nombre de unos pocos sitios en una servilleta y se la alargó.

—Toma —dijo—. Eres una monada y tienes buen cuerpo, a lo mejor tienes suerte.

«¿Eso es lo que importa por aquí?», se preguntó.

—Claro que también puede ser que no —continuó la mujer sacando de un paquete un largo cigarrillo con filtro que se puso entre los labios sin encenderlo—. Y si te parece que toda esa gente intenta impedirte que llegues a alguna parte, cariño, es porque es así. Ellos son los que vigilan la puerta, lo merezcan o no, y quieren que entren solo los mejores, los más prometedores.

—Separar el grano de la paja —dijo AnnieLee. El Evangelio según san Mateo siempre fue el favorito de su madre.

—Ajá. Si quieres triunfar en esta ciudad —continuó la mujer—, tener talento es solo una pequeña parte de la batalla. Tener audacia es obligatorio. Y el descaro tampoco viene mal.

AnnieLee asintió.

—Me ha sido usted de mucha ayuda —dijo—. Espero cantar para usted algún día.

—Estoy segura de que lo harás, cielo. Veo hambre en tus ojos.

—Sí, literal y metafóricamente hablando —contestó ella—. Gracias otra vez.

Cerró los ojos al salir a la calle y se apoyó contra la pared de ladrillo que el sol había calentado. Sabía que iba a tener que llamar a muchas puertas y que le iban a cerrar otras tantas en la cara.

Tras descansar un rato, se separó de la pared y echó a andar hacia el siguiente local. Pensó en su padrastro, dando tumbos de bar en bar a cada cuál más cutre, tratando de recordar de cuáles no lo habían echado.

Ella también necesitaba un bar desesperadamente. Aunque no para beber, sino para que le dieran una oportunidad.

Capítulo 12

Pero no fue la desesperación lo que llevó a AnnieLee de vuelta al Cat's Paw Saloon dos noches después, sino la soledad. No le importaba admitirlo.

Entró en el local frío y mal iluminado poco después del anochecer. No se veía al guarro de Ray por ninguna parte. El escenario estaba vacío. Carrie Underwood sonaba bajito en la radio. Le alivió ver a Billy abrillantando vasos detrás de la barra. Se subió a un taburete cerca del dispensador de refrescos y esperó a que se fijara en ella.

Cuando lo hizo, pareció que de verdad se alegraba de verla.

—El pájaro cantor ha vuelto —dijo.

—Pensé que ibas a decir: «Mira a quién tenemos aquí» —contestó ella. Creía que no tenía ninguna hoja en el pelo, pero llevaba tiempo sin ver una ducha por dentro.

El hombre se rio.

—No se conserva el trabajo siendo grosero con los clientes.

«¿Aunque sean clientes que no pagan?», se preguntó ella, pero no dijo nada.

Le sirvió un agua con gas sin preguntarle si quería algo, que era que sí. ¡Lo que le faltaba era que le pusiera también una hamburguesa! Entre la comida racionada y que se pasaba todo el día dando vueltas por la ciudad y toda la noche temblando tratando de entrar en calor, estaba adelgazando. Dentro de poco estaría más flaca que una cuerda de guitarra.

—¿Ya te has comprado un instrumento? —preguntó Billy.

AnnieLee negó con la cabeza, fingiendo tristeza.

—Mi hada madrina me ha abandonado.

—Lamento oírlo.

—Y yo. Así que en vez de recibir una calabaza encantada, voy a tener que comprar una guitarra. ¿Te lo puedes creer? —dijo ella dando una palmada sobre la barra para poner énfasis cómico, y al darse cuenta de que tenía las uñas sucias escondió las manos debajo de la barra—. Pero para eso hace falta dinero, y yo no tengo. —Lo miró esperanzadamente—. ¿No necesitarás a alguien para limpiar por aquí o algo así?

—Lo siento, estamos cubiertos en ese aspecto —dijo él.

Consideró la posibilidad de decir algo sobre el polvo que tenían las fotos enmarcadas y la ligera capa de mugre grasienta que se veía en los azulejos del baño de mujeres. Estaba claro que los encargados de la limpieza del Cat's Paw no se esforzaban demasiado. Pero sonrió, una sonrisa repentina y resplandeciente.

—Genial, no hay problema. ¿Y si me pides que cante otra vez y me das un poco de dinero a cambio?

Billy se quedó donde estaba y la miró como si no entendiera de dónde había salido una persona como ella. La propia AnnieLee también se lo preguntaba un poco. Siempre había sido una chica tímida. Pero la señora de las gafas de ojo de gato le había dicho que para triunfar tenía que ser audaz y descarada. Tal vez fuera la típica parroquiana de vuelta de todo, pero le había parecido que sabía de lo que hablaba.

Billy sirvió una pinta de Miller Lite y la llevó a una mesa cerca del escenario. Cuando volvió, le dijo:

—No puedes aparecer por aquí todos los días y esperar que te haya reservado una franja horaria en el programa.

Ella se pasó los dedos por el pelo revuelto. Sabía que tenía razón, pero, hasta la fecha, Billy era el tipo más amable que se había encontrado en la ciudad.

—Tienes razón. Pero ya que estoy aquí…

El hombre suspiró.

—No hay nadie ahí arriba, así que ¿qué cojones? Sube, anda.

—¿Puedo coger…? —empezó a decir mirando hacia la guitarra huérfana.

—Creo que va a ser lo mejor —gruñó él.

Estaba a medio camino del escenario cuando se dio la vuelta.

—Gracias —le gritó.

Se sentó en la silla desvencijada y empezó a tocar sin preámbulos ni amplificación. A medida que se desplegaba la belleza de las canciones en la sala tranquila y medio vacía, la partida de billar se detuvo. Alguien pidió un whisky con apenas un susurro. El único sonido, aparte de la dulzura descarnada y anhelante de la voz de Annie-Lee, era el chirrido del viejo ventilador de techo.

Cuando terminó de tocar, AnnieLee bajó flotando del escenario más feliz de lo que se había sentido en muchos días. La euforia le duró hasta que vio a Ethan Blake tomando una cerveza en la otra punta de la barra.

Se puso roja de vergüenza. Sabía que tendría que disculparse por haber sido tan borde con él, sobre todo siendo músico como ella. Pero no podía permitirse mostrar un ápice de vulnerabilidad. Si lo hacía, toda su fachada de mujer atrevida se vendría abajo.

Así que fingió que no lo había visto. Se dejó caer en su asiento con la respiración entrecortada aún por el esfuerzo vocal. Billy se acercó a ella y puso dos billetes de veinte dólares sobre la madera llena de marcas de la barra.

—¿De verdad? —dijo, olvidándose de Ethan al instante.

—Tu actuación ha sido la bomba, chica.

Aunque casi no podía ni hablar de lo agradecida que se sentía, sabía que tenía que seguir interpretando su papel.

—Cuando me recupere un poco, no podrás contar conmigo por una tarifa de ganga de mercadillo como esta.

Billy resopló.

—Ethan —llamó—. Tú has tocado aquí cientos de veces. ¿Cuándo empecé a pagarte?

—¿Es que acaso me pagas? —respondió él a voces también—. Será tan poco que ni me he enterado.

Billy hizo restallar el paño en dirección a Ethan y se dio media vuelta, gruñendo entre dientes no sé qué sobre que el mundo estaba lleno de desagradecidos. Ethan y AnnieLee se rieron juntos cada uno en una punta de la barra, y cuando esta quiso darse cuenta, lo tenía de pie a su lado, y se quedó deslumbrada de lo guapo que era.

—Has estado genial… otra vez —dijo—. Tu voz suena aún mejor cuando no sale por la basura de amplificador de Billy.

—Gracias —dijo ella con tono amable pero frío.

—Esta vez no voy a tratar de invitarte a una copa, pero estaba comiéndome unas patatas fritas…

Empujó la cesta de patatas humeantes hacia ella. Se le hizo la boca agua y notó un nudo en el estómago cuando olió el aceite y la sal. Levantó la vista y se encontró con que le estaba sonriendo.

Pero no podía dejarse llevar y ser ella misma. Hundió las manos con las uñas sucias en los bolsillos.

—Tengo que irme.

Cogió su dinero y se fue hacia la puerta, testaruda, hambrienta y llena de un estúpido orgullo.

Capítulo 13

—Pito, pito, gorgorito —susurró Ruthanna de pie delante de su gigantesco vestidor, repasando la hilera de perchas con rutilantes vestidos. ¿Le apetecía algo verde esmeralda o más bien algo rojo escarlata? ¿Corto o largo? ¿Ceñido, suelto o tal vez ambas cosas?

Maya le había pintado las uñas de color rojo intenso con sumo cuidado y la propia Ruthanna se había bronceado, iluminado y coloreado hasta el último milímetro de su aún hermoso rostro; ahora tocaba la irritante tarea de elegir el vestido para la gala de recaudación de fondos del Book Garden.

Aunque Ruthanna no echaba de menos al ejército de maquilladores y peluqueros que había revoloteado a su alrededor durante décadas, sí que lamentaba un poco haber perdido a su estilista personal, que casi siempre parecía saber lo que quería ponerse antes que ella misma. Pero sentía que las estrellas retiradas no deberían necesitar estilistas ni tampoco el despliegue de seguridad nivel servicio secreto que había tenido contratado en su momento. Estaba intentando llevar una vida más sencilla.

Y en consonancia con ese espíritu de sencillez (y también porque el tiempo apremiaba, como rezaba el dicho), se decidió por un vestido y dio la tarea por terminada.

—*Voilà* —dijo—. Hacía tiempo que no te veía.

El vestido seleccionado al azar era blanco y ceñido, con unos apliques en forma de intrincadas volutas de brillantes cristales, perlas diminutas y cuentas plateadas que caían como una reluciente cascada helada desde el escote hasta el bajo.

Se dio cuenta de que era el vestido perfecto: glamuroso sin ser exagerado y lo bastante ceñido como para reafirmarse en que tenía que seguir con la horrorosa dieta baja en hidratos de carbono que se había comprometido a cumplir durante un mes.

Se metió en el vestido con cuidado y sintió el frío del satén resbalar por su piel y ajustarse perfectamente a sus estrechos hombros. Con toda aquella pedrería, tenía que pesar tres kilos por lo menos. Se calzó a continuación unos diminutos zapatos de tacón y por último se puso los preciosos y extravagantes pendientes de Jack. Se miró una última vez al espejo (brillaba como si estuviera hecha de hielo) y bajó rápidamente a esperar a que llegara su coche.

El zumbido del móvil la avisó de que había recibido un mensaje de Ethan y salió al porche. Ya le dolían los pies.

Tienes q venir al Cat's Paw esta noche está aquí

Ruthanna puso los ojos en blanco y borró el mensaje. Esa noche estaba ocupada. Joder, en lo que se refería a la chica cantante de Ethan, estaba ocupada todos los días.

La limusina blanca se detuvo en la puerta y el chófer, Lucas, un hombre calvo con unos hombros inmensos, salió a abrirle la puerta. Había sido su chófer durante tres décadas y también ejercía de guardaespaldas cuando era necesario.

Guardó silencio durante el trayecto, preparándose para el único tipo de aparición pública que hacía ya. Aunque le apetecería más estar en casa, acurrucada con su pijama de seda, una copa de vino y un buen libro, le gustaba ofrecer algo a los demás en compensación por todo lo que había recibido ella, dejarse ver en actos por una buena causa. El Book Garden se había fundado para proporcionar libros a los niños que no tenían medios, y esa era una misión que se tomaba muy en serio.

Media hora más tarde, Ruthanna repasaba mentalmente su discurso por última vez mientras caminaba con pasitos cortos hacia su mesa en la parte delantera del salón de baile. No había elegido los zapatos más cómodos, eso seguro.

Jack Holm ya estaba sentado e iba por su segundo cóctel. La miró y sonrió.

—No creía que fueras a venir —dijo Ruthanna, sentándose enfrente de él—. Odias estas cosas.

—No podía dejar escapar la oportunidad de verte —contestó su antiguo representante—. Aunque me estoy ahogando con este traje y esta corbata.

Ruthanna no tardó en reconocer la frase,[3] perteneciente a la canción de Waylon *Luckenbach, Texas.*

---

[3] Se refiere a un verso de la canción que dice *This coat and tie is choking me*, y que se traduciría por «Me estoy ahogando con este traje y esta corbata».

—Estás fantástico —dijo ella, y era cierto. Jack había envejecido en el último par de años, pero seguía siendo guapo. También tenía un aire distinguido con su traje hecho a medida, sus botas de cuero labrado a mano, sus canas y su indecentemente caro Patek Philippe. Y su dedo anular desnudo desde hacía poco, detalle en el que no pudo evitar fijarse.

A veces se metía con él por lo lejos que había llegado desde que se vieron por primera vez. En 1979 llevaba un sombrero Stetson hecho polvo y tocaba *slide* con la guitarra usando una llave de vaso comprada en Sears que se ponía en el meñique mientras hacía de segunda voz en la banda residente del Tootsie's. Pero pocos años después dejó de tocar para siempre. Cambió el escenario por una mesa y el micro por un teléfono.

Bebió un sorbo de su cóctel.

—Dime una cosa que es blanca, negra y roja por todas partes.

—Pues hay un montón de cosas —dijo ella—, que yo recuerde.

En ese momento sonó el zumbido de otro mensaje en el móvil:

Tienes que verla
En serio

Tenía los dedos preparados para responder: «Déjalo ya».

—Ejem —dijo Jack.

Así que borró el mensaje y lo miró.

—No me gustan las adivinanzas, ya lo sabes. Venga, dime qué es.

—Un montón de peces gordos de Nashville con un esmoquin que les queda pequeño —respondió—. Intentando respirar. ¿No hace calor aquí? Estoy sudando como un pecador en una iglesia. Esos pendientes te quedan de muerte, por cierto. Supongo que un día de estos me llegará por correo tu nota de agradecimiento.

Ella se rio.

—Exacto.

—Sé que es mentira, pero no me importa —dijo él—. No necesito tu gratitud. Necesito que asistas a los Premios de la Música Country. ¡Y no me digas que no! Tú... piénsalo.

Un camarero se le acercó por un lado y, antes de que Ruthanna pudiera pedir nada, Jack dijo:

—Champán, por favor. A la señora le gustaría una copa. Preferiblemente un *grand cru*.

Según hablaba, Ruthanna se dio cuenta de que se había dejado un punto sin afeitar y que tenía un rodal pequeño de barba entreverada de canas, con más blanco que negro, cerca de la línea de la mandíbula. Se tocó la mejilla con melancolía. Lo que el tiempo le estaba haciendo al bueno de Jack también se lo estaba haciendo a ella, pero en su caso contaba con tintes y maquillaje para disimularlo.

Un nuevo mensaje apareció en la pantalla:

Deja de borrar mis mensajes

Ruthanna estuvo a punto de soltar una carcajada. ¿Cómo lo había adivinado? Guardó el móvil en su bolso de mano.

Los otros invitados de la mesa llegaron justo después del champán, gente de la oficina de Jack más su sobrina y su sobrino recién salidos de la peluquería. Ruthanna no había querido invitar a nadie, así que sonreía, asentía y picoteaba de su plato, una ensalada con flores y filete de salmón sobre una montaña de cremoso puré de patatas que se suponía que no debía comer.

Subió al escenario en los postres y apretó los dientes durante toda la elogiosa introducción, que se recreó en sus interminables logros: ocho premios Grammy, la Medalla Nacional de las Artes, «una de las músicas más exitosas de la historia» y blablablá. Después de lo cual ocupó su lugar en el atril con mariposas en el estómago.

Había sido el centro de atención tantas veces que no debería ponerse nerviosa, pero hablar no era lo mismo que cantar; se sentía como un pájaro obligado a caminar cuando lo suyo era volar.

Pero se recordó que la idea de retirarse de los escenarios había sido suya.

Pronunció su discurso con rapidez, de memoria, sin mirar casi sus notas. Fue breve, amable y sencillo.

—Si el tiempo es oro, amigos míos —dijo para concluir—, pensad en todo lo que os he ahorrado al no extenderme con mi discurso. De modo que sed generosos esta noche, por favor, y ayudadnos a donar libros a los niños que más los necesitan. Que los desean. Y cuya vida dará un giro gracias a ellos. Porque los libros, amigos, son pura magia entre dos tapas. Gracias.

El público aplaudió enloquecido y vio que las mesas se llenaban de talonarios que sus ocupantes sacaban del bolso o del bolsillo. Estaba a punto de hacer una broma sobre la cantidad de ceros que quería ver en esos cheques cuando se oyó un profundo grito procedente del fondo de la sala, un grito sonoro e insistente que le produjo un escalofrío de miedo en la espalda.

Miró hacia los bastidores del escenario, donde Lucas esperaba de pie, y se preguntó si tendría que pedirle que la protegiera.

Y entonces se percató de lo que decía la persona que gritaba. No era una amenaza, sino una súplica.

—¡Canta! ¡Canta! ¡Canta!

En cuestión de segundos la sala entera había estallado en gritos, a la vez que los presentes golpeaban el suelo con los pies y aplaudían.

Ruthanna se quedó aturdida en el sitio. Antes, cuando actuaba, su público aplaudía durante un cuarto de hora hasta que ella salía de nuevo a cantar un bis de cuatro minutos. Y a ella le encantaba, de verdad que sí, incluso estando agotada, física y mentalmente, después de actuar noche tras noche ante miles de desconocidos que la adoraban.

Pero en ese momento enderezó los hombros y le hizo una seña a Lucas, que salió al escenario y le ofreció el brazo para sacarla de allí.

No era para tanto que le pidieran que cantara una canción.

Pero al mismo tiempo era mucho más de lo que podía ofrecerles.

Capítulo 14

Cómodamente instalada en el asiento trasero de su limusina, Ruthanna se quitó de mala manera aquellos tacones de masoquista y suspiró aliviada. No había podido despedirse de Jack, ni de nadie, a decir verdad, así que sacó el móvil de su cartera de mano de cristal de Swarovski para mandarle un mensaje de disculpa por haberse ido tan apresuradamente. Y después comprobó que tenía cuatro mensajes nuevos, dos llamadas perdidas y un mensaje de voz de Ethan Blake. Frunció un poco el ceño, pero dio al botón de reproducir.

«Sé que odias que te suplique, así que no me dejas más opción que rezar —decía. Se oía fatal entre el ruido de fondo del bar y las interferencias del móvil—. Oh, Ruthanna, Señora de las Sopranos Sureñas, apiádate de este pobre desgraciado y hónralo con tu divina y sublime presencia en este antro de música y alcohol para que puedas escuchar la melodiosa voz de AnnieLee Keyes. Por favor te lo pido, excelsa Ruthanna, tú que eres excepcional, escúchame en este momento de necesidad...»

Ruthanna cortó el mensaje sonriendo a su pesar. La súplica habría resultado mucho más convincente si no se hubiera estado atragantando de la risa todo el rato.

Pero Ethan era divertido y ella no había tardado en sentir debilidad por él, en parte porque se creía muy duro. Un día de esos iba a tener que decirle que una herida de bala y una condecoración Corazón Púrpura no lo convertían en un tipo duro, sino en uno más. Algunas veces se veían las cicatrices y otras no. Pero todo el mundo tenía.

Su móvil vibró de nuevo y le dieron ganas de lanzarlo por la ventanilla. De modo que no pensaba dejarla en paz. Aunque llegara a casa y se tumbara en su colchón Beautyrest Black sin toda esa ropa, a escuchar la aplicación de meditación que le había descargado Maya, él seguiría mandándole mensajes sin parar sobre esa chica, una tontuela de rostro fresco y ojos grandes con una voz decente y la capacidad de tocar tres acordes seguidos.

Y sería muy bonita, eso seguro. Pero, en su opinión, todas las chicas jóvenes lo eran con todo ese colágeno que tenían en la piel.

El nuevo mensaje decía:

Tienes que verla

No es broma

Una voz celestial

El fregadero del bar se ha desbordado

Suspiró y se guardó el móvil en el bolso de nuevo. Era obvio que Billy podía ocuparse de un problema de fontanería, si es que lo había. No le sorprendería que Ethan estuviera dispuesto a utilizar todas las armas de su arsenal persuasivo, invenciones descaradas entre ellas.

Estaba cansada, pero aún notaba en la cabeza el agradable burbujeo del champán que se había tomado. ¿Tan horrible sería pasarse por el bar? Billy preparaba un martini excelente y no le iría mal uno.

—He cambiado de idea, Lucas. Llévame al Cat's Paw, por favor —dijo, inclinándose hacia delante.

—Como usted diga, señora Ryder —contestó. Después de tantos años, insistía en llamarla así.

Cuando Billy vio entrar a Ruthanna, puso unos ojos como platos y la boca se le abrió como una trampilla. Ella se puso un dedo en los labios y se sentó rápidamente en una mesita vacía, oculta casi detrás de la barra. No quería llamar la atención si podía evitarlo.

El olor del bar (tufo de cerveza agria, grasa de freidora y productos de limpieza) actuó como una máquina del tiempo y por un momento Ruthanna volvió a ser la chica arrogante y asustada que deseaba cautivar a todo Nashville. El Cat's Paw fue el primer local en el que cantó en su vida. Cinco años después, cuando llegó al número uno con su conmovedora *Don't Lay the Blame on My Pillow* compró el local para celebrarlo. Y lo había mantenido tal y como estaba.

Pero ya no recordaba siquiera la última vez que había estado allí. El bar, como sus otras propiedades, parecía funcionar solo, lo que significaba que contaba con gente responsable que se ocupaba de ellas. Ruthanna se limitaba a firmar los cheques y a ingresar los escasos beneficios que hubiera. Aunque sabía bien lo que valía un dólar, el dinero distaba mucho de ser su mayor preocupación. Tenía más del que podría gastar.

Billy se acercó rápidamente a su mesa con cara de estar flipando aún.

—¿Va a cantar? —susurró—. Tiene pinta de que sí.

Ella se quitó de un puntapié los zapatos por segunda vez esa noche pensando que igual los dejaba debajo de la mesa para siempre.

—Me han preguntado lo mismo en el sitio del que vengo. La respuesta es un no rotundo. —Pausa—. ¿El fregadero funciona bien?

—¿Eh? —dijo Billy, y acto seguido añadió—: Que yo sepa, sí.

—Me lo imaginaba.

—¿Le apetece tomar algo?

—Un martini de Tanqueray. Puedes ponerle una chispa de vermú si quieres, pero no te pases. Con una espiral de limón. Por favor.

—Hecho —contestó él, volviendo disparado a la barra.

El bar estaba hasta la bandera, pero el escenario estaba vacío, a la espera del siguiente artista. Puede que fuera el ángel de Ethan o cualquier otro aspirante, le daba lo mismo realmente. No había ido hasta allí por la música; lo había hecho, aunque con reticencia, por Ethan Blake.

No lo veía desde aquella mesita, pero era mejor así. Al final se olería que estaba allí, pero no estaba dispuesta a reconocerle que había ganado ese asalto.

De momento.

Capítulo 15

Mientras esperaba a que le sirvieran su bebida, un vaquero de mediana edad subió al escenario, se tocó el sombrero a modo de saludo y procedió a entretener al público con una buena imitación de Keith Urban. Para cuando llegó su martini, con su vistosa cáscara de limón flotando en la ginebra helada, dos gemelos pelirrojos que tocaban la guitarra y la mandolina habían sustituido al vaquero. Tocaron un par de temas antiguos que sonaban casi familiares, sin llegar a serlo, como una inexistente cara B de las famosas sesiones de Bristol.[4]

Resultaba obvio que era noche de micrófono abierto, lo que significaba que todo quisqui había salido a ser el centro de atención durante seis minutos. Y de haberlo sabido, se habría pensado dos veces presentarse en el bar.

—¡Uh! —le dijo alguien al oído.

Ruthanna le dio un golpe en el brazo a Ethan sin mirar siquiera.

---

[4] Las sesiones de Bristol se consideran el germen de la música country moderna. Las llevó a cabo el productor Ralph Peer, de la discográfica Victor Talking Machine Company, en la ciudad de Bristol (Tennessee) en 1927.

—No asustes a una dama, Blake —dijo—. Siéntate y tómate algo. —Lo miró de medio lado—. ¿Dónde está tu amiguita? No me digas que es inmune a tus encantos.

Él empezó a protestar en broma, pero de repente se puso serio.

—Shhh. Ahí está.

Ruthanna se giró y vio a una joven delgada y no muy alta de pie en el centro del escenario. Tenía la cabeza gacha y las luces se reflejaban en su pelo oscuro y revuelto. Su postura era tensa, cautelosa, como si fuera a salir corriendo como un conejo asustado si oía un ruido fuerte.

«Ay, Dios, qué cruz», pensó.

Pero entonces se irguió y el pelo le cayó a ambos lados de la cara dejándola visible, y Ruthanna vio que era preciosa, con unos ojos enormes, unos pómulos altos y una boca redonda de labios gruesos como un capullo de rosa. Parecía tan perfecta e inocente como una de esas muñecas de Madame Alexander que coleccionaba su madre.

Dejó escapar una risa profunda.

—Por el amor de Dios, Blake, esa chica es tan preciosa que podría cantar como una gata callejera en celo y la gente la aclamaría como si fuera la nueva Maria Callas —dijo.

—Shhh. Tú espera.

—A mí no me mandes callar, soldadito —le advirtió. Tenía como media docena de insultos perfectos para la ocasión en la punta de la lengua, pero le bastó mirarlo para comprender que sería malgastar saliva. Ethan Blake no tenía ojos ni oídos para nadie que no fuera la mujer de cabello oscuro que estaba en el escenario.

—Es agradable estar de vuelta —estaba diciendo—. Me llamo AnnieLee Keyes y soy nueva en la ciudad. —Tamborileó con los dedos en el baqueteado instrumento que reposaba sobre sus rodillas—. Esta es, mmm, la guitarra comunitaria del Cat's Paw. Tiene las cuerdas viejas y las clavijas flojas, por eso no le gusta mantener la afinación todo el rato. Pero las dos vamos a intentar hacerlo lo mejor posible esta noche para todos vosotros.

La gente se rio bajito y muchos aplaudieron con entusiasmo. O ya la conocían o tenía una capacidad alucinante para engatusarlos, pensó la cantante.

Cuando empezó a rasguear la introducción, Ruthanna notó que las cuerdas tenían un sonido apagado y ahí mismo decidió que al día siguiente pediría que enviaran una guitarra mejor al bar. Estaba debatiéndose entre comprar una Martin, una Gibson o tal vez una Taylor cuando la chica abrió la boca y empezó a cantar. Se irguió en su asiento y prestó atención.

Dark night, bright future
Like the phoenix from the ashes, I shall rise again

La chica tenía una voz de soprano melosa, clara y brillante. Ruthanna se olvidó de sus pies cansados y doloridos, incluso de su excelente martini, mientras escuchaba hipnotizada. ¿De dónde había salido aquella chica? Parecía poco más que una adolescente, pero cantaba como si hubiera vivido noventa y nueve años y experimentado la tragedia en cada uno de ellos.

Y, sin embargo, no era una voz triste. Era una voz fuerte y sabia.

En cualquier otro caso, Ruthanna habría esperado que Ethan le diera un codazo acompañado de un «Te lo dije». Pero no le hizo falta mirarlo para saber que estaba extasiado. Toda la sala se encontraba bajo el embrujo de Annie-Lee Keyes.

Cuando empezó otra canción con un tempo más rápido, su voz parecía más un rugido que un trino. Ruthanna acompañó la música golpeando el suelo pegajoso con el pie descalzo. Ethan tenía razón. Cantaba como un ángel… y también como un demonio. Bajo aquel exterior dulce con cara de muñeca, aquella chica llevaba un animal feroz y rabioso dentro. Un dolor oscuro impulsaba aquellas cuerdas vocales; Ruthanna estaba segura de ello.

Pero no era solo por la voz, sino por las historias que contaba. Tanto las palabras como la melodía atraían al oyente, de manera que todo el mundo en la sala, daba igual quién fuera, sentía exactamente lo mismo que AnnieLee Keyes.

Ruthanna inspiró profundamente y pidió por señas a Billy que le preparase otro martini. Había visto cantar a infinidad de músicos profesionales brillantes y talentosos, pero lo de aquella chica era innato.

Solo alguien que también lo tenía podía reconocerlo.

Capítulo 16

Cuando AnnieLee terminó su actuación y fue a la barra a por su agua con gas para celebrar, Billy le hizo un gesto negativo con la mano.

—Aquí no —dijo con voz casi estrangulada.

Se le cayó el alma a los pies. ¿Habría hecho algo mal?

«Bueno, para empezar has insultado a la guitarra que ha sido tan amable de prestarte», pensó.

Y a continuación empezó a pensar en la cantidad de feos que podía haberle hecho sin querer. A lo mejor no le había dado las gracias con el suficiente entusiasmo desde el escenario por haberla dejado cantar o no le había dicho lo honrada que se sentía de compartir escenario con tantos otros compositores. O a lo mejor había desentonado en la última canción. Esa primera cuerda seguía aflojándose y había hecho una chapuza con el puente...

Sintió que se encogía y crecía su inseguridad.

—¿Qué he hecho?

—Tómate tu agua en la mesa de ahí detrás —dijo—. Alguien quiere conocerte.

AnnieLee se irguió de forma automática.

—Ah. Conque quieren conocerme, ¿eh? Pues para tu información, no pienso ir a sentarme con un desconocido cualquiera solo porque él quiera. Joder, Billy, creía que había metido la pata con algo.

—No es un «desconocido cualquiera» —respondió él—. Es Ruthanna Ryder.

AnnieLee pestañeó varias veces seguidas. Seguro que no había oído bien. No podía ser... Era como decir que Patsy Cline había bajado del cielo con un par de alas doradas para invitarla a una copa.

—Anda ya. Y ahora, ¿me das mi agua con gas, por favor? Me pica la garganta. No me pongas rodaja de lima si no quieres.

Billy señaló hacia el fondo del bar con los ojos.

—He dicho Ruthanna Ryder —repitió medio atragantándose—. Está ahí, AnnieLee, y quiere conocerte.

Ella aún siguió burlándose de él.

—¿Es que no te enseñó tu madre que no hay que mentir?

Llegados a ese punto, Billy salió de la barra para colocarse al lado de ella y le puso la manaza encallecida en el hombro.

—El Cat's Paw es suyo. Y ahora ¿por qué no pones esa bonita sonrisa tuya y te acercas a conocerla?

—Ay, Dios mío —dijo ella mientras Billy le tiraba disimuladamente del brazo—. No era broma.

Se bajó del taburete y él la condujo entre el público hasta la mesa.

—Es bastante más cascarrabias que un hada madrina, pero esa mujer puede hacer todo tipo de milagros.

AnnieLee seguía sin poder creer lo que le estaba diciendo.

—¿Esto me está pasando de verdad? ¿Y qué le digo? ¿Estoy a punto de conocer a la reina de la música country?

—A ver, niña, así es como llaman a Loretta Lynn. Pero no vayas en plan admiradora loca —le advirtió entre dientes—. No soporta a los idiotas.

Le dio un empujoncito al tiempo que se abrían paso entre un grupo nutrido de personas hasta llegar a una mesita destartalada en un rincón, con la mayor estrella de la música de Nashville sentada en ella, tamborileando en el borde de una copa de martini con las uñas.

Perfumada y maquillada, con los ojos ahumados y los labios pintados de un rojo fresa y su espectacular melena rizada arreglada con esmero para que pareciera despeinada, Ruthanna Ryder era tan impresionante que AnnieLee ahogó una exclamación.

Cuando la mujer extendió el brazo para indicarle que se sentara, las luces de colores del techo se reflejaron en la pedrería del vestido.

—No me fastidies, parezco una bola de discoteca aquí dentro —dijo, casi para sí misma. Y acto seguido miró a AnnieLee—. Siéntate.

Esta hizo lo que le pedían sin saber qué decir. Fue entonces cuando se fijó en que Ethan Blake estaba sentado entre las sombras a la izquierda de Ruthanna. «Espera, ¿es que se conocen?», se dijo.

—Ruthanna —dijo Ethan a la reina resplandeciente que tenía al lado—, esta es AnnieLee Keyes. AnnieLee, esta es Ruthanna Ryder.

Al principio no pudo hacer nada más que asentir, pero, al cabo de un momento, las palabras salieron en tromba de sus labios sin que pudiera contenerse.

—Ya me he pellizcado yo misma, pero sigo pensando que estoy soñando. Es todo un honor conocerla, señora Ryder. La admiro desde que tengo uso de razón. —Notó que se sonrojaba, pero siguió—: ¡Teníamos un póster suyo en la cocina, justo al lado del Sagrado Corazón de Jesús, y yo pensaba que era una santa! Creía que tenía que serlo para cantar así. Incluso le rezaba. Yo tendría siete años cuando mi madre me dijo un día que, aunque usted tenía un talento divino, no era precisamente una santa.

Ruthanna soltó una carcajada.

—No soy una santa ni de lejos, AnnieLee.

Tenía una voz profunda, con cuerpo y más grave de lo que AnnieLee habría creído.

—¿Lo ves? —dijo Ethan, dándole un golpecito a Ruthanna en el brazo recubierto de pedrería—. Yo no soy el único que te reza.

—¿Qué pedías en tus oraciones, AnnieLee? —preguntó la cantante.

—Cantar —contestó ella sin dudarlo. También pedía otras cosas, ruegos desesperados, pero no era necesario sacarlos en ese momento.

Ruthanna posó las manos una sobre la otra encima de la mesa. Tenía una expresión seria.

—Eres una chica con mucho talento —dijo—. Llevo en este negocio más de cuarenta años y he visto más cantantes de los que puedo contar, y, sinceramente, tú sobresales entre todos ellos, AnnieLee Keys. Tienes algo especial.

Ella se hinchó de alivio y agradecimiento.

—Gracias —susurró—. Significa mucho para mí.

—No suelo hacer estas cosas —dijo Ruthanna—, pero voy a echarte una mano.

Llegados a ese punto, AnnieLee prácticamente temblaba de expectación. Aquello no era una broma sobre hadas madrinas: ¡una de las músicas más importantes del mundo iba a tomarla bajo su ala! ¡Aquello era un milagro en toda regla! Casi le dieron ganas de reírse al pensar en que sus oraciones infantiles habían merecido la pena, aunque las hubiera enviado en la dirección equivocada.

Ya se imaginaba cómo contaría lo sucedido esa noche. «No llevaba más que dos semanas en Nashville cuando conocí a Ruthanna Ryder, y ella es la razón por la que hoy estoy tocando aquí, en el auditorio Ryman.»

AnnieLee había tenido una vida muy difícil. ¿Era una locura pensar que esa única cosa fuera a resultarle fácil? Notaba la enorme sonrisa de felicidad que se le estaba dibujando en el rostro.

Pero Ruthanna no le sonreía. Le apuntó al corazón con una uña perfecta pintada de color rojo sangre.

—Te voy a dar un consejo, AnnieLee Keyes. Sal corriendo de Nashville ahora que aún puedes.

La chica tragó saliva.

—¿Cómo dice? —dijo en un susurro entrecortado.

—Este es un negocio duro y despiadado —contestó la cantante—. A alguien tan poquita cosa como tú la hará papilla. Puede que llegues a saborear el éxito, por supuesto, pero lo más probable es que termines rota y sola. Haz algo sensato con tu vida, AnnieLee. Búscate un trabajo.

Encuentra un hombre y cásate con él. —Miró de reojo a Ethan Blake—. Este, por ejemplo. Sería un buen marido.

Le euforia dio paso a la desilusión en un abrir y cerrar de ojos. AnnieLee tuvo que recordarse que tenía que respirar. Y justo a continuación tuvo que recordarse quién era.

Can I fix it?
No I cain't
But I sure ain't gonna take it lyin' down

Reunió todo el ánimo que pudo y se dirigió lentamente y con calma a su ídolo.

—La admiro más que a nadie en este verde planeta, pero con el debido respeto, señora Ryder, que le jodan.

Capítulo 17

Demasiado agitada para quedarse quieta y a la vez demasiado furiosa para irse, AnnieLee caminaba de un lado para otro del callejón trasero del Cat's Paw cuando se abrió la puerta y las figuras de Ethan y Ruthanna se recortaron contra las luces de colores del bar.

AnnieLee se paró en seco y se puso las manos en las caderas.

—¿Va a darme más consejos que no pienso seguir?

Ruthanna echó la cabeza hacia atrás y se rio.

—Tenías razón sobre ella, Blake, ¡es una fierecilla!

Aquello la enfureció aún más. Odiaba que la llamaran *pequeña* o que usaran diminutivos, aunque fuera cierto que era pequeña.

—Usted tampoco es tan grande, por si no lo sabía —le dijo—. Seguro que le gano en una pelea.

Ruthanna, que a esas alturas estaba tronchándose de la risa, se sujetó al hombro de Ethan, que las miraba alternativamente como si no tuviera ni idea de qué hacer o decir.

Al poco rato la expresión confusa de este hizo que AnnieLee empezara a reírse también. La situación no podía ser más ridícula. Primero le daba una pataleta en el callejón trasero de un bar y después desafiaba a una diosa del country a una pelea. ¿En qué demonios estaría pensando?

—Ay, cielo, esa sí que es buena —dijo Ruthanna con la respiración entrecortada—. Una pelea de gatas. ¡Me arrancarías todas las piedras de mi vestido de fiesta!

Ethan, sin embargo, había decidido que aquello no tenía ninguna gracia. Buscó los ojos de AnnieLee. «¿Estás loca? Pídele disculpas», dibujó con los labios sin pronunciar ningún sonido.

Ella no le hizo ni caso. No podía disculparse porque no lamentaba lo que había dicho. Cuando una chica no tenía a nadie que saliera a defenderla, tenía que hacerlo sola. No esperaba que aquel fan incondicional de Ruthanna, por buenorro que estuviera, lo entendiera.

—Esos zapatos que lleva tienen pinta de poder matar a alguien, Ruthanna —dijo AnnieLee entre risitas.

La otra estiró una pierna para presumir de sus puntiagudos zapatos de tacón de aguja.

—A mí es a quien están matando —dijo ella y, tras apartarse un mechón cobrizo de la mejilla, añadió—: Me caes bien. Y no es algo que diga a menudo.

—Doy fe —murmuró Ethan.

—Sé que acabas de llegar a la ciudad —continuó Ruthanna—. ¿Dónde te hospedas, AnnieLee Keyes?

La chica se miró las manos. No quería mentir.

—Por ahí —dijo.

—Por ahí —repitió Ruthanna.

Ethan frunció el ceño.

—No suena muy bien —dijo él.

AnnieLee pensó en su cama en el suelo del parque y en la policía que hacía las veces de despertador.

—No.

Ruthanna y Ethan se miraron de un modo significativo y un momento después Ruthanna se volvió hacia AnnieLee con una sonrisa casi maternal.

—Puedes quedarte conmigo un tiempo —dijo.

Se quedó tan desconcertada que tardó en responder. ¿Cómo había pasado de amenazar a la cantante a que esta la invitara a su casa en cuestión de minutos? Cuando miró a Ethan, le sorprendió verlo asentir con la cabeza, como si le pareciera una idea perfecta.

—Yo me quedé allí una vez —dijo—. Me desperté sintiéndome el rey de Inglaterra.

Ruthanna salió al callejón.

—Vamos —le dijo a AnnieLee con amabilidad—. No seas orgullosa. El coche nos espera.

La chica vaciló un momento solamente. Imposible resistirse a la idea de dormir en una cama de verdad. Y tras mirar a Ethan con ojos como platos una última vez, siguió a Ruthanna por el suelo de adoquines hasta una limusina blanca que esperaba con el motor al ralentí.

Capítulo 18

AnnieLee iba sentada muy tensa en el cómodo asiento trasero de cuero mientras el vehículo recorría plácidamente las calles oscuras. Ruthanna, que iba mirando por la ventanilla con expresión pensativa, no parecía interesada en charlar.

Mirarla seguía poniendo nerviosa a AnnieLee, que llevaba la vista fija en la nuca calva de la enorme cabezota del chófer. De vez en cuando, las miradas de ambos se encontraban en el espejo retrovisor, pero el hombre tenía una expresión insondable.

Media hora más tarde enfilaron un sendero casi oculto entre unos árboles altísimos. Unas enormes puertas de hierro forjado se abrieron y unas réplicas de faroles antiguos de gas iluminaban el camino a su paso con su luz vacilante. El chófer avanzó unos cuatrocientos metros antes de detenerse en la puerta cochera situada en el lado derecho de la casa.

Aunque *casa* no era palabra exacta para definir aquel edificio.

«¿Mansión? ¿Casa solariega?», se preguntaba AnnieLee. Ninguna hacía justicia a aquel lugar. Joder, si podría ser el edificio del Capitolio.

—¿Vive aquí? —preguntó sin dar crédito... y por error. Se había prometido que no reaccionaría como una pobre imbécil que había visto muy pocas casas de dos plantas y que la comida más lujosa que había disfrutado había sido el desayuno con bufé libre de tortitas del Denny's. ¿Qué era lo que decía ese tal Shakespeare? «Al final florece la verdad.»

Ruthanna se rio.

—Es un poco exagerada, ya lo sé. Era más joven y más tonta cuando la adquirí, me convencieron para que la comprara. Vamos dentro.

Más cohibida que nunca con sus vaqueros gastados y su camiseta vieja de Gap, AnnieLee la siguió a la cálida cocina amarilla, en la que Ruthanna se quitó los tacones y bajó de golpe diez centímetros. Ella se agachó para quitarse las maltrechas botas. Sus enormes dedos asomaban por los agujeros que llevaba en los calcetines.

—Ya es hora de quitarse este ridículo vestido —dijo Ruthanna—. Seguro que te apetece ducharte.

AnnieLee asintió con la cabeza en silencio, preocupada de repente de que oliera a sudor y a bar cutre. Pero contuvo las ganas de olerse las axilas mientras subían por la amplia escalera en curva y seguían después por un largo pasillo iluminado por relucientes lámparas de araña.

—*Voilà!* —dijo Ruthanna abriendo una de las numerosas y pesadas puertas de madera—. La habitación lila.

A instancias de Ruthanna, AnnieLee entró en la habitación más grande que había visto en su vida. Además de la cama con dosel de dos por dos metros con mesillas de caoba a juego, había una zona de estar con un conjunto de sofá y dos sillones tapizados en brocado de seda y una zona de trabajo con dos preciosos secreteres de estilo antiguo. Las paredes estaban pintadas de un relajante tono malva.

—El *en suite* está detrás de esa puerta —dijo Ruthanna. «¿El qué?», pensó AnnieLee.

Ruthanna le dio una palmadita en el hombro.

—Te dejo a tu aire.

—No sé cómo darle las gracias… —comenzó a decir AnnieLee, pero Ruthanna la interrumpió.

—Shhh, no es nada.

El *en suite* resultó ser un cuarto de baño con suelo de mármol radiante y una bañera tan enorme que podías hacer largos. Abrió el grifo y se quitó la ropa sucia de polvo y sudor. Cuando el agua alcanzó la temperatura máxima, se metió en la ducha y se quedó debajo del agua hasta que la piel adquirió un color rosa fuerte y la habitación se inundó de vapor. Era la cosa más maravillosa que había sentido en…, bueno, era mejor no contar los días, habían sido demasiados.

Al cabo de media hora, oliendo a jazmín y azahar, AnnieLee bajó de puntillas envuelta en un albornoz gigante y encontró a Ruthanna en la mesa de la cocina frente a una humeante taza.

—Parece que ya te sientes mejor —dijo la mujer—. Y también pareces una especie de oso polar con esa cosa.

AnnieLee sonrió con timidez y se sentó frente a ella.

—Yo estoy limpia, pero mi ropa está bastante sucia.

Ruthanna la miró un momento y AnnieLee se preguntó si había dicho algo malo, pese a que era una obviedad.

La mujer se levantó y se dirigió a la encimera a echarse un chorrito de miel dorada en la infusión.

—Creo que tengo algunas cosas que podrían servirte —le dijo. Cuando levantó la cabeza, clavó la mirada en AnnieLee—. ¿De dónde eres? ¿Dónde está tu hogar?

La chica había estado temiendo que se lo preguntara, ya que no había una buena manera de contestar. No podía decir la verdad. Se cerró aún más el cuello del albornoz.

—Es complicado —dijo.

—La vida es complicada —comentó Ruthanna, volviendo a la mesa—. Y teniendo en cuenta que te he dejado entrar en mi casa, creo que responder a esa pregunta no es pedir demasiado, ¿no crees?

AnnieLee retorció una servilleta en el regazo.

—¿Y bien? —insistió la mujer.

—No tengo familia —respondió ella.

—Todos venimos de alguna parte —comentó la otra mujer con dulzura.

AnnieLee estiró la servilleta con nerviosismo. Cuando volvió a tomar la palabra, lo hizo apretando tanto los labios que casi no se la oía.

—Mis padres eran preparacionistas y vivíamos en una región apartada en Tennessee.

Ya estaba. Lo había hecho.

«Perdóname, Dios mío —pensó—. No sabía que mentir pudiera ser tan fácil.»

—Parece que no estabas muy contenta con ellos —dijo la otra—. Bueno, los padres pueden ser difíciles. Mi madre era, y esto va a sonar muy mal, una mandona pelirroja incorregible y testaruda.

—Mi madre murió cuando yo tenía diez años —dijo AnnieLee, y esa parte era verdad.

—Lo siento. ¿Qué le ocurrió?

La chica bajó la vista al regazo. No estaba preparada para hablar de la muerte lenta y agónica de su madre a causa del cáncer, ni esa noche ni nunca probablemente.

—Está bien. No te presionaré más. Vete a la cama. Yo voy a terminarme mi infusión. Es ortiga. Maya, mi asistente, dice que es buena para mí.

—Le agradezco muchísimo que me haya dejado... —dijo AnnieLee.

La otra la interrumpió con un gesto de la mano.

—No digas nada más. Tengo más espacio del que puedo utilizar. Es agradable tener a alguien más por aquí. —Dio un sorbo y puso una mueca de asco—. Le hace falta más miel. Te juro que sabe a hierbajos cocidos. Da igual. Cuando subas, abre la última puerta que veas a la izquierda, es un dormitorio blanco. —Se detuvo en seco y cerró los preciosos ojos verdes. Pero al cabo de un segundo volvió a abrirlos. Negó con la cabeza, como si quisiera apartar una idea molesta—. En el armario hay todo tipo de ropa que te valdrá. Coge lo que necesites.

—Pero, señora Ryder, no puedo aceptar también su ropa —dijo AnnieLee.

Ruthanna estuvo a punto de dar un respingo y tensó los dedos alrededor de la taza.

—Hace mucho que no se la pone nadie —dijo sin levantar la voz—. Venga, ve y coge lo que quieras.

Capítulo 19

Ruthanna se despertó con la luz del sol que se filtraba a través de sus cortinas de delgado lino francés. Tenía la ventana abierta y se oía el suave zumbido de las abejas entre las flores de los manzanos de fuera. Se quedó un minuto más en la cama pensando en la chica que dormía al final del pasillo. AnnieLee, con su cabello oscuro, era un caballo sin domar del todo y asustadizo al mismo tiempo.

No lamentaba haberle dicho que se fuera a casa, o a cualquier otro lugar si no tenía un hogar. El negocio de la música no era como antes, y ni siquiera ella querría tener que hacerse un hueco en el mundo de la música actual.

Se sentó en la cama, se estiró y se masajeó los nudos que se le hacían en el cuello de camino al baño. Tras una rápida ducha fría (otra de las ideas de Maya para mejorar la salud, que en su opinión estaba perfectamente), se puso el chándal de lino de color crema que su antigua estilista le había enviado por su cumpleaños, en el mes de mayo. Ruthanna había esquivado tantas veces la cuestión de la edad que ya no sabía muy bien cuántos años había cumplido, y tampoco quería darle muchas vueltas.

Se hizo una cola de caballo y bajó al piso inferior de su silenciosa casa. No siempre había estado así de tranquila, pero las cosas habían cambiado mucho con los años. «Algunas para mejor y bastantes para peor», se dijo.

—Pero el tiempo sigue su curso —dijo en voz alta, un tópico muy cierto y también el título de una canción de Tracy Lawrence.[5] Tarareó la melodía mientras preparaba una cafetera haciendo mucho ruido para que la inquieta chica que dormía arriba supiera que ya estaba despierta y que podía bajar.

Entonces se le ocurrió la disparatada idea de hacer tortitas. AnnieLee tenía que engordar un poco, y le pareció que podía disfrutar viendo a la chica devorar un buen montón de tortitas por ella. Bebería café mientras esperaba a que apareciera Maya con uno de esos asquerosos batidos de espirulina que la obligaría a tomarse.

Siguió silbando mientras cocinaba, recordando lo mucho que le gustaba tener a alguien de quien ocuparse. No quería que la chica se quedara a vivir con ella para siempre, por supuesto, pero sería agradable tenerla por allí un tiempo. A lo mejor podían cuidar juntas de las plantas. Las rosas estaban empezando a florecer y las lilas no tardarían. Tenía miles procedentes de todos los rincones del mundo.

Cuando terminó las tortitas, las metió en el horno para que no se enfriaran y se sentó a leer el periódico. Su asistente llegaría de un momento a otro y estaba desean-

---

[5] *Time Marches On,* título original en inglés de la canción de Tracy Lawrence que también dio título a su álbum de 1996.

do presentarle a AnnieLee. Sabía que la chica no desafiaría a Maya a una pelea, ¿o sí? «Eso merecería la pena verlo», pensó.

Eran casi las nueve de la mañana cuando decidió subir a despertar a su invitada. Llamó suavemente a la puerta y, al no recibir respuesta, abrió despacio la puerta.

La cama estaba hecha, y la habitación, vacía. Había una nota manuscrita encima de uno de los cojines:

Querida señora Ryder:

Gracias por todo. Quiero que sepa que le he cogido un pantalón de chándal y dos camisetas del armario. Y, bueno, también he tomado prestada una guitarra que he visto. El estuche estaba lleno de polvo. Sé que no me la ofreció, pero algo me dijo que no me habría dicho que no si se la hubiera pedido. Le prometo que la trataré bien y que se la devolveré en cuanto pueda.

Toda mi gratitud y admiración y un poco más,

La fierecilla

—¡Será posible! —exclamó por lo bajo Ruthanna. Eran demasiados los sentimientos que se le acumulaban dentro como para ponerles nombre. Hizo una bola con la nota que tenía la mano.

Capítulo 20

Ruthanna estaba en el jardín con sus rosas cuando Maya salió de su Lexus con dos batidos de color verde vivo.

—Te veo muy pensativa esta mañana —dijo, dándole uno de los vasos.

—Supongo que lo estoy —contestó ella—. Gracias…, sea de lo que sea.

—Espinaca, apio, col y pera. Te va a gustar.

Ruthanna olió el batido con gesto dudoso.

—Dejé que la chica esa que descubrió Ethan pasara aquí la noche, pero ha desaparecido antes de las seis de la mañana. ¿Por qué crees que lo habrá hecho?

—Ni idea —contestó su asistente—. ¿Ha desaparecido alguna otra cosa con ella?

—Se ha llevado una guitarra, pero me lo explicaba en una nota.

Maya chasqueó la lengua.

—Es muy impropio de ti.

Ruthanna reconoció que era cierto, pero esa chica tenía algo que le había tocado la fibra.

—¿Tengo que ir a revisar la plata? —preguntó Maya medio en broma.

—No va a ser necesario —dijo ella—. AnnieLee no haría algo así. Y, si lo ha hecho, ¿crees que me importaría realmente? ¿Cuándo fue la última vez que la usamos?

—Ya me acuerdo —dijo Maya—. Fue... —Pero cerró la boca de golpe, se giró sobre los talones y subió corriendo los escalones de la casa.

Ruthanna sintió una punzada de dolor al acordarse ella también. Un precioso domingo de junio, una comida de celebración para su hija...

Pero no quería pensar en ello en ese momento.

Se dio media vuelta, siguió a Maya al interior de la cocina y vio que su asistente estaba preparando otra cafetera.

—¿Tú vas a tomar? —preguntó Maya—. Voy a prepararlo tan fuerte que podría hacer pesas.

—Claro —contestó Ruthanna acercando la taza—. Hay tortitas en el horno, por si quieres.

—Por supuesto —dijo Maya—. No sé cómo puede una persona desayunar solo un zumo.

Ruthanna probó un sorbo de batido.

—Al menos no está malo. —Se sentó en el banco de la ventana—. Me gusta mucho esa AnnieLee. Quería ayudarla, pero creo que no le dije lo que ella quería oír.

Maya la miró por encima del borde de las gafas.

—¿Qué le dijiste?

—Le dije que se fuera de Nashville tan rápido como le permitieran sus piececitos.

Maya resopló.

—En otras palabras, te cargaste sus ilusiones.

—Si quieres verlo desde el lado negativo, adelante —dijo Ruthanna—. Pero yo intentaba salvarla, de hecho.

Maya se sentó a la mesa con un plato de tortitas con mantequilla y sirope por encima.

—¿Crees que ha seguido tu consejo?

—Ni por asomo —dijo la otra—. Creo que es testaruda como...

—¿Como tú? —la interrumpió Maya.

Ruthanna sonrió de oreja a oreja.

—Básicamente. —Descolgó el teléfono inalámbrico de la pared y se lo pasó a su asistente—. ¿Puedes llamar a Jody de BMH? Si va a quedarse en la ciudad, lo menos que puedo hacer es informar de que está por aquí.

—¿Puedo desayunar mientras lo hago?

—Obviamente.

Maya cogió el teléfono y marcó mientras masticaba. Se sabía el número de memoria, pero Ruthanna no ignoraba que Maya conservaba su antigua agenda Rolodex en caso de necesidad. La tendencia compartida a hacer las cosas a la antigua usanza era una de las razones por las que trabajaban tan bien juntas.

La asistente puso el altavoz del teléfono en cuanto Jody contestó la llamada.

—Por favor, Dios, dime que Ruthanna tiene una canción nueva —dijo Jody a modo de saludo.

—Tiene como un centenar —contestó Maya—, pero ya sabes lo que piensa al respecto.

—Lamentablemente —dijo Jody—. Déjame decir que todos en BMH Music esperamos ansiosos el día que su brillante y exasperante cabeza cambie de idea.

—Pero tiene otra cosa para vosotros —añadió Maya—. Una cantante nueva.

Ruthanna sabía que Jody estaría poniendo los ojos en blanco.

—Yo ya no salgo. Puedo hacerle el favor de enviar a uno de mis ayudantes, por supuesto. ¿Está por ahí?

Ruthanna empezó a hacerle señas. «Noooooo, no estoy.»

—En este momento no —dijo Maya sin alterarse—. Entonces ¿vas a quedarte en casa viendo un maratón de programas de televisión británicos sobre repostería mientras dejas que un chavalín la descubra?, ¿que firme un contrato y se lleve todo el mérito?

Jody dejó escapar un suspiro teatral.

—¿Cómo se llama?

Maya miró a Ruthanna, que le escribió el nombre en un trozo de papel y se lo tendió.

—AnnieLee Keyes —leyó.

—Uf, no me gusta —dijo Jody.

—¿Por qué?

—¿AnnieLee? ¿Keyes? Me suena a una mujer flacucha como un palo, sin dientes, jugando a las cartas en el porche en algún lugar de los Apalaches con un montón de perros sarnosos dando vueltas alrededor de sus pies descalzos.

—Bueno, dinos qué te parece de verdad —dijo Maya.

—Vale, no es tan malo —dijo Jody—, pero tampoco es bueno.

—Pues se lo cambias. Eso es lo que hicieron con Ruthanna Ryder.

—Aquello no fue cosa mía, ya lo sabéis, pero a quienquiera que se le ocurriera dio en el clavo. ¿Pollyanna

Poole? Es nombre de muñeco, como esos bebés que abren los ojos y hacen pis en el pañal.

Ruthanna no pudo mantener la boca cerrada más tiempo.

—Qué inflexible estás hoy, Jody Decker —dijo—. Pero si fuera yo la que cantara esas canciones, sabes que la gente las habría escuchado, sin importar el nombre.

Maya se rio por lo bajo mientras Jody carraspeaba incómoda.

—No sabía que estuvieras escuchando la conversación, Ruthanna —dijo—. ¿Es amiga tuya esa chica?

—Apenas la conozco, si te digo la verdad. Pero la he visto y tiene algo.

Se produjo una pausa.

—¿Es guapa?

La pregunta no la sorprendió en absoluto; a todo el mundo le gustaba promocionar algo con un bonito envoltorio, pero no por eso le parecía bien. Se recostó en el banco y se cruzó de brazos.

—Tendrás que ir a verla para averiguarlo —le dijo.

Capítulo 21

AnnieLee entró resueltamente en un bar llamado Lucky Horseshoe unos minutos antes de las cuatro, comienzo de la hora feliz. Estaba aseada, había descansado bien y tenía un hambre moderada, un estado general mucho mejor que los últimos días. El golpeteo de la guitarra contra el muslo le daba un extra de confianza en sí misma. Había escrito la letra de otra canción durante la caminata de doce kilómetros hasta la ciudad y estaba deseando ver cómo salía. Ya tenía guitarra propia, solo le faltaba el escenario.

Mientras los ojos se le adaptaban a la penumbra del bar, buscó a quién acercarse a preguntar. Un cartel de neón de Budweiser parpadeaba; una pareja veía un partido de golf en la enorme pantalla de televisión; cuatro carpas de colores nadaban perezosamente en un pequeño acuario cerca del estante de licores que estaba más bajo.

Estaba a punto irse a otra parte a probar suerte cuando una mujer alta con las mejillas coloradas llegó del fondo con un paño sobre el hombro bronceado y con tatuajes. Llevaba el pelo rubio recogido en dos gruesas trenzas, pero tenía unas cejas finas pintadas, casi negras. Se coló por debajo de la barra, se lavó las manos y se puso a limpiar vasos de pinta. No miró a AnnieLee.

—Hola —dijo esta con voz cantarina.

La mujer levantó la vista de los vasos, la miró y después se fijó en la guitarra.

—Hola —contestó con cautela.

—Me preguntaba si te gustaría escuchar un poco de música en directo esta noche —dijo AnnieLee—. Interpretada por mí y mi guitarra nueva. —Le dio unas palmaditas al estuche con gesto protector. Al ver que la mujer no decía nada, añadió—: He tocado muchas veces en el Cat's Paw. Me quieren mucho allí.

La mujer enarcó una de sus cejas excesivamente depiladas.

—¿No me digas?

—Diría que sí —contestó AnnieLee. No sabía si mencionar a Ruthanna Ryder, decir que a esas alturas eran ya amigas, aunque hubiera salido a hurtadillas de su casa poco después de que amaneciera. Pero estaba bastante segura de que, para empezar, la mujer no se lo creería y, en segundo lugar, le daba la impresión de que a Ruthanna no le gustaría que usara su nombre para darse publicidad. Después de todo, le había dicho que buscara un trabajo de verdad, no que se pasara el día recorriendo Nashville de arriba abajo pidiendo por todos los bares que le dejaran tocar y utilizar encima su nombre para darse importancia.

—¿Y por qué no cantas esta noche en el Cat's Paw? —preguntó la mujer. No lo dijo de forma desagradable, aunque parecía capaz de partirla en dos de un guantazo.

—Estoy ampliando horizontes —contestó—. Proban-do cosas nuevas. —Miró a su alrededor—. Me pareció que este podía ser un buen lugar para tocar. Me… gustan tus peces.

La mujer miró la pecera y se le suavizó la expresión.

—¿Verdad que son bonitos? Como un cuadro en mo-vimiento. —Se volvió hacia ella y añadió—: Tenemos música en vivo los viernes y los sábados por la noche. El resto de los días usamos eso —dijo señalando una gra-mola gigante y anticuada.

AnnieLee se acercó a la máquina y curioseó a través del cristal borroso. Hank Williams. George Jones. Kitty Wells.

—¿Cómo es que la canción más moderna que hay aquí dentro tiene por lo menos veinte años más que yo?

—La gramola solo admite discos de 45 r. p. m. —con-testó la mujer con orgullo—. Es una antigüedad.

AnnieLee siguió leyendo. No había más que clásicos: *I Walk the Line, Crazy, Coal Miner's Daughter* y *I'm So Lo-nesome I Could Cry. Friends in Low Places* era lo más pare-cido al country contemporáneo que había en aquella gra-mola.

Se volvió hacia la camarera.

—Yo puedo tocar todas estas canciones.

—Enhorabuena. —La mujer había abierto una revista y estaba hojeándola.

—Lo que quiero decir es que yo puedo ser tu gramo-la —explicó.

La mujer pasó otra página y bizqueó como si necesita-ra gafas para leer.

—Me encanta Rebel Wilson —dijo pensativa—. Ojalá grabara un álbum de country. —Levantó la vista y la miró—. ¿Qué?

AnnieLee habló deprisa para evitar que la mujer dejara de prestar atención y siguiera con su revista de cotilleos.

—Sería divertido. Si alguien quiere escuchar alguna de las canciones de la gramola, puede pedirme que la toque yo. ¡Ni siquiera tendrán que meter una moneda!

La mujer la miró de arriba abajo.

—Estoy segura de que los tíos querrían meterte algo más que una moneda —dijo.

AnnieLee se estremeció, pero decidió pasar por alto el comentario.

—Le va a encantar a todo el mundo, lo sé —añadió.

Una vocecilla en un rincón de su cabeza le recordó que en realidad no conocía todas las canciones, pero había crecido escuchando todas ellas y cantando la mayoría, y confiaba en poder improvisar el resto con relativa facilidad. Tres acordes y la verdad, ¿no? O seis, incluso siete más un punteo de guitarra decente.

Era consciente de que la camarera se lo estaba pensando.

—Los martes no hay mucho movimiento —dijo más para sí que para AnnieLee—. Y tampoco creo que vaya a morirme por no escuchar un día el *Folsom Prison Blues* directo de los labios del Hombre de Negro.

—No tienes que pagarme —dijo AnnieLee—. Cantaré a cambio de la cena.

La camarera cerró la revista de golpe y se irguió.

—¿La cena? —dijo, echándose las trenzas hacia atrás—. Chica, aquí hacemos los mejores perritos de chili con carne al sur de la línea Mason-Dixon, pero no nos adelantemos.

Capítulo 22

Siguiendo las escuetas indicaciones de la camarera, Annie-Lee se sentó en un taburete junto a la gramola y esperó a que alguien se le acercara a pedir un clásico del country.

Y esperó.

Y siguió esperando. Así pasó una hora, sesenta minutos solitarios y tediosos en los que estuvo allí sentada sin que nadie se fijara en ella, con la hermosa guitarra de madera de palisandro de Ruthanna en el regazo y dando golpecitos con los pies en el suelo de cemento.

A lo mejor nadie reparaba en ella porque era martes de cerveza Tecate a dos dólares hasta las seis y estaban demasiado ocupados hartándose de latas de cerveza mexicana para fijarse en la chica morena aburrida en su rincón. De todas formas, había demasiado ruido en el local para que se la oyera tocar. Pero AnnieLee no tenía intención de abandonar. Se dijo que estaba haciendo lo que tenía que hacer por su arte. Por su amor por la música.

Además, había maneras mucho peores de pasar la noche de un martes; lo sabía por experiencia.

Se removió en el incómodo taburete y suspiró. Y empezó a tararear el inicio de una nueva melodía. Mató el tiempo buscando palabras que rimaran con «aburrida»: comprometida, agradecida, molida, raticida...

Estaba mirando el reloj del bar marcar los minutos que faltaban para las seis de la tarde cuando empezaron a sonarle las tripas y se dio cuenta de que la razón por la que seguía aguantando aquella situación en el Lucky Horseshoe había cambiado. Ya no tenía nada que ver con la dedicación o el orgullo, tenía que ver con la cena. Quería uno de esos perritos de chili con carne, joder, y no pensaba irse hasta que se lo hubiera ganado.

Ingrid, la camarera, le había dicho que se quedara ahí sentada esperando a que alguien se acercara a pedirle una canción, pero al final el hambre que tenía pudo más que su paciencia. Cuando un hombre con una camiseta de Charlie Daniels pasó por su lado camino del baño, se inclinó hacia él y gritó:

—¿Qué ha dicho, señor? ¿Que si puedo tocar *The Devil Went Down to Georgia?* —Fue la única canción de Charlie Daniels que se le ocurrió.

El hombre se giró hacia ella, sin entender.

—¿Eh? Yo no...

—Bueno, la verdad es que no —lo interrumpió ella, acompañando sus palabras con su sonrisa más brillante e irresistible—, porque no tengo violinista, pero me parece que es usted un hombre con mucho gusto y perspicacia, así que ¿qué le parece si toco algo de Willie Nelson? *¿Yesterday's Wine,* por ejemplo? Sé que George y Merle llegaron al número uno con su versión, pero siempre me ha gustado el aire que le da el señor Nelson.

Todavía desconcertado, el hombre le dijo que no le importaría escuchar la canción, y menos aún si la tocaba una chavalita guapa como ella. AnnieLee se aguantó las ganas de contestarle que no la llamara de esa forma y se lanzó a su primera actuación en vivo en el Lucky Horseshoe.

Cuando terminó la canción y el sonido del último acorde de mi se fundió con el ruido de fondo, pensó que el fan de Charlie Daniels continuaría con lo que hubiera estado haciendo, pero se quedó allí, mirándola con curiosidad, como si fuera un ave exótica.

—Jamás la había escuchado cantada así —dijo—. ¿Puedes tocar *On the Road Again?*

—Por supuesto.

—Spider —gritó a alguien volviéndose hacia atrás—, ven a escuchar a esta chica.

—Mujer —dijo ella entre dientes.

Un tipo enorme con un sombrero vaquero igual de enorme (AnnieLee supuso que sería el tal Spider) se acercó a grandes zancadas a escuchar su versión de la oda de Willie Nelson a las giras musicales, y al poco se había congregado un grupito de gente alrededor del taburete. Spider quería que cantara *Two Doors Down* a continuación, y casi no había terminado el último verso de la canción y ya le estaban pidiendo que tocara otras canciones de la lista de la gramola. Una pareja muy joven cogida por la cintura le preguntó si podría cantar la canción de su boda.

—La primera canción que bailamos juntos fue *I Cross My Heart* —dijo la mujer, tan joven que no parecía que tuviera la edad suficiente para entrar en un bar, mucho menos para casarse.

AnnieLee colocó una cejilla en el primer traste de la guitarra.

—De George Strait, ¿verdad? —preguntó.

—Ya te digo, joder —dijo ella, sonrojándose y riendo por lo bajo como si no pudiera creerse que acabara de decir «joder».

AnnieLee cerró los ojos y se acordó de cuando escuchaba la cadena KCMN de pequeña («Esto es *Country Music Now,* en el 95.5 de la FM, vaqueros») en la radio de la camioneta, agarrando su vieja guitarra de veinte dólares con manos sudorosas mientras intentaba comprender dónde iba cada dedo. Recordaba la canción, pero...

—¿Podéis ayudarme un poco con la letra?

Y así, sin más, la actuación de AnnieLee pasó a ser un karaoke con el público cantando a coro con ella. La joven rodeó con un brazo a Spider, que era tres veces más grande que ella, mientras este se lanzaba a cantar con su profunda voz de barítono. Más gente llegó y se puso a cantar con los presentes. AnnieLee tocó una canción de Patsy Cline a continuación y después fue el turno de Tammy Wynette. Alguien le puso un bote para propinas a los pies y en cuestión de media hora estaba hasta los topes de billetes pequeños y monedas sueltas.

Cuando llevaba la mitad de la lista de canciones de la gramola por lo menos, el hombre de la camiseta de Charlie Daniels se adelantó un paso y preguntó si tenía canciones propias que pudiera tocar.

Le dolían los dedos y le picaba la garganta, pero quería que aquel hombre, y todos los presentes, escucharan las letras que ella misma había escrito. Así demostraría que era algo más que una gramola humana.

—Tengo un montón —dijo ella—. ¿De verdad queréis que toque una?

—¡Ya te digo, joder! —repitió la chica joven de antes.

—¡Claro que sí! —dijo su marido, con su carita de niño.

El público guardó silencio cuando AnnieLee empezó a tocar el *lick* inicial. Tenía la voz cansada, pero seguía siendo potente, y sintió que se animaba aún más a medida que cantaba sus propias canciones.

Al final tuvo que dejar a un lado la guitarra y levantarse. Sentía calambres en las piernas y se le había enrojecido la yema de los dedos.

—Lo siento —dijo al público—. Creo que se ha terminado por esta noche.

Empezaron a lanzarle pitos sonoros en broma y en eso apareció Ingrid y los señaló a todos agitando el dedo como una monitora *scout* vikinga tatuada.

—Dadle un respiro, colegas —dijo—. Las chicas también tienen que comer.

Le preparó una mesita en una esquina y le sirvió un perrito con una montaña de patatas fritas con queso. Olía tan bien que le entraron ganas de llorar.

—Podría comerme el triple —dijo.

—Debes tener la solitaria —dijo Ingrid.

AnnieLee se metió una patata caliente y grasienta en la boca.

—Un poco solitaria sí soy. —Vio pasar a una camarera con una cesta de bolas de patata rebozadas—. ¿Puedes traerme una de esas también, por favor? ¿Y una Coca-Cola? Lo siento, es que...

Pero no podía seguir hablando, porque tenía que meterse la comida en la boca. Y aunque trataba de comer con educación, era imposible. Para empezar, estaba muerta de hambre, y, en segundo lugar, comer un perrito era una tarea pringosa de por sí.

Ingrid volvió al cabo de unos minutos con más comida y dijo:

—Aquí tienes, Takeru.

AnnieLee levantó la cabeza.

—¿Quién?

—Takeru Kobayashi —contestó la otra—. Ya sabes, el japonés ese que tenía el récord de comer perritos calientes.

—Ah, ya, claro —dijo AnnieLee, asintiendo con la cabeza como si hubiera oído hablar de él, que no era así. Bebió de buena gana un sorbo de su bebida—. Esta Coca-Cola sabe rara. —Se puso roja nada más decirlo—. Perdona, no quería ser grosera...

—Sabe rara porque lleva Jack Daniels, boba —dijo Ingrid dándole una palmadita en el hombro—. Es bueno para la voz. —Sonrió de oreja a oreja—. Y para el ánimo.

El whisky le quemó un poco la garganta, pero se acostumbró rápido. Al poco empezó a notar una sensación cálida y agradable en el cuerpo. Ya no le dolían tanto los dedos enrojecidos y sentía un cariño nuevo pero intenso por todos y cada uno de los que estaban en aquel bar.

Para cuando se terminó el vaso, sus preocupaciones estaban lejos como las nubes en el distante horizonte azul. Por fin estaba segura, allí, en la Ciudad de la Música, y sabía sin ningún género de dudas que dentro de muy poco iban a cumplirse todos sus sueños.

Capítulo 23

AnnieLee seguía eufórica después de su actuación cuando salió del Lucky Horseshoe casi ocho horas después de llegar. Le había pedido a Ingrid que le guardara la guitarra y se había despedido con cariño y un poco piripi de todos sus nuevos amigos, con la promesa de que volvería a cantar para ellos en cuanto pudiera.

Había rechazado el ofrecimiento de Spider de llevarla en coche a casa y también el de los amables chicos que le habían pedido la de George Strait. AnnieLee pensó que un paseo tranquilo la ayudaría a relajarse, y, además, no quería que nadie se enterase de que su «casa» era un saco de dormir de segunda mano en el suelo liso debajo de un árbol del parque Cumberland.

Tras guardarse su dinero en el fondo del bolsillo trasero, echó a andar en dirección noreste, hacia el río. Solo tenía que caminar un kilómetro y medio, la noche era clara y cálida y se sentía satisfecha consigo misma. Había llegado a Nashville pobre y hambrienta, cargando con una mochila en la que le cabían todas sus pertenencias. Y las cosas mejoraban un poco cada día.

También es cierto que cuando partes desde muy abajo solo puedes mejorar.

Al pasar bajo una farola, AnnieLee dio un saltito y se agarró al poste como Gene Kelly en *Cantando bajo la lluvia*. Puede que fuera por el dinero inesperado o por la canción que estaba escribiendo en su cabeza. O tal vez fuera solo por la combinación de Jack Daniels y Coca-Cola; el caso es que bajó la guardia un poco. No iba mirando continuamente hacia todos lados mientras se dirigía hacia el río. No se detenía en cada esquina a escrutar los alrededores conteniendo la respiración mientras escuchaba como una cierva. Se dejó llevar por una felicidad apasionante y desconocida. Incluso se inclinó a oler un ramillete de lirios morados enanos que había en una jardinera en un café mientras tarareaba su nueva melodía. Olían como los caramelos de Pascua.

De repente, una parte primitiva y animal de su ser que había intentado ignorar, por una vez, se levantó, y le dijo: «Cazador. Peligro».

Se quedó inmóvil, inclinada aún sobre la jardinera, con todos sus sentidos alerta y un hormigueo que le recorría los nervios como una corriente eléctrica. Oyó el siseo de su propia respiración al exhalar, el zumbido de una moto a lo lejos y el sonido que hacían las hojas de una magnolia al rozarse entre sí en su maceta.

Y a continuación lo oyó: un sonido diferente, humano. El tintineo metálico de un manojo de llaves. La rozadura de las botas contra la acera. AnnieLee no sabía cómo un sonido tan simple podía ser tan siniestro, pero ya había echado a correr cuando un hombre se abalanzó sobre ella en la oscuridad.

Notó los dedos que intentaban engancharla del brazo y lanzó una patada hacia atrás por instinto. El pie chocó contra algo duro. Una rodilla, tal vez, porque oyó un crujido y una exclamación furiosa de dolor.

No se giró siquiera. Siguió corriendo más deprisa.

«Deprisa pero relajada —decía su entrenador de atletismo cuando estaba en el instituto—. Correr tiene que ver con la resistencia tanto como con la velocidad.»

Pero aquello no era una carrera en la pista; aquello era un animal perseguido que huía. Una cierva a la que querían dar caza no corría con elegancia, sino con desesperación, para no morir.

AnnieLee aguantó el ritmo mientras aumentaba la distancia con su atacante. No se volvió a mirar para ver si la seguían, porque eso la habría hecho reducir la velocidad y porque sabía que sí la perseguían. Tenía la respiración fuerte y agitada. Se concentró en mover los brazos, porque, si conseguía moverlos más rápido, sus piernas no tendrían más remedio que seguirles el ritmo.

La adrenalina la impulsaba, aunque sus pulmones se quejaban. Resbaló en el asfalto y estuvo a punto de caerse cuando dobló una esquina a toda velocidad, pero se agarró al alféizar de una ventana y se apartó de un empujón con todas sus fuerzas sin variar el ritmo apenas.

Más adelante se veía un hueco entre los edificios. Si pudiera llegar hasta allí antes de que su perseguidor doblara la esquina…

Se precipitó en el interior del pasadizo oscuro y estrecho y pasó junto a una hilera de cubos rebosantes de basura alineados contra la pared de ladrillo. Saltó por encima de unos palés que estaban tirados en medio del callejón. Y al mirar hacia delante se encontró con que no tenía salida y se acababa a menos de cincuenta metros.

No podía seguir y tampoco podía retroceder, así que se agachó, se puso a cuatro patas sobre el arenoso adoquinado y se coló a base de retorcerse en el estrecho hueco que había entre dos contenedores grasientos y apestosos.

Entre el latido acelerado de su corazón y el zumbido de los oídos no oía nada. Tenía la garganta irritada y su pecho subía y bajaba mientras le imploraba mentalmente a su perseguidor: «Sigue corriendo, sigue corriendo, sigue corriendo».

Se mantuvo tan quieta como pudo, pese a que las piernas le temblaban y sentía calambres. Cuando se le calmó la respiración, el olor dulzón de la basura podrida se le hizo casi insoportable.

Prestó atención, pero no oía nada más que el silencio. No apareció ninguna silueta al fondo del callejón. Nadie apartó de golpe los cubos de la basura ni la encontró agachada como un animal acorralado.

AnnieLee se levantó despacio con las extremidades doloridas. Parecía que todo daba vueltas a su alrededor, e inspiró bruscamente. Alargó el brazo en busca de la áspera pared de ladrillos y se dobló hacia delante. Tosió y le sobrevino una arcada. Sintió un espasmo enorme y doloroso en el estómago y vomitó toda la cena.

—Mierda —dijo cuando por fin recuperó el habla. Se limpió la boca con la camiseta—. Qué perritos calientes más desaprovechados.

121

Dio media vuelta y continuó caminando hacia el parque, mirando en todas direcciones con recelo mientras atravesaba las silenciosas calles. Pero nadie la seguía.

«Ese hombre solo quería atracarte —se dijo cuando trepaba por la pared para fundirse entre la espesura del parque—. Eso es todo.»

Pero esa vieja parte de su subconsciente sabía que no era cierto. Quienquiera que fuera no quería su dinero. La quería a ella.

Capítulo 24

Durante las cinco noches siguientes, AnnieLee se despertaba con el mínimo crujido y muchas veces se quedaba despierta hasta que el amanecer teñía de rosa el cielo. Y cuando comenzaba el ensordecedor coro mañanero de los cuervos, se levantaba, recogía sus cosas, metía la mochila en su escondite e iniciaba su agotadora vuelta a la ciudad.

Iba a recoger la guitarra al Lucky Horseshoe, que empezaba a servir su famoso bloody mary a las ocho de la mañana. Con suerte, a Ingrid le tocaba el primer turno del día y le daba café gratis. Después bajaría a Lower Broadway a tocar en una esquina que no estuviera ocupada ya por otros músicos callejeros. Tras unas horas cantando para los viandantes, muchos de los cuales no reparaban siquiera en ella, iría a buscar algún garito en el que tocar. La mayoría de las noches tenía suerte y conseguía la cena o algo de dinero, y a veces le tocaba el gordo y se llevaba las dos cosas.

La sexta noche decidió derrochar el dinero en un motel barato en East Nashville. Su habitación era tan rosa que tenía la impresión de que estaba dentro de un chicle gigante, y la colcha de chenilla verde lima era de 1974 por lo menos. Pero los suelos parecían limpios y no olía a moho ni a tabaco, y, en cualquier caso, estaba demasiado agradecida por tener agua corriente y un colchón como para quejarse por las dudosas gamas de color.

El otro punto a favor de estar a cubierto era que, cuando se despertaba a las dos de la madrugada con el corazón acelerado porque estaba soñando que la perseguían, podía quedarse tumbada en una cama blanda mirando la luz vacilante del cartel del motel y oyendo el clonc, clonc, clonc de la máquina de hielo que había justo al lado de la ventana de su habitación.

Las cosas estaban mejorando de verdad.

Un soleado jueves por la mañana, AnnieLee decidió que era hora de hacer turismo y fue a visitar el barrio de Music Row, el corazón del negocio musical de la ciudad. Quería ver el barracón prefabricado que Owen Bradley, el legendario productor discográfico, construyó para usarlo como estudio de grabación en 1954, y el RCA Studio B, donde tantas estrellas del country habían grabado otros tantos números uno de las listas de éxitos.

Pero cuando llegó a la tranquila cuadrícula de calles paralelas, a algo menos de dos kilómetros y medio al oeste del río, se dio cuenta de que, más que el corazón, era el cerebro de la industria musical. Allí estaban las compañías de música, los estudios de grabación y las organizaciones que hacían que aquella ciudad cantara. Las calles estaban llenas de hombres de negocios con maletín y mujeres de aspecto poderoso con su caro corte de pelo y su cuidada manicura que no podrían hacer una cejilla aunque quisieran.

AnnieLee no sabría decir exactamente por qué aquello la había decepcionado tanto. No era que hubiera esperado ver a Reba McEntire saliendo del edificio de Starstruck Entertainment. Tampoco se le había ocurrido pensar que un ejecutivo de BMI fuera a descubrirla por el mero hecho de pasear por la acera con una guitarra en la mano.

Tal vez fuera porque de pronto había comprendido que, aunque se desnudara el alma tocando cada noche en un bar de la ciudad, seguía siendo una don nadie, y aquellas imponentes puertas le estarían vetadas durante mucho tiempo.

Can I fix it?, cantó en bajo.

No I cain't

Echó la cabeza hacia atrás y miró la pirámide de cristal que coronaba el edificio de la ASCAP.[6]

—Al menos por el momento —gritó—. ¡Pero espera y verás!

Que ella supiera, no la había oído ni un alma.

A continuación, para animarse un poco, giró sobre los talones y se dirigió hacia el café que le gustaba, el de los muebles antiguos y la cesta con los bollos del día anterior más baratos.

Una campanilla en la puerta avisó de su entrada y la boca se le hizo agua. Había desayunado judías de lata frías, así que sentía que se merecía un bollito de naranja

---

[6] ASCAP - American Society of Composers, Authors and Publishers (Asociación Estadounidense de Compositores, Autores y Editores) es una asociación sin ánimo de lucro que se encarga de proteger y gestionar los derechos de propiedad intelectual de los creadores musicales.

y arándanos con azúcar por encima y untado de mante-quilla.

—¿Podrías darme ese grande de la derecha, por favor? —preguntó señalando el que quería.

La chica que atendía detrás del mostrador lo cogió con unas pinzas y lo puso en un bonito plato de porcelana re-tro.

—Oye, ¿no te he visto en alguna parte? —preguntó mirando a AnnieLee, que se sonrojó.

—Aquí, supongo. Quiero decir, he venido una o dos veces.

Habían sido cuatro en realidad y había dejado que le rellenaran la taza innumerables veces de forma gratuita, además de haber utilizado el cuarto de baño para lavarse una parte considerable del cuerpo. Pero no quería que la recordaran por eso, claro está.

—No, quiero decir fuera de aquí —dijo la chica, la-deando la cabeza—. ¿Cantas por... la zona?

AnnieLee notó un hormigueo de placer en las meji-llas. ¿Era posible que la hubieran reconocido?

—Sí, he tocado en varios sitios —confirmó mientras alargaba la mano para coger el bollo.

La chica la señaló con las pinzas.

—Te he visto en Printers Alley, eso es. ¡Estuviste ge-nial! Me encantó tu canción, la que habla de una chica que imagina que es un ave fénix.

—Eres muy amable —dijo ella sonrojándose.

La chica sonrió.

—Te invito al bollo. Y al café. Espero verte tocar al-gún otro día.

AnnieLee le dio las gracias de corazón y se fue con su bollo y su café a una agradable mesa junto a la ventana, a sentarse en un sillón antiguo. Se sentía satisfecha consigo misma y un poquito famosa.

Capítulo 25

Había un público considerable en el Cat's Paw cuando AnnieLee entró caminando con soltura con un nuevo par de botines Frye viejos que había conseguido en una tienda de segunda mano. Era siete centímetros y medio más alta con ellos y le encantaban, aunque le apretaban los dedos como no le había pasado nunca con sus botas Roper.

Se acercó a la barra, donde Billy estaba preparando una jarra de margaritas.

—Pero si es el pajarito cantor —saludó—. ¿Lista para tu actuación?

Lo había convencido para que la dejara tocar en la franja de las siete y media, y llevaba tres canciones nuevas para estrenar.

—Por supuesto. Pero no uses diminutivo, anda —dijo AnnieLee poniendo el estuche de la guitarra en el único taburete libre—. Esta noche mido metro sesenta y cinco.

—Discúlpame, mejer de altura media —dijo él—. Y, espera…, ¿estoy viendo visiones o traes tu propio instrumento desde la última vez que estuviste aquí?

—Al final vino a verme mi hada madrina —contestó ella.

—Espero que te traiga unos vaqueros nuevos la próxima vez.

AnnieLee se miró consternada los Levi's andrajosos que llevaba.

—Joder, Billy. Me he comprado unas botas. No puedo comprármelo todo a la vez. Además, creía que se llevaban los vaqueros desgastados.

—Te aseguro que no tengo ni idea.

—Pues claro que no. ¿El bigote manillar no desapareció con Wyatt Earp?

—Se llama bigote imperial, para tu información —dijo él—, y es de origen europeo.

AnnieLee soltó una carcajada.

—Pues creo que una palurda como yo no vería la diferencia. ¿Europa, dices? ¿Eso está en la región del mango de Texas?

—Y yo que por un momento me había alegrado de verte —gruñó él.

—Anda, no finjas que no me has echado de menos.

Billy puso los ojos en blanco y se metió en la cocina. AnnieLee miró hacia el otro extremo de la barra del bar. La mayoría de los taburetes estaban ocupados por clientes habituales cuyo rostro reconocía, aunque no supiera cómo se llamaban. Y al fondo del todo, con una cerveza sin tocar delante, estaba Ethan Blake, con sus pómulos afilados como la hoja de un cuchillo. No le veía los ojos ocultos por la visera de su gorra de béisbol, pero seguro que ardían tanto que podrían provocar un incendio.

Lo saludó con un pequeño gesto de la mano, como si no le sorprendiera verlo allí y a la vez tampoco le agradara especialmente, cuando en realidad era todo lo contrario. ¿Conseguiría engañarlo? Ethan abrió la boca para decir algo, pero en ese momento justo apareció Billy con una cesta de patatas fritas que le puso delante de las narices a AnnieLee.

—He echado de menos tu voz, lo admito —dijo el barman—. Pero tu actitud no tanto. —Miró a Ethan—. Sin embargo, Blake te ha echado de menos en todos los sentidos —añadió.

—No sé por qué pones palabras en mi boca, Billy —dijo Ethan.

—Porque eres un rajado incapaz de hacerlo tú mismo.

—Ah, ¿sí? ¿Es que ahora lees la mente? —respondió, aunque no se esforzó siquiera en negarlo.

—Todo barman en este mundo es doctor *honoris causa* en psicología humana, hijo. No me hace falta leer la mente.

AnnieLee miraba fijamente las patatas fritas como si no lo estuviera oyendo. Era mejor no meterse en una conversación de la que no estaba muy segura de cómo salir.

Pero una pequeña parte de sí misma, en algún rincón muy profundo de su ser, estaba entusiasmada con lo que se estaban diciendo. No había lugar para un hombre como Ethan en su vida, al menos en la vida que estaba viviendo. Pero saber que a lo mejor sentía algo especial por ella era agradable. Una sensación cálida. Como la que da un jersey que te pones sobre los hombros cuando hace frío.

—¿Vas a decirle algo? —preguntó Billy.

AnnieLee levantó la vista.

—¿Qué?

—Te ha preguntado que si es verdad que te escapaste de casa de Ruthanna Ryder.

—Ah. —AnnieLee cogió una patata y la miró con gesto contemplativo. Le parecía importante mostrar indiferencia—. Es más adecuado decir «salir dando un paseo».

Ethan soltó una risotada breve y aguda mientras se acercaba a ella, que casi no le llegaba al hombro ni con aquellos tacones.

—Creo que debes de estar loca, de verdad.

No se molestó en discutírselo, puesto que ella había llegado a la misma conclusión.

—No quería abusar de su hospitalidad.

—He oído que Ruthanna te preparó unas tortitas que no te quedaste a probar.

AnnieLee se irguió.

—¿En serio?

Hizo una mueca. Jamás se le habría ocurrido pensarlo. Nadie normal se había preocupado por ella nunca, ¿cómo iba a esperar que lo hiciera una persona famosa y fabulosa? Se sentía fatal. Pero la culpa significaba vulnerabilidad, y su política era la de no mostrar debilidad de ningún tipo. Así que en su lugar dijo:

—¿No le paga a alguien para que lo haga?

Una voz profunda y familiar respondió a su espalda.

—Puedo asegurarte que no.

Capítulo 26

AnnieLee se quedó helada.

Acto seguido, con los hombros encogidos como esperando un golpe, se giró. Ruthanna Ryder estaba de pie a treinta centímetros de distancia con una blusa dorada de lamé, sandalias de cuña alta, unos vaqueros superceñidos y el pelo caoba cobrizo suelto cayéndole por la espalda. A la tenue luz del bar, casi parecía que resplandeciera por dentro.

Eso sí que era imperial, pensó deslumbrada.

—Veo que te he asustado —dijo la mujer—, a juzgar por cómo te cuelga la mandíbula como si fueras una trucha moribunda. Pero no te preocupes, AnnieLee. Me he curtido con los años, tendrás que esforzarte mucho más para ofenderme.

AnnieLee cerró la boca y tragó saliva.

—Hola, señora Ryder.

—Sin embargo, no sé por qué tengo que seguir viniendo al centro de la ciudad para verte —dijo la mujer.

«Audacia —se recordó—. No te delates.»

AnnieLee irguió la espalda.

—Bueno, no es mala idea venir a su propio bar —dijo, tratando de parecer alegre y desenvuelta—. Así puede vigilar a sus empleados y asegurarse de que tratan bien a los nuevos talentos. —Miró a Billy a hurtadillas al decir esto último.

—Eres muy cabrona, enana listilla —dijo él.

—Te he dicho que no uses diminutivos conmigo —le advirtió ella.

—Está claro que vosotros dos os lleváis bien —dijo Ruthanna—. A lo que vamos, AnnieLee. Sabía que tocabas esta noche y he venido a escucharte... y a hablar contigo.

No podía creerse que una de las músicas más exitosas de la historia se hubiera tomado la molestia de acercarse a verla por segunda vez. Pero el orgullo y la testarudez la empujaron a levantar la barbilla.

—Me siento muy honrada, señora, y espero que me perdone por lo que le dije sobre su consejo de que me fuera de Nashville.

Ruthanna se apoyó en la barra.

—Cuando alguien no sabe apreciar mis consejos a la primera, no soy tan idiota como para repetirlos. No me gusta malgastar saliva con esas cosas, sobre todo cuando hay canciones esperando a que las canten. O patatas fritas esperando a que alguien se las coma —dijo, y alargó la mano para coger un puñado de la cesta de AnnieLee.

—Tengo entendido que se supone que no debes comer de eso —dijo Ethan.

—Así es. ¿Y qué piensas hacer al respecto?

Él levantó las manos en señal de rendición.

—Nada en absoluto.

Ruthanna se volvió hacia ella.

—Escucha, todo el mundo necesita un aliado. Y cuanto más poderoso, mejor.

AnnieLee inspiró hondo y esperó a ver qué más decía. ¿Era posible que se estuviera ofreciendo a ayudarla de verdad? ¿O era algún tipo de truco, una forma nueva y ambigua de decirle que se fuera cagando leches? Nerviosa, trató de mirar a su ídolo a los ojos verdes, de mirada indiferente, y no lo logró.

—Yo no llegué sola hasta aquí, AnnieLee —continuó—. Mucha gente me ayudó por el camino. Algunos lo hicieron porque me querían y otros porque sabían que podrían ganar dinero gracias a mí. No estoy diciendo que no pudiera haberlo logrado sin ellos, pero habría tardado muchísimo más. Así que lo que te digo, fierecilla, es que puedes seguir suplicando y sudando la gota gorda, como hasta ahora, que seguro que algo conseguirás. Puede que sea solo el segundo escenario del Tootsie's. O tal vez ser cabeza de cartel del Cat's Paw. Los Premios de la Música Country tal vez no pasen de ser ese deseo que pides cuando ves una estrella fugaz. O delante de la tarta de otro jodido cumpleaños con tantas velas que podrías tostar nubes de azúcar encima. Lo que quiero decir...

—¿Los Premios de la Música Country? —farfulló AnnieLee, interrumpiendo el discurso de Ruthanna—. Eso sería como pedir que me saliera un cuerno y me convirtiera en unicornio.

Ruthanna ladeó la cabeza y se rio.

—Está bien, si es lo que crees. Pero estoy segura de que te vendría bien descansar de hacer bolos en garitos todas las noches.

—Pero Billy no sabría qué hacer sin mí —dijo ella lo bastante alto como para que el barman la oyera al pasar por su lado. Él gruñó algo y le quitó unas patatas de la cesta.

—No digo que no puedas seguir tocando aquí —dijo Ruthanna—. O en cualquier otro sitio al que vayas, si es lo que te apetece.

—AnnieLee está empezando a labrarse una reputación, ¿sabes? —dijo Ethan—. El otro día oí que la llamaban la Princesa de Printers Alley.

—¡Eso es imposible! —exclamó AnnieLee. Printers Alley, que años atrás había sido el centro de una próspera industria editorial, se había convertido en uno de los distritos dedicados al entretenimiento con más vida de todo Nashville—. Solo he tocado allí dos veces.

—A veces una es suficiente —dijo Ruthanna.

—Si eres lo bastante buena —añadió Ethan.

—Yo creo que tú lo eres —dijo la cantante—. Y por eso tenemos que meterte en nuestro estudio de grabación.

AnnieLee estuvo a punto de atragantarse con la patata frita que se estaba comiendo.

—¿En serio?

—Ruthanna tiene uno en el sótano de su casa —dijo Ethan—. Es increíble. Tienes que ver la mesa de mezclas. Tiene cuatro metros y medio de largo.

Ruthanna le dio un codazo en las costillas en broma.

—A todos los hombres os pasa lo mismo, solo os preocupa la longitud de las cosas.

AnnieLee empezó a reírse, lo que impidió que dijera sin pensarlo siquiera que no tenía mucha idea de para qué servía una mesa de mezclas.

—¿De verdad cree que tendría que grabar algunas de mis canciones?

—Lo creo —contestó Ruthanna—. Quiero escuchar cómo suenas con un micro decente y acompañada por músicos de verdad.

AnnieLee tenía el corazón en la garganta. Estaba entusiasmada, agradecida y aterrada a partes iguales.

—Sí. Cinco o seis grabaciones buenas y podrá autopublicar un EP en plataformas de *streaming* —dijo Ethan—. ¿Es eso lo que estás pensando, Ruthanna?

Esta robó unas cuantas patatas fritas más de la cesta.

—Paso a paso, vaquero.

—Pero yo no he cantado nunca con otros —dijo AnnieLee—. Siempre lo he hecho sola con mi guitarra.

—Bueno, hace un tiempo tampoco te habías subido a un escenario en Nashville —repuso Ruthanna.

—Y tampoco habías conocido a un hombre encantador y guapo llamado Ethan Blake. Siempre hay una primera vez para todo.

AnnieLee pensó en darle ella también un codazo, pero al final decidió que no.

—Entonces, ¿qué dices? —preguntó Ruthanna—. ¿Estás lista para probar algo nuevo?

AnnieLee agachó la cabeza y se miró los botines de segunda mano mientras recordaba la letra que había escrito de camino a Nashville.

Reaching out to take what life has given
One thing you can say for me is…
I'm driven

Levantó la cabeza y sus ojos se encontraron con los de Ruthanna.

—Creo que sí.

Capítulo 27

El día había amanecido suave y tropical, y Ruthanna estaba tendida en una tumbona junto a la plácida piscina de azulejos de mosaico jugando con los versos de una letra. La canción iba sobre una chica que se enamoraba. «Mmm, qué bonito», pensó. Y tendría que haber un chico, claro, preferiblemente guapo. Juntos...

With love in their eyes
'Neath the wide open sky . . .

Pero en eso oyó el zumbido del móvil, como un avispón, en el fondo de su bolso de paja. Lo sacó.

—Hola, Jack —saludó. Era la única persona cuyas llamadas rara vez filtraba.

—¿Qué tal están mis pendientes, cariño?

—Ahora son mis pendientes —lo corrigió ella—. Esas cosas brillan tanto que puedo hacerles señales a los alienígenas.

—Me alegro de que te gusten —dijo, y Ruthanna percibió que a Jack le divertía—. Háblame de esa chica que he oído que has encontrado.

No le sorprendió que ya se hubiera enterado de la existencia de AnnieLee.

—Ha sido Ethan Blake quien la ha encontrado.

—Vale, no me digas más —dijo él—. Seguro que no estaba escuchando con los oídos, ya sabes a lo que me refiero.

Ella se echó a reír.

—Probablemente, pero es buenísima. Su voz es aún más bonita que ella.

—Me gustaría conocerla. Comamos juntos para hablar de dinero.

En ese momento AnnieLee salió de la casa con un bañador prestado y Ruthanna la vio probar el agua fría con la punta del dedo y retirarlo a toda prisa con un gritito de sorpresa.

—Sé que la paciencia no es tu fuerte, Jack, pero necesita tiempo para acostumbrarse a las cosas —dijo ella—. Porque te juro que esa chica no podría estar más verde ni aunque la envolviera en hojas de lechuga. No había visto un filtro antipop ni un pedal hasta hace dos días. ¡Y te juro por Dios que jamás había oído su voz reproducida! Dice que lleva escribiendo y cantando canciones desde que recuerda, pero, que yo sepa, su público debían de ser los árboles y unas cuantas ardillas.

—Tiene que ser maravillosa —dijo Jack—. Será mejor que me prometas que me avisarás cuando haya aprendido a valerse en una sesión de grabación. Pero, hasta entonces, ¿cuándo nos vemos tú y yo?

Ruthanna se pasó la mano por el pelo y no respondió al momento. Aunque ya no actuaba, seguía metida en el negocio musical y Jack era la persona en quien más confiaba. Pero algo en su tono de voz le hizo sospechar si no se lo habría preguntado por otro motivo.

—Jack —dijo, pero no siguió.

—Estás ocupada podando las rosas, lo pillo —se apresuró a decir él—. Te llamaré dentro de unos días.

Cuando colgó, Ruthanna se apoyó el móvil en la barbilla con actitud pensativa. ¿Qué querría? ¿Habían salido alguna vez juntos para hablar de algo que no fueran negocios en todos los años que hacía que se conocían?

Puede que no, claro que tampoco habían estado solteros en todo ese tiempo.

AnnieLee se le acercó en albornoz, comiendo una rebanada de *brioche* que había visto en la cocina.

—¿Ya me has conseguido un contrato para grabar? —le preguntó en broma sentándose frente a ella.

—Ni de coña —dijo la mujer mirando el bollo, que chorreaba mantequilla de miel—. Querida, aún estás... creciendo.

—¿Qué?

—Necesitas más tiempo. Como la masa. Si te meten en el horno demasiado pronto, no saldrás bien.

AnnieLee se metió el último trozo de bollo en la boca y masticó mientras observaba la piscina y el precioso jardín que la rodeaba.

—Solo piensas en los hidratos de carbono.

—Tal vez —admitió Ruthanna—, pero en cualquier caso es una buena analogía. Aún estás cruda. Déjame que vea esa nueva canción que estás componiendo.

AnnieLee le entregó un trozo de papel y Ruthanna entornó los ojos, tratando de adivinar lo que había escrito. Se había dejado las gafas de leer dentro, pero no le gustaba admitir que las necesitaba.

They knew in their hearts
They could not live apart
So they started making their plans

Ruthanna levantó la vista.

—Espera… ¿El tío le pide que se case con ella? ¿O es que tropieza y se cae de rodillas? ¿Ella va a decir que sí?

—Aún no lo sé. Acabo de empezar. Puede que sea una historia trágica.

—«Brisa de flores silvestres» es bonito, pero tienes que cerrar la historia, AnnieLee. Eso es lo que tiene una buena canción country: una historia sobre cosas reales y personas reales y sentimientos reales acompañada por una música fantástica.

AnnieLee se chupó los dedos para limpiarse los restos de mantequilla.

—¿Con *real* quieres decir *verdadero*? —preguntó—. Porque todas mis historias verdaderas son un desastre.

—No, no es lo mismo. —Ruthanna hizo girar en el dedo uno de los muchos anillos que llevaba—. Pero, aunque sea una canción inventada, debe contener emociones reales. Y la cuestión es, AnnieLee, que tienes que seguir desarrollando tu propio sonido, tu tono y tu visión. Una voz propia y única.

—No canto como los demás y lo sabes —respondió ella a la defensiva.

—Pero si un sello te pone las manos encima ahora, lo harás —dijo Ruthanna. ¿Cómo explicarle el tipo de armadura que había que tener para mantenerse fiel a sí misma?—. Te darán la forma de lo que creen que quiere el mercado y te convertirán en algo que tú no quieres ser. Y te seducirán con sus promesas de tal forma que les permitirás que lo hagan. No reconocerías un buen trato aunque lo tuvieras delante de esa bonita cara tuya. Venderías esa canción en la que estás trabajando por quinientos dólares.

—Eso es mucho dinero —dijo AnnieLee.

—¡No lo es! —Ruthanna se incorporó en la tumbona y la señaló con el dedo—. Escúchame, señorita: no hagas ningún trato sin mí.

La chica tenía los ojos del mismo color que la piscina, pero no eran plácidos, sino brillantes y recelosos.

—No voy a hacer ningún trato de momento, no te preocupes —dijo—. Pero ese promotor ha estado llamando.

—¿Quién? ¿Cómo se llama?

—Mikey Shumer.

Ruthanna se agarró al brazo de la tumbona.

—¿Cómo ha conseguido tu número?

—Supongo que se lo habrá dado Billy.

—Mantente bien alejada de ese hombre, todos los kilómetros son pocos —dijo.

AnnieLee se asustó al oír su tono.

—¿Lo conoces?

—Ojalá no lo conociera. Es repugnante, AnnieLee. No puedes fiarte de Mikey Shumer ni tampoco patearlo como si fuera un balón.

AnnieLee frunció el ceño.

—Pero de ti sí puedo fiarme —dijo muy despacio.

—Sí.

—¿Y tú qué sacas? Porque algo te llevarás, ¿no?

Ruthanna suspiró.

—Sinceramente, no lo sé siquiera —dijo—. A lo mejor solo intento ser amable.

AnnieLee se tendió en su tumbona y se cruzó de brazos.

—Nadie hace nada solo por ser amable.

—¿Eso es lo que piensas de verdad? —preguntó Ruthanna.

—Es lo que sé —respondió ella en voz baja.

—Tu vida ha tenido que ser muy difícil.

—Me va bien. Ahora tengo un sitio en el que vivir y todo.

—Sueña a lo grande —dijo Ruthanna con tono mordaz.

—Eso hago —contestó AnnieLee, seria de repente—. Pero intento disfrutar de las cosas por el camino.

Ruthanna sonrió a aquella chica susceptible y encantadora.

—Eso es lo más inteligente que te he oído decir. —Metió la mano en su cesto de paja y le tendió un bote de protector solar. Veía que se le estaba poniendo roja la nariz—. Mírame. Lo tengo todo. No necesito nada, pero, si lo necesitara, desde luego que no trataría de quitártelo a ti. —Suspiró—. No sé por qué estoy siendo tan amable. Puede que sea porque me recuerdas a alguien.

AnnieLee se volvió hacia ella.

—¿A quién?

Pero Ruthanna había cerrado los ojos.

—Cariño, creo que no quiero hablar de eso ahora —dijo en voz baja.

Capítulo 28

Ethan chocó los cinco con los clientes habituales encaramados a sus taburetes mientras se dirigía al escenario del Cat's Paw con su guitarra acústica colgada en bandolera sobre la ancha espalda. Él mismo se la había fabricado con madera de palisandro de la India y de cedro gigante. Era preciosa, el fruto de seis meses de duro trabajo y concentración.

Sinceramente, la guitarra no sonaba muchísimo mejor que una buena Blueridge fabricada en serie en China. Pero no le importaba. Conocía cada milímetro y cada ensambladura de su instrumento, cada tornillo y cada traste, y era sólida y perfecta para él cuando la tenía en las manos.

Había empezado otra hacía poco. Iba a ser más pequeña, con la tapa armónica de caoba, el fondo y los aros de arce rizado y una roseta de madreperla bordeando la boca. Cuando trabajaba por la noche hasta tarde, intentaba no pensar en la chica de ojos azules que esperaba que la tocara algún día.

Comprobó la afinación entre las sombras del rincón en el que estaban colgadas las fotos de Ruthanna y otros grandes de Nashville, subió corriendo al escenario y saludó al público tocándose la gorra de béisbol de los Tar Heels mientras se sentaba en la silla plegable. No era de esos hombres que bromean antes de empezar; la mitad de las veces se lanzaba a tocar sin presentarse siquiera. Eso era mala señal, le había dicho Ruthanna. Un hombre que no se acordaba de decirle a su público cómo se llamaba era un hombre que no tenía suficiente hambre de fama y fortuna.

Pero, para empezar, ¿quién decía que tuviera que tenerlas? Podían desearse muchas otras cosas, como un poco de dinero para instalar un sistema de escape nuevo en su camioneta, por ejemplo. O poder seguir escribiendo canciones. O dormir una noche sin pesadillas.

Aunque, por supuesto, nadie podía garantizarle que ni siquiera unos deseos tan modestos fueran a cumplirse. El destino hacía realidad los deseos más alucinantes de algunos mientras que desoía las súplicas más humildes de otros.

¡Joder, qué filosófico estaba esa noche! Como no se anduviera con cuidado, terminaría cantando *Whiskey Lullaby* y llorando sobre su guitarra, única en el mundo. Los habituales del Cat's Paw no querrían que se acercara por allí nunca más después del numerito.

Se presentó y arrancó una media sonrisa irónica a los presentes cuando les contó cómo había conseguido que le dieran la noche libre en el Rusty Spur, donde se encargaba del karaoke.

—Así que, ya sabéis, id por allí un día, coged un micro y dadme la oportunidad de aplaudir después de escucharos cantar a vosotros —les dijo.

Calentó el ambiente un poco con temas de Dwight Yoakam y Merle Haggard. Ethan componía sus propias canciones, pero no siempre le gustaba cantarlas en el escenario, lo que, como Ruthanna le había dicho, era otro gran obstáculo en el camino hacia la fama y la fortuna.

—Una dolina, más bien —había añadido Maya.

Llevaba quince minutos cantando, rasgueando una versión lenta de *Achy Breaky Heart,* cuando Billy le dejó una cerveza a los pies. Ethan terminó la canción y bebió agradecido, tras lo cual levantó el vaso para ofrecer un brindis a la sala. El aire acondicionado tenía que enfriar el calor que despedían cientos de cuerpos y las luces del escenario daban todavía más calor.

—Gracias, amable desconocido —le dijo al público—. Me estaba entrando sed aquí arriba.

Dejó el vaso en el suelo y se puso la mano como visera delante de los ojos para protegerse de la luz, tratando de adivinar quién le había llevado la cerveza. Fue entonces cuando vio a AnnieLee de pie al fondo del bar.

Había ido a oírlo tocar. Y estaba seguro de que había convencido a Billy para que le llevara la cerveza.

Cuando se enderezó en la silla, se le había olvidado lo que iba a tocar a continuación. Notaba la mirada de AnnieLee y empezó a sudarle la mano con la que sujetaba el mástil de la guitarra. ¿Había tocado ya *Good Heart Woman?* ¿Y *Smoky Mountain Rain?*

Rasgueó los acordes iniciales de *Good Heart Woman,* pero se detuvo antes de llegar al primer verso. Notaba el hormigueo de la adrenalina en la yema de los dedos. No entendía por qué lo hacía sentirse así y tampoco le gustaba especialmente esa sensación.

Pero lo bueno de esa incomodidad era que no podía ponerse más nervioso. Así que ¿por qué preocuparse por cantar versiones?

—A tomar por culo —dijo a la sala—. He traído unas cuantas canciones propias esta noche.

Cuando terminó de tocar, el público aplaudió enloquecido, y por encima de los aplausos oyó un agudo silbido. No tuvo que mirar para saber de dónde procedía. Saludó a la sala en agradecimiento, apagó el micro, guardó la guitarra en su estuche y fue directo a ver a Annie-Lee Keyes.

Pero, cuando llegó a la barra, había desaparecido.

Capítulo 29

AnnieLee estaba ya a mitad de la calle cuando Ethan se bajó del escenario. No pretendía salir corriendo, pero sus piernas se movían como si él fuera alguien a quien temer.

Una ridiculez, porque Ethan siempre se había portado como un caballero con ella. Además, era un gran guitarrista y tenía una profunda y resonante voz de tenor que llegaba a las notas altas con facilidad. Se sentía mal por no haberse quedado para decírselo.

«Ya se lo dirás la próxima vez que lo veas —se dijo mientras abría la puerta de la habitación del motel—. Y le pedirás disculpas por ser una idiota asustadiza.»

Tiró la sudadera encima de la horrorosa colcha de chenilla y entró en el baño para ducharse. El agua de la ducha era un chorrito tibio de color óxido. Se quitó el resto de la ropa y se metió. Desenvolvió un jaboncito rectangular cortesía del motel y lo frotó creando una espuma con olor a limón.

«Has pasado demasiado tiempo en lugares de mala muerte —cantó—. Te levantaste y olvidaste los buenos modales.»

Se rio de sí misma por haber robado la idea de un éxito de hacía treinta años de Garth Brooks. Y, además, ¿Ethan Blake no le perdonaría sus modales imperfectos cuando sus canciones sonaran en la radio de todos los coches y los auriculares del mundo?

«Ojalá sea así, ojalá», pensó al tiempo que apretaba fuerte los ojos.

AnnieLee seguía inventando letras mientras se enjabonaba el pelo cuando llegó el primer golpe.

Un puño que ni siquiera vio le dio de lleno en el pecho con un golpe sordo y húmedo. La conmoción fue mayor que el dolor al principio. Se le doblaron las rodillas y se agachó en la bañera, ocultándose detrás de la cortina. No alcanzaba a ver a su atacante, pero sabía que él tampoco la veía a ella, así que se escurrió como pudo hasta el otro lado de la bañera y salió escopetada.

Notó que alguien intentaba agarrarla mientras corría, pero estaba resbaladiza por el jabón y se soltó. Cuatro pasos más y estaría en la habitación. Quería coger la sudadera y salir de allí medio desnuda…

Pero no pudo porque había otra persona esperándola.

Un hombre estaba sentado en la cama, pero se levantó cuando llegó corriendo con el pelo pegado y los ojos llenos de jabón. Soltó un chillido cuando el del baño le sujetó la cabeza hacia atrás, mientras que el que estaba esperando se acercaba y le daba un puñetazo en el estómago.

Quería gritar, pero no conseguía que le entrara aire en los pulmones. Se retorció y se dobló hacia delante. El hombre le soltó el pelo, y ella cayó sobre las manos y las rodillas jadeando.

150

Se quedó así, cubriéndose la cabeza con los brazos e intentando hacerse todo lo pequeña que pudiera mientras los dos tipos la golpeaban sin cesar. Cada golpe hacía que viera un destello de luz detrás de sus ojos y empezaron a zumbarle los oídos.

Intentó arrastrarse hacia la cama porque vio asomar la mochila debajo del faldón y sabía que la pistola estaba en uno de los bolsillos. Alargó el brazo hacia una de las correas cuando recibió una patada en las costillas que la envió de nuevo hacia el cuarto de baño.

—¿Qué coño te crees que estás haciendo? —preguntó uno de los hombres con un gruñido.

Por un momento se quedó inmóvil. El dolor era casi insoportable. Pero en ese momento clavó las uñas en la moqueta y elevó las caderas como si fuera a arrancar desde los tacos en una pista de atletismo y salió disparada hacia la puerta. Estaba a medio camino cuando uno de los hombres la agarró por la cintura, y sintió que le clavaba los dientes en la espalda como un animal. Gritó de dolor mientras el otro gruñía:

—¡Cállate! ¡Cierra la puta boca!

—Es culpa tuya, por huir —siseó el que la había mordido, que seguía sujetándola por la cintura—. Ya sabes cómo va esto.

Lo sabía y perdió todas las fuerzas. No había nada que hacer. Consciente de que la había domeñado, el hombre la soltó y cayó en el suelo, con la mejilla pegada a la moqueta. El otro tipo se acercó de manera que sus botas quedaron a pocos centímetros de su cara.

—Por favor, no me hagáis más daño —susurró.

—¿Daño? —dijo el primero de ellos con una risotada—. Solo hemos venido como amigos, a ver cómo estabas. Si hubiéramos querido hacerte daño, ya no podrías hablar.

—Incumplir las normas tiene un precio —dijo el otro.

—No. —AnnieLee levantó la cabeza y el hombre se la pisó para obligarla a bajarla. Notó el sabor de la sangre en la boca—. Me vengaré —dijo con los dientes apretados—. Algún día lo haré, que Dios me ayude.

El tipo levantó la bota y AnnieLee cerró los ojos. Sintió un dolor espantoso en un lado de la cabeza cuando la bota chocó contra ella. Y después… todo se volvió negro.

Capítulo 30

AnnieLee llamó con los nudillos a la puerta de Ruthanna y se apoyó en la barandilla. Estaba exhausta. Le dolía todo el cuerpo y los moratones que no se veían dolían aún más que los que sí. A veces los más profundos tardaban varios días en salir a la superficie.

La puerta se abrió.

—Madre de Dios —exclamó Ruthanna cuando la vio—. ¿Qué te ha pasado?

AnnieLee entró medio doblada en la cocina y cruzó cojeando el pasillo hasta el salón más cercano. Se derrumbó en el sofá de terciopelo sin que la invitaran y se ayudó para colocar las piernas y los brazos de manera que hubiera menos presión en los puntos que tenía más inflamados. Le dolía la cabeza y los sonidos le llegaban apagados, como si tuviera la cabeza envuelta en varias toallas.

—Lo siento —le dijo a Ruthanna, que la había seguido horrorizada—. Tenía que sentarme.

—Maya —gritó la otra sin apartar los ojos del rostro de la chica—. ¿Puedes traerme unas bolsas de hielo y un ibuprofeno? Y un poco de agua.

AnnieLee oyó la respuesta afirmativa procedente de algún rincón lejano de la inmensa casa.

—¿Qué te ha pasado? —repitió Ruthanna.

AnnieLee clavó la vista en su regazo.

—Unos desconocidos —dijo. Y eso, por lo menos, era verdad. No sabía cómo se llamaban.

Ruthanna se sentó a su lado.

—¿Qué quieres decir?

AnnieLee se estremeció y ella agarró la manta que había en el respaldo del sofá y se la echó por los hombros.

—A lo mejor tendríamos que ir al hospital.

—No, me pondré bien. —Se arrebujó mejor en la manta—. He estado peor. —Inspiró profundamente, lo que hizo que le dolieran las costillas—. Me han atracado. Un grupo de chavales.

—¿Chavales? —repitió Ruthanna, con el ceño fruncido.

—Sí, unos grandotes. Tres.

—¿Has llamado a la policía?

—No, salieron corriendo —respondió—, y no podría haberlos identificado. Ha sido culpa mía. Debería haberles dado mi dinero en vez de decirles lo que pensaba de ellos.

Ahora que tenía una historia, las imágenes se desplegaron en su cabeza. Iba caminando por una calle solitaria con los bolsillos a reventar de propinas, silbando despreocupadamente. Al pasar por una zona de la acera donde estaba más oscuro, el primer chico apareció delante de ella de un salto y le dijo en voz baja y cruel: «Dame toda la pasta». Al ir a darse la vuelta para salir huyendo, se encontró con otros dos a su espalda, que la sujetaron por los brazos. «Dame toda la pasta.»

—Pobrecita —contestó Ruthanna.

—Fui una idiota y una cabezona. No pensé que fueran a atracarme —dijo AnnieLee apretando los ojos mientras pedía a Dios, a Ruthanna y al universo entero que la perdonaran por... volver a mentir.

Ruthanna se levantó y empezó a caminar en círculos alrededor del sofá.

—Aquí está metido Mikey Shumer. Lo sé.

AnnieLee la contemplaba, asombrada ante lo rápido que caminaba con tacones, ¿y quién lleva tacones a las nueve de la mañana? Debía de tener los dedos tan amoratados como ella los brazos.

—No se ofenda, señora Ryder —dijo AnnieLee—, pero eso no tiene ningún sentido. ¿Para qué iba a querer que me dieran una paliza cuando quiere labrarme una carrera?

—No digo que sepa cómo funciona la mente de un criminal —espetó Ruthanna. Se detuvo al lado de la chimenea y agarró un atizador como si pudiera espantar con él la idea misma de Mikey Shumer. Y se volvió hacia AnnieLee—. ¿Has vuelto a saber algo de él?

Esta se lo pensó un momento antes de contestar.

—Me ha dejado un mensaje esta mañana.

No le había devuelto las llamadas, pero eso no le había impedido seguir llamándola, varias veces al día en algún caso.

Ruthanna empezó a dar vueltas de nuevo, esta vez con el atizador en la mano.

—Tal vez pensara que podía darte un susto. Enseñarte lo que podría ocurrirles a las chicas que intentan ir por libre —dijo.

Era ridículo, pero AnnieLee deseaba creerla. ¿Sería mejor tener un enemigo nuevo en vez del mismo de siempre? Los demonios del pasado eran los más difíciles de matar.

«Podría ser un verso para una canción», pensó, y se apretó las doloridas sienes con los pulgares.

Maya entró en la habitación con el agua, ibuprofeno, paracetamol, aspirina y un montón de compresas frías y calientes.

—No sabía qué preferías, así que he traído todo lo que me cabía en los brazos —dijo—. Siento que te hayan hecho daño. —Y volviéndose hacia Ruthanna—: Y, cariño, será mejor que dejes eso en su sitio antes de que se haga daño alguien, tú misma, por ejemplo, cuando te tropieces y te empales tú solita.

Ruthanna se burló.

—Llevo poniéndome tacones desde los doce años. No me tropiezo.

Pero dejó el atizador en su sitio.

AnnieLee no pudo evitar sonreír ante su discusión de amigas.

—Gracias, Maya. ¿Sabes qué otra cosa me vendría bien? Un café. He oído que haces uno bien fuerte.

—Tanto que te ganaría un pulso —contestó ella—. Tú no te muevas de aquí. Enseguida vuelvo.

Volvió al cabo de un momento con una taza de café negro humeante y lo dejó en la mesita de mármol.

—¿Te apetece desayunar también?

El estómago se le retorció al oír hablar de comida. Estaba muerta de hambre. Esperaba que no le doliera demasiado al masticar.

—Me parece genial —dijo.

—¿Por qué no te sientas, Maya? Ayúdala tú con lo que sean estas cosas —dijo Ruthanna levantando una caja de compresas frías—. ¿Qué tiene de malo una bolsa de guisantes congelados, como se hacía antes?

Maya cogió la caja mientras Ruthanna se alejaba hacia la cocina con el rítmico sonido de sus tacones de doce centímetros.

—Le gusta hacer las cosas a la antigua usanza, por si no te habías dado cuenta. —Sacó una de las compresas y se la pasó a AnnieLee, que se la colocó en la cadera.

—Ya estoy mejor —dijo esta, y era cierto. Se tomó cuatro ibuprofenos y sujetó entre las manos la taza de café caliente.

Se sentía cuidada, una sensación tan desconocida que los ojos se le llenaron de lágrimas. Acababa de empezar a construir una vida. ¿Y si se venía abajo?

Capítulo 31

—Tengo que estar en el trabajo dentro de una hora —dijo Ethan mientras Ruthanna lo conducía a la cocina en una tarde bochornosa para nada propia de la época en la que estaban—. Por favor, no me digas que me has hecho venir hasta aquí para que saque otra zarigüeya de la caseta de la piscina.

Ella resopló con delicadeza.

—La tarea que quiero encomendarte es mucho más apropiada para tus talentos que pelearte con una zarigüeya —respondió—. Creo recordar que la pobre criatura te tenía tanto miedo como tú a ella.

—Yo no lo recuerdo de esa forma.

—Supongo que tendremos que aceptar nuestras diferencias —dijo ella—. El caso es que creo que este encargo no te va a disgustar. —Lo miró con picardía—. De hecho, puede que te guste mucho, incluso. Y ahora siéntate y cierra el pico.

Él obedeció, claro. Y a Ruthanna le gustaba el cosquilleo excitante que le producía darle órdenes a alguien que la doblaba en tamaño.

158

—Quiero que cuides de esa fierecilla de pelo oscuro que has encontrado.

Ethan cogió una naranja del frutero.

—¿Para qué? —preguntó lanzándola hacia arriba y recogiéndola una y otra vez—. Ya te tiene a ti para que cuides de ella.

La mujer guardó silencio un momento. Sabía que AnnieLee no quería que le contara a Ethan lo ocurrido, pero no había otra manera.

—La otra noche la atracaron.

La naranja se le cayó y se metió rodando debajo de la mesa.

—¿Cuándo? ¿Dónde?

Le contó todo lo que sabía mientras él escuchaba con expresión taciturna.

—No quiero que le ocurra alguna otra desgracia —dijo Ruthanna—. Y sé que tú tampoco. —Le dio un codazo—. Tú eres de esos hombres protectores, se te nota a la legua. Te encanta quitarte la chaqueta cuando hace fresco por la noche y dejársela a tu chica.

—No tengo chica.

—La tuviste.

—Y ya sabes cómo terminó, Ruthanna.

Esta contuvo las ganas de ponerle la mano sobre la suya.

—¿Y no has estado con ninguna otra desde entonces?

Le costaba trabajo imaginar que llevara solo tanto tiempo. Claro que lo mismo le pasaba a ella. Jamás lo habría imaginado.

—Ninguna.

—No puedes seguir solo y herido toda la vida —dijo con suavidad.

—¿Y eso quién lo dice?

Ruthanna abrió un armario y sacó dos vasos.

—¿Sabes una cosa? Eres igual de testarudo que Annie-Lee Keyes.

—Igual que tú —señaló él.

—Sí —convino ella, sirviendo un buen whisky escocés ahumado para cada uno—. Somos una buena recua de mulas, ¿no te parece? ¿Hielo?

—Tengo que ir a trabajar, ¿recuerdas?

—Te facilitará el trabajocurro. Así serás más amable con todas esas novias y sus damas de honor cantando a grito pelado *Girls Just Want to Have Fun*.

Acabó cediendo, tal como ella sabía que haría.

—Hielo, sí.

Ruthanna le miró de forma significativa los bíceps cuando le puso el vaso delante.

—Seguro que tienes un gancho de derecha potente.

—Podría manejarme en una pelea, suponiendo que me metiera en una. —Olió el whisky de manera apreciativa—. ¿Qué te hace pensar que AnnieLee necesita protección? Quiero decir que volvía andando a casa y tuvo un encuentro desafortunado, pero...

—No lo sé —dijo ella—. A lo mejor estoy loca, pero no acabo de creerme que ese atraco fuera una casualidad.

—Sí, estás loca —dijo él—. Pero puede que eso no tenga nada que ver con el asunto.

—Muy gracioso, vaquero. A lo mejor me equivoco y espero que sea así, pero ¿acaso importa? No hace falta que una chica corra un peligro de muerte para que merezca la pena protegerla, ¿no crees? —Sacó el móvil y buscó un vídeo que le había mostrado Maya. Alguien lo había grabado en una de las actuaciones de AnnieLee en el Cat's Paw y lo había colgado—. Mira —dijo tendiéndole el móvil.

Ella miró hacia atrás por encima del hombro mientras él lo veía. La grabación estaba movida y el sonido era horrible, pero incluso en una pantalla enana de iPhone se apreciaba el inmenso talento de la chica. La combinación de poder y vulnerabilidad se comía el escenario; Ruthanna adivinaba que la gente contenía el aliento para no perderse una sola nota.

«Take the wheel and just believe that you can change your life…», cantaba.

Cuando terminó, Ethan le devolvió el móvil.

—Así que crees que tiene lo que hay que tener.

—Lo sé. Pero es ella la que tiene que saberlo, o de nada servirá. Mantener esa fe en uno mismo… es lo difícil.

—A mí me lo vas a decir.

—Por eso nos necesita —dijo Ruthanna—. Entonces, qué, Ethan Blake, ¿cuento contigo?

No vaciló.

—Cuenta conmigo.

Capítulo 32

AnnieLee cerró los ojos e inspiró el intenso aroma de la tierra buena y fértil. Todavía era pronto, pero llevaba ya dos horas trabajando, metiendo brotes de lechuga y pepino en los surcos rectos y formando unos montoncitos de tierra alrededor de las plantas de patata. Esa era la guinda de una semana que había dedicado a limpiar el espacio para crear el huerto.

Formaba parte del trato que había hecho con Ruthanna: ella plantaría un amplio huerto dividido en cuatro parcelas en lo que antes era una zona de césped verde esmeralda a cambio de que la cantante la guiara en su carrera musical. Hacía años que no cultivaba verduras, pero no se le había olvidado.

«Es como montar en bici —pensó—. O tocar un acorde de sol.»

Como es natural, Ruthanna se había negado en redondo al principio. Por un lado, podía pagar a un profesional para que lo hiciera mil y una veces, y, por otro, no necesitaba que una palurda flacucha cavara un hoyo gigante en su jardín, según sus palabras. Pero AnnieLee había insistido. Quería sentir que podía ocuparse de sus deudas, aunque lo cierto era que jamás podría pagar a Ruthanna por haberla tomado bajo su ala, por mucho que se matara intentándolo.

En cualquier caso, le gustaba el trabajo. La distraía de la vida, al contrario que escribir canciones, algo que le exigía hacer frente a todo, por doloroso que fuera. Y aunque escribir canciones había sido lo que la había ayudado a sobrellevar los momentos difíciles, de vez en cuando tenía que tomarse un descanso.

AnnieLee clavó la pala en la tierra y se secó el sudor de la cara. Confiaba en que de un momento a otro apareciera Ruthanna con sus gafas de sol de marca y su enorme pamela para entretenerla con historias sobre su ascenso a la fama.

No se hartaba de esas anécdotas. Así se había enterado de que una chica llamaba Pollyanna Poole había tardado dos largos años en conseguir que un sello escuchara sus canciones y que lo primero que le habían dicho había sido que tenía que cambiarse el nombre que su adorable madre le había puesto. Seis meses después, la recién bautizada Ruthanna Ryder firmó un contrato con AMG Music, escribió *Big Dreams and Faded Jeans* y presenció cómo otra cantante la llevaba al número uno, donde se mantuvo durante sus buenas dieciséis semanas.

—No sabía si dar saltos de alegría o llorar de envidia —le había contado.

El día anterior, mientras ella echaba semillas de remolacha, Ruthanna le había dicho lo duro que era hacer giras.

—El día empieza a las cuatro y media de la mañana para poder llegar a los programas de radio matinales y promocionar tu concierto —le había contado mientras tomaba uno de los cafés de Maya, que servían como combustible para cohetes—. Y no termina hasta que te dejas el alma en el escenario y firmas todos los autógrafos habidos y por haber después del concierto. Llegas dando tumbos al autobús de la gira de madrugada y caes a plomo en la cama, y al amanecer ya estás en otra ciudad. Y vuelta a empezar. Porque lo único más difícil que llegar a la cima, muchacha, es mantenerse allí arriba.

A AnnieLee le sonaba de lo más glamuroso, por mucho que Ruthanna intentara convencerla de lo contrario. Ella hablaba de trabajar día y noche sin tener apenas tiempo para comer, de sudar la gota gorda tratando de ganar lo suficiente para pagar a la banda, al equipo de producción, a los promotores, a los organizadores y a los locales para los conciertos, «por no hablar de los conjuntos de lentejuelas, ninguno de los cuales baja de los tres ceros».

—No es una vida normal —había dicho Ruthanna.

«Cuéntame más cosas», pensaba AnnieLee.

Estaba tumbada al sol descansando cinco minutos cuando Ruthanna abrió la puerta de atrás y dijo:

—«Tomategate».

AnnieLee se incorporó y miró las matas de tomate que había plantado y entutorado el día anterior, y se preguntó si Ruthanna creía que era mejor ponerles una valla alrededor, aunque eso sería bastante extraño.

—¿Sabes por qué la palabra *ensalada* tiene un significado especial en la música country? —añadió la cantante, saliendo y sentándose en el banco acolchado que había junto al huerto.

—¿Porque las ensaladas son buenas para la salud, igual que la música country? —probó AnnieLee mientras se ponía otra vez los guantes de jardinería.

—Sí, bueno, me reiría si el verdadero motivo no me pusiera de tan mala leche.

Y entonces le contó lo que un poderoso consultor de medios había dicho sobre las mujeres en la música country. El tipo defendía que los hombres eran los artistas importantes (la «lechuga» en la ensalada de canciones), y que a las mujeres había que pincharlas en la radio de vez en cuando, como acompañamiento.

—«Los tomates de nuestra ensalada son las mujeres» —seguía diciendo Ruthanna—. Eso fue lo que dijo exactamente. Y por eso se conoce como «tomategate» a la polémica suscitada.

—Supongo que lo llamarías y le dirías cuatro cosas —dijo AnnieLee, arrancando hierbajos con rabia. No es que no se creyera que un hombre pensara tal cosa (ellos tenían todo tipo de ideas absurdas y delirantes), pero que lo dijera en voz alta era muy diferente.

—Los directores de los programas llevan diciéndoles a sus locutores que no pinchen dos canciones seguidas interpretadas por mujeres desde que la radio existe —dijo Ruthanna—. Los sellos no creían que las mujeres pudieran ser las estrellas en una gira o crear éxitos de ventas. Según ellos, podíamos dejarnos el alma en el escenario y ser felices haciendo de teloneras de George Jones.

AnnieLee arrancó un diente de león y lo tiró hacia atrás.

—Pero eso es una gilipollez —dijo—. Mírate. Eres una superestrella.

165

—Pero tuve que esforzarme diez veces más para conseguir la mitad de atención. —AnnieLee estaba reflexionando sobre el tema cuando oyó el motor de un coche que subía por el sendero de entrada. Se volvió, vio que Ethan Blake detenía su vieja camioneta y el corazón le dio un pequeño vuelco. Se preguntó si él sabría todo eso y lo enfurecería tanto como a ellas.

»Mientras que cualquier tío guapo, con un gran sombrero, vaqueros ajustados y una pizca de talento podía firmar un contrato para grabar un disco.

AnnieLee vio a Ethan sacando sus largas piernas de la camioneta. Llevaba unos Levi's muy usados que se le ajustaban perfectamente, una camisa de cambray descolorida y botas de trabajo con cordones, y tenía el pelo húmedo todavía de la ducha.

—Pero Ethan tiene bastante más que una pizca. Lo he visto tocar.

—No le daría la hora siquiera si no lo tuviera —dijo Ruthanna—. Él es de los buenos, como músico y como hombre. —Le dio un golpecito con el pie de pedicura perfecta—. ¿Os lleváis mejor ahora que le he pedido que cuide de ti?

AnnieLee sintió calor en las mejillas.

—Nos llevamos bien —dijo.

Ella no quería un guardaespaldas o lo que se pensara que era. ¿Un acompañante? Era de coña.

Pero, por mucho que le costase admitirlo, le gustaba estar cerca de él. Y se sentía mejor sabiendo que estaba pendiente de todo. La llevaba a casa en coche después de una actuación. Entraba en la horrorosa habitación rosa del motel y comprobaba que no hubiera nadie en el baño o debajo de la cama.

—No hay monstruos ni caimanes —decía, porque ella le había contado que cuando era pequeña la asustaba que un caimán viviera debajo de su cama.

No hablaba de lo que la asustaba ahora, pero desde luego no eran los caimanes.

Una vez comprobado que no había nadie en la habitación y que estaba a salvo, le recordaba que cerrara con llave y echara el pestillo cuando él se fuera. Luego se despedía tocándose el sombrero y le daba las buenas noches. Pero siempre remoloneaba en la puerta, como queriendo quedarse.

Las despedidas eran incómodas cuando parecía que ninguno de los dos quería pronunciarlas.

Ruthanna la observaba trabajar con cara satisfecha.

—Pensé que como los dos sois jóvenes y guapos, os caeríais bien —dijo—. Pero no tienes que contarme nada.

«No te preocupes, no lo haré», pensó AnnieLee.

Ruthanna levantó la cabeza cubierta con aquella pamela gigante y lo llamó.

—¿Por qué no vas a ver si hay otra pala en el cobertizo? Estas judías no van a plantarse solas.

AnnieLee se limpió la cara con el bajo de la camiseta. Tenía que estar horrible, sudada y llena de manchas.

Ruthanna se rio.

—Estás preciosa —dijo como si le hubiera leído el pensamiento—. Aunque te pusieras un saco y retozaras en una pocilga, seguirías siendo la chica más guapa en muchos kilómetros.

AnnieLee se sonrojó mientras sacaba una planta de calabaza de su maceta de plástico. La metió en la tierra y pensó maravillada en los giros que había dado su vida últimamente. Había llegado a Nashville con una mochila y muchas ganas y allí estaba, plantando un huerto en casa de un icono country mientras un guitarrista guapísimo se acercaba para echarle una mano. No se había sentido una chica afortunada durante gran parte de su vida. A lo mejor sí que lo era, al final.

Capítulo 33

—Lo importante es que no te pongas nerviosa —dijo Ethan, dándole unas palmaditas en el lateral lleno de pegatinas del estuche de su guitarra—. Aquí todos somos amigos.

AnnieLee pensaba que para él era fácil decirlo mientras bajaba detrás de él las escaleras del estudio de grabación del sótano de Ruthanna. Él llevaba seis meses tocando con la banda, mientras que ella no los conocía. Y aunque se había pasado las últimas noches cantando y tocando en el estudio («Sin presión, solo estamos jugando», le había asegurado Ruthanna), ese día tenía que enseñar a los otros músicos una de sus canciones y se sentía como si hubiera estado sufriendo un ataque de pánico leve desde que los primeros rayos de sol se colaron por la ventana de su habitación en el motel.

Ethan la condujo por el pasillo con las paredes cubiertas de discos de oro hasta que se detuvo delante de una pesada puerta metálica.

—¿Lista? —preguntó, sonriéndole con aquellos malditos hoyuelos—. Aquí tampoco hay ningún caimán. Te lo prometo.

—No, no estoy lista —dijo ella en un súbito arranque de sinceridad, pero él abrió la puerta igualmente y la hizo pasar a la sala enmoquetada llena de micrófonos e instrumentos, y en la que ya estaba la banda de estudio de Ruthanna.

—Estos son Elrodd, Donna, Melissa y Stan —dijo Ethan señalándolos a cada uno—. Chicos, esta es Annie-Lee.

AnnieLee consiguió responder con un «Encantada de conoceros» mientras algunos de los mejores músicos de sesión de Nashville la saludaban con una mezcla de calidez personal y escepticismo profesional. Todos ellos habían tocado en más álbumes de éxito de los que ella pudiera contar, y no solo en los de Ruthanna. Eran unos virtuosos y formaban parte de la historia del country en carne y hueso.

Elrodd, sentado detrás de la batería, era un tipo fibroso de sesenta y pico años con risa de fumador. Donna tenía un pelo negro tan largo que le llegaba a la parte superior del cuerpo del bajo. Melissa tenía las piernas y los brazos largos y se movía con elegancia, una bailarina que había cambiado las puntas por el violín. El barbudo y barrigudo Stan era todo lo contrario: Papá Noel con un sombrero Stetson. Hizo un sonoro punteo amplificado con su Stratocaster y se rio del susto que se llevó AnnieLee.

La voz de Ruthanna se oyó por los altavoces.

—Muy bien, AnnieLee Keyes. Mi productora, Janet, está conmigo en la sala de control, y mi genial ingeniero, Warren, en la mesa de mezclas. ¿Preparados para hacer música?

Ella intentó con todas sus fuerzas decir que sí, pero salió corriendo al pasillo y se pegó a la pared con los ojos apretados con fuerza. Se obligó a tomar aire profundamente diez veces. «Esto es lo que quieres. Puedes hacerlo. Va a salir bien», se dijo.

Un minuto después, con el pulso más calmado, volvió a entrar y cogió su guitarra.

—Os pido perdón a todos. A veces mis pies tienen ideas propias.

—No te preocupes para nada —dijo Donna con una voz sorprendentemente afable—. Todos nos hemos puesto nerviosos.

Stan asintió con la cabeza; lo mismo se sentía un poco culpable por haberla asustado.

—¿Qué tiene para nosotros, señora Keyes?

AnnieLee sabía que los músicos de sesión solían trabajar a partir de una demo cuando grababan un tema. Pero Ruthanna había querido que tocara la canción en directo y sin acompañamiento. De esa forma podrían construir la canción entre todos, había dicho.

—Seguirá siendo tu canción —le había dicho Ruthanna—, pero puede cambiar y crecer cuando otros músicos intervienen en ella.

AnnieLee puso los dedos en los trastes.

—Muy bien, yo empiezo con este pequeño *lick* justo aquí —dijo, pasando a demostrar lo que quería decir—. Y después la canción sigue una estructura básica de uno, cuatro, cinco. —Tocó los acordes según hablaba, sintiéndose más cohibida que en toda su vida.

—No hace falta que lo expliques, cariño —dijo Donna—. Tú toca y nosotros lo cogemos desde ahí.

171

—Sí, claro, señora, por supuesto —dijo AnnieLee totalmente en serio, a lo que Ethan la miró como diciendo: «¿Desde cuándo eres tan educada?».

Ella respondió con una sonrisa avergonzada y empezó a cantar.

Driven to insanity, driven to the edge
Driven to the point of almost no return

La voz le temblaba al principio, pero fue ganando seguridad a medida que tocaba y en la segunda estrofa ya había encontrado el ritmo.

Cuando terminó la canción, los otros músicos empezaron a hablar. Tenían ideas para la línea de bajo y la forma en que el violín debería acompañar las notas iniciales. Sugirieron ajustes en el puente, y Elrodd insinuó bajar el tempo después del segundo estribillo. Ethan se preguntaba si no habría que cambiar la clave de la canción cuando la tensión subía. AnnieLee escuchaba sus ideas con respeto y gratitud. No trataban de arrebatarle la canción, sino que estaban concentrados en que sonara tan bien como fuera posible.

Tras acordar los aspectos básicos, todos se pusieron a practicar su parte correspondiente por separado un rato y después tocaron la canción varias veces con Ethan como guitarra solista, Stan a la guitarra de acero con pedal y AnnieLee como guitarra rítmica. Se pegó al filtro antipop de su micro y cerró los ojos mientras cantaba.

—Suena impresionante —dijo Ruthanna desde la sala de control—. Descarnada y potente. Pero creo que falta bajo. Me encanta cómo suena ese bombo, Elrodd.

En el siguiente ensayo, Melissa añadió una línea de violín altísima y después Ethan se marcó un solo de guitarra fantástico. No se podía creer el cuerpo que había ganado la canción. Después de tres horas y múltiples versiones, tenía la voz áspera y Ruthanna dijo que era hora de parar.

AnnieLee se volvió hacia Ethan.

—¿Paramos por hoy? —preguntó en un susurro—. ¿Hemos terminado?

Él se quedó mirándola.

—¿Que si paramos por hoy? —repitió él—. Más bien «paramos para comer».

Al ver su expresión confusa, se rio.

—Un sencillo tan alucinante no se hace en un rato, amiga —dijo, y le pasó el brazo por los hombros con un gesto despreocupado e íntimo que hizo que le temblaran las rodillas—. Pero lo estás haciendo genial —la animó—. Te lo prometo.

AnnieLee quería creerlo, de verdad que sí.

Ruthanna entró con los ojos resplandecientes.

—Después grabaremos la voz en la cabina insonorizada, pero ni se te ocurra pensar que vamos a utilizar Auto-Tune —le dijo—. Es mejor dejar que los oyentes te oigan llegar a la nota. La pasión es más importante que la perfección. —Se frotó las manos—. ¡Qué emocionante!

—¿Qué hay para comer? —preguntó Elrodd bebiendo un sorbo de agua que igual podía llevar whisky dentro.

AnnieLee lo miró con una sonrisa de euforia casi.

—Vamos a comer una buena ensalada de tomate —dijo.

Capítulo 34

El motor de la camioneta emitió una pequeña explosión cuando Ethan redujo para detenerse enfrente de la emisora de radio más grande de Nashville. La WATC, «Todo el country en el 99.5», se encontraba en un edificio de ladrillo grande en el Music Row, a tiro de piedra de la estatua de bronce de Owen Bradley y su procesión constante de turistas para hacerle fotos.

AnnieLee agarró la manivela y bajó la ventanilla con nerviosismo.

—Hemos llegado pronto —dijo.

—Fuiste tú la que me pidió que te recogiera a las ocho de la mañana —le recordó él—. ¿Acaso pensabas que íbamos a tardar una hora en llegar?

—No exactamente —admitió. Pero como su madre decía siempre: «No llegues nunca tarde. Es como proclamar que tu tiempo es más importante que el de los demás».

En cualquier caso, estar sentada en la camioneta de Ethan era mejor que caminar de un lado para otro en su habitación rosa chicle, que era lo que llevaba haciendo desde las cinco de la madrugada. Y todo porque la semana anterior Ruthanna había hecho su magia con una llamada, gracias a la cual estaba a punto de entrar en la emisora de radio de música country número uno de todo Nashville para intentar venderle al director del programa el sencillo que habían grabado en el estudio.

Bajó la visera para el sol y se miró en el espejo por enésima vez. Llevaba una blusa negra con escote de pico de la tienda de segunda mano, vaqueros tobilleros deshilachados y sus nuevos botines viejos. Una perla colgaba de una delicada cadena de oro justo en el hueco entre las clavículas. «Me lo compré cuando salió mi primer álbum —le había dicho Ruthanna cuando se lo dio—. Me gusta pensar que da buena suerte.»

—¿Tengo el pelo bien? —le preguntó a Ethan.

—Horrible —dijo él alargando la mano para colocarle un largo mechón ondulado por encima del hombro—. Pero ahora está perfecto.

AnnieLee se puso seria de repente.

—¿Y si no les gusta mi canción? ¿Y si no quieren pincharla?

—Les va a encantar. Tú les vas a encantar. —Se puso a tocar con los dedos con ritmo alegre sobre el volante—. Yo no podría hacer lo que tú estás intentando hacer, AnnieLee. Pero tengo fe en ti.

Aquello no tenía ningún sentido para ella, porque lo había visto cantar y tocar en el Cat's Paw y a ella le parecía que podría hacer cualquier cosa.

—¿A qué te refieres?

—Yo no podría decirme: «Voy a ser una estrella y haré lo que sea necesario para conseguirlo».

175

¿Era eso lo que creía que se decía cada mañana? Ni por asomo. Seguía preocupándole más la supervivencia. Pero Ethan tenía razón en que quería más, mucho más. Y si tenía que venderse a los peces gordos de una cadena de radio para empezar a construir una carrera y una reputación, lo haría lo mejor que pudiera.

—Ruthanna dice que eres uno de los mejores músicos que conoce —le dijo ella—. Aunque me hizo prometerle que no te lo diría.

—Bueno, guardaré el secreto —contestó él sonriendo. Pero nada más decirlo, se le borró la sonrisa—. A lo mejor parece que estoy hastiado, pero es que tengo la sensación de que todo el mundo a mi alrededor quiere ser famoso. Les da igual tener talento o no, lo único que quieren es que les presten atención, cuanta más mejor.

—¿Y qué tiene eso que ver contigo? —preguntó AnnieLee—. Tú eres genial. ¿Por qué no quieres que nadie lo entienda?

Ethan la miró con unos ojos que echaban chispas.

—¿De verdad quieres saberlo?

—Sí —respondió ella. Quería saber todo tipo de cosas sobre él, no podía evitarlo.

—Cuando salí del ejército, lo pasé mal —empezó—. Yo… Dejémoslo en que había tenido problemas. No sabía qué hacer con mi vida. Pero había una cosa que hacía todos los días: cogía mi guitarra y me ponía un disco de country. Johny Cash, Merle Haggard, Chet Atkins, Lester Flatt; Merle Travis, para aprender su famosa técnica de punteo; la familia Carter, por el rasgueo de Maybelle. Así aprendí, de oído. —Se quedó mirando por la luna de la camioneta en silencio un buen rato y, al cabo, se volvió de nuevo hacia ella—. Estudié a los grandes como un predicador estudia la Biblia. Tocaba el Evangelio de la música country.

—Y te has hecho muy bueno —dijo ella—. Te lo pregunto otra vez: ¿por qué no quieres conseguirlo?

—«Conseguirlo» significa cosas diferentes para cada persona, AnnieLee —dijo él—. Sinceramente, me gusta ser músico de estudio. Quiero componer canciones y, de vez en cuando, quiero interpretarlas. Ahora lo hago, ¿eso no es «conseguirlo»? No sé, pero soy feliz tal como estoy.

—Pero no siempre se te ve feliz —dijo ella, sin pensarlo. Y se sonrojó nada más decirlo. ¿Por qué lo había hecho? Se conocían desde hacía solo unas pocas semanas. Sin embargo, veía en él una especie de pena, estaba segura, como si un dolor oculto y secreto acechara bajo su buen humor y su buena presencia.

¿Y por qué no lo reconocía ella? También ocultaba algo.

Ethan carraspeó y puso la mano en la palanca de cambios.

—Creo que es hora de que entres, AnnieLee. ¿Quieres que vaya contigo?

—Joder —susurró. Por un momento se le había olvidado dónde estaban y qué se suponía que estaban haciendo allí. Pero volvió al presente y enderezó los hombros.

«Audacia. Descaro si es necesario.»

—No, gracias —dijo—. Quédate aquí. —Salió y cerró la puerta. Después metió la cabeza por la ventanilla—. Pero, para que lo sepas, cuando sea famosa, puedes

177

formar parte de mi séquito. Siempre y cuando aceptes ir unos pasos por detrás de mí en todo momento.

Él puso los ojos en blanco.

—Sacas de quicio a cualquiera.

—Gracias. Deséame suerte.

—No la necesitas —dijo él—. Pero buena suerte.

Capítulo 35

Dentro de la WATC el aire acondicionado estaba a una temperatura polar y no había nadie en el mostrador de la entrada. AnnieLee estuvo solo unos segundos parada en el gélido vestíbulo; entonces tomó aire y empujó las puertas de cristal que daban a un pasillo y avanzó por él como si estuviera en su casa. Estaba decidida a dejar las cosas claras. Y quería quitarse aquella reunión de encima. Como Ethan le había recordado, una cosa era tocar una canción y otra muy diferente comercializarla. Aunque AnnieLee estaba orgullosa de su sencillo y quería compartirlo con el mundo entero, lo único que deseaba era volver corriendo a su habitación cutre de motel, o a su café del centro, o a cualquier sitio donde pudiera estar sola, a seguir escribiendo canciones.

Un momento más tarde estaba en el estudio. Había una luz tenue, carteles de conciertos por todas las paredes y una consola de audio gigante. Un hombre con auriculares hablaba delante del micrófono con una voz profunda y envolvente de bajo.

—... y así es como se hace un *blue yodel,* amigos, prácticamente un siglo después de que Jimmie Rodgers grabara sus versiones por primera vez. Ha tenido muchos imitadores, pero nadie comparable al Guardafrenos Cantante. Y aquí termina la lección de hoy sobre historia de la música country. Volvemos ahora a nuestra programación habitual con un nuevo tema de Maren Morris.

AnnieLee lo miró tocar una serie de misteriosos botones, tras lo cual se volvió hacia ella con una mirada furiosa, que suavizó tan rápido que casi no le dio tiempo a verla.

—¿Es que no has visto la luz roja que indica que estamos en directo?

—No —respondió ella, encogiéndose de vergüenza.

—Tienes suerte de que mi madre me enseñara que siempre hay que ser amable con los desconocidos —dijo el locutor, un hombre de mediana edad vestido de tejido vaquero de pies a cabeza y con un cinturón con una hebilla plateada del tamaño de un platillo de té.

—Vengo a ver a Aaron Price —dijo ella—. ¿No será…?

—No soy yo —la interrumpió—, y debes de vivir en una cueva si no sabes quién soy. Yo soy el talento, Aaron es el traje. Su despacho está dos puertas más allá, a la izquierda.

«He estado viviendo debajo de un árbol», pensó AnnieLee, pero no iba a decírselo, como tampoco iba a admitir que ni siquiera tenía una radio para escuchar música. Así que le dio las gracias, le pidió disculpas y salió pitando.

Cuando llegó a la puerta correcta, llamó y una voz profunda dijo: «Sí», lo que ella tomó por «Adelante».

Aaron Prince era un hombre corpulento con todo el pelo blanco y perilla. Se levantó cuando entró AnnieLee y rodeó la mesa para tenderle la mano roja y rolliza. Ella notó que le ardían las mejillas, algo que siempre le pasaba cuando estaba nerviosa.

—Hola, señor, gracias por recibirme.

—Así que tú eres la dulce voz de la que habla todo el mundo —dijo él, con los dientes manchados de tabaco y sin soltarle la mano.

AnnieLee tiró con disimulo para zafarse.

—Puede ser —dijo ella con suavidad—. Aunque no soy solo una voz, soy una persona.

El hombre soltó una sonora carcajada.

—Es una forma de hablar, muñeca.

AnnieLee abrió la boca para decirle que tampoco era una muñeca, pero el hombre ya estaba contándole la cantidad de personas que sintonizaban la WATC todos los días y que la emisora había tenido un papel primordial en el lanzamiento de la carrera de incontables cantantes desde hacía años.

—Como es natural, la mayoría de esos artistas, hombres y mujeres, contaban con el respaldo de sellos discográficos y campañas de publicidad. Es evidente que eso ayuda a que una canción se emita en una franja horaria buena. —Se sentó en un sofá de cuero negro grande y le indicó que lo acompañara dando unas palmaditas en el asiento, a su lado—. Estás intentando sacar tu canción por libre, ¿no es así? Eso es… curioso, diría yo. —Soltó otra carcajada profunda—. Pero siéntate, siéntate.

AnnieLee se sentó en el borde del sofá. No sabía muy bien cómo era una campaña de publicidad, aunque sospechaba que Mikey Shumer sí. Aún no lo había llamado, porque Ruthanna le había dicho que se mantuviera lejos de él,

181

pero ¿había sido una bobada ir a la emisora ella sola? ¿Habría entrado pavoneándose Mikey Shumer en la WATC para llevar el sencillo en su nombre? Seguro que él no estaría muerto de miedo, como lo estaba ella en ese momento.

—Pero vamos a lo que nos importa —dijo Aaron Price—. La cosa es que puedes ser un regalo divino para las ondas y seguirá siendo extraño que consigas algo a cambio de nada.

—¿Disculpe? —dijo ella.

—Cuando empezaba a ascender en este negocio, los promotores de los sellos llegaban con fajos de billetes, AnnieLee —respondió él—. Y te dejaban claro que también habría chicas y polvo blanco, o un viaje a algún sitio bonito si tenías unos gustos más sanos. Lo único que tenías que hacer era pinchar su disco cuando y todas las veces que ellos quisieran. —Se rio de nuevo—. Fue una época muy loca.

—Pero ya no es así —dijo AnnieLee. No lo formuló como una pregunta, aunque sí lo era.

—No, no, ahora es ilegal todo eso. Y de todos modos, ni siquiera tienes sello aún, joder. Pero siempre hay formas de pagar para que pinchen tu música. —Levantó una mano—. No me malinterpretes. Si entras aquí con un maletín lleno de billetes, seré el primero en enseñarte dónde está la puerta. Pero los artistas siguen necesitando ayuda para conseguir que su música suene en la radio. Y la gente que los ayuda no ve con malos ojos… las expresiones de gratitud, digamos.

—¿Qué clase de expresiones? —preguntó AnnieLee mientras se le encendía una pequeña alarma.

Aaron Price se acercó más a ella en el sofá.

—Tal vez podríamos cenar juntos esta noche para hablar de ello. Eres una chica lista, lo veo. Sabes que es útil tener amigos poderosos, ¿verdad?

AnnieLee levantó la barbilla y lo miró a los ojos. A lo mejor no debería sorprenderle tanto, teniendo en cuenta que acababa de hablar de chantaje. Pero se sentía ofendida, eso seguro. Se le estaba insinuando de la forma más baja y asquerosa; pretendía hacerlo pasar por una transacción comercial.

—¿Qué me dices? Le diré a mi asistente que reserve en Etch.

AnnieLee se levantó y caminó hasta la otra punta del despacho, por si acaso se le ocurría ponerle la mano en la rodilla.

—Creo que debería escuchar mi canción. Y después será usted el que exprese su gratitud, porque será lo mejor que su maldita emisora haya pinchado en meses.

Lo miró desafiante y él le devolvió una mirada sorprendida.

«Espero que le guste mi canción, porque, si no, se me va a quedar más cara de tonta que la que tiene él ahora mismo», pensó.

Aaron Prince pestañeó varias veces confuso.

—Vaya —dijo casi para sí—. Vaya, vaya.

Parecía que iba a decir algo más, pero en su lugar se inclinó sobre su ordenador y pinchó en el archivo WAV que le había enviado Maya.

Los acordes iniciales de la canción llenaron la sala, seguidos de la voz melancólica e intensa de AnnieLee.

Driven to insanity, driven to the edge
Driven to the point of almost no return . . .

AnnieLee vio que Aaron Price empezaba a tamborilear el ritmo con los dedos en su mesa. Ella caminaba de un lado para otro en un rincón, moviendo la cabeza al son de la música. Estaba muy cabreada y la canción parecía el acompañamiento ideal para sus pensamientos. Se acordó de cuando apuntó a la cara de aquel camionero con la pistola y después hizo un agujero en la ventanilla de un disparo para robarle el camión. No era un mal recuerdo, sabiendo que no había tenido que pagar por ello.

A lo mejor debería habérselo contado a Aaron Price para que supiera con quién se las estaba viendo. Formó una pistola con los dedos. «Pum», pensó, e imaginó que hacía pedazos el helecho que decoraba la mesa del despacho de un disparo.

Take the wheel and just believe
That you can change your life

—Me cago en todo —dijo Aaron Price cuando terminó la canción.

—¿Y bien? —preguntó AnnieLee con los ojos encendidos—. ¿Va a pincharla?

El tipo le sonrió de un modo totalmente diferente. La expresión de su rostro había pasado de ser repulsiva a ser de verdadera alegría.

—Qué cojones, voy a pincharla, sí —respondió—. Cada hora durante la próxima semana.

184

AnnieLee soltó un gritito de emoción. No sería apropiado echarle los brazos al cuello en señal de agradecimiento, pero le dieron ganas. Ya no estaba enfadada.

Aaron Price abrió la puerta para despedirla.

—Muy bien, supongo que esta no será la última vez que tendré noticias tuyas, AnnieLee Keyes.

—Se lo aseguro —dijo ella, que se alejó flotando por el pasillo, sonriendo de oreja a oreja. Al llegar a la calle, echó a correr, soltando gritos y aullidos de alegría hasta el banco a la sombra en el que la esperaba Ethan Blake.

Capítulo 36

Cuando entró en el vestíbulo del motel a pagar el alquiler de la semana, AnnieLee tuvo que rodear una enorme cesta de regalo envuelta en papel celofán que había en mitad de la puerta. En el mostrador de entrada, Rhonda, la eficiente gerente del motel, quedaba oculta casi por completo detrás de un ramo de gladiolos tecnicolor.

—Hala, Greg ha tenido que hacer algo muy malo esta vez —dijo AnnieLee. No conocía al novio de Rhonda, pero, por lo que había oído, no era tanto el objeto de su amor como un quebradero de cabeza.

La otra soltó una risotada.

—El muy idiota metió la cortadora de césped en el estanque de los patos anoche —dijo—. Otra vez. —Y apartó parte del acompañamiento verde que decoraba el ramo—. Pero solo me manda flores cuando lo pillo ligando con otras. Por su estupidez tractora se deshizo en disculpas y me dio un masaje de pies.

—Entonces tienes un admirador secreto —dijo AnnieLee mientras se servía una buena taza de café del motel. Era malísimo, pero era gratis—. ¡Cuéntamelo todo!

—Son todas para ti, bonita —dijo Rhonda.

186

—¿Qué? ¿En serio? —Se agachó para mirar a través del papel celofán y vio que había cajas de bombones belgas, champán, peras envueltas en papel dorado, cerezas deshidratadas, pastas y botes de cristal con frutos secos garrapiñados dispuestos sobre una base de papel de seda de color crema y atados con un lazo de raso—. Todo esto parece muy caro.

—No me jodas, ¿de verdad? ¿Quién te lo envía? —preguntó Rhonda—. ¿Quién es tu admirador?

Ruthanna era la única persona que ella conocía que podría permitirse un regalo así.

—Una amiga, seguro —contestó ella.

Sacó la tarjeta sujeta con el lazo en lo alto de la cesta esperando ver el nombre de la cantante y un mensaje de felicitación por haber conseguido que pincharan *Driven* en la WATC. Así que se llevó una desagradable sorpresa cuando vio que la cesta la enviaba Mikey Shumer. Igual que las flores y un paquete más pequeño que no había visto al principio. Dentro había unas Ray-Ban Aviador clásicas.

AnnieLee se puso las gafas de sol para disimular la incomodidad. Mikey Shumer le estaba enviando un mensaje muy claro: sabía dónde estaba y cómo llegar a ella, y no pensaba darse por vencido.

—Te quedan de puta madre —dijo Rhonda.

—¿Puedo llamar por teléfono? —preguntó. Si no lo llamaba de inmediato, se desinflaría.

Rhonda miró la cesta con expresión significativa. AnnieLee rajó el papel celofán con la llave de su habitación, metió la mano para coger un paquete de galletas de jengibre con una pinta deliciosa y se lo dio a la mujer.

—¿Y ahora puedo llamar? —preguntó de nuevo.

Rhonda sonrió y puso el aparato encima del mostrador para que AnnieLee pudiera llamar. A continuación abrió las galletas.

—Marca el 9 primero —dijo metiéndose una galleta en la boca—. ¿Sabes cuánto vale ese champán?

—Pues claro que no —contestó ella. Nunca había tomado champán de verdad, y mucho menos comprado por ella.

—Quinientos dólares. Lo he buscado en Google.

—Entonces, ¿puedo darte la botella a cambio del alquiler?

Rhonda soltó otra risotada.

—No cuando puedo ponerme igual de borracha con una botella de vino barato un sábado por la noche.

—Pero merece la pena probarlo —dijo AnnieLee mientras le daba un sobre con el dinero a la mujer. No estaba sin un duro, ya no, pero entregar así como así varios cientos de dólares seguía sin hacerle gracia.

Aunque llegaría el día en que tendría tanto dinero que podría sonarse los mocos con billetes de veinte si le daba la gana.

I'm on my way, I start today
I'm gonna be all right

AnnieLee se puso el auricular en la oreja y tamborileó con los dedos en el mostrador mientras sonaba el tono de llamada. «Hazte la dura», se recordó.

—Shumer —contestó alguien con brusquedad.

—Señor Shumer, soy AnnieLee Keyes.

El tono de voz se ablandó de inmediato.

—Llámame Mikey, por favor, AnnieLee. Me alegro mucho de hablar contigo.

—¿A qué viene el botín que me he encontrado en el vestíbulo?

—Una pequeña muestra de mi estima —dijo él con labia—. Y parece que es la única forma de que respondas a mis llamadas. Quiero conocerte, AnnieLee. Te he visto tocar, eres fantástica, y resulta que creo que podría resultar muy beneficioso para tu carrera.

Ella se sorprendió al oír lo formal que sonaba.

—¿Ha venido a alguna de mis actuaciones? ¿Por qué no se presentó en persona?

El hombre tardó un segundo en contestar.

—La verdad es que he visto un vídeo que grabó alguien que trabaja para mí.

—Ya, pero no sé si eso cuenta de verdad —dijo ella.

Mikey Shumer se rio.

—Está claro que un vídeo grabado con un móvil no te hace justicia. Por eso quiero que quedemos en persona en cuanto puedas. Me gustaría hablar contigo de lo que puedo hacer por ti.

Miró por el cristal churretoso de la ventana. El sol caía con fuerza en el asfalto y el calor parecía flotar en la superficie. Oía los gritos de los niños bañándose en la piscina, niños que estaban de visita en la capital de la música country con sus padres y para quienes dormir en aquel motel asqueroso era una aventura maravillosa.

Aparte de la noche que había pasado en casa de Ruthanna, ese motel asqueroso era el lugar más agradable en el que había vivido en muchos años.

Enrolló un mechón de pelo en un dedo mientras consideraba la propuesta de Mikey. Ruthanna quería que fuera despacio, AnnieLee lo sabía. La cantante le había dicho que era mejor hacerse con un público local fiel y sólido y un buen catálogo de canciones. «Si sales antes de tiempo, corres el riesgo de convertirte en una artista de un solo éxito —le había dicho—. Hay que tener un poco de paciencia.»

Pero esa mañana, con una taza grande de café industrial malo en las venas y unas gafas caras a través de las cuales veía el mundo de un color nuevo y más cálido, AnnieLee no se sentía paciente.

—¿Dónde está? —le preguntó—. Cogeré un taxi.

—No, por favor —dijo él—. Enviaré un coche a recogerte.

Capítulo 37

—Eres aún más bonita de lo que había imaginado —dijo Mikey Shumer, tasándola con la mirada—. Les vas a encantar a los editores de fotografía.

AnnieLee se quedó inmóvil mientras Mikey Shumer daba vueltas a su alrededor, escrutándola con interés como si fuera una camioneta que estuviera pensando en comprar. No era así como había imaginado que empezaría aquella reunión. Claro que todo lo que le había pasado esa mañana (desde los extravagantes regalos de Mikey hasta el Jaguar que había enviado a recogerla, pasando por la elegante sala de conferencias de acero y cristal en la que se encontraba en ese momento) había sido una sorpresa para ella.

—¿Eso importa tanto? —preguntó. No sabía qué tenían que ver los editores de fotografía con la música country.

—Cuando tengan que preparar esas fotos maravillosas para acompañar a todas esas reseñas fantásticas sobre AnnieLee Keyes que saldrán en los medios, se lo vas a poner tremendamente fácil —dijo él, sacudiéndole del hombro una supuesta mota de polvo—. Al contrario que una diva que yo me sé, que parece un gato callejero antes de las tres horas de maquillaje y peluquería, y aun así hay que dedicarle una semana de trabajo retocando las fotos con Photoshop. —Se puso frente a ella y asintió con la cabeza con gesto de aprobación—. Pelo: fantástico; rostro: fantástico; altura: bueno, con eso no se puede hacer mucho más que enseñarte a andar con tacones. Siéntate.

AnnieLee se hundió en uno de los elegantes sillones ergonómicos colocados en torno a la brillante mesa y miró a Mikey Shumer para evaluarlo abiertamente, como había hecho él. Era rubio, cuidadosamente afeitado y llevaba el pelo peinado hacia atrás, de manera que dejaba a la vista una frente despejada. Tenía unos hombros anchos, la piel bronceada y unos ojos verdes brillantes y agudos. Destilaba una seguridad en sí mismo que se podía oler: era el típico tío capaz de vender un congelador en el polo. Pero no se parecía al monstruo que le había pintado Ruthanna.

—Si hubiera sabido que venía a que me inspeccionaran, me habría puesto mis vaqueros limpios —dijo AnnieLee.

—Espero no haberte ofendido. Todo el mundo en este negocio piensa en esas cosas —repuso él—. Yo prefiero decirlo en voz alta. Facilita mucho todo. —Levantó las manos con las palmas hacia arriba, como si estuviera ofreciéndole algo invisible—. Si crees que los sellos no se fijan tanto en tu aspecto como en tu música, tienes mucho que aprender. Así que tienes mucha suerte de contar con otros... activos aparte de tu preciosa voz.

Dos personas, una mujer de aspecto severo y un hombre con cara de niño y cuerpo de luchador profesional, entraron en la habitación. Cuando Mikey se sentó, ellos se sentaron en silencio cada uno a un lado de él. Le presentó a Meredith y a Hitch, a los que llamó su «equipo A», y luego hizo una señal doblando el dedo hacia arriba para llamar a una guapa asistente que preguntó si a alguien le apetecía un capuchino.

AnnieLee pidió uno doble. También le apetecía uno de aquellos dónuts de pastelería dispuestos en una fuente en el centro de la mesa, pero no quería llenarse la camiseta de azúcar glas.

—No seas tímida —le dijo él, empujando la bandeja hacia ella.

—No he venido a desayunar, señor Shumer.

—Bueno, tienes una cesta gigante con comida en el motel, ¿no? —Sonrió de oreja a oreja—. Así que pasemos a los negocios. Tu sencillo está en la radio. La gente llama y dice que le encanta, quieren saber quién es esa tal AnnieLee Keyes, la cantante. ¿Has visto el número de reproducciones que ha tenido en las plataformas de *streaming*?

Ella lo miraba sin entender. Ruthanna le había dicho que tenía que centrarse en la música y eso era lo que había hecho.

—Meredith sí. Puede darte las cifras si te interesan. Son bastante grandes para ser un sencillo que no pertenece a ningún álbum y con cero promoción, ni de pago ni gratuita, pero aún tienes mucho recorrido. —Se recostó en el sillón cuando su asistente llegó con los cafés—. Ni siquiera estás en las redes sociales, ¿verdad, AnnieLee?

—He estado escribiendo canciones, no tuits, señor Shumer. He terminado siete realmente buenas en las últimas dos semanas.

—Conque siete, ¿eh? Me alegro —dijo—. Te darán para media hora encima del escenario. ¿Qué harás el resto del tiempo? ¿Trucos de magia? ¿Vas a sacar un conejo de un Stetson?

AnnieLee se rio, pero sabía que Mikey estaba desafiándola. Puede que incluso dudara de su capacidad.

—Escribiré más canciones. No hay problema. Llevo componiendo letras desde que aprendí a hablar, y cantando, aún más. Puedo escribir un verso en menos tiempo del que tardaría usted en comerse uno de esos dónuts.

El hombre alargó la mano deliberadamente despacio hacia la fuente.

—En sus puestos —dijo—. Preparados. Ya.

AnnieLee sacó la guitarra de su estuche y rasgueó una progresión rápida de acordes de do, fa, sol y do otra vez. Básico. Conocido. Y empezó a cantar mirando a Mikey Shumer directamente a los ojos.

You walk into the room like a big man, do ya
Never seen you before, but I can see right through ya
You tell me you can help me go high and go far
While you're sittin' in a chair that's worth more than my car

Apartó las manos de las cuerdas y sonrió de oreja a oreja.

—Es broma —dijo—. Ni siquiera tengo coche.

Mikey Shumer se quedó mirándola. Había dado dos mordiscos.

AnnieLee notó que empezaban a hormiguearle las manos. ¿Se habría excedido? ¿Lo habría ofendido? No tenía ni idea de lo que estaría pensando.

—Pero estos sillones son supercómodos —añadió para romper el silencio.

Mikey Shummer se echó a reír. Momentos después, los demás lo imitaron.

—Tienes fuego dentro, chica —dijo—. Me gusta.

—Ya lo creo que sí —dijo ella—. Porque no tengo nada más.

—Yo también tengo fuego —dijo él con un tono más suave, confidencial—. Por eso vamos a formar tan buen equipo. Tu amiga, Ruthanna, lleva demasiado tiempo fuera de juego. No le hace falta el bullicio, la prisa. Se ha ablandado. Yo, sin embargo, vivo deprisa.

—Parece que no le cae usted muy bien —dijo ella.

—Cierto. Y no entiendo por qué. Soy una persona de lo más encantadora cuando se me conoce. —Dejó el dónut a medio comer en la mesa y su asistente apareció de la nada para recogerlo—. Dime, AnnieLee, ¿cuánto tiempo más considera Ruthanna que deberías seguir tocando un día y otro de bar en bar?

AnnieLee tiró levemente de las cuerdas.

—Quiere que adquiera experiencia. Ya sabe, lo que fácil viene, fácil se va; invierte tiempo en lo que haces…, ese tipo de cosas.

En el mismo momento en que las palabras salieron de sus labios, se preguntó si Ruthanna tendría razón. ¿Por qué hacer las cosas despacio cuando te daban la oportunidad de hacerlo rápido?

—A lo mejor no quiere lo mejor para ti —dijo él con despreocupación.

Ella frunció el ceño.

—¿Y por qué iba a hacer todo lo que está haciendo por mí si no? ¿Cree usted que yo sé cómo colgar una canción en Spotify?

—Estoy seguro de que conoces el significado de «Ten a tus amigos cerca y a tus enemigos más cerca aún» —dijo sonriendo y mostrando una dentadura que tenía que haberle costado diez de los grandes entre blanqueamiento y coronas.

—No me lo creo —contestó ella—. Ni hablar.

El hombre se encogió de hombros.

—Solo sugiero... una interpretación distinta. En cualquier caso, ya hablaremos de la hija predilecta de Nashville en otro momento. Cántanos una canción. Algo que sea menos espontáneo, ¿te parece?

—Claro —contestó ella, aliviada. Por fin llegaban a un terreno en el que se sentía cómoda. Colocó los dedos en los trastes de nuevo y, tras pensarlo un momento, rasgueó el inicio de *Dark Night, Bright Future*. Cerró los ojos mientras cantaba para no tener que ver el rostro ávido y perspicaz de Mikey.

Like the phoenix from the ashes, I shall rise again

La canción era anhelante e insistente, y su voz flotaba en el ambiente de la sala brillante y espectacular como la mítica ave.

Got so much ahead of me
The past is gonna set me free
Learn from it and just believe
That I can touch the sky

Cuando la canción se terminó, Mikey y su equipo A, y también su asistente, que se había asomado a escuchar, aplaudieron con tantas ganas que el ruido hacía daño en los oídos. Mikey Shumer aplaudía en pie dedicándole una ovación él solo.

AnnieLee notó que le ardían las mejillas y se le deslizaba un hilo de sudor por el canalillo.

—Gracias. Puedo tocar algo más si quieren.

—No hace falta. AnnieLee Keyes, eres una auténtica maravilla —dijo él—. Apostaré lo que haga falta. Si firmas conmigo, puedo conseguirte una gira por cuatro continentes. Sesenta fechas. París, Barcelona, Tokio..., todos los lugares a los que has soñado ir. No será mañana, pero ocurrirá. Puedo hacer que ocurra.

AnnieLee bajó la mirada a la guitarra. ¿Qué pasaría si decidiera trabajar con él? Era un hombre inteligente y seguro de sí mismo, sabía mil cosas que ella desconocía y no le daba miedo pensar a lo grande.

«Es repugnante, AnnieLee», le había dicho Ruthanna, pero no le había dado ninguna prueba de ello.

Por un momento se permitió imaginar un camino más fácil hacia la cima.

—Supongo que... —empezó a decir.

—Trato hecho, ¿no? —la interrumpió él. Pero no era una pregunta. Tan seguro estaba de sus encantos y su poder.

Fue esa presunción lo que hizo que AnnieLee se parase a pensar.

—Supongo que —repitió— quiero pensármelo un poco mejor.

Mikey Shumer era un hombre acostumbrado a salirse con la suya, y ella vio que tuvo que esforzarse en disimular su decepción. Pero se le había ensombrecido la expresión y se fijó en que no le quitaba la vista de encima mientras se metía la mano en el bolsillo. Estaba buscando algo y por un momento absurdo y enloquecido AnnieLee pensó que iba a sacar un arma.

Pero era un iPhone nuevecito en una reluciente caja de color negro.

—Esto es para ti —le dijo.

AnnieLee abrió los ojos como platos.

—No, no, tengo un móvil de prepago —dijo ella—. No es nada especial, pero me sirve para lo que lo necesito. Puede grabar sus cincuenta mensajes, ¿no? —bromeó con risa nerviosa.

Mikey ignoró el comentario con un gesto de la mano.

—Me he tomado la libertad de meter mi número en la agenda de contactos. Llámame a cualquier hora, del día o de la noche. —Ya no sonreía—. Has conseguido abandonar el cajón de salida, AnnieLee, pero, si no te andas con cuidado, te saldrás en la primera curva. No lo jodas. —Dejó el móvil encima de la mesa—. Y no me jodas a mí.

Capítulo 38

Ruthanna cogió un jarrón antiguo de cristal opalino de un estante de la cocina, lo llenó de agua y metió las flores que acababa de recoger de su jardín: dalias exuberantes, rosas inmensas y gauras rosas ligeras como una pluma. Con sus tacones de diez centímetros, llevó el ramo a la estrecha mesa de comedor que había pertenecido a su familia desde hacía cinco generaciones y que ya había vestido con servilletas de lino, vajilla Spode y cubertería antigua que había comprado en una de sus giras por Francia.

Contempló satisfecha la bonita habitación. La ensalada estaba preparada, la pasta con queso gratinado receta de Alice Waters estaba dorándose en el horno y una botella de rosado se enfriaba en la champanera. Todo estaba perfecto y en perfecta calma.

Pero qué más daba eso. Ruthanna Ryder estaba que se subía por las paredes.

Cuando pensaba en lo que iba a hacer durante la hora siguiente, le daban ganas de ponerse tres dedos de whisky, solo. Le daban ganas de meterse en la cama. Le daban ganas de llamar a Jack.

Ojalá le hubiera pedido que la acompañara, pero ya era demasiado tarde. Él conocía la historia que iba a contar y, en caso necesario, podría sustituirla. Cogió el móvil y empezó a decir: «Siri, llama...», pero colgó. Jack era un hombre ocupado. Aunque él habría dejado lo que estuviera haciendo para acudir a su llamada, no quería pedírselo.

AnnieLee entró cuando pasaban tres minutos de las seis. Llevaba el pelo recogido en un moño despeinado y se había puesto un poco de brillo en los carnosos labios.

—Siento llegar tarde —dijo con tono de agobio mientras se quitaba las botas en la entrada.

Ethan le había contado lo que pensaba de la puntualidad, sin duda.

—Dos minutos más y podrías haberte encontrado la puerta cerrada —respondió Ruthanna.

—Estaba escribiendo y se me fue el santo al cielo. Me siento fatal. —Se incorporó y fue entonces cuando se fijó en la preciosa mesa, y en su rostro se dibujó una expresión de deleite—. Ay, está preciosa... ¿Una cena romántica solo para las dos?

—Me gusta comer de manera civilizada —dijo Ruthanna un poco envarada. Era verdad, pero solo en parte. Se había ocupado de que todo estuviera perfecto, porque la alternativa habría sido tirarse en el suelo a llorar. Sirvió vino en una copa y se la tendió. A continuación sirvió el doble en otra copa y bebió delicadamente un sorbo. Estaba helado, tenía el color rosa de una puesta de sol con niebla y sabía a fresas.

—Salud —brindó AnnieLee.

—Es un rosado Willamette Valley.

—No voy a fingir que sé de lo que me hablas —admitió la otra.

—Confío en que algún día aprenderás a reconocer las cosas buenas de la vida —repuso con sequedad.

AnnieLee se rio alegremente.

—Después no querré seguir viviendo a base de judías de lata y Coca-Colas de la máquina.

—Es la cena más deprimente que he oído en mi vida.

—No, más deprimente es una cena en la que no hay comida —respondió AnnieLee—. Y créeme, he vivido muchas de esas.

—Bueno, esta noche no vas a pasar hambre —dijo Ruthanna mientras aliñaba la ensalada con una sencilla vinagreta casera de chalota y después se giró con la cuchara de madera en la mano y la señaló con ella—. ¿Quieres decirme dónde estuviste ayer?

AnnieLee se quedó sorprendida.

—No me importa, pero ¿por qué?

—Porque quiero saber si he estado perdiendo el tiempo contigo.

AnnieLee dio un respingo.

—Me reuní con Mikey Shumer.

—Lo sé —dijo la otra.

—Entonces, ¿por qué me lo preguntas? —se quejó AnnieLee.

—Quería saber qué ibas a contestar.

Ruthanna se dobló y sacó la fuente de pasta gratinada del horno. Olía a queso y a mantequilla y a algo muy intenso cuando la posó en la mesa delante de AnnieLee.

—Pensaba que te había dicho que te mantuvieras bien alejada de él. —Le dio la cuchara de servir—. Adelante, sírvete.

AnnieLee se puso dócilmente una montaña de comida en el plato mientras Ruthanna bebía.

—¿Y bien? —preguntó al cabo de unos minutos.

—Supongo que no me pareció que hubiera nada malo en tener una conversación con él —contestó.

—Pueden suceder muchas cosas malas con los tipos como él —dijo Ruthanna—. Mikey le puso una pistola en la boca a un hombre el año pasado. Le dijo que si no pinchaba la canción de su artista volvería y apretaría el gatillo.

AnnieLee abrió los ojos desmesuradamente.

—Corren muchas historias como esa sobre Mikey Shumer —continuó—. Pero yo tengo la mía propia y esa es la que me interesa que oigas.

Inspiró profundamente. El sol entraba de forma oblicua en la cocina con un brillo dorado; la luz angelical de la tarde, pensaba Ruthanna. En esos momentos era cuando más se acordaba de su hija. La mayoría de las veces apartaba los recuerdos de su mente, pero otras dejaba que fluyeran como el agua. No sabría decir qué dolía más.

—¿Recuerdas que una vez te dije que me recordabas a alguien? —preguntó Ruthanna.

AnnieLee asintió, con la boca llena.

—Bueno, pues esa persona era mi hija.

AnnieLee se quedó pálida.

—¿Era? —preguntó en un susurro.

—Este año habría cumplido veintisiete. Se llamaba Sophia. —Ruthanna inspiró de nuevo. Le costaba decidir por dónde empezar. Igual que le costaba admitir que no se podía echar toda la culpa a una persona, Mikey Shumer, como ella quería.

»Sophia tocaba el banjo. Era muy buena y podría haber sido genial. Pero le gustaba tener que esforzarse, al contrario de lo que me pasa a mí. Tal vez fuera porque nació teniéndolo todo.

Bebió otro sorbo de vino. No había tocado siquiera la cena que tanto se había esforzado en preparar. Qué más daba. Solo eran unos macarrones con queso con pretensiones, y, además, se suponía que no debía comerlos.

—Lo tuvo todo, excepto una infancia normal. Imagina lo que tenía que ser vivir recibiendo en la carita los fogonazos de los flashes cada vez que salía a tomar helado con su padre. O esos periodistas sin escrúpulos que le pedían que les contara los trapos sucios de su madre famosa. El mundo tenía mucho interés en mí y Sophia no podía escapar de ello. Como tampoco pudo evitar darse cuenta de que el mundo no tenía el mismo interés en ella. Fue una lección cruel, y yo ni siquiera sabía que la estuviera aprendiendo.

—Lo siento —dijo AnnieLee con una voz que también era joven y pequeña.

Ruthanna le contó que Sophia fue una chica rebelde cuando llegó al instituto, que se pasaba el día de fiesta y se escapaba por las noches cuando su madre estaba de gira. Después de una temporada en rehabilitación, se graduó un año más tarde, pero con una buena nota media. Se suponía que iba a ir a la universidad. Quería ser profesora de música.

—Y fue entonces cuando conoció a Trace Jones —dijo notando el sabor amargo del nombre en la boca.

—¡Lo conozco! —exclamó AnnieLee—. Me refiero a que sé quién es.

—Claro. Lleva en las listas de ventas una década. No es más que un producto de radiofórmula, en mi opinión, pero la gente compra sus discos. El caso es que Sophia y Trace estaban enamorados. Ella quería ir de gira con él, una gira que Mikey Shumer se había encargado de contratar y gestionar. Yo no quería que fuera, porque seguía pareciéndome que era muy frágil. Arguyó que ya era hora de empezar a valerse por sí misma. Le señalé que eso no era valerse por sí misma, sino seguir a otra persona. Ella ni siquiera iba a tocar, porque Trace tenía su propio intérprete de banjo en la banda. Nos peleamos. Y se fue.

Ruthanna desdobló la servilleta y volvió a doblarla. AnnieLee había dejado de comer.

—En algún momento de la gira empezó a beber otra vez. Y poco después Mikey decidió que tener novia no era bueno para la imagen de Trace. Le dijo que, si quería tomarse en serio su carrera, tenía que romper con Sophia.

Ruthanna se sirvió más vino y prosiguió:

—Y lo hizo. No digo que no le costara. Lo único que sé es que lo hizo. Y aquella noche, en la habitación de su hotel, antes de coger un avión de vuelta, como se suponía que iba a hacer, Sophia se bebió todas las botellas del minibar y se tomó unas pastillas que le había dado uno de los técnicos de la gira. No sé si quería morir. Puede que solo intentara ahogar las penas, llegar a un lugar en el que no existiera el dolor. Pero se durmió y ya no volvió a despertar.

Ruthanna había estado mirando por la ventana mientras hablaba y sentía las lágrimas que le corrían por las mejillas. Cuando se volvió hacia a AnnieLee, vio que la chica también estaba llorando.

—Lo siento —dijo esta—. No puedo ni imaginar lo que debes de sentir.

Ruthanna puso la mano encima de la suya.

—Sé que no has tenido una vida fácil y estoy segura de que tú también sabes lo que es perder a alguien. —Apartó la mano y su voz ganó firmeza—. Por eso no quiero que hables con Mikey. Hay un punto de oscuridad en él, de frialdad. Un hombre que es capaz de cualquier cosa con tal de ganar no es la clase de hombre que te conviene tener a tu lado.

Se levantó y se acercó al fregadero para coger un vaso de agua.

—«He estado en la cocina de la pena y he limpiado con la lengua todas las ollas» —dijo en un susurro.

—¿Es un verso de una canción? —preguntó Annie-Lee.

—Es una frase de un libro, *Huellas de polvo en una carretera,* la autobiografía de Zora Neale Hurston.

—La cocina de la pena —repitió AnnieLee—. Puede que yo haya estado ahí también una o dos veces.

Las dos guardaron silencio y el sol continuó su descenso hacia el fondo del jardín, iluminando cada flor con los últimos rayos de luz angelical.

Ruthanna se aferró al borde del fregadero para no caer.

—Buenas noches, Sophia —susurró.

Capítulo 39

El sonido de un susurro urgente despertó a AnnieLee. De pie junto a su cama había alguien vestido totalmente de blanco. «Sophia», pensó aún medio adormilada. El fantasma alargó los brazos hacia ella, pese a que esta intentó alejarse, y la destapó.

—Ejem —dijo el fantasma, y AnnieLee se despertó lo suficiente como para reconocer a Ruthanna coronada por el halo cobrizo de su pelo. Le decía que ya era hora de levantarse.

La noche anterior, después de hablar, llorar y beberse una botella y media de rosado, las dos habían llegado a la conclusión de que no tenía mucho sentido que AnnieLee volviera al motel cuando había seis camas vacías en la preciosa casa de Ruthanna.

—Son casi las ocho de la mañana —dijo, remarcando el «ocho» escandalizada como si fuera mediodía. Después se agachó y cogió un trozo de papel de la alfombra, lo miró y comenzó a leer en voz alta mientras la otra intentaba taparse con el edredón de nuevo. Parecía que le estuvieran dando martillazos en la cabeza.

I was standing up just as tall as I was able
Already begging for a seat at the table
Feeling like a shadow, pressed against the wall
All those years he didn't see me at all
I was invisible, invisible
Like shade at midnight, a ghost in the sunlight
Invisible

Ruthanna miró a AnnieLee.

—¿Qué es esto?

—Una canción que empecé anoche —contestó adormilada sentándose en la cama y pestañeando mientras trataba de enfocar las imágenes.

—¡Nos acostamos a las dos de la mañana!

—Me gusta escribir por la noche tarde —contestó ella peinándose el pelo revuelto con los dedos—. Aunque levantarse a las ocho al día siguiente es un asco.

—Igual que beber demasiado vino —repuso la mujer agitando el papelito delante de la chica—. ¿Tienes más?

AnnieLee carraspeó y cantó los dos versos siguientes, que aún no tenía escritos. Tenía la voz áspera y bostezó entre medias.

But then I grew up pretty and I grew up wild
Didn't look like a hungry child

Miró a Ruthanna.

—Me quedé atascada con la siguiente parte de la estrofa. La chica tiene edad suficiente para comprender que es preferible que un hombre no te haga caso a que se fije en ti. —Silencio—. Sí, esta también es una canción un poco trágica.

La triste historia de Sophia había conmovido a Annie-Lee, que había dejado que fragmentos de su propia historia entraran de nuevo en su mente en plena noche. Solo que eran unos recuerdos tan atroces que la única manera de sobrevivir a ellos era negarlos, al menos a la luz del día, cuando parecía más sencillo.

—Está bien hasta aquí —dijo la cantante—. A ver si podemos incrementar la intensidad.

AnnieLee echó hacia atrás el edredón y le quitó el papel.

—Creo que quiero quemarlo.

—No hay quien te entienda, pequeña —dijo Ruthanna resoplando camino de la puerta—. Nos vemos abajo dentro de media hora. Vamos a bajar al estudio a ver qué más tenemos.

—¡No me llames *pequeña!* —le gritó AnnieLee.

«A ti sí que no hay quien te entienda», estuvo a punto de añadir. Unas horas antes, la cantante le había revelado la pena inimaginable que sentía y ya estaba lista para trabajar otra vez.

AnnieLee entró dando tumbos en el cuarto de baño y abrió el grifo del agua caliente de la ducha a tope. A lo mejor era cierto que ella también era así.

Tras desayunar rápido unos huevos revueltos y un bollito con mantequilla, bajó al estudio, donde la banda ya estaba reunida. Todos querían felicitarla; habían escuchado la canción en la radio.

—A lo mejor la ponen demasiado, incluso —admitió Stan—. No te ofendas. Se te mete en la cabeza y no hay manera de quitársela de encima.

—Eso es bueno, ¿no? —dijo ella riéndose, pero se puso seria enseguida—. No podría haber hecho nada sin vosotros. —Miró a Ethan, que estaba afinando la guitarra. Los ojos de ambos se encontraron y los dos se sostuvieron la mirada hasta que AnnieLee se sonrojó y la apartó—. Gracias por tocar conmigo, chicos. —Estaba tan conmovida que no era capaz de mirarlos—. No os imagináis lo agradecida y honrada que me siento. Y lo feliz que estoy de volver a trabajar con vosotros.

La voz de Ruthanna se oyó a través de los altavoces de la sala de control.

—¿Podemos empezar ya? ¿O hacemos la chorrada esa de cogernos de la mano y darnos las gracias todos en círculo? ¿Queréis también encender una vela y escribiros notitas de agradecimiento?

AnnieLee volvió a sonrojarse, pero aún no había terminado.

—Gracias a ti también, Ruthanna —gritó, y le pareció que la mujer rezongaba en respuesta—. Y ahora sí, estoy lista para trabajar.

—Pues empieza por pasarnos la canción —dijo Ethan—. ¿Qué vamos a aprender hoy?

Elrodd tocó un redoble y Donna colaboró en la broma con una línea de bajo andante; todos tenían ganas de empezar. Pero AnnieLee no respondió, porque no lo sabía. Así que, en lugar de eso, cogió una bolsa de lona y la vació en el suelo. Hojas de cuaderno, posavasos de bar, servilletas y pósits salieron volando por todas partes, todos ellos llenos de la pulcra y diminuta caligrafía de AnnieLee.

—¿Qué demonios es todo eso? —exigió Ruthanna.

—Canciones —respondió ella sin más—. ¿Me ayudas a elegir algunas?

Ruthanna salió como un torbellino de la sala de control informándoles por el camino de que así no era como se hacían las cosas. Aquello era desordenado e impreciso, por no decir desastroso directamente, y, por si AnnieLee no se había dado cuenta, no había una sola mota de polvo en los ochocientos sesenta y cinco metros cuadrados de la casa, y si no recogía de inmediato todos aquellos papeles, iba a enterarse de que no era tan mayor como para que no le dieran una buena azotaina en ese culo escuchimizado que tenía.

AnnieLee dejó que Ruthanna le echara la bronca. Quería que los músicos encontraran los versos que les dijeran algo. Ella normalmente acompañaba las letras de acordes, así que un solo vistazo bastaría para hacerse una idea de lo que podían conseguir con una canción.

Donna entornó los ojos para leer lo que había en los márgenes de un posavasos.

—Me gusta esta —dijo, y AnnieLee la tocó mientras todos escuchaban con actitud crítica.

Elrodd quería algo con un sonido de batería enérgico, casi como un tren, explicó, y Ethan admitió que no estaría mal algo con espacio para un solo de guitarra de la hostia. A media mañana, tras mucha discusión e intercambio de muchos argumentos amistosos, decidieron grabar cinco canciones.

Después de aquello, quedaron todos los días, bien temprano, y trabajaron hasta la hora de cenar; algunos días siguieron después, incluso. Tardaron tres días en conseguir que *Woman Up and Take It Like a Man* sonara como querían, mientras que en menos de ocho horas tenían *Dark Night, Bright Future.*

—¿Significa eso que cada vez es más fácil? —preguntó a Ethan, paseando por el jardín de Ruthanna durante uno de los descansos.

—No —respondió él—, significa que esta vez hemos tenido suerte.

Un par de semanas más tarde tenían seis canciones listas para masterizar, material suficiente para un EP. Y aquella última noche, después de diez horas en el estudio, Ruthanna, Ethan y AnnieLee lo celebraron comiendo pizza junto a la piscina. AnnieLee se quitó los zapatos y metió las piernas en el agua fría, mientras que Ethan descansaba tumbado en la cubierta con una cerveza.

Ruthanna, por su parte, caminaba de un lado para otro de la parte más profunda. Estaba hablando con Jack, su antiguo representante, y AnnieLee percibía el tono risueño que había en su voz. Aún no lo conocía, pero Ethan decía que era la sal de la tierra. Y que tocaba la guitarra con *slide* de puta madre antes de pasarse al lado de los ejecutivos.

AnnieLee se tumbó y contempló el cielo vespertino mientras los vencejos revoloteaban sobre ella. De repente, el rostro perfectamente maquillado de Ruthanna le bloqueó la visión.

—Le estaba hablando a Jack de tu canción de amor, ya sabes, la de las flores silvestres.

AnnieLee se incorporó y se quedó sentada.

—Pero no he vuelto a tocarla.

—Bueno, se me ha ocurrido que podría funcionar con unos cuantos versos que he escrito yo. A lo mejor podría quedar bien con un trino alegre…

La chica abrió mucho los ojos.

—¿Dices que escribamos una canción tú y yo juntas?

—Sí, genio —contestó ella—, eso es lo que digo. Aunque no podemos cantar juntas, obviamente, al menos en público. Yo ya me he retirado.

AnnieLee había enmudecido, estaba atónita ante la idea de componer una canción con su heroína. Era alucinante. O a lo mejor el adjetivo que mejor lo describía era *aterrador.*

—Pues, para haberte retirado, trabajas un montón —dijo Ethan con amabilidad.

Ruthanna se giró sobre los talones y empezó a caminar de un lado para otro de nuevo.

—¿Qué otra cosa puedo hacer con todo el tiempo que tengo?

—Cazar conejos —dijo él—. Estoy viendo seis ahora mismo cerca de tus lirios.

—Se han metido en mi huerto —añadió AnnieLee. Aunque le importaban un comino las lechugas y los tomates. ¡Iba a escribir una canción con Ruthanna Ryder!

Esta se quedó mirando a aquellos animalitos con actitud pensativa.

—Cuando era pequeña, Sophia decía que esta era la hora de los conejitos —comentó.

AnnieLee se levantó y se puso a su lado.

—Es bonito oírte hablar de ella.

—Ha pasado mucho tiempo. Estoy desentrenada.

—Ya te irá saliendo mejor —la animó ella.

Ruthanna le dirigió una sonrisa maliciosa.

—Como Ethan con su solo…, pero qué tortura de camino, por Dios.

El aludido levantó la botella hacia ellas de buen humor.

—No me importa que os metáis conmigo.

—Ojalá no fuera broma —dijo Ruthanna.

AnnieLee se rio. Estaba muerta en cuerpo y alma, pero también más feliz de lo que habría creído posible.

Capítulo 40

Billy miró a AnnieLee y a Ethan con sincera sorpresa cuando entraron en el Cat's Paw el sábado por la noche. Habían estado tan liados grabando en el estudio que llevaban dos semanas sin pisar el bar para tomarse algo o para subir al escenario. Pero como Ethan estaba en el cartel de esa noche, AnnieLee dio por sentado que lo que había sorprendido a Billy había sido verlos entrar juntos.

Estaba poniéndole una pinta de Budweiser a Ethan cuando se volvió y dijo:

—Joder.

—¿Qué? —preguntó AnnieLee cogiendo una cereza de la bandeja y metiéndosela en la boca.

Billy sacudió el paño hacia ella enfadado.

—En circunstancias normales te echaría del bar por eso, pero, escucha. —Se inclinó y subió el volumen del equipo, y AnnieLee oyó el sonido de la melancólica guitarra de Ethan y a continuación su propia voz, dulce e intensa, haciendo volteretas melódicas por encima—. Tu sencillo está ahora mismo en la radio —dijo tan orgulloso como si lo hubiera compuesto él mismo.

Ella se agarró al borde de la barra.

—Alucino —susurró—. Te lo digo de verdad, Billy, es la primera vez que la oigo.

—Aparte de las cinco mil veces que Ruthanna nos ha hecho cantarla y las diez mil que la escuchamos mientras Warren mezclaba, quieres decir, ¿no? —la corrigió Ethan.

AnnieLee le dio un suave puñetazo en el musculoso bíceps.

—Quiero decir en la radio, idiota.

Era alucinante, y también muy extraño, oír la voz de uno a través de los altavoces. Creía que jamás se acostumbraría.

—Muy buena, chica —dijo Billy—. Creo que eres la artista que más rápido he visto pasar de suplicar que le dejaran subir al escenario a sonar en la radio.

AnnieLee se echó el pelo hacia atrás.

—Ya te lo dije cuando entré aquí la primera vez, ¿o no?

—Supongo que sí —admitió—. Pero una gran mayoría de *Homo sapiens* no vale una puta mierda, así que perdóname por dar por hecho que tú estabas entre ellos.

AnnieLee se rio.

—Yo no sé lo que valgo.

—Oro, vales oro —dijo Ethan, acercando el taburete al de ella y rodeándole los hombros con despreocupación.

Un escalofrío la recorrió por dentro al sentir el calor y el peso, aunque no sabía qué querría decirle con aquel gesto. ¿Que eran amigos? ¿Que estaba flirteando con ella? Lo único que sabía era que se había presentado en el motel media hora antes y le había pedido que fuera a ver su actuación. «Y nada de quedarte al fondo y largarte en cuanto termine», le había dicho. Ella no se había hecho de rogar. Se había soltado el pelo, que llevaba recogido en una trenza, se había pintado los labios de rojo y se había subido a la camioneta.

—Hazlo bien —le dijo—. He cancelado mis planes para venir a verte. —Agitó los dedos delante de él—. Iba a pintarme las uñas de un color chulísimo, Brillo Cósmico, se llama.

Ethan soltó una risa profunda y vibrante al tiempo que tensaba el abrazo.

AnnieLee tuvo la tentación de rodearle la cintura con la misma despreocupación, por supuesto, preparada para quitarle importancia llegado el caso, cuando Billy dijo:

—Bueno, Blake, más vale que te vayas preparando. Ese micro está muy solo.

Ethan la soltó y se bajó del taburete. El bar estaba bastante tranquilo, sobre todo para ser sábado por la noche, pero había pedido que le dejaran salir pronto, porque su turno en el Rusty Spur empezaba a las nueve. Miró de nuevo a AnnieLee al coger el estuche de la guitarra como si fuera a decir algo, pero frunció el ceño de manera casi imperceptible y se dirigió al escenario.

Ella lo miró mientras se acomodaba en su sitio y se ajustaba la correa de cuero. La luz de los focos se reflejaba en su pelo oscuro, en sus dedos largos y bronceados que sujetaban con ternura el mástil de la guitarra.

—Buenas noches a todos —dijo, a lo que el público respondió con una tímida ronda de aplausos. Empezó a puntear la introducción de una canción que AnnieLee no conocía.

217

—¿Cómo te llamas? —le gritó.

Ethan se rio y se inclinó sobre el micro.

—Siempre se me olvida esa parte. Soy Ethan Blake y tengo muchas ganas de tocar unas canciones para todos vosotros esta noche.

Empezó de nuevo y ella cerró los ojos para escuchar. La canción iba sobre una persona que pedía que confiaran en ella y temía que no lo hicieran. Era un tema lento y triste y maravilloso.

No matter what's gone on before,
Don't hold it in a moment more

AnnieLee silbó y aplaudió cuando terminó, y él la miró con agradecimiento.

—Y ahora algo del Boss —dijo, y empezó a tocar una versión country de *I'm on Fire* que hizo que un trío de universitarias con dos copas de más se pusieran a gritar como locas.

No había elementos accesorios en el Cat's Paw ni posibilidad de tácticas teatrales, nada más que la pericia del artista con las manos y la garganta. La cálida voz de Ethan invadía la sala, catapultándose a veces hasta un *falsetto* vaquero a la antigua usanza para caer de nuevo en una tesitura más profunda y resonante. Allí sentada en estado de trance, AnnieLee tenía la sensación de que estaba cantando solo para ella.

Y puede que fuera así, porque, cada vez que abría los ojos, se cruzaba con la mirada de él en el otro extremo.

Ethan iba por la mitad de su versión de *$1000 Wedding*, de Gram Parsons, cuando AnnieLee sintió la necesidad de salir de allí y se abrió paso entre los presentes. En el estrecho callejón seguía oyéndolo cantar, aunque de lejos. Se apoyó contra la pared; sobre ella, en el cielo negro, pendía una delgadísima cuña de luna. Confiaba en que Ethan no se fijara en que había salido de la sala. ¿Cómo iba a explicárselo? «Me dolía verte ahí arriba, Ethan, porque tu voz me mostraba una imagen de una vida que jamás pensé que podría tener. Una tarde de verano, tú y yo en un porche, contemplando la puesta de sol. Tú tocas y yo canto, y estamos descalzos los dos, y el porche es todo nuestro porque la casa es nuestra y, ay, Dios, tengo que salir a respirar.»

Era una reacción ridícula, cuando no de alguien completamente trastornado, por muchos motivos. Para empezar, apenas conocía a Ethan Blake, conocerlo de verdad. Lo cual era en parte culpa suya, por alejarlo de ella todo el tiempo, pero ¿quién llevaba la cuenta? Y, por otra parte, aquella visión, por dulce que fuera, no encajaba en absoluto con su ambición impaciente e implacable. Lo pensaba en serio cuando escribió *Driven*.

Driven to keep on and on
To achieve the things I want

Dio una patada a una lata que había en el callejón y oyó el eco de un sonido a unos metros. Entrecerró los ojos en la oscuridad, pero no se veía nada más que sombras. Se quedó muy quieta, conteniendo el aliento, y escuchó con atención.

Todo estaba en silencio a su alrededor y dentro sonaba la reconfortante voz de Ethan Blake.

Esperó un segundo más y se relajó. Dejó caer los hombros y empezó a seguir el ritmo con el pie sobre los adoquines. Ethan había dado paso a *Mammas Don't Let Your Babies Grow Up to Be Cowboys,* que él cantaba más como un vals lento, triste casi. AnnieLee empezó a balancearse un poco, un-dos-tres, un-dos-tres, y se giró para volver dentro.

Cuando cogió el pomo, algo la golpeó entre las escápulas. Lo que quiera que fuera cayó al suelo y se hizo pedazos. Bajó la vista y vio los trozos resplandecientes de una botella de whisky a sus pies en el mismo instante en que se daba cuenta de que cerraban la puerta del bar a su espalda.

El corazón se le paró y se giró para gritar.

—¡Eh! ¿Qué coño…?

Incluso en la oscuridad los reconoció: los hombres del motel. Tenía uno a cada lado.

—Basura de alcantarilla, eso es lo que eres —dijo el más pequeño.

—¿Y por qué no dejáis de venir a por mí? —preguntó como si le arrancaran las palabras de la garganta. Había intentado huir de su pasado con todas sus fuerzas, pero este se empeñaba en perseguirla y arrinconarla, exigiéndole que le hiciera frente.

—Has incumplido las normas.

El más grandote se lanzó sobre ella, que no fue lo bastante rápida. La agarró por los hombros y la empujó contra el suelo. AnnieLee se golpeó la cabeza contra los adoquines, aunque sentía más rabia que dolor cuando rodó sobre un lado y lanzó una patada hacia fuera que impactó contra la rótula de su atacante. El hombre trastabilló y soltó varios tacos, y entonces AnnieLee vio el brillo de una navaja. Se oyó gritar:

—¡Ethan! ¡Ethan!

En vez de incorporarse, el tipo cayó sobre ella. Annie-Lee ahogó un grito cuando se le vaciaron de aire los pulmones. El hombre cerró las manazas sobre ella con la fuerza de un torno de banco y la obligó a darse la vuelta y a ponerse boca abajo, aplastándole la mejilla contra el suelo. Dejó caer todo su peso sobre la espalda de ella para inmovilizarla. El otro tío se acercó y se puso de rodillas junto a su cara.

—Rose no está captando el mensaje —dijo, levantando la tapa de un Zippo—. No sé qué le pasa.

La llama cobró vida y AnnieLee notó el calor acercándose a ella. El tío le cogió un mechón de pelo y le prendió fuego. Las puntas se rizaron y crujieron, dejando un horrible olor a chamuscado.

—La carne no huele tan mal, pero arde mucho peor —siseó el tipo.

Ella se retorcía debajo del grandote subiendo y bajando las caderas, pero no conseguía quitárselo de encima. Y le faltaba aire para gritar.

Entonces la puerta del bar se abrió dando un sonoro golpe y una figura salió como un rayo. Ethan Blake apartó al matón de encima de AnnieLee, que vio el brillo del metal en su mano. Una pistola.

Los dos hombres se largaron corriendo, fundiéndose con las sombras. Ethan disparó tras ellos, por encima de

221

las cabezas, una, dos veces. Y acto seguido se agachó, la levantó y le preguntó si estaba bien. AnnieLee no sabía cómo responder, así que, en vez de hablar, le rodeó el cuello con los brazos.

Dejó que la estrechara con fuerza contra sí, temblando contra su cálido pecho. Lloró de sorpresa y alivio. Estaba a salvo, aunque solo fuera por el momento.

Capítulo 41

—¿Y no te contó nada? —preguntó Ruthanna.

Ethan la siguió por el jardín con la cabeza embotada por la falta de sueño.

—No, señora, nada.

AnnieLee no le había dejado que la llevara a casa de Ruthanna, como él quería. Había insistido en que la llevara a ese horrible motel, a una habitación que hacía que su humilde apartamento pareciera el castillo de Windsor, pero no dejó que entrara. De modo que se quedó fuera, junto a la puerta, hasta que oyó el pestillo y luego se quedó haciendo guardia en la camioneta hasta que el sol despuntó sobre el horizonte.

Era extraño sentir aquel feroz instinto protector cuando ella no quería su protección.

—¿Cree que no puede confiar en nosotros? —preguntó la cantante.

—No sé exactamente qué le pasa —dijo Ethan. Pero tampoco se sentía capaz de poner voz a lo que él creía que le pasaba. Había algo irracional, casi patológico, en la negativa de AnnieLee a responder a sus preguntas. Siempre le había parecido dura e inocente al mismo tiempo. ¿La habría juzgado mal? Desde luego, era una de las mujeres más herméticas que había conocido.

—Esos hombres de anoche… —comenzó a decir Ruthanna.

—No eran de por aquí.

Ella cortó una flor rosa grande por el tallo y se la colocó detrás de la oreja. Tenía el aspecto joven y fresco de una chica con la suave luz de la mañana.

—¿Cómo lo sabes?

Ethan se encogió de hombros. No podía pretender conocer a todos los tipos duros de la ciudad, pero sí conocía a muchos. Iba implícito en el trabajo de la noche y el alcohol, y en la costumbre que tenían en el Rusty Spur de contratar a expresidiarios y chicos malos como camareros y porteros.

—Instinto.

—De modo que nuestra chica está en el lugar equivocado en el momento equivocado, pero son muchas veces, ¿no? ¿O es que hay algo más?

Él sacó un cúter y se puso a sacar y a meter la cuchilla mientras caminaban, una vieja costumbre cuando se ponía nervioso. Su amigo Antoine se lo había regalado por su cumpleaños cuando estuvieron en Afganistán, envuelto en papel higiénico y atado con el cordón de una bota. Dos semanas después, Antoine acabó muerto en un ataque con un artefacto explosivo improvisado en una polvorienta calle de Kandahar. La cuchilla brillaba a la luz del sol, una herramienta hermosa y letal.

—Ejem —dijo la mujer.

Ethan dio un respingo. Hacía tiempo que los recuerdos de su época como militar no lo asaltaban con tanta fuerza.

—¿Qué decías? Perdona, Ruthanna.

—Digo que por qué no la sacamos de la ciudad.

Ethan esperó a que explicara lo que quería decir.

La mujer se puso a cortar el tallo de unas malvas de jardín para hacer un ramo y se las dio mientras caminaban.

—Voy a organizar una reunión con ACD —dijo.

—¿En serio? —preguntó él. ACD era una compañía de discos muy importante. Y no tenía oficinas en Nashville, sino a casi mil quinientos kilómetros de distancia, en Nueva York—. Creía que habías dicho que debería sacar su EP, conseguir un buen número de reproducciones en plataformas de *streaming* y después ya buscar sello discográfico.

—Bueno, eso era lo que tú pensabas que tenía que hacer, y no estaba mal. Pero quiero que tenga más apoyo desde ya. Pensé en volver a llamar a Jody, la de BMH, que está aquí en Nashville, pero nunca mandó al agente que me prometió, así que he decidido recurrir a la artillería pesada y han aceptado reunirse con AnnieLee. —Le clavó un dedo con la uña pintada de rojo—. Y tú vas a ir a Nueva York con ella para protegerla.

—¿Y eso quién lo dice? —soltó él sin pensarlo para lamentarlo según lo decía.

—Lo digo yo —respondió Ruthanna, cortando una rosa que se había quedado mustia—. Tu jefa. ¿Algún problema?

—Solo digo… que no creo que…

Pero se calló. ¿Qué objeciones podía poner? Iría allá donde fuera AnnieLee. ¿Qué problema tenía? Hundió un dedo del pie en la suave hierba. ¿Le preocupaba que llegara a Nueva York con su impresionante voz y su guitarra prestada y no conquistara a aquellos ejecutivos?

¿O que triunfara?

«Y puede que te deje atrás.» La voz que lo susurró era tan baja que casi podía fingir que no la había oído.

Ethan sabía que no entendía el funcionamiento del negocio como lo hacía Ruthanna; él lo conocía solo de refilón. Pero sí había visto cómo se merendaba a la gente y escupía después los huesos. AnnieLee parecía decidida de verdad. Pero también lo estaba su amigo Jake, que firmó un contrato con Warner Music, sacó un álbum que nadie compró y sufrió tal crisis de confianza que el alcohol estuvo a punto de llevarlo a la tumba antes de tiempo.

El propio Willie Nelson se tiró en mitad de Lower Broadway con la idea de que un coche lo arrollara. Era un negocio muy cruel.

Pero Ruthanna no parecía albergar preocupación alguna respecto a las posibilidades de AnnieLee.

—Si no nos cuenta lo que pasa, me parece bien. No necesito saberlo. —Se miró las uñas largas y de aspecto peligroso—. Me ocuparé de la parte profesional únicamente. Siempre se me dio muy bien.

A Ethan le pareció percibir una nota de pena en su voz y le puso la mano en el hombro con gesto comprensivo. Se hacía una idea de lo que se le estaría pasando por la cabeza: la muerte de su hija y de su marido después, y ahora se pasaba el día sola en aquella enorme mansión escribiendo y grabando canciones que no quería que nadie escuchara aparte de un puñado de músicos de estudio.

Algunas personas decían que es mejor no conocer a tus ídolos para no ver que tienen los pies de barro. Pero Ruthanna, por gruñona que pudiera ser, siempre había demostrado ser una persona espléndida.

—A ti se te da bien todo —dijo él con amabilidad—. Eres pura inspiración.

Ella lo miró con ojos resplandecientes.

—Y tú eres un buen hombre.

Ethan sonrió y cantó un verso de la primera canción de Ruthanna Ryder que oyó en su vida.

They say a good man is hard to find
Damn straight they're right — but I don't mind

Era solo un niño cuando la escuchó, y su ritmo *honky tonk,* su mezcla de anhelo y audacia, siempre le había subido el ánimo. A su madre también le había encantado siempre, y solía subir el volumen y cantar en voz alta. Ethan no tenía ni idea de tocar la guitarra por entonces, pero sí había entendido la letra, que hablaba de perseguir los sueños. Y en el fondo había comprendido lo que era querer algo y no tenerlo.

Seguía teniendo la misma sensación.

—Santo Dios, esa sí que es vieja —dijo ella en voz baja.

—Y buena —dijo él.

Ruthanna se rio.

—Sí, ya, supongo que me fue bien con ella. —Le dio unas palmaditas en el fuerte hombro—. Y ahora será mejor que te vayas a casa a hacer la maleta. Os vais mañana.

Capítulo 42

Las oficinas de ACD estaban en una torre inmensa a unas cuentas manzanas al norte de Times Square. El sonido de las botas de AnnieLee reverberaba en el amplio vestíbulo de mármol. Se sentía como un ratoncillo con los ojos muy abiertos cuando se dirigió al enorme mostrador de seguridad.

Tras imprimirle una etiqueta con su nombre y la palabra visita en letras mayúsculas negras, la persona del mostrador le indicó los tornos y ella empujó fingiendo una seguridad que no sentía.

Al llegar a la planta número cincuenta, le pidieron que esperase en una sala con una fuente decorativa de aguas murmurantes que no consiguieron calmarle los nervios. Se suponía que la reunión era a las diez, pero a las diez y media no había salido nadie a buscarla.

Quienesquiera que fueran aquellos neoyorquinos que iban a entrevistarla estaba claro que consideraban que su tiempo valía más que el de ella.

El nerviosismo dio paso al enfado a medida que se alargaba la espera, y cuando por fin apareció una asistente para llevarla a una sala de conferencias, no sabía si quería tocar la guitarra o golpearle a alguien en la cabeza con ella.

Y así, sin más, estaba nerviosa otra vez, delante de todos aquellos ejecutivos, relaciones públicas y directores de *marketing* de una de las compañías de discos más grandes del mundo. Un hombre corpulento y calvo con el vello facial al estilo de Kix Brooks y actitud de aquí mando yo le sonrió, pero con los ojos.

—AnnieLee Keyes —dijo—. Tony Graham. He oído hablar mucho de ti. ¿Dónde está tu equipo? —preguntó, mirando por detrás de ella.

«¿Mi equipo?», pensó ella. Ruthanna estaba en Nashville; Ethan, a dos manzanas de allí, en un Au Bon Pain, y ¿quién más había? Se irguió todo lo que pudo, pero así y todo no le llegaba a Tony Graham más allá de la axila.

—Yo soy todo mi equipo —contestó ella.

Tony Graham miró a sus subordinados.

—Interesante —dijo.

—¿No me diga? —dijo ella con tono desafiante—. Escribo mis canciones yo sola. Y así las interpreté por primera vez. Imagino que también podré venderlas sola. —Sonrió, con los labios y los ojos, y dejó la guitarra encima de aquella mesa gigante como si fuera suya.

Se fijó en que esta vez no había dónuts mientras el café que se había tomado le daba vueltas en el estómago.

Tony la invitó con un gesto a sentarse mientras le presentaba a todas aquellas personas elegantes e importantes. AnnieLee se sentía como una pueblerina con aquellos vaqueros viejos y su blusa nueva de color verde esmeralda. Pensaba en el dineral que había derrochado en Gap (sesenta pavos por una camisa), pero era obvio que aquella gente debía de gastar eso solo en unos calcetines.

Se metió la mano en el bolsillo y acarició la púa que le había regalado Ethan.

«Sé que no parece gran cosa, pero es una púa de la suerte», le había dicho.

Ella le había preguntado que cómo lo sabía y él le había contestado que le ocurrían cosas buenas cuando la utilizaba.

—«¿Cómo qué?»

Él la había mirado a los ojos y había dicho:

—«Como que entraras en el Cat's Paw. Es lo mejor que me ha sucedido en mucho tiempo».

En ese momento lamentó no haberle pedido que la acompañara a la reunión. La única persona que la miraba con expresión amistosa era la chica pelirroja de veintipocos años que la había acompañado a la sala y a quien el tal Tony ni siquiera se había molestado en presentarle.

Tony Graham juntó los dedos de las dos manos formando un triángulo y la miró.

—Me gusta decir las cosas claras, AnnieLee. Y voy a ser sincero contigo: ahora mismo eres una pequeña y bonita don nadie.

Hizo una pausa para dejar que sus palabras calaran y AnnieLee sintió que el corazón le daba un vuelco.

—Pero tienes un par de cosas a tu favor —continuó—. Una, Ruthanna Ryder dice que eres una cantante de la hostia, y cuando una deidad como ella habla, la gente como nosotros escucha. Y dos, te hemos oído cantar. Eres fantástica.

—Gracias —dijo ella—. Yo...

231

—Pero hace falta algo más que una cara bonita y una gran voz para vender discos —la interrumpió Tony Graham—. Y ya tenemos un montón de chicas cantantes. Seguro que conoces a Susannah Dell. Acaba de llegar al décimo puesto en la lista de los más vendidos de la revista *Billboard* esta semana y seguirá subiendo.

AnnieLee apoyó la mano en el estuche de su guitarra.

—¿Así que tienen un montón de chicas cantantes? —repitió ella—. Joder, pues eso espero, teniendo en cuenta que las mujeres constituyen el cincuenta por ciento de la población y la mayor parte de los oyentes de música country.

La chica pelirroja abrió los ojos como platos y la miró negando con la cabeza de forma casi imperceptible. AnnieLee sabía que no estaba siendo respetuosa, pero le daba igual.

El ejecutivo separó las manos y se echó hacia delante.

—¿Crees que puedes destacar por encima de toda la competencia, AnnieLee? ¿Sabes cuántas canciones se suben cada día a las plataformas de *streaming*? Cuarenta mil, y eso solo a Spotify. Hay mucho ruido ahí fuera. Se oye más música que nunca en la historia. ¿Qué le hace pensar a alguien tan pequeño como tú que tiene lo que hay que tener para hacerse oír? Y no solo hacerse oír, hacerse adorar.

AnnieLee miró a todas aquellas personas y entendió de repente que estaban allí porque Ruthanna Ryder había hablado en su nombre. Tony Graham se había hecho una idea de lo que se iba a encontrar antes de que ella cruzara la puerta de la sala.

Era ese el tipo de cosas que la indignaban. Eso y que la llamaran *pequeña*.

—No voy a fingir que soy una mujer sofisticada de ciudad, señor Graham, pero ya puede dejar de hablarme como si fuera más tonta que el asa de un cubo. A mí también me gusta decir las cosas claras y he venido a decirle que tiene delante una puta mina de oro.

El ejecutivo soltó una carcajada.

—Una cantante con una desmesurada seguridad en sí misma.

—Creo en mí, y, si me hubiera oído cantar, usted también creería —respondió. Audaz y descarada: estaba interpretando muy bien su papel. Y le gustaba la sensación.

Pero le enfurecía pensar en todas las veces que la habían subestimado o que alguien más grande y poderoso la había maltratado por el hecho de creerse con el derecho a decirle cómo tenían que hacerse las cosas.

Así que, sin esperar a que Tony Graham la invitara, sacó la guitarra del estuche y empezó a tocar. Cantó con esperanza y con furia, y la gente de ACD se quedó inmóvil y en silencio como si fueran estatuas. Tocó tres canciones sin detenerse a tomar aire siquiera. No pensaba darles la oportunidad de acompañarla a la puerta hasta que les hubiera mostrado su talento en toda su esplendorosa intrepidez.

Cuando se apagaron las últimas notas de *Firecracker*, AnnieLee guardó de nuevo la guitarra en su estuche y se puso las manos en el regazo.

—¿Y bien? —preguntó con calma.

Tony Graham se limpió el imaginario sudor de la frente y se giró hacia la mujer pálida y con los labios pintados de rojo que estaba sentada a su lado. Su comportamiento había cambiado.

—Es puro fuego —dijo—. La queremos, ¿no?

Todos los presentes asintieron con la cabeza y la asistente, que aguardaba de pie en el rincón, miró a AnnieLee y levantó los pulgares.

—Lo has conseguido —dijo moviendo los labios sin emitir sonido.

Tony Graham ya estaba hablando del acuerdo económico que iban a firmar y AnnieLee solo oyó un montón de números y de grandes promesas y de términos como *sinergia* y *marketing transmedia*.

Ella escuchaba y asentía con la cabeza, y cuando el hombre calló para tomar aliento, dijo:

—Quiero seguir con mi editora musical. —Vio que una sombra cruzaba el rostro del ejecutivo, y continuó para no desinflarse. Estaba pidiendo el tipo de cosas que pediría una estrella como Ruthanna—. Quiero tener la última palabra sobre el productor y quiero coproducir, porque conozco mis canciones mejor que nadie.

Todos en la sala guardaron silencio. Y, de pronto, Tony Graham se echó a reír.

—Me temo que eso no es posible.

AnnieLee cogió su guitarra.

—Gracias por su tiempo, señor —dijo—. Ha sido un placer conocerlo. —Se detuvo delante de la asistente antes de salir—. ¿Cómo te llamas, cariño?

—Samantha —dijo ella—. Sam.

—Sam —repitió AnnieLee—. Gracias por estar aquí hoy. Tú también cuentas con mi apoyo.

Capítulo 43

AnnieLee atravesó las puertas giratorias y se tropezó al salir a la ruidosa y ajetreada calle.

—¡Eh, cuidado! —gritó un hombre cuando el estuche de la guitarra chocó contra su maletín.

—Perdón —dijo AnnieLee con un hilo de voz mientras la calle se volvía borrosa y temblaba delante de ella. Subió la manzana dando tumbos no tanto de tristeza como de frustración y miedo. Había salido hecha una furia de las oficinas de ACD sin pensar y ahora sentía que el peso de lo que acababa de hacer no la dejaba ni respirar. En menos de quince minutos se había cargado la tremenda oportunidad que le había conseguido Ruthanna. ¿Y si era la única que se le presentaba?

¿Podría perdonárselo?

Había exigido demasiado, eso estaba claro. Debería haberse mostrado más amable y más agradecida. ¿Por qué seguía pensando en el consejo que le había dado en el Cat's Paw aquella mujer a quien ni siquiera le había preguntado cómo se llamaba? ¿Qué sabía aquella mujer de ser audaz?

Se secó furiosa las lágrimas. Le importaba mucho lo que decía en sus canciones, su expresión creativa, pero lo que le importaba al resto de la gente eran los beneficios. Todo era un negocio, incluso el arte. Había escrito las canciones, pero no podría poseerlas. No si quería que el resto del mundo las escuchara.

AnnieLee quería tirarse de los pelos. Se había sacrificado mucho en la vida, ¿por qué no estaba dispuesta a hacerlo un poco más? ¿No era mejor un trato malo que no tener ninguno?

Oyó vagamente que alguien le gritaba, pero no se dio la vuelta. Quería perderse en aquel mar de gente. Quería andar hasta quedar tan exhausta que no tuviera ganas de llorar.

«Idiota —se dijo—. No eres la hostia. Eres una...»

AnnieLee sintió que le ponían una mano en el brazo y se dio media vuelta dispuesta a pelearse con un carterista que se había fijado en que no era más que una palurda de pueblo.

Pero era Sam, que jadeaba por el esfuerzo. AnnieLee se dio cuenta de que la asistente llevaba una camisa que le quedaba grande y unos zapatos baratos, y sintió lástima de aquella chica que parecía tan perdida como ella.

—¿Qué haces aquí? ¿Tú también has salido hecha una furia de allí?

La chica se rio con ironía.

—No. He venido porque quieren que subas otra vez.

—¿Para qué?

—Solo me han dicho que bajara a buscarte. Y aquí estoy. ¿Vas a volver?

AnnieLee se señaló la mala cara que debía de tener.

—No puedo subir así.

Sam metió la mano en el bolso y le dio un paquete de clínex.

—Siempre llevo encima, pero en la última semana no he llorado en la oficina, así que voy mejorando.

Riadas de gente les pasaban por ambos lados mientras estaban allí paradas, mientras AnnieLee se secaba la cara y trataba de controlar las emociones y Sam la tranquilizaba hablándole de su ciudad, en Pensilvania, y de la habitación subarrendada en un apartamento en Queens donde vivía desde que llegó a la ciudad nueve meses atrás.

—¿No piensas nunca en volver a casa? —preguntó AnnieLee mientras volvían andando al edificio de oficinas.

Sam hizo un gesto en el que abarcaba los resplandecientes edificios de oficinas, los ruidosos taxis y el bullicio de la vida en la ciudad.

—Ya sabes lo que dicen. *If I can make it there...* —Se rio y no se molestó siquiera en terminar el verso.

Entraron en el vestíbulo y subieron como una bala hasta la sala de conferencias. Dentro estaba solo Tony Graham. Se levantó cuando AnnieLee entró y la miró con una sonrisa sincera esta vez.

—La cuestión es que siempre que escucho cantar a alguien, ya sea en un bar atestado o en una inhóspita sala de conferencias, cierro los ojos. Y si puedo imaginar a esa persona tocando en el Madison Square Garden, sé que he encontrado algo bueno.

AnnieLee contuvo el aliento. El Madison Square Garden era un bar la leche de grande. Tony Graham se sacó un bolígrafo de oro del bolsillo y empezó a darle vueltas entre los dedos índice y pulgar.

—Tuve una sensación cuando te fuiste, AnnieLee. Tuve la sensación de que más me valía traerte de vuelta, costara lo que costase.

—Pues aquí estoy.

—Y queremos que te quedes. Por los medios y con las concesiones que sean necesarios.

Capítulo 44

AnnieLee entró en la cafetería como un torbellino gritando.

—¡Ethan! ¡Ethan!

Él se levantó tan rápido que tiró la silla al suelo y echó a correr hacia ella y la tomó de los brazos. Tenía el pelo revuelto y los ojos de un azul eléctrico.

—¿Estás bien? —le preguntó.

—Estoy genial. ¡Superbién! ¿Por qué tiras los muebles?

—Pensé que te había sucedido algo —dijo él, bajando los brazos y metiéndose las manos en los bolsillos—. Quiero decir que teniendo en cuenta lo que te ha pasado últimamente…

—No, no, ¡todo va genial! —Le tomó el rostro entre las manos y lo besó en la mejilla, pero rápidamente retrocedió, avergonzada—. Perdona. No he podido evitarlo.

Ethan se agachó a levantar la silla y que no viera que se había puesto rojo como un tomate.

—No pasa nada —contestó él, pensando: «Hazlo otra vez»—. Entiendo que la reunión te ha ido bien.

—La segunda sí —contestó ella—. Ahora te lo cuento todo. ¡Vamos!

Ethan se rio al verla saltar prácticamente.

—¿Adónde vamos? —preguntó saliendo detrás de ella a la luz del sol.

—Vamos a pasear sin más —contestó AnnieLee—. Pasear hasta que no sintamos los pies. Vamos a ver toda la ciudad hasta ponernos bizcos de tanto mirar.

Preferiría no llevar botas con la puntera de metal, pero Ethan no pensaba discutírselo. Nunca la había visto tan feliz, tan viva. ¿Y por qué no celebrar sus alucinantes noticias? ¿Se daba cuenta de lo afortunada que era?

Decidió no preguntarle y se limitó a decir:

—¿Norte o sur?

—¡Como si supiera dónde está cada uno? —respondió ella riéndose—. ¡Vamos!

No tardaron en llegar a la Novena Avenida y recorrieron el barrio de Hell's Kitchen. Pasaron por delante de edificios de pisos sin ascensor, pizzerías y lavanderías, y compraron unas manzanas de color verde brillante a un vendedor ambulante de fruta. Continuaron su paseo hacia el sur y el oeste y contemplaron los escaparates de las galerías de arte de Chelsea para después subir hasta el muelle 25, con sus parques infantiles, sus fuentes y sus pistas de voleibol en una estructura que se adentraba en el río Hudson.

—¿Quieres que te dé una paliza al minigolf? —sugirió Ethan.

—¿Una paliza de alguien como tú? No, gracias —contestó ella riéndose.

Siguieron con su paseo y bajaron al distrito financiero, donde los edificios eran tan altos y estaban tan juntos entre sí que a Ethan le parecía que estuvieran caminando por el fondo de un cañón de acero. No dejaba de pensar en coger a AnnieLee de la mano, pero no lo hizo.

Ella le había hablado del acuerdo que había alcanzado con ACD, o lo que recordaba, al menos; lo importante era que le habían dado todo lo que había pedido, incluida la compra y la promoción del sencillo que había autopublicado, *Driven,* y en ese momento parloteaba sin parar para tomar aire, a veces sobre las cosas que estaban viendo en la ciudad y otras sobre el tipo de canciones que se imaginaba incorporando en su primer álbum.

Ethan estaba más callado, no solo porque no tuviera oportunidad de meter baza. Se preguntaba qué tipo de persona podría vivir en un lugar como aquel, rodeada de tráfico, ruido y luces a todas horas del día y la noche.

Había estado en Nueva York antes, cuando era muy pequeño, una vez que fue con sus padres en coche al norte, a ver a la familia que vivía en New Hampshire, y decidieron parar en la ciudad. El plan era pasar el día de turismo, pero sus padres se quedaron tan abrumados con la cantidad de gente y el tamaño de los edificios, por no hablar de los peatones que parecía que se tiraban a cruzar sin hacer caso a los semáforos en rojo, que se marcharon nada más llegar.

—¿Fuiste de vacaciones con tu familia alguna vez? —preguntó a AnnieLee mientras esta echaba un vistazo a la carta expuesta fuera de un restaurante italiano.

—Casi nada —contestó ella.

—Nosotros íbamos de camping en verano, si eso cuenta —dijo Ethan—. Aunque una vez nos quedamos en un hotel en Kitty Hawk. Tenía piscina y jacuzzi. Fue como morir y subir al cielo. No puse un pie en un avión hasta que me uní al ejército.

—¿Qué sabor de *gelato* crees que es esto de *stracciatella*? —preguntó AnnieLee—. ¿Quieres que lo probemos?

Intentaba cambiar de tema, aunque no con mucha discreción, y Ethan creyó reconocer un ligero arrebato de enfado. Pero era su día. ¿Por qué no dejar que hablara de lo que quisiera?

—Claro. Una bola de lo que sea eso y otra de chocolate —dijo él.

—Ahora mismo vuelvo.

Volvió con dos cucuruchos de dos bolas cada uno.

—Han sido veinte pavos, así que ya puede estar alucinante de bueno. —Dio un mordisco y sus ojos azules se abrieron como platos—. Alucinante —confirmó con un suspiro.

Ethan se rio. La ciudad estaba siendo una aventura emocionante para ella, y, aunque no quisiera sincerarse con él, le encantaba ver lo feliz que estaba. Todo parecía más brillante y más fresco a través de sus ojos. Deseaba decírselo.

Pero en vez de hacerlo, le rodeó los hombros con un brazo mientras paseaban. Y cuando ella se reclinó contra su hombro, él también sintió que el mundo era más brillante.

Capítulo 45

AnnieLee apoyó la frente en el cristal de la ventana de su habitación del hotel y contempló el perfil serrado que formaban los edificios, las luces brillantes y el ajetreo de la gente en la calle. Estaba mareada, exhausta, exaltada. Jamás habría podido imaginar un día como el que había vivido.

Después de horas caminando, Ethan y ella regresaron al suntuoso hotel Mark, en Upper East Side, se tiraron en el sofá de su suite, llamaron al servicio de habitaciones (hamburguesas con ensalada y Coca-Cola) y lo devoraron todo viendo el final de *La jungla de cristal*. Después Ethan llamó a Ruthanna para informarle sobre el acuerdo con ACD. AnnieLee había oído el chillido de alegría a través del teléfono y ni diez minutos después un camarero del hotel se había presentado en la puerta con una botella mágnum de Dom Pérignon.

Lo que significaba que AnnieLee, que no había bebido champán en su vida, estaba un poco borracha.

Dio la espalda a las vistas de la ciudad y observó a Ethan improvisando música con su guitarra en el sofá. Estaba tumbado sobre los cojines con las botas encima de la mesa de centro y parecía que tenía un manchurrón enorme de kétchup en la camiseta blanca.

Probablemente él también estaba medio borracho.

—«Casi como estar en el cielo, East 77th Street» —cantó él plagiando parte de un verso de John Denver.

—«Sofá de terciopelo y suaves zapatillas para mí» —añadió ella apartándose de la ventana para sentarse junto a él, aunque a una distancia prudente.

Ethan sirvió más champán para los dos y levantó la copa.

—Vamos a brindar por las buenas noticias de hoy. Y por la futura estrella número uno de la música country.

AnnieLee entrechocó la copa con la de él.

—Ay, Ethan, no sé —dijo abrumada de repente—. Tengo la impresión de que esto no es real.

—Te aseguro que sí lo es —dijo él, pellizcándole suavemente el brazo—. ¿Lo ves?

—¡Ay! Tampoco hacía falta —se quejó ella entre risas al tiempo que le apartaba la mano de un guantazo—. A ver, ya sé que el trato es real, pero el éxito no está garantizado —añadió, bebiendo un buen trago. No sabría decir si el alcohol hacía que se sintiera mejor o peor, pero estaba delicioso.

—No hay garantía de nada en este mundo, eso es obvio —dijo él—. Pero, si quieres saber mi opinión, tú tienes bastantes posibilidades de triunfar.

AnnieLee se dejó caer sobre los cojines.

—Qué cansada estoy —susurró.

—¿Te canto una nana? —dijo él—. Duérmete, niña...

—¡Eh, nada de versiones! —protestó ella—. Cántame una de tus canciones nuevas, ¿quieres? Estoy segura de que no dejas de componer.

Miró el rostro de perfil de Ethan mientras se lo pensaba. Por lo que había visto cuando actuaba en el Cat's Paw, sabía que no siempre le gustaba tocar canciones propias; prefería ocultarse tras las palabras de otras personas. Puede que eso le resultara extraño a algunas personas, pero a AnnieLee no, porque ella también había estado ocultando a los demás algo mucho peor que las letras de una canción antes de llegar a Nashville.

Se acercó un poco más a él en el sofá.

—Anda. No encontrarás un público más amable que una servidora.

Ethan se rio.

—Se me ocurren muchas palabras para describirte, pero *amable* no está de las primeras.

Ella se cruzó de brazos.

—Ah, ¿sí? ¿Y cuáles son? —«Esto va a ser muy interesante», pensó.

—Intensa, gruñona, testaruda…

—Estoy esperando a que lleguen los cumplidos.

—¡Ya llego! —se quejó él—. Talentosa, entusiasta. —Vaciló un segundo antes de seguir—. Enigmática, preciosa.

AnnieLee notó que se sonrojaba.

—Vale, vale, ya puedes parar, Blake, o se me subirá a la cabeza. Ponte a cantar, mejor.

—¿Qué pasa, que tú no vas a enumerar mis principales cualidades?

Ella se mordió el labio. ¿Qué se suponía que tenía que decir?

—Bueno, pues eres fuerte y eres leal —dijo titubeante—. Y protector...

—Vamos, que soy un golden retriever.

Ella le lanzó un cojín. Le era imposible decir nada más, imposible decirle la verdad, que era guapo y amable y que la atraía como un imán. Que pensaba que su voz era uno de los mejores sonidos. Que cuando la rodeaba con el brazo sentía que una corriente eléctrica la recorría por dentro.

—Venga, toca ya —ordenó.

Con patente reticencia, Ethan empezó a puntear una canción que a ella no le sonaba. Cuando comenzó a cantar, lo hizo en apenas un susurro:

Don't know why I've been lost for so long
Why can't I write a new life like I can write a new song?

Se detuvo y la miró.

—Olvídalo. Es horrible.

—¿De verdad te sientes perdido? —preguntó ella, y la pregunta los sorprendió a los dos. Nunca antes habían ido más allá de lanzarse pullas y charlas sin importancia; ella siempre había evitado hablar de temas más serios.

Ethan punteó unas notas más antes de responder.

—Lo estaba. Ahora ya no lo sé.

Ella no le preguntó qué había cambiado. ¿Y si le decía que era por ella? O, peor, ¿y si no se lo decía?

—Sigue cantando —pidió, y él obedeció.

Sometimes the world seems to move too fast
You find something real but it's not gonna last

Y volvió a pararse.

—Algo no va bien.

—Ethan —dijo ella—, va genial. Pero es muy... melancólica. —Se rio—. Ya lo sé, es una palabra muy rimbombante para una paleta como yo, ¿verdad? Tony Graham también pensó que era boba.

—Yo no creo que seas boba, idiota —dijo él—. Pero las mejores canciones de country son las que hablan de cosas tristes.

—No todas. —Alargó el brazo y le quitó la guitarra—. ¿Y si le metes más ritmo? ¿Y si ese hombre perdido tuyo se da cuenta de que se equivoca al pensar así? —Empezó a tocar, pero retocando ligeramente la melodía, dándole más alegría—. A lo mejor encuentras un final feliz para la historia.

Ethan se levantó y fue a buscar una cerveza al minibar. Cuando se dio la vuelta, tenía una expresión de angustia en el rostro.

—No sé mucho de eso —dijo en voz baja.

AnnieLee buscó un re mayor abierto, uno de los acordes más sencillos y optimistas que había.

—Yo tampoco —dijo—. Pero seguro que podemos escribir uno.

Capítulo 46

So she rented a bridal gown, he rented a tux
A bouquet of blue bonnets in his fancy new truck

Ruthanna estaba repasando los versos de la canción que habían estado componiendo AnnieLee y ella cuando sonó el móvil, y dio un respingo, como si la hubieran pillado haciendo algo malo. Se rio. ¿Quién creía que llamaba, la policía de los jubilados? Solo podía ser Jack, para ver cómo estaba, como hacía todos los domingos.

—¿Cómo van las rosas? —preguntó nada más descolgar ella.

—Muchas flores ya se han pasado, pero las rosas de Damasco tienen que estar a punto de florecer. —Apartó la guitarra con el dedo del pie y su uña pintada—. ¿Qué pasa, señor Holm?

—No me puedo creer que la hayas dejado ir sola a esa reunión —dijo Jack. Ruthanna acababa prácticamente de darse cuenta de a quién se refería cuando Jack siguió con la bronca—: La última vez que hablamos sobre AnnieLee, me dijiste que no estaba preparada para tener representación profesional. Y después vas y la mandas a Nueva York, pero no con un abogado, sino con ese vaquero guitarrista tuyo. ¡Que tú sepas, lo mismo ha firmado uno de esos contratos 360 grados explotadores o ha prometido a esa gente que les dará a su primogénito cuando lo tenga!

—No es estúpida, Jack —dijo ella.

—Pero no es así como tú haces las cosas —dijo él exasperado—. ¡Y lo sabes!

—¿De veras? —preguntó ella, ofendida. No estaba acostumbrada a que cuestionaran sus actos de esa manera—. Lo que sé es que, si ha habido normas, yo siempre las he roto, toda mi puñetera vida. ¿Sabes quién me ayudó en los primeros cinco años de mi carrera? Yo lo hice. Estaba sola.

Se acordó de cuando tenía dieciséis años y cantaba en los bailes que se organizaban en los locales de los veteranos de guerras en el extranjero con el pelo tan cardado y unos tacones tan altos que parecía que superaba su metro cincuenta y pico en treinta centímetros. «Qué largos se hicieron aquellos días —pensó—. Digamos mejor qué largos se hicieron aquellos años.»

Había cantado en ferias de condado, rodeos, bodas, exhibiciones y concursos de talento; se apostaba a la puerta de las emisoras de radio de todo el sur del país y abordaba a todo el que entraba para intentar convencerlo de que pinchara las canciones que había grabado pagando. Había empezado desde abajo del todo y fue subiendo de uno en uno los peldaños hasta la cima.

—Solo quería decir...

—Me maté a trabajar —lo interrumpió ella— y no paré hasta que dejé el negocio.

—Lo sé, cariño —dijo Jack con un tono más suave—. Lo sé todo sobre ti.

—Ah, ¿sí? —La afirmación la ofendía y conmovía al mismo tiempo. Pues claro que no lo sabía todo, pero sí sabía más que prácticamente nadie. Mucho más. Y de pronto dejó de pensar en el pasado o en la carrera de AnnieLee o en cualquier otra cosa que no fuera Jack, el bueno de Jack, siempre allí, al otro lado de la línea.

—Te echo de menos —se oyó decir.

Él no respondió al instante y Ruthanna deseó poder retirar las palabras. ¿Qué más daba que fueran ciertas?

—Bueno —dijo él por fin—, si lo piensas de verdad, puede que hoy sea tu día de suerte.

—No me digas. ¿Y cómo es eso?

—Porque estoy en la verja de entrada.

—¡Ay, por el amor de Dios! —exclamó ella riéndose y sonrojándose mientras marcaba el código de apertura.

Cinco minutos después, Jack llegó al jardín, donde estaba sentada con un vestido blanco de encaje, gafas de sol de Balenciaga y perfectamente maquillada y peinada. Por supuesto.

—¿Esperabas a alguien? —preguntó él, mirando a su alrededor.

—No salgo de mi habitación si no estoy lista para la alfombra roja, ya lo sabes. Y menos mal, teniendo en cuenta que hay gente que se presenta sin avisar. —Le sonrió mientras Jack dejaba una botella de vino blanco en la mesa—. ¿Y eso para qué es?

—Un caballero no se presenta nunca con las manos vacías —contestó él—. Además, ¿no tenemos algo que celebrar?

—¿Qué?

—Mi acuerdo de representación con AnnieLee.

—Viejo zorro —dijo ella con tono aprobador—. Me llamas para echarme la bronca cuando lo tienes todo preparado ya.

—Tenemos que llamar a los de Relaciones Públicas y los administradores de redes sociales. Y tenemos que buscarle un abogado. ¿Qué te parece Nelson, de Fox Klein Nelson?

—Háblalo todo con ella. Yo estoy retirada.

Jack miró de reojo la guitarra sospechosamente cerca de ella y la letra que veía que estaba escribiendo en el reverso de un recibo, pero no dijo nada, tan solo esbozó una sonrisita, que Ruthanna fingió no ver.

—¿Vas a abrir el vino o no? —preguntó ella.

La sonrisa de Jack creció.

—Ahora mismo vuelvo.

Regresó con el abridor y las copas Riedel.

—He visto que el sencillo de AnnieLee está en el número treinta y siete. Es un fenómeno.

—Cuando firmó con ellos, los de ACD invirtieron una buena cantidad de dinero en la promoción. No está nada mal para una chica de la que nadie ha oído hablar.

—Ya te digo. —Jack sirvió el chardonnay en las copas—. Sabes que vas a volver a ser el centro de atención, ¿verdad?

—¿Cómo lo sabes?

—Porque es tu protegida. A lo mejor no lo has hecho a propósito. Pero piensa en ello: una noche escuchas cantar a una chica guapa en un bar y despierta tu atención. Como eres una buena samaritana, la recoges, le sacudes el polvo y, oh, sorpresa, encuentras una estrella debajo de la mugre del campo. Qué digo, una estrella, una supernova en potencia. A la gente le va a encantar la historia. Sobre todo porque tú sales en ella.

—Pero no es mi historia —protestó ella—. El centro tiene que ser AnnieLee.

Jack soltó una carcajada.

—Sigues sin entenderlo, ¿verdad? La gente está ansiosa por saber cosas de ti, por mínimo que sea, Ruthanna. Abandonaste la industria cuando tenías el mundo a tus pies. Eras la mayor estrella que ha tenido Nashville y te fuiste sin más. Nadie lo entiende, y, créeme, lo han intentado. —Bebió un sorbo e hizo una mueca; era un hombre de whisky, en el fondo—. El mundo sigue queriendo más Ruthanna Ryder: más canciones, más conciertos, más todo. Y el hecho de que no sepan nada de ti es, querida mía, uno de los motivos por los que sigues teniéndolos a todos completamente fascinados.

Ella se rio de él y de su pequeña mueca.

—Qué cuco eres. ¿Y qué te hace pensar que eso es así?

Él aguardó un momento antes de hablar, como queriendo asegurarse de que Ruthanna le prestaba toda su atención.

—Porque a mí me sigues fascinando. Y yo precisamente debería estar harto de ti.

Lo dijo en voz baja e íntima, y Ruthanna sintió que el rubor le bajaba desde las mejillas hasta el pecho. Se conocían y se querían desde hacía mucho, ¿no? Siempre habían sido buenos amigos.

Pero los sentimientos podían cambiar, y un tipo de amor podía convertirse en otro cuando menos te lo esperabas. ¿Era eso lo que les estaba sucediendo a ellos? ¿O era lo que llevaba sucediendo, de manera lenta pero segura, durante todos esos años? ¿Qué pasaría si no le dijera que se fuera a casa esa noche?

Agitada, tomó un sorbo de vino y estuvo a punto de atragantarse.

—¿Estás bien? —preguntó él, mirándola con gesto burlón.

En vez de responder, Ruthanna alargó el brazo y cogió la guitarra. Tenerla contra el pecho como un escudo que le protegía el corazón hizo que se sintiera mejor al instante. Tenía todo bajo control.

—¿Quieres oír una canción?

Jack la miró fijamente un momento y al cabo pareció volver en sí y sonrió.

—Retirada. Ya lo veo —dijo.

—Sí o no, es fácil —insistió ella.

—Sí —dijo él—. Claro que quiero.

Capítulo 47

—Muy bien, siéntate aquí —dijo Ruthanna, empujando suavemente a AnnieLee hacia una silla de la piscina—. Y no te pongas nerviosa: Poppy es una estilista capilar fantástica.

AnnieLee, que había tocado las últimas ocho noches en bares de todo Nashville, estaba más que dispuesta a obedecer cualquier orden que implicara el concepto de sentarse. Estaba tan cansada que le daba lo mismo que Poppy le rapara la cabeza.

Poppy, cuya cara ancha y pómulos altos le daban un aire a Debbie Harry, pasó los dedos por el largo pelo de AnnieLee, mojado aún después de la ducha.

—¿Virgen? —preguntó la estilista.

AnnieLee se quedó mirándola con cara de sorpresa.

—¿Perdón?

Ruthanna soltó una carcajada, pero ella no le veía la gracia.

—¿Qué? ¿Qué quiere decir?

—Se refiere a que si te has teñido el pelo alguna vez —explicó la cantante—. Un pelo virgen es que no se ha hecho nada.

Le dieron ganas de que se la tragara la tierra allí mismo.

—Ah. Creía que...

Poppy le apartó un mechón oscuro de la cara con suavidad.

—Era bastante obvio lo que creías, cariño —dijo.

—He usado uno de esos tintes para hacer en casa una o dos veces —respondió AnnieLee poniéndose tiesa para intentar recuperar algo de dignidad. Pero nunca le había cortado el pelo un profesional, y la manicura y la pedicura del día anterior, cortesía de Ruthanna, habían sido también las primeras que se hacía.

—Pues tienes un color divino —dijo la mujer—. No lo voy a estropear.

Cuando Poppy empezó a peinar, humedecer y cortar con un cuidado y una ternura extremos, AnnieLee empezó a relajarse de nuevo. Estaba jugueteando con una nueva melodía que tenía en la cabeza, a punto de quedarse dormida, cuando un pitido avisó a Ruthanna de que había recibido un mensaje.

—Muy bien, Eileen Jackson llegará de un momento a otro —dijo.

—¿Quién es Eileen Jackson? —preguntó AnnieLee medio adormilada y solo por educación.

—Es la publicista que vas a contratar —respondió Ruthanna—. Ha cogido un vuelo hoy mismo desde Los Ángeles.

—Espera un momento. ¿Qué? —dijo irguiéndose en la silla, despierta de repente—. ¿Para qué?

Ruthanna bebió un sorbo del batido que Maya le había puesto en la mano.

—Jack dice que, ahora que tienes sello, es hora de que tengas también publicista, y como es tu representante, se supone que tienes que hacerle caso.

Las tijeras de Poppy seguían moviéndose por la espalda de AnnieLee, a quien el sonido limpio y metálico le recordó al de las escobillas en la caja de la batería.

—Creía que había dicho que necesitaba un abogado.

—También. Y cuanto más crezcas, más gente vas a necesitar —dijo la otra—. Puede que en algún momento decidas contratar también a una asistente. —Miró a Maya con cara de pocos amigos—. Aunque yo te recomiendo que sea alguien que no te obligue a tomar batidos de col y polen, o lo que sea que lleve este.

—No hagas ahora como si no te gustaran —se quejó Maya de mal humor.

—Supongo que esto va de fingir que sabes lo que haces —dijo AnnieLee—. Vale que estoy labrándome un nombre en Nashville, pero ni siquiera tengo álbum todavía.

—En mi opinión, yo diría que esto es la calma que precede a la tempestad. Es mejor que vayas teniendo un equipo —dijo Ruthanna.

El pelo empezaba a caer en largas y elegantes capas cuando Eileen Jackson apareció en la cubierta de la piscina con un vestido blanco superelegante y unos altísimos zapatos de piel de leopardo. Su actitud distante y segura de sí misma se tambaleó de forma casi imperceptible cuando vio a Ruthanna, y AnnieLee creyó detectar una mirada de temor reverencial apenas disimulado.

Sonrió para sí. Ruthanna Ryder provocaba ese efecto en la gente.

Pero esta, como buena anfitriona sureña, se levantó y salió a saludarla.

—Bienvenida a Nashville. Espero que haya tenido un buen vuelo.

—Hemos tenido algunas turbulencias, pero el bloody mary ha ayudado —dijo sonriendo—. Es un honor conocerla. —Miró a AnnieLee mientras la estilista le sujetaba un mechón con una pinza en lo alto de la cabeza—. Un honor conoceros a las dos.

AnnieLee saludó con la mano.

—Hola, me gustan tus zapatos —dijo, porque le parecía un comentario amable. Desde luego era mucho mejor que «Bonitos tacones para partirte un tobillo», que era lo primero que había pensado.

—Veo que está tratando muy bien a su pequeño descubrimiento, señora Ryder —dijo la publicista.

Ruthanna soltó una carcajada.

—Yo no la llamaría *pequeña* si fuera usted.

A AnnieLee tampoco le gustaba que la describieran como el descubrimiento de nadie; ni que Ruthanna la hubiera encontrado debajo de un árbol cerca del río Cumberland…, pero siguió callada.

—¿Te está gustando que te mimen? —preguntó Eileen.

AnnieLee estiró una pierna para mirarse las uñas de los pies.

—No me quejo, eso seguro.

—Pues me alegro, porque forma parte de este trabajo —dijo Eileen—. Las celebridades deberían estar siempre relucientes, como las estrellas que sus fans creen que son. ¿Verdad, Ruthanna?

—Yo intento tener un aspecto razonablemente bueno la mayoría de los días —convino ella, aunque eso era quedarse muy corta.

—Pero yo no soy una celebridad —señaló AnnieLee.

—Lo serás —dijo Eileen con firmeza.

—¿Llevas una bola de cristal en el bolso?

La publicista la miró muy seria.

—No, AnnieLee, no la llevo. No puedo predecir el futuro. Pero llevo mucho tiempo en esto y sí tengo una excelente capacidad de ver lo que hay dentro de una persona. No basta con el talento, eso lo sé con seguridad. Hay que tener algo más. Algo más grande y más profundo. La gente lo llama «el poder de las estrellas», supongo, pero lo cierto es que hay que tener mucho antes de llegar a ser una estrella.

Poppy le soltó el mechón y la rodeó para inspeccionar el resultado desde delante.

—Ya está casi.

Eileen se apoyó en el borde de una mesa con tablero de cristal y cruzó las largas piernas a la altura de los tobillos.

—Mi trabajo, AnnieLee, consiste en ayudar a que el mundo vea que eres una estrella. Empezaremos por las redes sociales: Instagram, TikTok y Twitter, y construiremos una base de seguidores. ACD lleva muy bien la parte de las redes y quieres demostrarles que a ti se te da bien jugar en equipo. Después nos concentraremos en las entrevistas para revistas y programas nocturnos. Llegará un momento en que conseguiremos contratos de patrocinio también. Esos están muy bien. Haré que te pasen cosas buenas, AnnieLee. —Se pasó la mano por el brillante pelo con corte *bob*—. Y si pasa algo malo, como que destrozas una habitación de hotel o robas un pañuelo de seiscientos dólares en Bergdorf Goodman, evitaré que salga en la prensa sensacionalista.

AnnieLee asintió lentamente mientras absorbía la información. Se había pasado diez años soñando con subir a un escenario, pero jamás se le había ocurrido pensar en nada que no fuera la música. No se había imaginado que intentar triunfar como cantante implicaría a tantas personas y tantas nuevas obligaciones.

Cerró los ojos cuando la estilista empezó a secarle el pelo. El parloteo de Eileen sonaba a un montón de promesas. Un montón de cosas que nada tenían que ver con componer música.

—La cuestión es —continuó diciendo la publicista— qué historia vamos a contarle al mundo sobre ti.

Nadie dijo nada durante un momento y AnnieLee se dio cuenta de que estaban esperando a que ella hablara. Abrió los ojos y se encontró a Eileen mirándola con fijeza.

—¿Quién eres, AnnieLee? —preguntó.

Ella sintió que un chorro de adrenalina la recorría por dentro.

—No entiendo bien a qué te refieres —respondió con toda la calma de la que fue capaz. Era una pregunta profesional, eso seguro. Aquella mujer no podía conocer los secretos de su pasado.

—¿Puedes apagar el secador un momento? —pidió la mujer a la estilista.

Poppy obedeció.

—¿Eres la vecina de al lado, AnnieLee? —continuó Eileen, mirándola—. ¿Eres el cuento de Cenicienta de la historia del country? ¿O eres la sucesora elegida de Ruthanna? ¿O solo una inocente de algún pueblo perdido que llega por casualidad al estrellato?

AnnieLee se giró para mirar a Poppy.

—¿Puedes terminar de secarme el pelo, por favor? —dijo sin levantar la voz.

Cerró los ojos y los apretó cuando el aire caliente empezó a salir de nuevo. Ella había ido a casa de Ruthanna a que le cortaran el pelo, nada más, y aquella especie de interrogatorio era demasiado para ella. Eileen era dura e inteligente, pero ¿esperaba que ella, AnnieLee, eligiera un personaje como quien elige un vestido? ¿Qué había de malo con la persona que era ahora? ¿Tenía que ponerse una etiqueta para que el mundo la entendiera?

Seguía oyendo a Eileen hablar de lo importante que era tomarse en serio el aspecto de la imagen en su carrera, que las redes sociales se habían convertido en algo necesario y que construir una identidad de marca era la mejor forma de tener a los de ACD contentos.

AnnieLee se acordó de la noche que le cantó *Two Doors Down* a Spider y la sensación cuando salió del bar de que había formado parte de algo nuevo, brillante y real. ¿Le importaba a alguno de los que estuvieron allí aquella noche si publicaba selfis en Instagram o si tenía un acuerdo de patrocinio con Vitaminwater?

El secador marcó un re y un si bemol de manera simultánea mientras Eileen seguía hablando de maximizar los seguidores y crear alianzas sinérgicas.

—¿Me está prestando atención? —oyó que le decía en un momento dado.

Ruthanna se rio por lo bajo.

—Créeme, AnnieLee está escuchando cada una de tus palabras. —Hizo una pausa—. Lo asimilará y reflexionará sobre ello. Y hará lo que considere mejor.

La estilista terminó con el secador y se puso delante de ella con un espejo para que contemplase el resultado.

—¡Mira lo preciosa que has quedado! —dijo sin una pizca de ironía.

El pelo oscuro le caía sobre los hombros en suaves y brillantes ondas, mientras una capa más corta le acariciaba alegremente el ojo derecho. Le daba un toque sexi, inocente y desafiante, todo al mismo tiempo.

—Guapísima —corroboró Ruthanna.

—Una foto perfecta para Instagram —dijo Eileen haciéndole una foto con el móvil.

AnnieLee estuvo a punto de protestar, pero la publicista se agachó y la miró a los ojos.

—Nosotros podemos ocuparnos de tus redes. Tú solo piensa en quién eres —le dijo con amabilidad—. Y en quién quieres ser. La verdad, da igual lo que pueda parecer, no importa en realidad. Solo existe lo que tú nos digas y lo que nos hagas creer.

AnnieLee se frotó la cadera donde todavía tenía un leve moratón, una marca visual de un pasado que se negaba a abandonarla.

«¿Que la verdad no importa? Ojalá fuera tan sencillo», pensó.

Capítulo 48

—¿Todo esto para nosotras solas? —preguntó AnnieLee, mirando alrededor de la cabina blanca del pequeño jet privado de Ruthanna—. Joder, y yo que estaba impresionada con Delta porque te daban esos paquetitos de cacahuetes tan monos.

—Un Bombardier es un poco mejor que volar con Delta —convino Ethan—. Y muchísimo mejor que hacer autostop.

—No me digas. —AnnieLee dejó su bolsa de lona en un asiento y se sentó—. Todavía no me creo que me esté pasando todo esto. —Le dirigió una mirada de advertencia y añadió—: Pero no hace falta que me pellizques otra vez, por si lo estabas pensando.

Él levantó las manos en ademán de rendición.

—Jamás se me ocurriría.

Habían sido unas semanas agotadoras y emocionantes. Para empezar, había dejado su habitación rosa chicle del motel y se había alquilado un bungaló en el barrio de Hope Gardens; tenía la impresión de que era el primer hogar de verdad en el que había vivido desde hacía años. Y luego, tras varias conversaciones con su representante, su abogado y su sello discográfico, había publicado dos nuevos sencillos el mismo día del mes de agosto. Pese a la oposición inicial de ACD, AnnieLee había insistido en que las canciones salieran juntas, como si fueran la cara A y la B de un disco de 45 de los de antes.

Pero aún más inusual que un doble lanzamiento era que las pistas no se habían terminado de producir, perfeccionar y masterizar, sino que eran las que habían grabado en el estudio de Ruthanna: *las sesiones del sótano*, como las llamaba AnnieLee. A la gente le encantaban, más de lo que habría podido imaginar, y un influyente crítico musical había tuiteado que sería la nueva Taylor Swift, solo que «más vibrante e intensa, con una voz tan descarnada y maravillosa que te quedas boquiabierto o se te saltan las lágrimas. O ambas cosas». En ACD estaban encantados y habían pasado de querer que lanzara un EP a que escribiera más canciones para publicar un disco entero.

Ethan movió la mano delante de la cara de AnnieLee.

—¿Hola? Abróchate el cinturón —dijo, y, nada más decirlo, el avión se elevó sobre las nubes y navegó flotando suavemente, como si las reglas de la gravedad no existieran para ellos.

Ella observó el infinito cielo azul a través de la ventanilla.

—Tengo miedo —susurró.

—Pues imagina que sobrevuelas un bastión talibán con un Apache —dijo él.

—Parece aterrador —dijo ella—. Pero no me refería a que me diera miedo volar.

Habían escrito una reseña biográfica sobre ella en la revista *Rolling Stone* dentro de un artículo titulado «Diez mujeres a las que no hay que perder la pista», y por ese motivo iba a Los Ángeles para una sesión de fotos y una entrevista, algo que le daba mucho más miedo que atravesar el cielo a diez mil seiscientos kilómetros de altura. Demasiado pronto, el avión descendió con suavidad y aterrizó en el aeropuerto Van Nuys, a treinta y dos kilómetros de Los Ángeles, donde un coche los esperaba para llevarlos al estudio del fotógrafo.

En la última planta de un almacén remodelado en el distrito de las Artes, Eileen Jackson los saludó como si fueran viejos amigos, incluso a Ethan, a quien no conocía, aunque le cayó bien de inmediato.

«Seguro que no tiene nada que ver con lo bueno que está», pensó AnnieLee con sarcasmo.

La publicista ordenó a Ethan que esperase en el estudio y después tomó a AnnieLee por el codo y la condujo a una austera sala en la que solo había tres burros de ropa grandes llenos hasta los topes.

—Como verás, hemos reunido prendas de varios diseñadores —le explicó—. Esta es Rachel, y se encargará de tu estilismo hoy.

Rachel era alta, guapa y desnutrida, probablemente a propósito.

—¿De quién te gusta vestir, AnnieLee?

Ella se miró la ropa que llevaba puesta: vaqueros, botines y una camiseta que le había quitado a Ethan en la que se leía CASH NELSON JENNINGS.

—Querrás decir qué me gusta vestir.

Rachel se rio como si hubiera contado un chiste.

—Me refería a qué diseñadores. ¿Rag & Bone? ¿Burberry? ¿Óscar de la Renta?

Era evidente que la estilista no se hacía una idea de lo ridícula que era aquella pregunta.

—Sinceramente, no pienso mucho en la ropa —contestó AnnieLee—. Me basta con que me tape lo que hay que tapar.

Rachel soltó otra carcajada burbujeante, aunque esta vez parecía un poco forzada.

—No te preocupes —le dijo—. Haremos algunas pruebas a ver qué te gusta más. —Cogió varios vestidos del burro que tenía a la izquierda y los extendió sobre una mesa—. Un clásico vestido negro, uno con un pequeño volante y ¿qué te parece este de Monique Lhuillier? Ah, y pruébate también este. El granate te queda muy bien con esa tez que tienes. Hará que resalten los ojos. —Hablaba volviendo un poco la cabeza hacia atrás mientras repasaba las prendas—. Puedes cambiarte aquí mismo. Pruébate este también. Y este. —Se dio la vuelta, pero pasó por alto a AnnieLee y el montón de vestidos que había encima de la mesa y continuó—: Muy bien, está bien de momento, ¿no te parece? Voy a buscar algunos zapatos.

Tras decir lo cual se fue y la dejó allí sola rodeada de ropa por valor de unos doscientos mil dólares. Vaciló un instante, pero al final se desnudó. Cogió el sencillo vestido negro y se lo puso. El tejido tenía un tacto frío y era muy elegante. Se subió la cremallera, se recogió el pelo en un moño y fue descalza a mirarse al espejo. Se giró hacia uno y otro lado, entrecerrando los ojos ante aquella nueva versión de sí misma.

—¡Te pareces a Audrey Hepburn! —exclamó Rachel, que llegaba con un montón de zapatos de tacón en los brazos.

—¿De verdad? —dijo AnnieLee—. A mí me parece que voy de funeral.

—Pruébate el granate de Burberry, entonces —sugirió la otra—. Tiene que gustarte lo que llevas puesto.

El vestido era precioso, pero demasiado escotado. No le gustó nada el de volantes de Carolina Herrera, ni tampoco el que iba ribeteado con una tira bordada. Se puso por último un vestido largo hasta el suelo de color amarillo y cuando se miró en el espejo se quedó muda. Le quedaba como un guante, desde el elegante escote hasta la forma en que se pegaba a sus delgadas caderas. El vestido era exquisito, delicado, «totalmente hecho a mano», dijo Rachel con orgullo.

—Qué bonito —susurró AnnieLee—. No sabía que podía tener este aspecto.

Rachel la miraba con una gran sonrisa.

—Pues espera a que te peinen y te maquillen.

En otra sala, sentada delante de un inmenso espejo iluminado, AnnieLee miraba a la persona que la estaba maquillando aplicarle polvos bronceadores, seguidos de colorete y sombra gris con efecto ahumado en los párpados, y terminó con el perfilador negro. Usó un lápiz de labios de color neutro y lo complementó con un toque de brillo, que les daba un aspecto lleno y jugoso. Después del maquillaje, otro profesional se encargó de marcar y fijar los mechones oscuros y colocarlos en una cascada de ondas con más cuidado aún del que había puesto Poppy.

Terminada la sesión de maquillaje y peluquería, AnnieLee salió al estudio a conocer al fotógrafo, Tyson Mitchell, que esperaba delante de un set cuidadosamente organizado que parecía un oscuro rincón de un bar con una mesa llena de marcas, dos sillas desencoladas y un puñado de latas de cerveza vacías colocadas de forma estratégica aquí y allá. Había también una guitarra apoyada contra el fondo pintado.

El fotógrafo le tendió los brazos encantado al verla llegar.

—Pareces una reina —dijo—. Me postraría ante tus pies, pero las rodillas ya no me lo permiten.

Eileen se rio como una niña.

—Tyson es un adulador sin remedio —dijo—. Es uno de los motivos por los que me gusta trabajar con él.

Pero AnnieLee no pudo evitar quedarse mirando el complicado decorado y todo el equipo necesario para fotografiarlo, también a ella. Había luces, paraguas, ventanas de luz, cámaras y ventiladores. Parecía casi un set de rodaje. Sentía el cosquilleo de la adrenalina en el cuerpo.

—¿Estás nerviosa? —preguntó Tyson—. No lo estés, querida. Vamos a pasárnoslo muy bien.

—La idea es buscar el contraste —explicó Eileen—. La suciedad de un bar cutre con la luz que despide el talento nuevo. Glamur versus polvo.

—Cervezas de dos dólares versus vestido de dos mil —dijo ella en un susurro. Se acordaba de la primera vez que entró en el Cat's Paw, hambrienta y desesperada, y oliendo a fritanga del Popeyes. ¿Qué pensaría aquella AnnieLee?

Oyó la exclamación impresionada de alguien a su espalda y se giró para ver a Ethan, que llegaba con comida para llevar de la taquería que había en la planta a la altura de la calle. La miraba de arriba abajo maravillado.

—¿Qué te parece? —le preguntó, alisándose el vestido con timidez.

—Estás impresionante —respondió él—. Y... muy distinta.

Según lo decía, AnnieLee comprendió que no era bueno. Y se dio cuenta de que ella también lo había sabido antes incluso de terminar con la sesión de peluquería y maquillaje. Aquella princesa resplandeciente no era AnnieLee Keyes en absoluto. Seguía sin saber qué historia quería contar, solo sabía que esa no.

Miró a Eileen y a Tyson.

—¿Me perdonáis un momento?

Se dio media vuelta y entró tambaleándose en el probador, se quitó el vestido y se puso sus vaqueros y su camiseta. Después fue al baño y se quitó casi todo el maquillaje y se cepilló el pelo brillante.

Cuando reapareció en el estudio, Eileen ahogó una exclamación de algo que bien podría ser horror. AnnieLee se dirigió al set, cogió la guitarra de atrezo, rasgueó un acorde terriblemente desafiado y sonrió de oreja a oreja. Ya se sentía un millón de veces mejor.

—Has dicho que tenía que gustarme lo que lleve puesto —dijo—. Y ahora me gusta. Que empiece la fiesta.

Capítulo 49

—No me puedo creer que hayas hecho eso —dijo Sarah Ortega. La periodista de *Rolling Stone* era joven, con el pelo negro muy corto, a lo *pixie,* un aro en la nariz y una lluvia de estrellas tatuada en los nudillos—. Lo mismo abro la reseña con esta frase: «Así fue como la recién llegada AnnieLee Keyes se cargó la perfecta sesión de fotos con un fotógrafo famoso. ¡Esa sí que es una mujer a la que no hay que perder la pista!».

—No, por favor —rogó AnnieLee.

Estaban sentadas al fondo de una agradable tetería en West 3rd Street y no sabía si no la había cagado pero bien. Tyson Mitchell había terminado haciéndole fotos durante dos horas, pero Eileen estaba convencida de que esa actitud desafiante suya volvería una y otra vez.

—Yo no quería hacerlo. Pero… —continuó explicando, pero hizo una pausa para beber un sorbo de su infusión de hibisco. Era de color rojo enjuague bucal, pero seguro que estaba buena—. Solo quería ser yo misma.

Sarah puso la grabadora en la mesa entre las dos.

—No te preocupes, lo entiendo —la tranquilizó—. Y en cierta forma ni siquiera me sorprende. Tus canciones tienen ese aire desafiante, ¿no te parece? Como cuando cantas «Un camino accidentado, lo haremos. No nos rendiremos, lo hablaremos».

—Sí, tal vez haya algo de verdad en eso —concedió AnnieLee.

—Y *Driven* es superpegadiza —continuó la periodista—. Yo me la pongo cuando voy en el coche al trabajo y voy cantando a grito pelado, un horror, porque canto fatal.

AnnieLee se rio y miró a Ethan, que estaba sentado en una mesa cerca de ellas, haciendo que leía el periódico, aunque más bien estaba escuchando disimuladamente lo que hablaban. Se suponía que Eileen también iba a asistir, pero había surgido un asunto urgente con otro cliente y había tenido que volver a la oficina para apagar el fuego.

—Hoy ya has tenido tu momento de diversión, AnnieLee —le había dicho cuando se metía en un Uber—. Ahora tienes que ser amable y colaborar. Cíñete al mensaje. Recuerda, la verdad es la que tú quieras que sea.

Ella tenía la intención de hacerlo. La cuestión era si sería capaz de mostrar de manera convincente la historia que se había construido sobre sí misma mientras sonreía a la cámara de Tyson Mitchell. Mentir era peligroso, ella lo sabía bien. Pero la verdad podía serlo aún más.

Sarah comprobó que la grabadora funcionaba y empezó con la entrevista, con un tono amistoso y confidencial, como si estuvieran en una fiesta de pijamas.

—Bueno, vamos allá con las preguntas importantes. De dónde eres y adónde vas.

AnnieLee tomó aire profundamente. Había ensayado la historia igual que ensayaba las canciones. Había un verso que era verdad y un estribillo que era solo una ilusión. ¿O era al revés?

—Soy de Tennessee, de un pueblo tan pequeño que casi no tiene ni nombre. Algunos lo llaman Little Moon Valley y otros Old Mud Creek. Mi madre solía decir que cómo lo llamaras dependía de las perspectivas que tuvieras —se rio fingiendo incomodidad con la esperanza de que sonara sincera—. Para mí era Little Moon Valley. Es bonito, ¿verdad? El caso es que vivíamos en una zona remota en el bosque de forma autónoma, no dependíamos de la red eléctrica. Mi padre es mecánico, pero tenía un verdadero talento para la música. Tocaba el banjo tan bien como el mismísimo Earl Scruggs. —Hizo una pausa y dejó que sus ojos se perdieran en el pasado—. Mi madre cantaba y tocaba la guitarra.

—¿Formabais una banda familiar, como los Carter?

AnnieLee se rio.

«Igualito.»

—Mi familia tenía bastante preocupación con llegar a fin de mes como para tocar todo lo que les habría gustado. Cuesta mucho trabajo y tiempo cultivar lo que vas a comer. —Nueva pausa y después añadió—: O salir a cazarlo.

—Entonces, ¿erais preparacionistas? —preguntó la periodista con un susurro de fascinación. Lo dijo igual que AnnieLee podría haber dicho «alienígenas». Era obvio que era una urbanita.

—Bueno, nosotros no usábamos ese término, pero a veces sí tenía la sensación de que lo que hacíamos era intentar sobrevivir.

Conforme hablaba de la belleza y la dureza de la vida en el bosque, AnnieLee vio por el rabillo del ojo a Ethan con los brazos cruzados y el ceño fruncido. Sabía lo que estaría pensando: que nunca le había contado nada, pese a habérselo pedido un montón de veces, y de repente allí estaba, parloteando con una absoluta desconocida, respondiendo a todas sus preguntas como si llevara toda la vida esperando a que le preguntaran.

¿Cómo podía explicarle que aquello era una actuación más? Él no entendería por qué había tenido que hacerlo. Y ella no podía contarle la verdad.

—¿AnnieLee?

La voz de Sarah la hizo volver a la entrevista.

—Perdón —dijo, tratando de concentrarse de nuevo—. Y ahora llegamos a la parte deprimente de la historia, si quieres que te la cuente. Mis padres están muertos. Los campos están llenos de malas hierbas. La casa aún sigue en pie, pero no vive nadie en ella. A menos que contemos alguna zarigüeya o una familia de mapaches, tal vez.

Mientras lo decía, pensaba en la confortable cabaña y en la pradera que la rodeaba, y por un momento lamentó la pérdida de una infancia feliz en plena naturaleza como si de verdad hubiera existido.

Movió la cabeza para quitarse la imagen de la cabeza.

—Da igual eso ahora. Fue bonito crecer allí. Pero llega un momento en que un valle en medio de la nada se te empieza a quedar pequeño, y supongo que comencé a soñar con que la música se convirtiera en mi billete para salir de allí.

—Parece que así fue —dijo Sarah—. ¿Puedes contarme de dónde sacas la inspiración para tus canciones?

También se había preparado para eso.

—Me inspiro en mi vida, de modo que lo que cuento es cierto, pero hasta cierto punto. Quiero contar historias con las que la gente pueda sentirse identificada. Y también quiero sacar los grandes temas, ya sabes, el amor, el coraje o aprender a confiar en uno mismo.

—A lo mejor escribes una que hable de negarse a ponerse un vestido cuando te piden que lo hagas.

AnnieLee se rio.

—Quién sabe. A lo mejor.

Estuvieron hablando media hora o así, hasta que la periodista dijo que tenía muy buen material para la reseña. Se levantaron y se estrecharon la mano, y Sarah le dio las gracias por su tiempo y se marchó.

—Por fin —dijo AnnieLee, acercándose a la mesa de Ethan—. Me muero de hambre. Vamos a por una hamburguesa y un batido.

Pero él se limitó a observarla inquisitivamente un momento para terminar negando con la cabeza.

—No, gracias. Creo que me vuelvo al hotel. Nuestro vuelo sale mañana temprano.

Ethan salió del establecimiento y AnnieLee recogió sus cosas deprisa y salió corriendo detrás de él, pensando en la manera de convencerlo de que parasen en algún sitio de comida rápida de camino en el coche de alquiler.

Pero, aunque el coche y el chófer estaban fuera, no había ni rastro de Ethan. Y no volvió a verlo hasta que subieron al avión que los llevaba de vuelta a casa.

Capítulo 50

Cuando Ethan abrió la puerta de la camioneta, que había dejado en una zona de aparcamiento más barata por larga estancia dentro del aeropuerto de Nashville, lo recibió un golpe de aire caliente y rancio. Apretó los dientes y se sentó en el asiento de cubierta vinílica, que estaba ardiendo. AnnieLee se subió como pudo al asiento del copiloto y en unos segundos el motor arrancó.

—¿Piensas hablarme en algún momento? —preguntó AnnieLee mientras Ethan conducía a Gladys por el aparcamiento.

No contestó hasta que salieron a la autovía. A la camioneta le costó un poco coger velocidad.

—Yo no estaba no hablando contigo.

Ella resopló.

—Ya, claro. Supongo que has ido dormido todo el vuelo.

Era obvio que se había hecho el dormido todo el camino, recostado en su asiento con los ojos cerrados mientras escuchaba a Merle Haggard en el iPhone. No pensaba que fuera a tragárselo, pero necesitaba estar solo con sus caóticos pensamientos y los himnos inmortales de Merle. Y ella lo había dejado en paz.

En ese momento, con el aire de los primeros días de otoño entrando por la ventana, seguía sin saber cómo se sentía con aquel viaje, en su papel de guardián protector, o lo que sentía por la propia AnnieLee Keyes.

No, borremos eso último. Sabía muy bien lo que sentía por ella, lo que no sabía era que quisiera hacerlo.

Iba pensando en la guitarra que le había fabricado en el taller que tenía en el garaje, con ese esbelto cuerpo de color oscuro y ese cuello pulido y suave como el satén. La había hecho para ella, ahora podía admitirlo. Pero no sabía si sería bueno para él dársela. Sería como entregarle su corazón.

—¿Hola? —dijo ella—. Ahora no estás dormido, eso está claro, puesto que vas conduciendo, así que sigo sin entender por qué no me hablas.

Ethan no pudo evitar sonreír. Era tan graciosa como irritante.

—Muy bien. Dime qué quieres que diga.

—Eso no tendría ningún sentido, ¿no te parece? ¿Para qué iba a decir yo las palabras que quiero oír? —respondió ella—. Pero como veo que necesitas ayuda, voy a darte algunas ideas. Podrías decirme qué te ha parecido Los Ángeles o darme tu opinión sobre el desayuno del hotel. O podrías explicarme por qué me has ignorado desde la tetería.

Ethan pulsó el intermitente y miró por el retrovisor. Cuando pasó al carril de la derecha, se encontró con una camioneta *pickup* justo detrás, tan cerca que casi se le echaba encima del parachoques trasero.

—Perdona, tío —dijo él automáticamente—. No te había visto.

AnnieLee levantó los brazos y miró por la ventanilla con evidente mal humor.

—A mí no me da ni la hora, pero habla con el tío que viene detrás y que no puede oírlo —masculló.

—Tiene buen gusto con las camionetas —dijo Ethan—. El nuevo modelo de la F-150 es una maravilla. —Aceleró un poco y la miró de soslayo—. Muy bien; si de verdad quieres saber qué estaba pensando, te diré que las tortitas del hotel estaban poco hechas, en mi opinión.

—Eres insufrible —dijo ella, pero se le dibujó una sonrisita en los labios.

—Mira quién habla —dijo él.

Pero no se le ocurría qué más decir, así que siguieron en silencio un rato.

—Creo que sé por qué estás tan callado —dijo ella en un momento dado—. Cuando me viste con aquel vestido, te quedaste tan alucinado por mi impresionante belleza que te dejé sin palabras durante dieciocho horas.

—Bingo.

AnnieLee lo había dicho en broma, aunque no se equivocaba. Se había quedado boquiabierto cuando la vio en el estudio. Aunque le había parecido una belleza demasiado bruñida, demasiado brillante y desconocida. En cierta forma, se había dado cuenta al verla de lo poco que conocía a AnnieLee Keyes. Y pese a todo el tiempo que pasaban juntos, dudaba que algún día dejara que la conociera mejor.

Puso la radio y la voz de Tim McGraw se oyó débilmente a través de los viejos altavoces de la camioneta.

—Vale —dijo después de un rato—, te diré lo que estaba pensando. Nos vemos casi todos los días. Tocamos juntos. Hemos compuesto letras juntos. Pero si no hubiera estado sentado en la mesa de al lado en ese café, no sabría nada de tu vida hasta que lo leyera en una revista. ¿No te resulta extraño?

AnnieLee vaciló antes de contestar.

—Creo que hay muchas cosas extrañas en la vida —dijo mirando por el retrovisor de su lado—. Como por qué ese gilipollas de la camioneta no nos adelanta.

Al principio Ethan se enfadó porque creyó que quería cambiar de tema. Pero entonces miró hacia atrás y vio que la camioneta negra seguía ahí, muy pegada al parachoques trasero, demasiado cerca, y eso no era muy normal. Sin pensárselo más, obedeció a su instinto y tomó la primera salida de la autovía. La camioneta lo siguió, manteniendo una distancia constante todo el tiempo.

Aunque no encontraba motivos reales de preocupación, sintió un escalofrío en la nuca. En un rincón de su subconsciente notó la presencia del peligro. En Afganistán, donde podías encontrarte con tiradores en cualquier esquina y las bombas explotaban en cualquier camino, esa parte de sí mismo era la que lo había ayudado a no perder la vida.

Giró a la derecha tras pasar una gasolinera y a continuación tomó la siguiente calle a la izquierda sin fijarse siquiera en cómo se llamaba. Redujo la velocidad y la camioneta negra lo imitó. Giró de nuevo a la izquierda y después a la derecha. La camioneta seguía detrás, un poco más cerca, quizá. Miró el retrovisor entrecerrando los ojos. No sería algún amigo suyo que quería gastarle una broma, ¿verdad?

Cada vez que variaba la velocidad, la camioneta lo imitaba y también giraba cuando él giraba. Quienquiera que fuera al volante no se molestaba en fingir que no los estaba siguiendo.

No podía ser uno de sus amigos.

Ethan miró a AnnieLee, que se había quedado pálida y no hablaba. Pensó en la noche que la atracaron y en la noche que la atacaron en el bar. Y de repente comprendió que era muy probable que aquellos hechos no hubieran sido aleatorios. Estaban relacionados.

AnnieLee siguió mirando fijamente la carretera, como si supiera lo que estaba sucediendo pero no quisiera verlo. Se aferraba muy fuerte al agarradero de la puerta. Tenía los nudillos blancos.

—AnnieLee —dijo.

—Calla —dijo ella con brusquedad—. Tú solo conduce.

Iban por una calle estrecha de casas de una planta modestas en una zona entre el aeropuerto y la ciudad. Ethan aceleró de nuevo, y lo mismo hizo la camioneta. Soltó un taco entre dientes. Gladys no tenía potencia para dejar atrás a aquel bicho, y tampoco podía conducir a quienquiera que fuera dentro a la casa de AnnieLee.

Agarró el volante con más fuerza. Había una cosa que sabía que podía hacer, algo que tomaría por sorpresa al conductor del otro vehículo.

—Agárrate —dijo. Pensaba convertir la retirada en un ataque.

A medida que se acercaban a un cruce, Ethan aminoró la marcha para mirar bien en todas direcciones, y se saltó el STOP. En mitad del cruce dio media vuelta con un chirrido de neumáticos, de manera que ahora iba hacia la camioneta negra. Casi le vio la cara al conductor, pero el tipo reaccionó rápido y giró bruscamente ciento ochenta grados haciendo chirriar las ruedas él también. Le faltó poco para salirse de la carretera, pero recuperó rápidamente el control y aceleró para alejarse por donde habían llegado.

Ethan pisó el acelerador a fondo. Gladys temblaba y el motor no daba más de sí.

—¿Qué haces? —gritó AnnieLee.

—Maniobra táctica de persecución —contestó él con los dientes apretados. Estaban muy cerca ya de la camioneta, que se había quedado atascada detrás de una máquina cosechadora que ocupaba carril y medio y avanzaba muy despacio—. No sé tú, pero yo prefiero pelear a huir.

Sabía lo que tenía que hacer: acercarse, pegar su parachoques frontal al trasero de la otra camioneta y darle un pequeño golpe. Si lo hacía en el momento oportuno, la camioneta negra giraría sin control, pero al final se detendría y no pasaría nada.

AnnieLee le estaba gritando no sé qué, pero él solo podía concentrarse en conducir. Estaba a dos metros de la camioneta, metro y medio. Entonces se puso a dar bandazos, lo que le impedía colocarse en la posición correcta. Frenó un poco para separarse y volvió a acelerar. Metro y medio, un metro... y de repente ella se estiró hacia él para agarrar el volante y tiró con fuerza.

Se fueron hacia un lado de la carretera y se precipitaron hacia el terreno de grava de una obra.

Ethan pisó el freno y Gladys se detuvo con un balanceo. Se volvió hacia AnnieLee.

—Pero ¿qué demonios te pasa? ¿Por qué has hecho eso? —gritó.

Ella abrió mucho los ojos azules y de pronto él vio, entre sorprendido y confuso, que se le llenaban de lágrimas y le caían por las mejillas.

Capítulo 51

Abrió la puerta, se bajó y salió corriendo dando tumbos hacia el campo que se abría en el extremo más alejado de la obra.

—¿Qué es lo que te pasa? —preguntó Ethan.

AnnieLee se detuvo entre la hierba alta y se dio medio vuelta. Él estaba a cuarenta y cinco metros de distancia, con los hombros hundidos y las manos en los bolsillos de los vaqueros. Parecía furioso.

Pues ella también lo estaba. ¿Por qué demonios se le había ocurrido que era buena idea dar la vuelta y tratar de golpear el parachoques de esa camioneta? ¿Qué clase de movimiento de vaquero loco era ese?

—¡Si no vuelves aquí ahora mismo y hablas conmigo, aquí te quedas! —le gritó.

Ella no lo dudaba y en cierto sentido tampoco se lo echaría en cara. Habían estado a punto de matarlos por su culpa.

Pero nada de eso habría ocurrido si él la hubiera llevado a casa, como se suponía que tenía que hacer en vez de intentar ocuparse él solo del asunto.

Aquella no era su guerra, era la de ella. Pero no quería involucrarlo.

—¿AnnieLee? —la llamó entornando los ojos—. ¿Quieres venir, por favor?

Ella se secó las lágrimas y empezó a caminar hacia él. La hierba le arañaba las piernas y los saltamontes se apartaban de su camino trazando grandes arcos a cada salto. Cuando llegó hasta él, Ethan la tomó por los hombros con sus grandes manos, con firmeza pero con amabilidad.

—¿Qué te ha pasado antes, AnnieLee? —preguntó. Ya no parecía furioso, solo cansado y triste.

Ella no sabía qué decirle. Al principio había sentido pánico al darse cuenta de que los seguían. Sabía quiénes eran aquellos hombres y de lo que eran capaces. Pero después se había dado cuenta de que no le harían nada mientras él estuviera para protegerla. Le estaban dando un nuevo aviso. Le estaban recordando que no pensaban dejarla en paz. Que, por mucho que corriera, ellos la encontrarían. Y que la harían pagar, fuera como fuera.

«Vale. He entendido el mensaje», quería gritar.

Ethan le apretó los hombros un poco más.

—Tienes que decirme qué está pasando.

—No puedo.

—¿No puedes porque no lo sabes o porque no quieres?

AnnieLee se miró los pies. Ahora que la adrenalina se iba diluyendo, empezaban a temblarle las piernas. Tenía ganas de vomitar casi.

Ethan bajó las manos.

—A lo mejor tengo que llamar a esa periodista de *Rolling Stone*. Tal vez a ella sí puedas contárselo.

—Eso no es justo...

—¿Que no es justo? —la interrumpió—. Yo te diré lo que no es justo. ¿Esperas que sea tu coleguita y tu guardaespaldas, pero no se...?

—¡Yo no te pedí que hicieras nada! Fue Ruthanna —lo interrumpió ella.

—Y lo has pasado fatal desde el primer segundo, ¿no? —dijo él fulminándola con la mirada—. Has lamentado todas las veces que te he llevado a casa después de actuar. No podías soportar que te paseara por Nashville enseñándotelo todo y que te ayudara a buscar una casa para alquilar y los muebles para amueblarla. No podías soportar mi compañía.

—No quería decir eso —se quejó ella.

—¿Sabías que me quedaba fuera de tu habitación en aquel motel asqueroso hasta que te dormías? Te creías muy valiente por quedarte allí. Pero yo pasaba toda la noche en el aparcamiento como un perro guardián. Protegiéndote.

AnnieLee inspiró con brusquedad, como si le hubieran dado un puñetazo. No lo sabía, cómo iba a saberlo. Pero ¿por qué se creía con derecho a hacer que se sintiera mal por algo que ella no le había pedido que hiciera? En vez de gratitud, sentía rabia.

—Bueno, era trabajo remunerado, ¿no? —dijo—. Seguro que Ruthanna te pagaba bien por tu tiempo. Cuantas más horas estuvieras vigilándome, mejor, ¿no?

Ethan se dio la vuelta.

—Joder, no sé qué decir a eso.

AnnieLee dio un puntapié en el suelo de grava.

—A lo mejor ya no te gusta hacer de canguro. A lo mejor quieres dejarlo.

Ni ella misma daba crédito a lo que estaba diciendo. No quería que lo dejara. No sabía qué haría sin él.

Ethan retrocedió un paso. Sus ojos oscuros se habían oscurecido aún más.

—Si lo dejo, tendrás que buscarte otra manera de volver a casa —le advirtió.

Pero ella no podía dar marcha atrás.

—Estupendo —dijo, echando la cabeza hacia atrás—. Echaba de menos viajar de gorra con desconocidos.

Ethan dio unos pasos más.

—AnnieLee...

—Vete.

Se notaba que él no quería irse, igual que ella no quería que se fuese, pero los dos estaban furiosos y ninguno pensaba dar su brazo a torcer.

—Adelante, no tienes que preocuparte por mí.

—Me he preocupado mucho por ti —dijo—, pero intentaré dejar de hacer eso también.

Y, tras decirlo, se alejó, se subió a su camioneta y salió zumbando, levantando la grava del suelo con los neumáticos. AnnieLee salió como pudo al borde de la carretera, estampó una reluciente sonrisa falsa en los labios y sacó el dedo pulgar.

Capítulo 52

Give me a chance, girl, open your eyes now, I'm not the
enemy here
I'm a soft heart to lean on
A shoulder to cry on
Two good lips to kiss away tears

Ethan dobló con cuidado la letra que había escrito en el reverso de un sobre. Era una buena canción, pero ¿se haría realidad algún día? ¿Le daría AnnieLee una oportunidad?

En ese momento lo dudaba mucho. No quería dejarla allí, pero ella había cuestionado su orgullo y al final lo había obligado.

Pensó de nuevo en la noche que la vio por primera vez, camelándose a Billy en el Cat's Paw para que la dejara subir al escenario. Si hubiera sabido los estragos que iba a causarle en el corazón, ¿se habría presentado igualmente?

Veía a su abuela chasqueando la lengua desde el cielo. «Sí, claro que lo habrías hecho, porque, en lo que se refiere al amor, tienes menos seso que un mosquito.»

Cogió un trapo viejo y empezó a engrasar el diapasón y el puente de la guitarra que había terminado justo antes de que fueran a Los Ángeles. Intentaba tener la mente abierta y no pensar en nada, pero seguía dándole vueltas a la letra que había guardado.

Demons, demons, we've both had enough of our own
Demons, demons, we don't have to fight them alone

—Me gusta mucho —dijo alguien—. Es pegadiza.

Ethan se giró sobresaltado por dos cosas al mismo tiempo: se había puesto a cantar en voz alta sin darse cuenta y Ruthanna Ryder estaba en el sendero de entrada de su casa, vestida como si fuera a almorzar con la reina.

La cantante cambiaba el peso de un pie al otro al tiempo que observaba el pequeño apartamento situado encima del taller.

—Así que aquí es donde vives.

Ethan se echó el pelo hacia atrás y dejó la guitarra.

—Por el momento.

—Creía que te pagaba mejor —dijo pensativa.

—Por favor, me pagas mucho —repuso—. Pero yo no quiero nada más que esto.

Ruthanna dirigió hacia él los fríos ojos verdes.

—Pero el deseo es el comienzo de todo, Ethan. Si no quieres más, no consigues nada más.

Él apartó la mirada. Quería muchas cosas, si se ponía a pensarlo, pero una casa más grande no era una de ellas.

Ruthanna suavizó el gesto.

—Parece un sitio agradable —dijo—. Bueno, he venido porque se me ha roto la clavija de mi mandolina. —Sacó del bolso una mandolina florentina antigua—. Pensé que a lo mejor podías arreglarla.

Ethan la cogió y supo al instante que aquel no era el motivo de la visita. Era un instrumento de estudiante. Tenía un montón que eran mucho mejores. Lo que significaba que había ido a verlo porque había hablado con AnnieLee y la reparación era solo una excusa.

—¿Puedes arreglarla?

—Claro —dijo—. Por supuesto. —Y la dejó con delicadeza sobre la mesa de trabajo.

Ruthanna se cruzó de brazos y lo miró.

—Así que lo has dejado, ¿eh?

Ni se molestó en defenderse diciendo que AnnieLee lo había retado a hacerlo.

—Creo que no debería ser su…, lo que quiera que fuese. Resulta que no nos llevamos tan bien.

—A mí me parece más una pelea de enamorados, si quieres saber mi opinión —dijo ella, mirándolo de reojo.

—Lo dudo —dijo él resoplando.

—Fue un detalle por tu parte que le llevaras el equipaje a casa cuando tuvo que volver en un taxi —dijo Ruthanna.

«¿Eso era lo que le había contado?, ¿que había vuelto a casa en taxi?», se preguntó.

Y, pese a que Ruthanna estaba siendo sarcástica, no mordió el anzuelo.

—Soy un tipo amable. Demasiado —añadió—. A las chicas no les gustan los tíos amables.

Ella soltó una risotada como un rebuzno y lo señaló con un dedo que terminaba en una larga uña rosa.

—En primer lugar, eso que dices de las chicas es una gilipollez. En segundo lugar, tú no eres tan amable. Y en tercer lugar, tengo un trabajo para ti que te ayudará a demostrar lo poco amable que eres. —Avanzó hacia él y le clavó la uña en el pecho—. Vas a ir a hablar con Mikey Shumer y a averiguar qué es lo que sabe sobre esa camioneta negra.

Ethan soltó el aire lentamente. Así que la visita de su jefa no tenía nada que ver con la discusión que habían tenido AnnieLee y él.

Conocía a Mikey Shumer, o sabía quién era: un representante que buscaba cantantes con talento desconocidos y los convertía en máquinas de hacer éxitos, sisándoles todo lo que podía de cada cheque que cobraban por el camino. Conducía un Mercedes-Benz SL65 AMG que costaba más de doscientos mil dólares y poseía una colección de Mustang *vintage* y un ático en el lujoso barrio de Gulch. Y, mientras tanto, sus últimos artistas se las veían y se las deseaban para pagar el alquiler, y había obligado a otros dos representantes a irse de la ciudad a fuerza de acosarlos y amenazarlos. En persona lo había visto solo una vez, y lo había reconocido al instante porque era el típico que te invitaba a copas en un bar y después hacía que te dieran una paliza en el aparcamiento si era necesario.

En otras palabras, no iba a ser un trabajo agradable.

Ruthanna esperaba con una paciencia inusual en ella a que dijera algo.

Ethan cogió el trapo y retomó el pulido de la guitarra.

—Muy bien. Iré a verlo mañana.

—Gracias. Sabía que podía contar contigo. Pero... ten cuidado.

—Si es quien está asustando a AnnieLee, el que debería tener cuidado es él.

Aunque estuvieran enfadados, no quería que nadie se metiera con ella.

—¿Ves? Sabía que eras un hombre protector.

—Lo sabes todo, ¿no?

Ruthanna le dedicó una sonrisa resplandeciente.

—Cuando tú vas, yo ya he vuelto dos veces. —Se giró para marcharse—. Y he dicho en serio que me gusta esa canción. Tiene mucho potencial.

Capítulo 53

—No puede entrar ahí, señor —le gritó la secretaria, pero Ethan ya estaba en mitad del pasillo, buscando a Mikey Shumer. Casi había llegado a su puerta cuando dos de los tíos más grandes que había visto desde que salió del ejército aparecieron de la nada y le bloqueron el paso.

Se detuvo en seco y suspiró. Debería haber imaginado que no iba a ser tarea fácil.

Retrocedió un paso y levantó las manos en son de paz.

—He venido a ver a Mikey Shumer.

—El señor Shumer está ocupado ahora mismo —dijo uno con bigote y una cara que parecía tallada en granito.

El otro, calvo, más bajo pero igual de musculoso, y feo hasta decir basta, dijo:

—Tienes que concertar una cita, guapo.

Ethan odiaba que lo llamaran así más aún de lo que AnnieLee odiaba que la llamaran *pequeña,* pero hizo como que no lo había oído. Aún había una pequeña posibilidad de que aquel encuentro terminara bien.

—Tengo que hablar con él ahora mismo.

—Eso no es posible —dijo el calvo.

—Lo siento mucho, hermano —dijo el del bigote.

Ethan apretó los puños. Se estaba acercando a un punto sin retorno y, aunque le habría gustado que las cosas hubieran sido civilizadas, no pensaba irse de allí sin hablar con Shumer.

—No creo que lo sientas, y te aseguro que no eres mi hermano.

—Exacto.

El calvo le cerró la manaza alrededor del bíceps y trató de arrastrarlo hacia la puerta por la que había entrado allí, pero él se lo quitó de encima. El del bigote hizo ademán de agarrarlo del otro brazo, pero Ethan estaba harto de que lo toquetearan aquellos matones. Le soltó un puñetazo lateral. El golpe solo le rozó la mandíbula, pero el ataque lo pilló por sorpresa y retrocedió, trastabillándose. El calvo reaccionó con agilidad lanzándole un directo a la cara. Ethan se agachó, volvió a levantarse y lanzó un golpe desde abajo que impactó de lleno en el mentón de su oponente. Sintió como si le estallaran los nudillos y oyó que los dientes del tío chocaban entre sí. La cabeza se le fue hacia atrás, se tambaleó un poco y, finalmente, cayó al suelo.

Ethan se enfrentó de nuevo con el del bigote, que se mostraba receloso, y bailaba a su alrededor como un boxeador. Los tipos grandotes como él no estaban acostumbrados a recibir golpes, pero Ethan no tenía ni tiempo ni ganas de boxear. Se lanzó hacia él, lo agarró por la nuca y lo obligó a bajar la cabeza mientras subía la rodilla. La sangre que brotó de la nariz del matón le manchó los vaqueros.

Aquello puso fin a la pelea y Ethan entró como una furia en el despacho de Shumer, que se quedó mirándolo con una cara por la que pasó un amplio abanico de emociones: incredulidad, furia y admiración, aunque esto le costaba admitirlo.

—¿Qué cojones...? —dijo desde su sillón, detrás del escritorio.

—Empezaron ellos —contestó Ethan, frotándose los nudillos doloridos—. No me gustan las peleas, así que me la he quitado de encima tan rápido como he podido.

Mikey Shumer silbó por lo bajo.

—¿Tienes idea de la clase de represalias que puedo tomar por esto?

—Sí —dijo Ethan, y ahí lo dejó.

El hombre se miró los nudillos como pensando si probar también él, pero al final optó por abrir un Reb Bull y dio un largo sorbo.

—Tienes que ser luchador.

—Boxeaba en el ejército.

—¿Categoría?

—Peso medio.

A Ethan le maravillaba que de repente estuvieran manteniendo una conversación normal, como si no hubiera dejado fuera de combate a dos gigantes en mitad del pasillo porque quería hablar con su jefe y no tenía cita.

—A lo mejor tendría que contratarte a ti como guardaespaldas en vez de a esos payasos —dijo pensativo.

—Creo que no te iba a gustar —repuso Ethan.

—A mí me gusta todo el mundo, siempre y cuando se haga lo que yo quiero.

Ethan decidió que ya estaba bien de charla.

—¿Estás acosando a AnnieLee? Porque, si tratas de asustarla para que te acepte como representante y firme contigo y tus malas artes, no va a funcionar.

—¿Es que Joe te ha dado un golpe en la cabeza antes de quedarse KO? —Mikey Shumer se levantó y se dirigió a la ventana—. Pues claro que no. No perdería el tiempo.

—Querías trabajar con ella.

—Sí, y, si fuera tan lista como se cree que es, habría firmado —respondió él—. Pero no soy rencoroso.

—Ya, eso es lo que dice todo el mundo de ti, sobre todo el tío al que sacaste por la ventana de un edificio de tres plantas y lo dejaste colgando porque pensabas que quería birlarte a uno de tus talentos. «Mikey Shumer es un tío que sabe perdonar.»

El hombre se rio.

—¿Sabes lo que creo? Creo que Ruthanna Ryder está paranoica. Ahora que no tiene una carrera que la mantenga ocupada, inventa teorías conspiratorias y te manda a ti a que investigues. ¿Cómo llevas lo de ser su chico de los recados? —Lanzó la lata vacía a la papelera—. He oído que eres buen músico. ¿Quieres hacer algo más que cantar en bares cutres en noches de micrófono abierto? —preguntó—. Yo metí en esto a Will Rivers, ¿sabes? Solo sabe tocar cinco acordes, pero tiene buena voz y ahora tiene a las chicas como locas detrás de él, pidiéndole que les firme un autógrafo en las tetas. ¿Quién sabe? Ese podrías ser tú algún día.

—No, gracias. Estoy bien así.

Mikey Shumer hizo un gesto despectivo con la mano.

—Probablemente no tengas lo que hay que tener. Tu amiguita sí lo tiene. Ella se lo pierde por irse con ese viejo fósil de Jack Holm.

—Bueno, gracias por tu tiempo.

—Sí, sí —dijo el otro—. Pero que no te vuelva a ver por aquí.

Ethan se giró para ir hacia la puerta, temiéndose una emboscada. Imaginaba que podría aguantar unos golpes en el pecho y el estómago; lo único que no quería era que le pegaran en la cara.

Pero, cuando salió del despacho, el pasillo estaba vacío. Respiró aliviado.

—Que tenga un buen día —le dijo la secretaria al salir.

Capítulo 54

AnnieLee caminaba junto al río Cumberland, cuyas aguas de color marrón verdoso discurrían tranquilas y serpenteantes por la ciudad. Pasó junto a corredores y paseadores de perros, niños pequeños que daban sus primeros pasos hacia sus padres y una pareja mayor que avanzaba con torpeza apoyándose en sendos andadores. No había dormido bien y estaba intentando despertar con un café gigante y un bollo de la cafetería que había en Commerce Street. Hasta el momento no estaba funcionando.

Al cabo de un rato salió del sendero y se metió entre los árboles hasta las zonas de sombra que protegían del sol, que ya picaba a las diez de la mañana. Iba tarareando una canción que había estado a punto de tirar a la basura, la que hablaba de la chica que odiaba que no le hicieran caso hasta que descubrió que era peor que se fijaran en ella.

I was invisible, invisible
Like shade at midnight, a ghost in the sunlight

Algunas canciones le salían rápidamente, como cuando te asaltan en un callejón; otras requerían meses de frustración y trabajo. Animada por Ruthanna, AnnieLee llevaba semanas con esa, incluso la había tocado en público. La experiencia había sido angustiosa por razones en las que no quería pararse a pensar.

«Sé que esto va a sonar muy trillado, pero se habría oído caer un alfiler mientras la cantabas», le había dicho Ethan, cuando todavía se hablaban.

Pero estaba decidida a no pensar en Ethan Blake esa mañana, bastante lo había hecho ya toda la noche. Cada vez que sus pensamientos tomaban esa dirección, ella se centraba en la canción. Había algo en el puente que no acababa de gustarle, y puede que la tercera estrofa tampoco fuera brillante. Cantaba en voz baja, sintiendo las palabras tomar forma en su boca mientras caminaba, sin prestar atención hacia dónde iba.

But then I grew up pretty and I grew up wild
Didn't look no more like a hungry child

Se asustó cuando sonó el móvil. Era Jack.

—¿Estás sentada?

Sintió que se quedaba sin aire.

—¿Pasa algo malo?

La carcajada del hombre le explotó en el oído.

—No pasa nada malo, muchacha. Repito: ¿estás sentada?

AnnieLee negó con la cabeza, aunque no podía verla.

—No.

—Bueno, tampoco va a ser una caída muy grande, con tu altura. Escúchame. Te he conseguido la oportunidad de ser la telonera de Kip Hart.

AnnieLee ahogó una exclamación de sorpresa. Kip Hart tenía una docena de discos de oro, el doble de sencillos en las listas de los diez primeros y su pegadiza *Live Fast, Love Hard* había sido la canción country número uno en *Billboard* el año anterior. Se apoyó contra el árbol más cercano y se deslizó hasta el suelo. Ahora sí que estaba sentada.

—Será broma —susurró.

—No, no es broma. Enhorabuena —dijo Jack—. Tienes una cita en Knoxville y, si va bien, que irá, habrá más.

AnnieLee cerró los ojos y los apretó muy fuerte mientras daba gritos como una niña la mañana de Navidad.

—Lo siento. ¿Te han dolido los oídos?

—Cariño, me reventé los tímpanos hace mucho —respondió él—. Uno de los peligros del negocio musical. Me alegro de que estés contenta, no es para menos. Y ahora tengo que irme. Ya hablaremos de los detalles.

Y colgó.

Contuvo otro grito de alegría y abrió los ojos justo en el momento en que el cuervo que estaba posado en una rama sobre su cabeza se ponía a graznar. Miró a su alrededor y de repente se dio cuenta de dónde estaba: cerca de la zona lisa debajo del olmo grande y viejo, el lugar en el que había pasado las primeras noches, frías y solitarias, nada más llegar a Nashville.

A unos metros de distancia se encontraba el hueco pequeño en el que escondía la mochila mientras recorría la ciudad buscando algún sitio donde cantar sus canciones y lavarse la cara.

«He vuelto al lugar donde empecé —pensó maravillada—. Pero ahora todo es diferente.»

Capítulo 55

—Rechaza la oferta —dijo Ruthanna.

AnnieLee se quedó boquiabierta.

—¿Qué? Pero ¿qué dices?

—Tú no eres la telonera de nadie, AnnieLee. Tú eres la estrella —dijo la cantante.

Ella, que estaba pinzando distraídamente las flores de la albahaca en el jardín de la cocina de Ruthanna, se enderezó y puso los brazos en jarra.

—Aprecio la fe que tienes en mí, pero aún no soy una estrella. Ni siquiera tengo un álbum en el mercado. Tengo que labrarme un camino hasta la cima.

—¿Y quieres conseguirlo haciendo de segundo violín de un hombre? —espetó Ruthanna, desafiante—. ¿Calentando al público para un tío que no sabe componer una canción ni la mitad de buena que las tuyas?

—Pero es muy famoso —dijo ella.

—Y está muy sobrevalorado —repuso Ruthanna.

AnnieLee había pensado que la mujer se alegraría mucho por ella, de modo que no sabía qué decir. Sabía que Kip Hart no era Hank Williams, ni Willie Nelson, ni Brad Paisley ni tampoco Kenny Chesney, pero arrastraba a un público enorme y estaba dispuesto a compartirlo con ella. ¡Le estaban dando la oportunidad de tocar ante miles de personas! ¿No debería estar dando saltos de alegría?

—Cielo —dijo Ruthanna—, cuando eras pequeña y aprendías a cantar acompañando las canciones que sonaban en la radio, las mujeres cantaban un tercio de las canciones que se pinchaban en las emisoras de country. Ahora apenas superan el diez por ciento. Las cosas no han mejorado desde el «tomategate», están empeorando.

—No veo qué tiene que ver eso conmigo y con Kip Hart —dijo AnnieLee.

—Kip Hart cree que es mejor que tú —respondió la mujer—. Si no te habla con condescendencia, tratará de bajarte las bragas. O puede que las dos cosas.

—Que se atreva a intentarlo —dijo—. Y no hace falta que me parezca un gran tío, Ruthanna. Lo único que necesito es poder cantar unas cuantas canciones en ese escenario antes de que salga él.

Ruthanna se cruzó de brazos.

—No me gusta.

—Pero a los de ACD les encanta —contestó ella—. ¿Y no son ellos mis jefes ahora?

Ruthanna se quitó las gafas de sol para poder mirarla a los ojos.

—No dejes que nadie sea tu jefe, jamás.

—Es mucho más fácil de decir que de hacer —respondió AnnieLee—. Sobre todo cuando hay abogados y dinero de por medio.

Entonces oyó que Maya llamaba desde la cocina, y Ruthanna se dio la vuelta para entrar.

—Lo sé. Mira, cariño, solo quiero lo mejor para ti. A lo mejor es esto, o a lo mejor no lo es. Hay más de una forma de subir los peldaños de una escalera. Vete a casa y piénsalo, ¿vale?

AnnieLee dijo que lo haría mientras cogía las llaves y el bolso, pero sabía que la decisión ya la habían tomado; su representante y su discográfica habían decidido por ella. Vale que no era perfecto, pero ¿existía la perfección? Era algo importante para ella. Aunque pudiera quedarse esperando a que surgiera la oportunidad ideal, lo mismo no se presentaba nunca. Quería aprovechar la oportunidad que tenía delante.

«Hacer de telonera de Kip es bueno —pensó mientras conducía—. Muy bueno. Ruthanna no puede negármelo.»

Cuando llegó a su casita alquilada, encontró a Ethan sentado en los escalones de la entrada. El corazón le dio un vuelvo. Deseaba echarle los brazos al cuello y celebrar la buena noticia. Era un asco que siguiera enfadada, y probablemente él también siguiera enfadado con ella.

Se detuvo a poca distancia y lo miró con recelo.

—¿Te ha dicho Ruthanna que vengas? Porque, si has venido para convencerme de que no actúe de telonera de Kip Hart, te digo desde ya que no vas a conseguirlo.

—¿Por qué habría de hacerlo? —preguntó él—. He venido a darte la enhorabuena. Es genial, AnnieLee, te lo mereces. —Se levantó y se sacudió los vaqueros—. Y te he traído una cosa.

Fue a la camioneta y volvió con una guitarra. Era pequeña y de madera oscura, con la superficie tan pulida que brillaba. Una roseta de madreperla bordeaba la boca y decoraba el diapasón.

—Para ti —dijo tendiéndosela.

—¿De verdad? —La cogió. Era cálida y suave al tacto, casi parecía que tuviera vida—. Es preciosa. ¿De verdad es para mí? Jamás había visto una igual. ¿Dónde la has conseguido?

—La he hecho yo.

Ella se quedó mirándolo.

—Será broma.

—Pues no.

—Nadie ha hecho nada especialmente para mí desde que mi madre me hacía los vestidos para ir al colegio. —Acarició la roseta, admirando las incrustaciones de madreperla—. Y por entonces ni siquiera los apreciaba. Yo quería ropa comprada en las tiendas, como la que llevaban los demás. Pero esto… esto es una maravilla.

Se sentó en los escalones con la guitarra sobre las piernas y rasgueó unas notas: sol, do, re. El instrumento tenía un sonido sedoso y cálido.

—No me lo puedo creer —susurró. Tenía ganas de llorar.

Ethan permanecía de pie, mirándola, y empezó a marcar con el pie el ritmo de los compases iniciales de *Lost and Found,* la canción que habían compuesto juntos en Nueva York.

—Probablemente no sea una guitarra para un escenario, ya que tienes la Taylor de Ruthanna. Es más para componer a solas, tarde por la noche, cuando solo la luna sabe lo que te traes entre manos.

Ella pestañeó varias veces seguidas para apartar las lágrimas de agradecimiento y luego lo miró con una sonrisa resplandeciente.

—Me encanta. Gracias, Ethan Blake. Y... lo siento.

Él se encogió de hombros.

—Yo también.

Se sentó a su lado y se pusieron a cantar juntos.

Lost and found, unchained, unbound
No more second guessing, I know who I am
Now I'm on solid ground

Capítulo 56

No volvieron a hablar de la pelea y Ethan retomó su puesto como si nunca lo hubiera dejado. Todos los días por la mañana temprano iba a casa de Ruthanna a tocar con la banda las canciones que la artista no podía evitar componer, por mucho que se hubiera retirado del negocio. Según la hora a la que terminaran la sesión, cogía la camioneta y se acercaba a casa de AnnieLee, donde esta trabajaba en su propia música día y noche, y le llevaba la comida o la cena. Los de ACD no dejaban de enviarle canciones escritas por compositores profesionales, creadores de numerosos temas que habían llegado a las listas de éxitos, pero AnnieLee sabía que su material era mejor. Se decía que, ante todo, era compositora, y después intérprete. «No sería yo si cantara las canciones de otro.»

Ocupada como estaba, disfrutaba fingiendo que era ridículo por su parte que le llevara la comida todos los días.

—Ah, pero si es el chico del reparto de comida a domicilio otra vez —decía riéndose.

Pero Ethan la había visto en la cocina y no diferenciaba un colador de un exprimidor. Como la dejara sola, sobreviviría a base de judías de lata, Pringles y algún que otro complejo multivitamínico como mucho.

Quedaba menos de un mes para su actuación como telonera y Ethan sabía que tenía mucha presión encima. Independientemente de lo que Ruthanna creyera sobre el talento relativo de AnnieLee Keyes y Kip Hart, el hecho era que aquel tío era un megaéxito de ventas en el mundo del country y ella seguía siendo la chica nueva. Tenía que demostrar muchas cosas y era consciente.

Gladys tosió cuando Ethan se detuvo delante de la casa de AnnieLee. Esa noche había decidido que los dos se darían un homenaje con el pollo frito de Arnold's Country Kitchen. Llamó a la puerta pintada de color rojo brillante, esperó y volvió a llamar. Pero aún tardó unos minutos en abrir.

—¡Madre mía, qué bien huele! Ya sabía yo que se me había olvidado algo hoy.

—¿No has desayunado siquiera? —preguntó él, entrando en el salón. Todo el suelo estaba cubierto de cuadernos, lápices gastados, papeles y púas de guitarra.

—Pues no —contestó ella—. Se me ha olvidado por completo. Pero he dado con un *lick* de la leche, y lo único que me falta ya es el *riff*,[7] la melodía, tres estrofas, un estribillo y el puente. Ya se nos ocurrirá algo esta noche, ¿no? Además del título. Algo como *No me viste venir* o *El largo camino hacia la fama*.[8] No, da igual, son un asco.

---

[7] Término en jazz y en la música popular que designa un ritmo musical persistente y melódico o armónico que, cuando se repite, puede formar la base de una canción *(Diccionario Oxford de música)*.

[8] *It's a Long Way to the Top* en inglés, título de una canción del grupo AC/DC.

Tenía un lápiz detrás de la oreja y usaba otros dos para recogerse el pelo en un moño desordenado. Se balanceaba sobre las puntas de los pies y hablaba a mil por hora. Seguro que tenía más café que sangre en las venas.

—Creo que AC/DC se te han adelantado con el segundo —dijo Ethan dejando las bolsas con la comida sobre la mesa de pino que él mismo la había ayudado a montar—. ¿Y si descansas un poco para cenar y después me tocas lo que llevas hasta ahora?

—Vale, sin problema —dijo ella asintiendo con la cabeza.

Ethan entró en la cocina a coger los platos, las servilletas y los cubiertos. Cuando fue a sacar unas cervezas del frigorífico, se dio cuenta de que AnnieLee había pegado una foto de Kip Hart en la puerta. Reconoció su letra en el borde inferior escrita con rotulador: «No te pongas en ridículo. Ni me pongas a mí. Con cariño, KP».

Regresó riéndose por lo bajo.

—Me gusta tu mensaje de motivación —le dijo.

—¿Qué? Ah, eso. Sí, lo escribí anoche a las tres de la madrugada.

—Deberías estar durmiendo a las tres de la mañana —la riñó.

—No podía. Demasiado café. —Se sacó los lápices que le sujetaban el moño y el pelo se le desparramó sobre los hombros formando una nube oscura y brillante—. ¿Sabes? He estado leyendo sobre Kip Hart. Tiene un par de exmujeres y dos docenas de compositores han colaborado con él, pero, aparte de eso, nadie parece hablar mal de él.

—Puede que sea mejor tío de lo que piensa Ruthanna. —Ethan tenía sus dudas, pero le gustaría que le demostraran que se equivocaba.

—Eso espero —dijo ella—. Sabe Dios que ya he conocido a bastantes cabrones en mi vida.

Ethan no la presionó para que le contara más. No iba a conseguir nada, y, de todos modos, AnnieLee no era la única que guardaba secretos. A veces tenía que recordárselo.

El representante de Kip Hart había dejado claro que su artista iba a hacer una gira más sencilla, en escenarios más pequeños, y por eso quería que su telonera tocara sola, sin banda de acompañamiento. Donna, Melissa y Stan se habían quedado decepcionados, pero ni Elrodd ni Ethan tenían muchas ganas de subir al escenario. Que Kip Hart volviera a sus orígenes humildes; ellos podían quedarse en Nashville y tocar en el sótano de Ruthanna y en el Cat's Paw si les apetecía y cuando les apeteciera.

—¿Cuántas canciones tienes? —preguntó Ethan.

—Ocho completas —respondió ella—. Dos más que están a medias. Me queda poco. A menos que lo borre todo y empiece otra vez —añadió con un brillo en los ojos como de alguien que está perdiendo la cabeza.

—Ni de coña —dijo Ethan—. Y ya está bien de cafeína por esta noche, ¿vale?

AnnieLee asintió con la cabeza mientras untaba mantequilla en un bollito de masa quebradiza y refunfuñaba no sé qué sobre sabelotodos mandones.

Cuando terminaron de cenar, se dirigió hacia la destartalada espineta que los anteriores inquilinos habían dejado en la casa cuando se marcharon.

—Mira —dijo tocando unas cuantas notas altas y cantarinas que le recordaron a Ethan los compases del *Crazy* de Patsy Cline.

Ella se detuvo y dio media vuelta.

—¿Qué te parece? ¿A que es bonita? Aún no sé qué hacer con ella, pero algún día tendremos que volver al estudio. Podemos poner a Stan al teclado.

Ethan deseaba volver a cantar con ella otra vez casi tanto como tomarla entre sus brazos, pero no parecía que ninguna de las dos cosas fuera a suceder en un futuro cercano.

—Me gusta —dijo—, pero, teniendo en cuenta que no vas a poder llevar un piano con Kip Hart, vamos a ver el *lick* ese del que hablabas antes.

Se acomodaron en el sofá y estuvieron trabajando hasta las dos de la madrugada, cuando Ethan se levantó y dijo que iba al baño y después directo a casa. Al volver al salón menos de cinco minutos después, se la encontró dormida con la cabeza en el brazo del sofá, entre sus letras, papeles arrugados y migas de los bollitos de pan de Arnold's Country Kitchen.

Se quedó parado mirándola un rato. Jamás la había visto tan tranquila, tan sosegada. El estribillo de su canción le vino a la cabeza en mitad del silencio.

Lost and found, I'm safe and sound
No more drifting aimlessly, I've settled down

Seguidamente, la tomó en brazos con cuidado y la llevó a su habitación. Le quitó las botas y la tapó con una manta. AnnieLee se arrebujó contra la almohada con la respiración lenta y calmada, como si no tuviera ni una preocupación en el mundo.

Deseó que fuera así. Pero sabía que no lo era.

Se inclinó a darle un beso en la frente lisa, libre de problemas, y se marchó, no sin antes asegurarse de cerrar la puerta con llave.

Capítulo 57

El día del espectáculo con Kip Hart, AnnieLee se despertó antes de que amaneciera. Lloviznaba. Se sirvió zumo de naranja en un vaso y se lo bebió dando vueltas por la casa, demasiado nerviosa y agitada, como un animal al que están a punto de liberar. Aunque Ethan había ido a verla todos los días durante el último mes, había estado trabajando tanto que casi no había salido del salón de su casa. «Aunque esta noche sea un desastre, por lo menos saldrás de esta maldita casa», se dijo.

En la enésima vuelta a la habitación oyó que llamaban al timbre. Abrió la puerta y se encontró a Ethan con las llaves del coche colgando de una mano y una bandeja con dos vasos gigantes de café en la otra.

—Teniendo en cuenta la velocidad de Gladys, estamos a tres horas de camino sin tráfico.

—Ruthanna me ha prestado un coche, ¿recuerdas? —dijo ella—. Estoy bien.

Él arrastró la puntera de la bota por el felpudo en el que se leía SOIS TODOS BIENVENIDOS.

—¿Has estado alguna vez en Knoxville? El auditorio está en una zona rara de la ciudad y aparcar puede ser complicado.

—Si estás sugiriendo que es posible que me pierda, Ethan Blake, deja que te recuerde que llevo dos décadas y media en este mundo y no soy idiota.

—Créeme, sé que no eres idiota, AnnieLee —dijo él—. Es solo que pensé que a lo mejor te apetecía un poco de compañía.

Se ablandó al oírlo. Le dijo que agradecía la oferta, pero que ese día necesitaba hacer las cosas sola. Lo que no le dijo era que no podría reunir toda la audacia y todo el descaro que necesitaba si iba con ella. Estaba acostumbrada a contar solo consigo misma. Y era la única forma de que las cosas salieran bien esa noche.

Ethan pareció decepcionado.

—Quédate con el café por lo menos. Pero no te lo bebas con el estómago vacío. Es el fuerte de Maya.

—A sus órdenes, capitán —dijo ella sonriendo.

Él no le devolvió la sonrisa. Alargó la mano y le apartó suavemente el flequillo de los ojos.

—Buena suerte. Estaré pensando en ti.

Ella se inclinó hacia él en un impulso y le besó la mejilla recién afeitada.

—Gracias.

Y se metió en la casa de nuevo, cerrando la puerta tras de sí mientras se convencía de que no estaba loca por haberlo rechazado.

Cinco horas después, esperaba en uno de los laterales del escenario en el auditorio de Knoxville, escuchando a Kip Hart y su banda haciendo las pruebas de sonido mientras el equipo técnico terminaba de montar el escenario para la gran actuación de la noche. Dos videógrafos

312

enfocaban al músico mientras tocaba *Runaway River* y luego su canción más movida, *Chasin' Tailgate*.

AnnieLee no pudo evitar seguir el ritmo con el pie en esa y cantó el estribillo cuando volvía deprisa a su camerino a prepararse para la actuación.

You and me in a parking lot
Let me pull you close, let me show you what I got

Se rio mientras se cepillaba el pelo. ¡Menuda canción más absurda! Pero no por eso era menos pegadiza; no podía negarlo. Casi le entraban ganas de ponerse a bailar.

Estaba sentada delante del espejo poniéndose máscara de pestañas cuando se abrió la puerta. Vio a través del espejo que era Kip Hart, que entró en el camerino sin llamar ni esperar a que lo invitaran a pasar.

—¿Qué hay? Perdona, pero como he visto que no estaba echado el pestillo…

—Sí, claro, no pasa nada —dijo ella, trastabillándose solo un poco mientras se decía: «¿Es que no sabes que hay que echar el pestillo, tonta?» y «No me lo puedo creer. Kip Hart está en mi camerino».

En persona, el cantante era más guapo de lo que esperaba. Era alto y con unas piernas largas, llevaba la ropa cuidadosamente arrugada y se comportaba como un hombre acostumbrado a que lo admirasen. Cuando se acercó al sofá y se sentó a horcajadas en el brazo acolchado, no puedo evitar fijarse en sus botas cosidas a mano. Le habrían costado unos buenos miles de dólares, seguro.

—¿Cuál es la diferencia entre un productor discográfico y un chimpancé? —le preguntó el cantante mientras sacaba un paquete de cigarrillos del bolsillo y golpeaba el borde contra la palma para sacar uno—. Que está científicamente probado que los chimpancés son capaces de comunicarse con los humanos…

AnnieLee se rio, aunque había oído a Billy contar el mismo chiste quinientas veces. Además de ese de cuántos cantantes de country hacen falta para cambiar una bombilla: uno para cambiarla y otro que cante una canción sobre los buenos tiempos vividos con la bombilla vieja.

—Así que tú eres la famosa AnnieLee Keyes —dijo Kip Hart, mirándola fijamente.

—Bueno, yo no diría tanto.

—Pues todo el mundo dice que eres la hostia.

Ella se volvió hacia el espejo y se puso la máscara en las pestañas del ojo izquierdo.

—¿Me ha oído cantar ? ¿Qué piensa?

Sabía que era muy atrevido preguntarle algo así, pero había que ser muy descarado para meterse en el camerino de una chica media hora antes de que saliera al escenario.

—Esta noche será la primera vez que tenga el privilegio —contestó él, poniéndose el cigarrillo en la boca y encendiéndolo mientras le guiñaba un ojo.

—Ahí dice que está prohibido fumar —dijo AnnieLee sin pensar.

El cantante se rio.

—Ese cartel no es para mí, guapa. Es para todos esos capullos que no son famosos.

—Oh —dijo ella. Se puso brillo de labios y se lo quitó. No le gustaba que la llamaran *guapa,* pero por lo menos no la había llamado *pequeña* ni usado diminutivos.

El cantante se inclinó hacia ella como si fuera a revelarle un gran secreto.

—Eres nueva en esto, así que déjame que te diga que cuanto más éxito tengas, AnnieLee, mejor será la vida que lleves. Hubo un tiempo en que yo era como tú. Peleón y hambriento, que suplicaba que le dejaran actuar pagando, como tú hoy. Qué buenos tiempos. —Soltó una risotada—. Es broma. Eran una puta mierda. Pero ¿sabes una cosa? Los echo de menos. —Se levantó—. Muy bien, te dejo que sigas con tus cosas. Buena suerte esta noche.

Cuando salió, AnnieLee soltó el aliento que había estado conteniendo.

¿Pagar por actuar? ¿Cómo no se le había ocurrido?

Pues claro que Kip Hart no había llamado a su sello para invitarla a que tocara con él porque le gustara su música. Los de ACD lo habían llamado y le habían ofrecido una buena pasta por dejar que ella calentara el ambiente. Y por algún motivo nadie había considerado oportuno contárselo, y había sido una idiota por no haberlo adivinado.

«Mierda. Pensabas que era por tu talento, pero en realidad ha sido porque alguien pagó», pensó.

Capítulo 58

AnnieLee se miró al espejo una vez más antes de salir del camerino: Levi's, unas botas Frye nuevas y una camiseta negra con lentejuelas en las mangas que le había regalado Ruthanna la semana antes.

—Se la compré a Sophia —había dicho cuando se la dio—. Pensé que se la pondría para subir al escenario algún día. Ahora serás tú quien la lleve ahí arriba.

Le quedaba bien, pero se habría puesto una bolsa de papel si se lo hubiera pedido.

—AnnieLee Keyes en tres —dijo un auxiliar de escena al pasar a su lado.

Ella se puso tan nerviosa que tuvo la sensación de haberse electrocutado. Cerró los ojos y tomó aire profundamente varias veces. Le latía tan fuerte el corazón que le dolía. Pero un minuto después este había disminuido y se puso la correa de la guitarra alrededor del cuello.

Atravesó el pasillo flanqueado de tipos con auriculares y chapas de identificación que le decían cosas que ella no entendía. Tenía toda la atención puesta en el murmullo del público, que se hacía más audible con cada paso.

Justo antes de salir al escenario, se detuvo y lanzó una plegaria silenciosa al cielo. «No dejes que la cague.»

Los focos seguían apagados cuando salió por el lateral. Le pareció que tardó diez minutos en llegar al centro. Se detuvo frente al micro, temblando en la oscuridad. No veía al público ni cuántos asientos había ocupados. Solo veía cientos de pantallas azules que resplandecían en la oscuridad.

«Muy bien, estás en una sala enorme llena de gente, pero todos están tan ocupados jugando al Candy Crush que ni siquiera saben que ya estás aquí arriba», se dijo.

Se agarró al soporte del micro porque necesitaba sujetarse a algo.

«Toma aire, suéltalo. Deja de agarrar el mástil de la guitarra como si fueras a estrangularla.»

Y de repente se encendieron los focos y la potencia de la luz la cegó por completo. Se quedó inmóvil como un ciervo en mitad de la carretera, no se atrevía a respirar siquiera de lo asustada que estaba. Jamás había asistido como público a un concierto de esa magnitud, y allí estaba ella, encima del escenario. ¿Cómo demonios había pasado?

AnnieLee oyó los aplausos desperdigados y distraídos. Miró detrás de sí, como buscando refuerzos invisibles. Sintió como si alguien le apretara el cuello con las manos.

Y entonces se recordó las innumerables horas que había pasado preparándose para esa noche, no solo durante el último mes, sino durante dos décadas de su vida. Los primeros ensayos habían tenido lugar cuando encontró su primera guitarra de plástico vieja en un mercadillo de la iglesia con seis años. Y llevaba esperando una noche como esa desde que escribió su primera letra, una dulce cancioncilla con rima sobre una abeja que se enamoraba de una flor.

«Este es tu sitio —se dijo—. No importa cómo has llegado hasta aquí, como tampoco importa que no sea a ti a quien haya venido a ver toda esta gente. Este es tu sitio.»

Aflojó un poco la fuerza con la que aferraba el mástil de la guitarra y miró al público, al que no veía tras la deslumbrante luz de los focos. Y empezó a tocar.

Is it easy?
No it ain't
Can I fix it?
No I cain't
But I sure ain't gonna take it lyin' down

Según avanzaba la canción, fue notando que el público empezaba a prestar atención. La gente dirigió los móviles hacia arriba para hacerle fotos y grabar vídeos. AnnieLee notaba esa nueva apreciación y no quería que se acabara aquella energía. Confiando en que no se rompiera el hechizo, tocó el siguiente tema sin pausa y arrastró al público consigo. Tocó *Driven* y después *Dark Night, Bright Future,* y cuando pasó a la primera estrofa vio a tres adolescentes en la primera fila que cantaban con ella a grito pelado. Así que les cantó directamente a ellas, alargándoles el micro de vez en cuando para que sus voces resonaran también por todo el recinto.

Everyone knows happiness
Everybody grieves
We all cry, we all smile
Everybody bleeds
Everybody has a past, things they want to hide
There's give, take, love, hate in each and every life

Había seis mil personas en la sala aquella noche y su música apelaba a todas y cada una de ellas. Cantó con alegría y con intensidad, sintiendo cómo su voz se elevaba y atenuaba hasta un lamento. Sentía una nueva corriente eléctrica en su interior, no quería que acabara el espectáculo.

Pero era obvio que tenía que acabar, y, en su última canción, AnnieLee bailó por el escenario tocando el gran éxito de Ruthanna *Big Dreams and Faded Jeans*.

Put on my jeans, my favorite shirt
Pull up my boots and hit the dirt
Finally doin' somethin' I've dreamed of for years

La canción tenía más años que ella, pero parecía que todos en aquella sala gigante se sabían la letra.

Y luego llegó el momento de pasarle el micro a la estrella, Kip Hart. Pero el aplauso que le dedicaron a AnnieLee fue atronador. Hizo tres, cuatro reverencias, y salió corriendo del escenario, triunfante.

Uno de los técnicos le dio una botella de agua.

—¿Cómo te sientes?

AnnieLee dio un buen sorbo y dijo:

—¡Joder, me he venido tan arriba que parece que estoy levitando!

El técnico se rio.

—¿Crees que querrás repetir otro día?

Ella lo miró de frente con toda seriedad.

—Cariño, no he hecho más que empezar.

Capítulo 59

Demasiado excitada y alterada para dormir en un hotel, AnnieLee decidió regresar a Nashville esa misma noche. Se metió en la cama a las cuatro de la mañana y no se despertó hasta media tarde. Pero no se levantó, se quedó cómodamente debajo del edredón, sintiendo aún el zumbido eléctrico de la actuación.

Le había salido bien y lo sabía. Le había salido genial. Se preguntaba adónde le pediría Kip que lo acompañara la próxima vez. ¿Virginia? ¿Carolina del Norte? No quería volver a Texas, pero se lo pensaría, por supuesto.

Al final se sentó en la cama y cogió el móvil. Tenía mensajes de voz de Ethan, de Jack y de Ruthanna, y decidió que los escucharía cuando se hubiera tomado el café. Miró después la cuenta de Instagram que los de ACD le habían insistido a Eileen que le creara.

AnnieLee no se encargaba de publicar el contenido, pero había accedido a enviar fotos a su publicista, y Eileen ya había colgado las de la noche anterior. Le habían tomado varias entre bastidores y los auxiliares habían hecho algunas más desde el lateral del escenario. Estaban borrosas y un poco oscuras, pero ella le había dicho a Eileen que quería que sus fotos de Instagram fueran normales, no profesionales. No quería filtros ni retoques con Photoshop, Facetune ni ninguna otra aplicación de las que utilizaba la gente para mejorar el aspecto.

—Yo solo quiero publicar la realidad —le había dicho—, o lo más cercano a ella que sea posible.

Y, aunque Eileen quería un contenido más cuidado y elegante, al final había decidido aceptar lo que su cliente quisiera darle.

AnnieLee leyó por encima los comentarios a un medio selfi que se había hecho justo antes de salir al escenario. Salía la mitad de su cara a través del espejo y un rayo de luz que le cruzaba el hombro.

K guapa eres, comentaba alguien.

Madre mía, quiero ser como tú cuando sea mayor, decía otro.

Había emoticonos de estrella y aplausos y gente que le suplicaba que fuera al pueblo del Medio Oeste en el que vivía en su próxima gira. AnnieLee puso un corazón en todos los comentarios y subió a hacerse el desayuno.

Estaba de tan buen humor que no entendió lo que Jack le decía en su mensaje cuando por fin lo escuchó. Tuvo que hacerlo varias veces, y seguía sin dar crédito.

Iba conduciendo cuando lo grabó y la voz se entrecortaba.

—«Kip… decepcionado en la actuación…, una dirección distinta…, futuros conciertos. Lo siento, AnnieL».

Estaba de pie junto a la cocina, atónita, y se le estaba quemando la tostada en la sartén.

Tuvo que sonar el móvil para que volviera a la realidad. Era Ruthanna. AnnieLee estaba llorando cuando consiguió decir *hola*.

—Ya han colgado un vídeo de tu actuación en YouTube —dijo la cantante—. El público estaba enloquecido.

Quitó la sartén del fuego y tiró la tostada a la basura. La cocina se había llenado de humo, así que salió corriendo de la casa descalza y en pijama y se quedó allí temblando.

—Si tan bien lo hice, ¿por qué no quiere que vuelva?

—Ahí tienes la respuesta, AnnieLee —dijo Ruthanna—. Lo has eclipsado. Tal vez no habría sucedido si lo hubiera acompañado su banda gigante de siempre y hubiera montado el espectáculo pirotécnico habitual. Pero se suponía que quería hacer algo más sencillo y más pequeño en esta gira. Y vas tú, tan chiquitita, sola, y dejas a todos alucinados con tu vozarrón y unas canciones con potencia suficiente para iluminar un estadio. ¿Qué hombre quiere eso? Kip Hart no, desde luego. Ni ningún otro que yo conozca.

AnnieLee salió al pequeño jardín trasero y se detuvo debajo de su único árbol. Se había levantado una brisa otoñal y una espiral de hojas entre rojas y doradas se arremolinó a su alrededor.

—Me preocupaba mucho joder la actuación. No pensé que hacerlo bien fuera un problema.

—Todo el mundo tiene su ego —dijo Ruthanna—, y el de las estrellas es de los más grandes y de los que acaban heridos con más facilidad.

AnnieLee cogió una hoja y la hizo pedacitos.

—Tú nunca te has sentido amenazada por mí —dijo.

Ruthanna se echó a reír.

—Yo me he retirado de los escenarios, no lo olvides. Pero, si todavía siguiera en ellos, quiero pensar que te acogería con los brazos abiertos. Resulta que soy de las que creen que hay amor suficiente, y oídos suficientes, para todos nosotros. —Hizo una pausa—. Lo has hecho muy bien, muchacha. No dejes que Kip Hart te lo arrebate.

Colgó y regresó al interior a tirarse en el sofá. Dolida y enfadada, cogió el móvil de nuevo y abrió su cuenta de Instagram.

Ese vejestorio trasnochado tendría que haber sido *tu* telonero, decía bellacatlady.

«Y tanto que sí», pensó ella.

Tengo un solo de violín para Driven, decía honest2goodnessmandy.

Mándamelo por DM, contestó ella.

Sé quién eres de verdad, decía ark_north.

AnnieLee ahogó una exclamación de horror y leyó el siguiente comentario.

Una chica puede conseguir que le rompan la cara por ciertas canciones, decía bax990.

Soltó el móvil como si se hubiera convertido en una serpiente de pronto. Cada vez que conseguía olvidar lo que había dejado atrás, el pasado asomaba su fea y cruel cabeza.

Se levantó y empezó a hurgar en su vieja mochila. De ella salieron cuadernos antiguos, calcetines con agujeros y el saco de dormir mohoso que había sido su cama un tiempo. Notó el metal frío de la Smith & Wesson al fondo y cerró los dedos en torno a ella.

Nunca le habían gustado las pistolas, pero tal vez fuera el momento de empezar a guardar la suya más cerca.

Capítulo 60

—Vaya, vaya, vaya. ¿Qué te trae por estos lares, pajarito cantor? —preguntó Billy cuando AnnieLee entró en el bar volando casi por el desagradable viento de aquella tarde de octubre.

—No uses diminutivos, Billy, ¿o es que ya no te acuerdas? Joder —dijo ella—. He quedado con Ethan. Teníamos mono de tus patatas fritas. —Miró la familiar y acogedora sala mientras se subía al taburete. Había solo unos pocos clientes repartidos por el bar y Willie sonaba en el equipo de música. Había echado de menos las festivas luces navideñas, el olor a producto de limpieza y al propio Billy, gruñón pero con buen corazón—. Llega tarde, lo que significa que él invita.

Billy puso cuatro guindas en un platito, que empujó por la barra hacia ella, y le sirvió su agua con gas y lima de siempre.

—Empezaba a pensar que te habías olvidado de nosotros.

—Eso nunca —respondió ella—. Te estaré eternamente agradecida, ¿recuerdas? Tú me diste mi primera oportunidad. —Lo miró con tristeza—. Mientras que mi supuesta gran oportunidad no salió como yo imaginaba.

—Lamento oírlo, chica. Pero a todo vaquero se le escapa algún novillo, ya me entiendes. Y quien dice *vaquero* dice *vaquera*. Pero sigo oyéndote en la radio, así que tan mal no puedes estar haciéndolo.

Puede que no, pensó, pero le gustaría que fuera mucho mejor. Con los gastos nuevos que había empezado a tener, como una casa y una empresa de publicidad, seguía llegando justa a fin de mes. Y en ACD estaban cabreados por lo de Kip Hart, aunque habían visto las imágenes y sabían que ella no había tenido la culpa de nada.

Se metió una guinda en la boca. Estaba tan dulce que le dolieron los dientes. Señaló el escenario con la cabeza.

—¿Tienes a alguien esta noche?

—Voy a darles el día libre a mis oídos —contestó él—. Aunque si te ofreces a subir sería muy diferente.

AnnieLee se echó a reír.

—Yo también me voy a tomar la noche libre.

Se oyó un sonoro golpe procedente del fondo del bar. Casi se levantó de un salto del susto. Billy miró alarmado y vio que se abría la salida de emergencia. Pero solo era Ethan, seguido por Ruthanna, a quien casi no se le veía la cara detrás de unas gafas de sol gigantes y con la cabeza cubierta por un pañuelo.

—Tiene cojones —dijo Billy—. Diez años sin pisar el bar y llegas tú y casi se convierte en una habitual.

AnnieLee bebió un sorbo tan tranquila, como si no acabara de llevarse un susto de muerte.

Ethan saludó con la mano.

—Lo siento, hemos tenido que colarnos por detrás. No quería que nos siguiera la multitud. —Miró a su alrededor—. ¿Tendremos algún problema con los que hay hoy por aquí?

—No creo que pase nada. Solo tienen ojos para su cerveza.

Mientras AnnieLee pensaba en lo extraño que sería tener que disfrazarse para poder entrar en tu propio bar, Jack entró por la puerta delantera con un ramo de girasoles.

—Ya te vale —le dijo a Ethan—. Creía que íbamos a ser tú, yo y un cubo de patatas fritas. —Todavía estaba procesando el fiasco en la actuación de Kip Hart y esperaba que él la ayudara a sentirse mejor.

—Pensamos que no te vendría mal animarte un poco —dijo Ruthanna, liberando su espectacular melena del pañuelo de seda—. ¡Sorpresa!

—Joder, me he dejado el vestido de fiesta que no tengo en casa —dijo ella.

Se sentaron todos juntos en una mesa cerca del escenario vacío. Jack le ofreció un asiento a Ruthanna, y Ethan hizo lo propio con AnnieLee, que se mordió la lengua para no decir nada sarcástico como que ella sola no podría haber movido una silla tan grande con esos bracitos de mujer.

«A veces la caballerosidad es agradable», se recordó.

—Una ronda de martinis, por favor, Billy —dijo Ruthanna.

—Y seis raciones de patatas fritas —gritó Ethan para volverse a continuación hacia Ruthanna—. Yo digo que *Flowers*, de Billy Yates.

—Ethan y yo no estamos de acuerdo en qué canción de country es la más triste —les explicó Ruthanna a Jack y AnnieLee—. Se equivoca, claro está, pero es muy cabezota. Todo el mundo sabe que la canción más triste es *He Stopped Loving Her Today*.

—¿Y qué me decís de *Chiseled in Stone,* de Vern Gosdin? —sugirió Jack.

—¿Y *Gypsy, Joe and Me?* —dijo AnnieLee—. Esa siempre me sorprende.

—¡Tienes razón! —exclamó Ruthanna, asintiendo con la cabeza—. El tempo es alegre, con esos cambios de clave ascendente. Si no prestas atención a la letra, creerías que es una canción feliz. —Sonrió con tristeza—. Diez pavos a que soy capaz de hacer llorar a alguien si la canto.

—Hecho —dijo Ethan.

—Hecho —dijo Ruthanna. Fue hacia la barra y preguntó—: ¿Tienes por ahí la guitarra nueva que pedí que trajeran, Billy?

—Por supuesto, señora.

—Dámela, anda, y no me llames *señora.*

Volvió a la mesa y se sentó sosteniendo con elegancia la guitarra entre las manos de manicura perfecta. Rasgueó los compases iniciales y empezó a cantar.

We might have slept in the mayor's yard or camped by the river bank
We fed ourselves from the fruit of the land and quenched our thirst with rain

Las palabras se elevaban y envolvían las notas de la guitarra, y todos en el bar contenían el aliento. Los clientes, que ni siquiera se habían fijado en ella hasta ese momento, se quedaron de piedra, sobrecogidos, mientras una de las mejores cantantes de country de la historia cantaba para ellos con su voz angelical solo para ganar una apuesta.

Cuando terminó, a AnnieLee le escocían los ojos y Jack carraspeaba como si se hubiera atragantado con algo.

—Tú ganas —dijo Ethan.

Ruthanna estaba exultante.

—Ya lo creo. Suelta la pasta.

Él le dio dos billetes de cinco mientras Billy, que se había quedado tan embelesado como el resto de los presentes, les llevaba la comida y la bebida. Todos se lanzaron a las patatas fritas, incluso Ruthanna. Jack echó salsa barbacoa a las suyas, que, según ella, era asqueroso, y después los dos se enzarzaron en una discusión amistosa que parecía venir de lejos sobre quién tenía los gustos más raros en cuestión de comida, teniendo en cuenta que Ruthanna opinaba que la salsa picante era aceptable prácticamente con cualquier cosa.

—¡Una vez vi que se la echaba a una ensalada! —exclamó Jack a todo el bar.

AnnieLee, que escuchaba divertida, bebió un sorbo de su martini y empezó a toser, soltando gotitas de saliva.

—¿Te gusta? —preguntó Jack.

Ella hizo una mueca.

—Sabe como imaginaba que sabría el quitaesmalte de uñas.

—Bebe un poco más y empezará a gustarte —dijo él, levantando su copa.

Charlaron, se metieron unos con otros e intercambiaron bromas sobre la comida y la bebida que siguió llegando a la mesa. Y, por primera vez desde hacía semanas, AnnieLee se sintió feliz, una intensa alegría. Era maravilloso no tener que pensar en nada más que en estar en aquel bar tranquilo, con poca luz, con unas personas a las que había empezado a querer.

En ese momento Ruthanna levantó su copa y dijo:

—Me gustaría brindar por mi fierecilla favorita, AnnieLee Keyes. Enhorabuena, muchacha.

—¿Enhorabuena por qué? —preguntó ella con la boca llena de patatas fritas—. ¿Por haber conseguido que Kip Hart me despida?

—Ni mucho menos —respondió ella—. Verás, Jack y yo te hemos estado ocultando un secretillo. ¿Quieres saber qué es?

AnnieLee tragó las patatas con un sorbo de martini.

—Sí, por favor. ¡Claro que sí!

—ACD y Jack han hecho un trato. Han decidido que vas a tener tu propia gira, por doces ciudades. Escenarios pequeños pero de calidad. Así que, sí, enhorabuena, muchacha, ¡y buen viaje!

Ethan soltó un grito de alegría antes de que AnnieLee reaccionara siquiera.

—Se te olvida una cosa, Ruthanna —dijo Jack, cubriéndole la mano afectuosamente con la suya.

Ella sonrió y no apartó la mano.

—La otra cosa que tal vez te interese saber, señora Keyes —comenzó—, es que voy a participar en la última actuación de la gira, en Las Vegas. Tú y yo cantaremos unas cuantas canciones juntas.

AnnieLee se quedó de piedra.

—Estás de broma.

—Te aseguro que no.

—Entonces, ¿vas a abandonar tu retiro?

—No, solo voy a tomarme un descanso. —Ruthanna miró a Jack—. Nos pareció que podría estar bien.

Él asintió con la cabeza.

—Así es.

—Ya os veo a las dos armonizando con *Blue Bonnet Breeze*. No va a quedar un alma con los ojos secos —dijo Ethan sonriendo de oreja a oreja—. A lo mejor tendría que apostar cuando vaya a Las Vegas.

—¿Quién te ha dicho que estás invitado? —dijo AnnieLee.

Él la rodeó con un brazo y la estrechó contra sí.

—Será mejor que esta vez me dejes ir contigo.

Ella apoyó la cabeza contra su hombro.

—Me lo pensaré.

Capítulo 61

Merle Haggard dijo una vez que su carrera había sido como un viaje en autobús de treinta y cinco años, y, después de una semana escasa, Ethan comprendía perfectamente a qué se refería. Dejaban atrás las ciudades, los rostros eran manchas borrosas a través del cristal y no recordaba ya la última vez que había comido algo que no saliera de una bolsa de papel de comida rápida que les entregaban sin bajarse del coche siquiera. ¿Por qué nadie le había dicho que deberían haber pedido fruta o al menos unos palitos de zanahoria cuando les pasaron el documento con las necesidades de cáterin de AnnieLee?

En ACD no pensaban gastarse el dinero en pagar a un chófer (una gira pequeña conllevaba pocos gastos), de modo que la tarea de conducir la furgoneta Sprinter al final había recaído en Ethan.

—Míralo por el lado bueno. Eso significa que vienes —le había dicho AnnieLee en broma.

No le molestaba para nada hacerlo. Pero, como no estaba acostumbrado a conducir tantas horas seguidas, había terminado tomando bebidas de esas con cafeína desde que se despertaba hasta las cinco de la tarde, hora en la que se pasaba a la cerveza. También llevaba una bolsa con pipas de girasol en el compartimento de la puerta, porque tener que pelarlas con los dientes le daba algo que hacer además de llevar el volante.

—¡Ey, sube la música! —gritó AnnieLee desde el asiento del copiloto.

—¿Es que no tienes brazos? —respondió él—. Hazlo tú. Yo estoy conduciendo.

Gruñendo de manera teatral, ella subió el *Sunday Morning Coming Down* de Johnny Cash que estaba sonando y se puso a cantar a tope, con un marcado acento sureño, mientras conducían por la autovía.

Ethan pensó que incluso haciendo el payaso tenía una voz maravillosa. Y, pese al aburrimiento de conducir tantas horas y el agotamiento de acostarse tan tarde por las noches, estar de gira con AnnieLee podía ser muy muy divertido.

Dos horas más tarde paraban delante del Cain's Ballroom de Tulsa, en Oklahoma. Bajo un antiguo cartel de neón que anunciaba clases de baile suspendidas muchos años atrás, descargaron el equipo: las guitarras y los soportes, amplificadores, pedales, alargadores, cajas de simetría, cables y afinadores.

—¿Te imaginas lo mucho que costaría hacer todo esto si viniera toda la banda? —preguntó AnnieLee, cargando con un altavoz por el pasillo.

Pero Ethan sabía que los echaba de menos y que le habría gustado que los acompañaran en la gira. Pero en lo que a ACD se refería, los músicos que habían tocado con ella en los sencillos eran un gasto prescindible.

Cuando terminaron de meter el equipo en la sala, él fue a buscar al técnico de sonido. Ponía mucho empeño en tratar con especial respeto a aquellos hombres (eran siempre hombres), ya que ellos se encargarían de supervisar el sonido de la voz y la guitarra de AnnieLee durante la actuación.

El técnico del Cain's, Jerry, era un tipo corpulento y hablador, y tras comprobar el sonido, invitó a Ethan a tomar una pinta rápida en el bar. Hank Williams y Willie Nelson habían tocado allí, le contó Jerry con orgullo, y Johnny Paycheck se había metido en una de sus muchas peleas allí, y Bob Wills y sus Texas Playboys habían retransmitido un programa de radio en aquel escenario durante ocho años.

—La gente lo llama el Carnegie Hall del *western swing*.[9]

Ethan había visto las fotos en las paredes de Bob Wills, Ernest Tubb y otras estrellas ya desaparecidas, y, mientras contemplaba la gran sala, con sus vigas altas en forma de arco y su suelo de madera de arce pulida, le pareció sentir la presencia del espíritu benévolo de todos ellos en el aire. A aquellos músicos les habría caído bien AnnieLee, estaba seguro.

Cuando Jerry y él se terminaron la cerveza, Ethan fue a buscarla. Estaba entre bastidores comiendo la bolsa de patatas fritas estipulada (AnnieLee había admitido que

---

[9] Subgénero del country originado a finales de los años veinte del siglo pasado que puso de moda los bailes de dicho género. Entre 1934 y 1943, Bob Wills and The Texas Playboys tocaron cada noche en el Cain's Ballroom de Tulsa, donde llegaron a reunir a seis mil personas.

era su comida favorita) mientras consultaba el correo electrónico en el móvil.

—Eileen me ha enviado una reseña de la actuación de Memphis —dijo, mirándolo por debajo del flequillo revuelto—. La persona que la ha escrito dice que tengo ojos de santa y voz de ángel.

—¿Menciona también que tienes corazón de arpía y lengua de serpiente? —dijo él, sacando otra cerveza de la mininevera.

Ella se rio y le tiró la sudadera, que le dio en un lado de la cara. En ese instante, Ethan la olió, el olor a lilas, pino y brisa soleada, el olor de AnnieLee. No se la devolvió.

—¿Puedo tocar en calcetines esta noche? Me aprietan las botas.

—Creo que ya sabes la respuesta —dijo él, abriendo la cerveza y bebiendo un largo sorbo.

—¿Y descalza, como si estuviera en mi casa?

Él negó con la cabeza. AnnieLee había aprendido mucho de Ruthanna, pero no había quien la convenciera de que se maquillara y se pusiera ropa glamurosa para salir al escenario.

—Si te da igual cómo voy vestida cuando me oyes en la radio, ¿por qué debería importarte cuando estamos en la misma habitación? —decía.

Ethan entendía que razón no le faltaba, pero pensaba que salir calzada era innegociable.

Así que se puso las botas que le apretaban para la función de esa noche, con unos vaqueros gastados y una camiseta escotada que dejaba ver sus delicadas clavículas.

La vio salir al escenario, mirar a su público y hacia las vigas del techo y dirigirles una sonrisa más potente que cualquier foco. El público se puso a gritar como loco y ella empezó a tocar.

«Un camino accidentado, lo haremos —cantó—. No nos rendiremos, lo hablaremos.»

Su voz parecía más profunda y con más cuerpo de lo habitual, y entre una canción y otra bromeaba y charlaba con el público como si fueran amigos de toda la vida. Había nacido para actuar, pensó Ethan. Se crecía con el público, y su energía aumentaba cuanto más tiempo estaba en el escenario.

Se recostó en el asiento, relajado, dejando que la música lo envolviera, cuando oyó su nombre por megafonía. Las patas de la silla golpearon con fuerza el suelo al erguirse en el asiento, totalmente despierto de repente.

Miró hacia el escenario y se dio cuenta de que Annie-Lee lo miraba desde el centro.

—¿Vienes a echarme una mano o qué? —dijo delante del micrófono. Y a continuación se volvió hacia la gente—. ¿A que queréis que mi amigo me ayude con la armonía?

El aplauso que recibió como respuesta dejaba claro que Ethan no tenía elección.

«Joder —pensó, levantándose y sacudiéndose un poco, como solía hacer antes de un combate de boxeo—, podría haberme avisado. Me habría tomado un chupito.»

Pero salió trotando al escenario y cogió la segunda guitarra del soporte. El instrumento se le antojó ajeno durante un segundo, igual que cuando cogió un rifle por primera vez y pensó que él no sabía qué hacer con aquella cosa. Pero entonces AnnieLee le dedicó esa sonrisa tan preciosa y tan salvaje que tenía, y se relajó un poco. Sabía hacerlo, lo había hecho cien veces. Delante de un público más pequeño, eso sí, gente de la zona, pero ¿acaso importaba? Se puso junto a ella y se acercó al segundo micro. Esta vez sí que iba a acordarse de presentarse.

—Hola, Tulsa —dijo—. Me llamo Ethan Blake y normalmente hago de chófer, pero supongo que AnnieLee y yo vamos a tocar una canción juntos esta noche.

La miró. Tenía los ojos resplandecientes.

—No sé vosotros —dijo ella—, pero a mí me apetece rendir tributo a la mujer que nos ha juntado. —Se volvió hacia el público y dijo—: Hablo de Ruthanna Ryder, amigos, y sé que todos la queréis tanto como yo.

La gente se puso a vitorear y AnnieLee rasgueó una progresión de acordes que Ethan reconoció al instante. Siguiendo el ritmo con el pie, se unió a ella en la canción.

Big dreams and faded jeans
Fit together like a team
Always bustin' at the seams
Big dreams and faded jeans

Ethan se pegó más al micrófono, los ojos brillantes bajo los focos, el suelo firme bajo las botas y AnnieLee a su lado.

«Podría acostumbrarme rápido a esto», pensó.

Capítulo 62

Ethan disfrutaba de lo bien que les había salido el dueto mientras volvían al hotel a medianoche. Iban por Cicinnati Avenue cuando notó un escalofrío en el cuero cabelludo que lo puso en guardia. Miró por el retrovisor las luces de un coche que llevaba varias manzanas siguiéndolos. Lo único que tenía claro era que no pertenecían a una camioneta negra. Pero aquello no lo tranquilizó. Era fácil camuflarse; cualquiera podía alquilar un vehículo diferente.

Miró a AnnieLee, que iba con los ojos cerrados y los pies apoyados en el salpicadero, canturreando la canción que lo había ayudado a componer.

Lost and found, I'm safe and sound
No more drifting aimlessly, I've settled down

Ella no tenía ni idea de que estaba preocupado, así que decidió que siguiera siendo así. Miró hacia atrás de nuevo. «A lo mejor estoy paranoico», pensó.

Giró en varias calles de manera aleatoria sin indicarlo con los intermitentes, de manera que al final iban en la

339

dirección opuesta a la que llevaban antes. Pasó por delante de un bazar Dollar Tree y una gasolinera, y luego por un concesionario de coches, con sus vehículos vacíos resplandecientes a la luz de las farolas. La persona que conducía el coche que los acosaba no se despegaba de ellos, pero AnnieLee seguía ajena a lo que ocurría. Al poco dejó de cantar, pero no porque se hubiera dado cuenta, sino porque se había quedado dormida con la cabeza apoyada contra la ventana, sobre la chaqueta que él le había dejado.

Ethan se alegraba de que pudiera relajarse, aunque en ese momento tenía ya la fría certeza de que no estaba paranoico. Alguien seguía a AnnieLee, y no era la primera vez que había tenido la sensación desde que habían empezado la gira.

Sabía que no era Mikey Shumer. Por retorcido que fuera aquel tipejo, él lo había creído cuando le dijo que no tenía nada que ver. No perdería el tiempo y el dinero cuando podía pescar a la siguiente promesa de la música con hambre de éxito, y sobre todo alguien menos testarudo que AnnieLee.

¿Quién podría ser? ¿Un fan con tendencias acosadoras? ¿Un exnovio loco?

«¿Quién es, AnnieLee? ¿Y por qué no me lo cuentas?», pensó.

Siguió conduciendo girando sin ton ni son, como si no llevara ya seis horas al volante, además de haber participado en el espectáculo sin esperarlo siquiera. Las líneas amarillas bailaban delante de él. Sentía los ojos secos como el polvo.

Llegó un momento en que no pudo seguir más con aquella persecución a cámara lenta. Se metió en el aparcamiento de un Pizza Hut y esperó a ver qué hacía el otro coche.

El vehículo, un Chevrolet Impala, disminuyó la velocidad y se detuvo en medio de la calle. Ethan se puso tenso, esperando que girara para entrar en el aparcamiento. Alargó el brazo por debajo de las piernas de AnnieLee para coger el cuchillo que guardaba en la guantera. Pero, de pronto, el coche aceleró con un chirrido de ruedas y las luces de freno desaparecieron en la oscuridad.

Ethan se recostó en el asiento aferrándose al volante. «A lo mejor eran solo un par de adolescentes con una idea muy absurda de lo que es pasárselo bien», se dijo.

A lo mejor.

AnnieLee se removió en el asiento.

—¿Ya hemos llegado al hotel?

Metió la marcha y salió del aparcamiento. Si no se lo decía, no se preocuparía. Y su deber era protegerla.

—Ya casi estamos, AnnieLee. Casi.

Capítulo 63

—Hazme una foto, ¿quieres? —dijo Annie Lee quitándose el gorro de lana de la cabeza al tiempo que le dejaba su móvil. Estaban en Utah y se había parado en la acera delante del State Room, en Salt Lake City, debajo de un cartel donde se leía en grandes letras negras ESTA NOCHE ANNIELEE KEYES—. Es mi primer cartel en una marquesina —gritó—. ¡Vamos, vaquero! ¡Patata!

Ethan le hizo varias fotos con su móvil obedientemente y después miró la pantalla.

—Sales con los ojos cerrados en todas.

—No pasa nada —repuso ella, poniéndose el gorro de nuevo—. Cuando Eileen me pidió que le enviara fotos para mi supuesto diario de la gira, no dijo nada de que tuvieran que ser buenas.

—Puede que seas la persona menos vanidosa que he conocido en mi vida —dijo él—. Tíos incluidos.

AnnieLee se lo tomó como un cumplido y se lo hizo saber.

—Intento contar la vida real en mis canciones, ¿no? Sería extraño que no la mostrara también.

—Pero podrías salir en la foto con los ojos abiertos —dijo él con tono ligeramente exasperado—. Nadie diría que eso no es contar la vida real.

Ella se rio. Tenía razón, por supuesto que sí, pero le daba igual salir bien o mal en las fotos. Solo le importaba su voz. Por lo que a ella se refería, la belleza era poco más que una carga.

AnnieLee se puso a girar en mitad de la acera con los brazos abiertos. Era tan maravilloso estar fuera de la furgoneta que le daban ganas de ponerse a cantar. Salt Lake es una ciudad bonita. Joder, cualquier ciudad era una ciudad bonita. Eran las carreteras que unían unas con otras las que la ponían de los nervios.

Eso y la profunda y desagradable sensación de que debería ir todo el rato mirando hacia atrás.

Intentaba no hacer caso. Y lo conseguía la mayoría de los días. Llevaba diez actuaciones y Jack decía que en ACD estaban muy contentos de haberla enviado de gira. «No hay nada de lo que preocuparse», se repetía.

—¿Y qué hay en ese diario de la gira? —preguntó Ethan, sacándola de sus pensamientos—. ¿Has escrito ya algo sobre mí?

AnnieLee dejó de dar vueltas y el mundo siguió moviéndose solo. ¿Estaba loca o él la miraba como si esperase que le dijera que sí?

—Solo fotos —contestó. Si le hubiera preguntado si había escrito la letra de una canción sobre él, habría sido diferente. *Love or Lust* iba sobre él, pero no pensaba admitirlo—. Pero sí te he hecho muchas fotos. Puedes verlas si quieres.

Ethan le devolvió el móvil.

—No voy a ponerme a cotillear tus fotos.

—¿Por qué no? No tengo nada que ocultar. —Aunque era increíble que dijera algo así, y los dos lo sabían—. Al menos entre mis fotos.

—Claro —dijo él—. Porque tú eres un libro abierto.

AnnieLee se estremeció involuntariamente ante el tono dolido que percibió en su voz, pero no dijo nada. Cogió el móvil y se lo guardó en el bolsillo. «Lo que no te cuento —pensó—, créeme, no quieres saberlo.»

Hundió los hombros para protegerse del aire frío que soplaba en State Street. Había nieve reciente en las montañas Wasatch.

Ethan la vio temblar.

—Será mejor que entremos y seamos amables —dijo.

—Sí, será lo mejor —convino ella.

Lo siguió al interior y le estrechó la mano educadamente a todos los que Ethan le presentó, aunque sus pensamientos estaban puestos ya en la actuación: el tamaño de la sala, la acústica y la cantidad de asientos que iban a ocuparse.

Pero él era una persona amable por naturaleza y nunca se comportaba con brusquedad ni como si tuviera prisa por terminar. Se congraciaba fácilmente con todos los promotores y los representantes, y se había ocupado de todos los problemas que habían tenido por el camino (un pinchazo al salir de Wichita, un brote leve de intoxicación alimentaria en algún punto del área rural de Colorado…) con buen humor y paciencia. Era el hombre más fiable que había conocido en su vida.

Miró el móvil y se preguntó qué haría si le mostrara los comentarios amenazadores que le escribían en Instagram. Habían empezado a ser diarios. ¿Llamaría a la policía? ¿Intentaría cancelar la gira? ¿Compraría una pistola en la primera tienda de caza que encontrara? Ella llevaba la suya oculta en el neceser del maquillaje, que casi nunca abría, pero ese era otro secreto.

Su publicista había intentado tranquilizarla sobre los mensajes diciéndole que no significaban nada y que muchos artistas jóvenes, sobre todo mujeres, llamaban la atención de personajes extraños y amenazadores a veces en la red.

—Sé que no es justo —le había dicho Eileen—. Así es como funciona el mundo, lamentablemente. Pero nuestro equipo está en ello. Borrarán y denunciarán todos los comentarios inapropiados de esos desconocidos asquerosos aleatorios.

Y se estaban esforzando. Lo que Eileen no sabía, por supuesto, era que los comentarios no eran aleatorios y no procedían de desconocidos. Ni que, al publicar fechas de actuaciones y fotos en Instagram, les facilitaba la tarea de encontrarla.

Aunque tal vez la palabra adecuada fuera *acosarla*.

Sabía que era mala idea, pero AnnieLee abrió la aplicación y comprobó los mensajes directos. Había un enlace a la grabación del violín que le había pedido a aquel músico joven que le enviara; una oferta de un aspirante a diseñador para enviarle algunos conjuntos y cientos de comentarios amables de fans llenos de emoticonos de corazones y manos juntas en posición de rezar.

Y de pronto, como ella sabía que ocurriría, vio un nuevo mensaje anónimo procedente del mundo que había dejado atrás. Era una foto de una cama sin hacer y entre las sábanas revueltas había un cuchillo curvo y resplandeciente. **Cuidado, Rose,** decía el comentario.

Capítulo 64

No pensó que el mensaje fuera a alterarla tanto. No había sido un ataque físico. Pero, mientras se recogía el pelo en dos largas trenzas, se fijó en que le temblaban las manos. ¿Cómo iba a conseguir evitar que su antigua vida estropeara la nueva?

Poco después llegó el momento de subir al escenario.

Salió con sus incómodas botas, saludando y sonriendo, mientras el público aplaudía y algunos se levantaban del asiento. Haces de luz azul y morada caían sobre el escenario desde el puente de luces cuando puso la mano sobre el micrófono, la guitarra colgando de su correa bordada. Abrió la boca para saludar a su público, pero no salió ningún sonido.

AnnieLee carraspeó, tratando de calmar el súbito miedo. Sentía como si hubiera salido de su cuerpo y flotara por encima a un lado, observando su cuerpo pequeño allí solo, en mitad de aquel escenario tan grande.

«Pobrecilla, qué situación tan chunga», pensó.

Soltó el micro y puso las manos encima de la sólida madera de su guitarra. Tocó un sonoro y brillante acorde para hacer el ruido que no podía emitir con la boca. Unos

347

pocos más: mi, fa sostenido 5, sol 5, sol sostenido 5 y la. Entonces abrió la garganta de nuevo y esta vez sí que pudo hablar.

—Hola, Salt Lake City —saludó—. Perdonadme por este problemilla, creo que se me ha quedado atascada una patata frita en la garganta. —Sonrió de oreja a oreja—. Supongo que es uno de los peligros de salir de gira. Nivel leve de deshidratación constante y un verdadero exceso de patatas fritas. —Notaba que la voz le temblaba ligeramente—. Pero ya se me ha pasado. Y ahora me callo y empiezo a tocar.

Empezó a tocar la introducción de *Driven* sin poder dejar de preguntarse si el público se daría cuenta de que le temblaban las piernas. Cuando llegó el momento de cantar, se dio cuenta de que le costaba recordar la letra. Se comió la segunda estrofa y se quedó igual de sorprendida que el resto al comprobar que la canción duró dos minutos.

—Bueno, la he escrito yo, así que supongo que me está permitido hacerle pequeños cambios de vez en cuando, ¿no creéis? —dijo, fingiendo que no pasaba nada.

Pero tenía un nudo de miedo en el pecho. Y sabía que, cuanto más se tensara, más errores cometería. Había trescientas personas en aquella sala que habían pagado por verla y no podía decepcionarlas. Tenía que encontrar la manera de fluir.

«Ellos no quieren ver cómo te equivocas, así que no dejes que pase», pensó.

Punteó el inicio de *Firecracker*.

Firecracker, I heard you callin' me
Firecracker, that suits me to a T

La canción tenía un ritmo rápido y notó que cogía carrerilla.

I'm full of fire and passion, wound tight and aim to please
But if you want to play with fire, be mindful and take heed
Standin' up for who I am and all that I believe

Cuando terminó la canción, las piernas habían dejado de temblarle y la voz sonaba nítida y fuerte. Pero seguía sintiéndose vulnerable. Expuesta. El público estaba de su parte, se lo había ganado, al menos hasta que volviera a cagarla, pero no podía abusar de su energía.

Miró hacia la izquierda del escenario, donde Ethan esperaba detrás del telón. No lo veía, pero sabía que estaba ahí.

Él siempre estaba ahí.

Y en ese momento necesitaba que estuviera aún más cerca.

Le pidió que saliera al escenario, justo lo que le había prometido que no volvería a hacer, al menos sin avisar. Lo vio salir arrastrando un poco los pies, con paso más que reticente, y lo animó a acercarse.

—Lo siento —susurró—. Pero te necesito de verdad.

Él asintió con la cabeza gacha, concentrándose en lo que le decía.

—Vamos a cantar *Love or Lust* y vamos a hacerlo en el mismo micro, ¿de acuerdo? —Lo miró con expresión suplicante—. No quiero estar sola aquí arriba esta noche.

Ethan le tocó suavemente el codo, un roce nada más.

—Entonces, no lo estarás.

Y se quedó tan cerca de ella que sentía el calor que despedía su cuerpo a su izquierda, y sus voces se convirtieron en instrumentos que tocaban juntos.

Love or lust
Do we doubt, do we trust?
Whatever it is, it's stronger than us

Los dos notaron el cambio que se produjo en el ambiente mientras cantaban. El público guardó silencio. Estaban presenciando algo casi demasiado íntimo: dos personas cantando juntas y diciéndose esas palabras el uno al otro, a solas delante de cientos de desconocidos. Dos personas que todo el mundo diría que estaban tan enamoradas que no se podía describir con palabras.

Aunque habían ensayado la canción cien veces en habitaciones de hotel y en escenarios vacíos, jamás lo habían hecho de aquella manera.

Cuando la música terminó, el aplauso fue tan sonoro y largo que los dos se quedaron allí parados, sonrojados e incapaces de decir nada entre aquel ruido abrumador.

Al final, AnnieLee se volvió hacia Ethan.

—Gracias —dijo moviendo los labios sin emitir sonido.

Él le tomó la mano y depositó en ella un beso. Y abandonó el escenario.

Capítulo 65

Para cuando llegaron al hotel, AnnieLee era una mezcla delirante de agotamiento y exultación. La actuación había estado a punto de terminar en desastre, pero había conseguido salvarla. No había dejado que las amenazas de su pasado la arrastraran al fondo.

Sin embargo, de repente se quedó callada, tímida casi, mientras subían juntos en el ascensor. La razón por la que la actuación había funcionado era que había pedido a Ethan que la acompañara en el escenario, no tenía ninguna duda. No le importaba admitir que la había salvado; no tenía un ego tan grande como el de Kip Hart. Pero, si rascaba un poco la superficie, se vería obligada a reconocer que no había sido por la canción que habían cantado juntos. Tampoco por la letra ni por lo bien que sonaba cuando armonizaban melodías por terceras. Era por la forma en que cantaban juntos. Era como si se abandonaran a sus sentimientos mutuos y no les importara nada más, ni siquiera el público.

¿Cuáles eran exactamente sus sentimientos hacia Ethan Blake? No estaba preparada para pensar en ello en ese momento, y mucho menos para hablarlo con él.

Pero, mientras abrían las puertas contiguas de su habitación, AnnieLee se volvió hacia él.

—¿Quieres entrar a tomar algo?

Él no se lo pensó siquiera.

—Creo que me lo debes, ¿no te parece?

—Sí, te lo debo —dijo ella asintiendo con la cabeza.

Entraron en la habitación, que era igual que todas las habitaciones de hotel en las que se habían hospedado: muebles de madera oscura, cama de dos por dos y televisión gigante. AnnieLee se quitó las botas de un puntapié y abrió el minibar.

—¿Qué te apetece beber esta noche?

Oyó que Ethan se quitaba la chaqueta detrás de ella.

—¿Hay whisky?

—Por supuesto —dijo ella cogiendo las seis botellitas de una vez—. ¿Vas a buscar hielo?

Mientras él iba, ella sirvió dos botellitas de Jack Daniel's en cada vaso y se quedó delante del espejo mirándose a los ojos.

«No dejes que esto llegue demasiado lejos», se dijo.

Se lavó la cara en el cuarto de baño, se quitó los pendientes y se recogió el pelo en un moño alto.

Cuando salió del baño, se encontró a Ethan sentado en la cama. Debió de notar su sorpresa, porque se apresuró a decir:

—No es una indirecta ni nada de eso, pero es que no hay sofá. —Levantó el vaso, ahora con hielo, y brindó—. Salud. Al final ha salido muy bien la actuación.

AnnieLee entrechocó su vaso.

—Gracias a ti sobre todo. —Dio un sorbo y sintió un escalofrío. Seguía sin acostumbrarse al alcohol fuerte.

—No digas tonte…

—No te subestimes —lo interrumpió—. Me has salvado.

Ethan dejó el vaso y metió las manos entre las rodillas. De repente él también parecía tímido. Avergonzado incluso.

—Solo he hecho mi trabajo.

—Haces el trabajo de diez hombres —lo corrigió ella—. Y no sé si sabes lo mucho que significa para mí.

Nunca le había hablado de forma tan directa. Ethan se miró las manos. Y entonces se levantó de un salto y sacó la guitarra del estuche.

—¿Cuándo fue la última vez que cambiaste las cuerdas?

Ella se tumbó en la cama y se quedó mirando la horrible lámpara. «Muy bien, deja que cambie de tema», pensó. No estaban acostumbrados a sincerarse de esa manera. No le extrañaba que lo hubiera dejado tan descolocado. Ella también lo estaba.

—No las he cambiado nunca —dijo ella, mirando al techo—. Me encontré esa guitarra en un armario en casa de Ruthanna y empecé a tocar con ella.

Vio por el rabillo del ojo que Ethan la miraba como si le faltara un tornillo.

—Es una guitarra magnífica, pero a saber cuánto tiempo tienen las cuerdas. Se te podría haber saltado una en plena actuación. Hay que cambiarlas. —Se puso a rebuscar en la gigantesca bolsa bandolera que llevaba a todas partes desde que habían empezado la gira. En ella guardaba botellas de agua, aperitivos, púas, pilas y, al parecer, un juego nuevo de cuerdas Martin—. Yo me ocupo.

AnnieLee se incorporó.

—¿Quieres otro?

—No te diría que no.

Ella miró su propio vaso, más vacío de lo que creía. Pensó que también podía servirse otro para ella de paso.

Se puso a zapear en la tele mientras Ethan cambiaba las cuerdas; este se levantó cuando terminó y empezó a dar vueltas por la habitación, buscando algo que reparar.

Ella apagó la tele.

—Hay una telaraña en ese rincón —le dijo en broma.

—¿Qué? —preguntó él, mirándola sin comprender.

—Parecía que estuvieras buscando algo que hacer.

Él se rio.

—Perdona. No suelo estar mucho rato sentado, menos cuando voy conduciendo, claro.

—Inténtalo —dijo ella con un susurro. Bebió otro sorbo. Seguía sin agradarle el sabor, pero sí le gustaba la capacidad que tenía de suavizar el aspecto de las cosas. Sentía las extremidades flojas y de pronto dejó de preocuparse por lo que pudiera suceder.

Dio unas palmaditas en la cama, a su lado. Ethan esperó un momento y, al final, se sentó. No demasiado cerca, pero tampoco muy lejos.

Algo estaba a punto de cambiar, AnnieLee lo notaba. A su lado, él no se movía. Ella se acercó por encima de la cama. Se detuvo como un saltador en el borde de la plataforma de clavados. ¿Iba a hacerlo?

Iba a hacerlo. Le puso la mano en la pierna y la cabeza en el hombro. Oyó que él inspiraba bruscamente.

—Tengo que contarte una cosa —dijo Ethan.

Capítulo 66

Ethan soltó el aire despacio y de forma uniforme.

—Estuve casado.

Dejó que la frase flotara en el aire un momento, que aquellas dos pequeñas palabras llenaran la habitación.

—Éramos jóvenes, demasiado, pero nosotros no lo veíamos. Estábamos seguros de lo que hacíamos. Pensábamos que lo sabíamos todo. —Movió el vaso, haciendo girar los hielos con un tintineo—. Se llamaba Jeanine Marie. Todo el mundo la llamaba Jeanie.

Se atrevió a mirarla. En sus ojos había una mirada lejana, como si tratara de imaginárselo en ese otro tiempo. Parecía que había pasado mucho, pero él seguía teniendo una imagen clara de sí mismo con diecinueve años y locamente enamorado, con Jeanie a su lado, resplandeciente con el vestido de novia de su madre el día que se casaron en una playa de Carolina del Norte.

Seguía resultándole fácil recordar aquellos primeros días. Le contó a AnnieLee que vivían en una casita de ladrillo de dos habitaciones en una calle tranquila en Fort Bragg. La vida en una base militar no era tan distinta de la vida en una pequeña ciudad normal y corriente. Le gustaban la comunidad, la rutina y la sensación de tener un propósito en la vida. Incluso le gustaba cuando tenían que salir antes del amanecer para entrenar, cargados con una pesada mochila. Pero, sobre todo, le encantaba volver a casa, con Jeanie, por la noche.

Le pareció que AnnieLee se estremecía levemente de dolor al decir eso, pero era la verdad y se la tenía que contar.

—Pero un día tuve que incorporarme a una misión fuera de casa y, de repente, nos separaban miles de kilómetros y siete horas de diferencia horaria, y llevábamos vidas completamente distintas. Ella entrenaba en el gimnasio y jugaba al póquer con las mujeres de los otros militares, mientras que yo me pasaba el día sudando a más de cuarenta y cinco grados y vigilando por dónde iba por si aparecía algún francotirador, siendo testigo de cómo algunos compañeros recibían heridas, morían o perdían la cabeza.

Hizo una pausa. Podía perderse en ese agujero del combate si quería; era profundo. Pero no había whisky suficiente en todo el estado de Utah para hablar de eso y, además, de su mujer. Era demasiado dolor para una sola noche. Así que se centró en Jeanie.

—Se buscó a otro mientras yo estuve fuera —continuó—. Uno con un rango superior al mío. Me puse furioso. Y cuando regresé no hacíamos más que discutir. —Notó que apretaba los puños—. A lo mejor debería haber dejado que se fuera y ya está. Pero pensé que podríamos arreglarlo. Creía en lo que dije el día que nos casamos, ya sabes, hasta que la muerte nos separe.

La miró. No había manera de endulzar aquello.

—Y optó por la muerte.

AnnieLee inspiró sobresaltada.

—Sigue —susurró.

—Era invierno. De noche, no demasiado tarde. Recuerdo que oí el toque de corneta, que siempre sonaba a las nueve, pero ya estaba borracho. Iba paseando por el barrio, mirando las ventanas iluminadas en medio de la oscuridad y pensando en las parejas felices que vivían en aquellas casas. Y allí estaba yo, helado y solo, recorriendo las calles como un perro callejero. Pensaba que había construido una vida para nosotros, pero todo se había ido desmoronando cuando yo no estaba allí para mantenerlo unido.

Bebió otro sorbo de whisky.

—Cuando llegué a casa aquella noche, la puerta de atrás estaba abierta. Jeanie estaba en la cama, pensé que durmiendo. Intenté despertarla para decirle que lo sentía. Que podía irse con ese otro hombre si era lo que necesitaba. Que yo solo quería que fuera feliz.

Le dolía la garganta de solo contarlo. Pero sabía que no iba a llorar. Ya había llorado suficiente.

—Pero estaba muerta.

—Ay, Ethan —dijo ella.

Alargó los brazos hacia él, pero este se apartó. La historia empeoraba y sabía que la expresión que veía en su cara pasaría de la lástima a la sospecha.

—La habían estrangulado —dijo sin más—. Y dos días más tarde me arrestaron por asesinato.

—Ethan, yo...

Pero no quería escuchar lo que fuera a decir. Tenía que contarle toda la historia.

—Estuve seis meses en la cárcel hasta que se celebró el juicio. No tengo palabras para decirte lo horrible que era pensar que pudieran declararme culpable de matar a la mujer que amaba. Era peor que la guerra, peor que la muerte de mis padres, peor que cualquier cosa que pudiera imaginar.

—Pero… pero ¿te absolvieron? —preguntó ella con un susurro.

Ethan sonrió con gesto adusto.

—Sí, o ahora no estaría aquí. Pero el caso no se resolvió. Y yo no pude quitarme de encima aquel… estigma. La gente ya no me miraba igual después de aquello. Y tenía la sensación de que toda mi vida se había acabado. —Bebió otro sorbo—. Supongo que me sentía así porque fue lo que pasó. Como si me hubiera caído una bomba encima. —Ethan se levantó de la cama y fue hacia la puerta. Iba a marcharse antes de que ella se lo pidiera—. Así que eso era lo que tenía que contarte. Pero ya me voy.

—No —dijo ella levantándose y poniéndose a su lado. Le cogió la mano. Era muy pequeña, poco más que la de un niño. Pero sus dedos eran cálidos y fuertes y apretaron con fuerza los de él—. Ya lo sé —prosiguió—. Quiero decir que… ya lo sabía.

Él la miró atónito.

—¿Qué? Pero ¿cómo?

—Ruthanna me lo contó —respondió ella buscando una reacción en sus ojos—. Lo siento. Sé que no le correspondía contármelo, pero yo se lo pedí. Le pedí que me contara de dónde venías.

Ethan no sabía si sentirse aliviado o furioso. ¿Cómo podía Ruthanna haberle contado…? ¿Y cómo podía haber fingido AnnieLee que no sabía nada?

—¿Y no te importa?

—Pues claro que me importa —respondió ella—. Me importa mucho, porque te ocurrió algo horrible. Y fue aún más horrible lo que le ocurrió a ella. Lo siento mucho, Ethan. Sé que uno nunca se repone de algo así. —Le puso la mano libre en el corazón—. Pero eso no iba a alejarme de ti.

Capítulo 67

Ethan se apartó de la puerta.

—A lo mejor es hora de que tú me cuentes tu historia —dijo en voz baja.

AnnieLee apartó las manos como si él quemara de repente. Se dio la vuelta y se dirigió tambaleándose al cuarto de baño, donde se lavó la cara. ¿Lo de las revelaciones era un toma y daca? ¿Así era como creía que funcionaban las cosas? ¿De verdad quería que se pusiera a sacar a la luz la mierda apestosa de su pasado?

No iba a hacerlo. No podía.

«Quien dijo que el tiempo cura todas las heridas es un gilipollas», pensó. Las suyas seguían allí, enterradas bajo tejido cicatricial y negación. Ethan también tenía sus cicatrices, seguro. Pero las suyas eran mucho peores.

¿Dónde estaba su maldito whisky?

«En tus tripas, ahí es donde está. Por eso tienes el vaso vacío», se dijo.

No sabía cuánto había bebido, pero mucho. No quedaba más whisky en el minibar. Echó mano del ron.

«Por si acaso», pensó.

Se irguió y lo miró.

—Tiene gracia —dijo—. Podrías pensar que las cosas no pueden ser más feas, pero siempre se las arreglan para serlo.

Ethan frunció el ceño, confundido.

—¿Te refieres a esto? ¿A ahora? ¿A nosotros? —Le quitó la botella de la mano con suavidad y la dejó sobre la cómoda. AnnieLee no protestó.

—No —respondió—. Me refiero a mí. A mi pasado. —Se dejó caer en la cama. Estaba exhausta y lo único que quería era dormir. Pero Ethan se había sincerado con ella y sabía que tenía que darle algo a cambio. Y nunca iba a resultarle fácil. Pellizcó nerviosa el edredón—. Supongo que tendría que decirte que no soy de Tennessee —empezó—. No había puesto un pie en el estado hasta que llegué la primavera pasada. Así que, por si no es obvio, Old Mud Creek no existe. Y Little Moon Valley tampoco, aunque me parece un nombre tan bonito que me gustaría que existiera. La verdad es que vivía en lo alto de un monte, no en un valle. No había más que árboles por todas partes y un arroyo que desembocaba en el río Little Buffalo. —Cerró los ojos—. Tengo que beber agua.

Oyó que Ethan salía de la habitación y al momento notó que le tocaba el brazo.

—Toma, bébetela toda —dijo.

AnnieLee se incorporó, abrió los ojos y cogió el vaso.

—¿Cuánto me va a doler la cabeza mañana? —preguntó.

—Pues depende —contestó Ethan—. Continúa.

—¿Por dónde iba?

—Me estabas contando dónde creciste. Ahora ibas a decirme cómo fue tu niñez.

AnnieLee encontró un hilo suelto en el edredón y empezó a tirar de él.

—Te va a sonar muy familiar, pero las cosas son como son. No puedo convertirlo en una canción inteligente. Créeme, lo he intentado. —Se levantó y empezó a caminar de un lado a otro de la cama—. Mi padre nos abandonó cuando yo tenía siete años. Cualquiera diría que lo abdujeron los alienígenas por la forma en que desapareció. Lo dejó todo: sus herramientas, su guitarra, la moto que iba construyendo con piezas sueltas... Joder, si encontraron su coche a más de trescientos kilómetros de distancia, en Texarkana, así que supongo que también lo abandonó. —Miró la botellita de ron que estaba en la cómoda, pero se lo pensó mejor—. Era demasiado pequeña para comprender el duelo, ¿sabes? O puede que simplemente no me acuerde de si lloraba por él por la noche. El caso es que mi madre volvió a casarse y las cosas fueron bien unos años. Pero Clayton, mi padrastro, empezó a portarse mal. Por entonces ya tenía dos hermanastras que corrían por ahí descalzas y sucias, y me tocaba a mí impedir que se perdieran en el bosque o que se ahogaran en el riachuelo. Yo tenía dieciséis años cuando Clayton decidió que también me correspondía a mí educarlas, porque, según él, el colegio nos iba a corromper. —Se soltó el recogido y volvió a hacérselo—. De todos modos, él tenía bastante claro que ya nos habíamos corrompido y pensó que la mejor manera de limpiar nuestros pecados era sacárnoslos a golpes.

No mencionó que el único culpable de algo en la familia era él. ¿No era lo que ocurría siempre?

—¿Y dónde pasó todo eso?

—¿Importa acaso? Este tipo de cosas ocurren en todas partes. —Se tumbó boca arriba en la cama—. Arkansas. Condado de Caster. Joder, prefiero comerme dieciséis cubos de gorgojos a volver allí aunque solo sea un día. —Suspiró—. Pero puede que tenga que hacerlo en algún momento.

Se quedó mirando el techo otra vez. ¿Le bastaría con ese trocito de su pasado? Estaba cansada y borracha y no quería hablar más.

—Lo entiendo —dijo él en voz baja—. Pero sigo teniendo dudas, AnnieLee. Me pregunto cómo lograste escapar y cuándo, y si es posible que alguien de allí esté intentando recuperarte.

Ella cerró los ojos de nuevo y los apretó.

—No puedo hablarte de esa parte. Aún no. Puede que nunca.

Capítulo 68

Eso era todo lo que iba a contarle y le alivió comprobar que Ethan no la presionó para que continuara. En su lugar, se levantó, la besó en la mejilla y le dio las buenas noches. AnnieLee se quedó frita al momento, con la ropa puesta, y ni siquiera se metió debajo del edredón.

Se despertó tarde y bajó dando tumbos al comedor para tomar el desayuno continental que entraba en el precio de la habitación. Le dolía mucho la cabeza, así que no se quitó las gafas de sol mientras se servía un cuenco de copos de maíz.

Ethan, que claramente llevaba varias horas levantado, la miró con expresión comprensiva cuando se sentó frente a él.

—¿Qué tal estás?

Ella se apretó las sienes con los dedos.

—Como si me hubiera golpeado un tráiler y luego me hubiera arrastrado por la carretera para tirarme finalmente por un acantilado —contestó.

Ethan empujó una taza de café hacia ella.

—He pedido que lo hicieran bien cargado. Te ayudará.

Se lo agradeció y dio un sorbo. Estaba caliente, amargo y delicioso.

—También voy a necesitar agua —dijo—, y una carretilla de ibuprofeno.

Ethan hizo ademán de levantarse.

—Tengo en la furgoneta. Voy a buscarlo.

Ella intentó decir que no con la cabeza, pero tuvo que dejarlo, porque le dolía demasiado.

—No pasa nada. Me lo tomaré por el camino.

—Ya me he ocupado de los trámites de la salida. En cuanto nos pongamos en camino, llegaremos a Las Vegas en siete horas.

Siete horas. Se le hacía un nudo en el estómago solo de pensarlo. Las Vegas, la última actuación y la más multitudinaria con mucho. AnnieLee se quedó mirando los cereales, pero, en vez de copos de maíz empapados flotando en la leche desnatada un poco azulada, veía una multitud de gente entrando en un estadio inmenso. Veía un escenario vacío y a sí misma esperando en un lateral, sintiéndose torpe y tímida; le sudaban tanto las manos que casi no podía sujetar la guitarra mientras las letras escapaban de su cabeza como pájaros que acabaran de liberar de una jaula.

Bajó la cuchara y lo miró.

—Estoy petrificada.

Él alargó la mano por encima de la mesa y cogió la suya.

—Conozco bien la sensación —dijo Ethan, entrelazando los dedos con los de ella—. La llevo encima desde hace mucho.

Pero él no parecía el tipo de hombre que tuviera miedo.

—¿Desde cuándo?

—Desde que estuve en aquella celda, si no antes.

—¿Y qué hicisite? —lo apremió ella—. ¿Cómo la controlaste?

—Cuando iba al juzgado, me decía: «Nada puede salir mal hoy, porque todo se ha ido a la mierda ya». —Le soltó la mano y le dedicó una sonrisa pequeña y triste—. Pero esa forma de pensar no tiene por qué adaptarse a todas las personas, AnnieLee. Solo ayuda a aquellos que han sufrido más de lo que creen que pueden soportar.

Ella inspiró y dejó salir el aire despacio.

—Puede que yo sea una de esas personas —susurró.

—Creo que ya me lo imaginaba.

Capítulo 69

Tanto el estado de ánimo como la resaca de AnnieLee mejoraron a medida que avanzaban hacia el suroeste bajo un vasto cielo azul desprovisto de nubes. Encontraron una cadena de radio que emitía por satélite y solo ponía country clásico, y pararon a estirar las piernas cada pocas horas y a repostar en una gasolinera donde vendían golosinas al peso como las de antes. Ethan compró una bolsa de caramelos de café con leche y AnnieLee comió tanto regaliz que se le puso la lengua de color verde negruzco.

Llegaron a Las Vegas al anochecer. Cruzaron despacio el bulevar conocido como el Strip en la furgoneta mientras ella sacaba medio cuerpo por la ventanilla para hacer fotos a los carteles de neón, los gigantescos rascacielos y la marea de gente que llenaba las aceras. Pasaron junto a una torre Eiffel, una estatua de la Libertad y un cartel led de cuatro plantas de altura en el que se anunciaba el BUFÉ DE LOS BUFÉS, «sea lo que sea eso», gritó exultante. No podía creer que existiera un lugar como aquel, y menos aún en mitad de un desierto polvoriento.

—Ten cuidado —le advirtió Ethan—. Pareces un spaniel de esos asomándote así por la ventana.

Indignada, metió la cabeza, pero, antes siquiera de protestar por la comparación, Ethan empezó a cantar *Ooh Las Vegas*.

No se parecía a Gram Parsons, pero AnnieLee se le unió con la armonía vocal de Emmylou Harris y fueron cantando hasta más allá de la enorme pirámide negra del hotel Luxor, pasando por delante de una bailarina que hacía su danza sensual delante de un abuelo abochornado fuera del Mandalay Bay y de un grupo de damas de honor con boas de plumas de colores brillantes dando saltos por la acera como un puñado de Dorothys borrachas paseando por Oz.

Llegaron por fin al extremo sur del largo bulevar y Ethan dio la vuelta para señalarle el icónico letrero de BIENVENIDO A LA FABULOSA LAS VEGAS, que brillaba como un faro contra el cielo azul oscuro.

—La única vez que he fumado fue aquí, en Las Vegas —dijo él pensativo mientras regresaban al hotel.

AnnieLee se apartó el pelo revuelto de los ojos.

—¿Habías estado aquí antes?

—Solo una vez —contestó él—. Perdí un montón de dinero, me puse malo de tanto comer en el Emperor's Buffet y me acosó una prostituta. Terminé borracho en un bar cutre con un montón de tíos vestidos de Elvis, y eso es lo último que recuerdo.

—Parece... divertido —dijo ella.

Ethan soltó una carcajada.

—No exactamente. Sin embargo, este viaje sí me da buenas vibraciones —dijo cuando se detenía en el hotel Aquitaine—. Para empezar, el presupuesto no es tan bajo como entonces.

Le dio las llaves de la furgoneta al aparcacoches, y un botones vestido como un lacayo francés descargó el equipaje. AnnieLee observaba a la gente que pasaba por delante del hotel mientras Ethan entraba a hacer el registro. Cuando volvió a salir, le hizo una reverencia burlona.

—¿Señorita? —dijo ofreciéndole el brazo—. *Allons-y!*

—¿Y eso qué quiere decir?

Ethan soltó otra carcajada.

—Significa «Vamos», o eso me han contado. La mujer de la recepción me ha dicho que te dejaría impresionada.

—Desde luego, tenía razón —dijo ella—. Te veo desde una perspectiva totalmente diferente ahora que sabes decir dos palabras en francés.

—¿Y si te digo que también he reservado mesa para cenar?

—Aún más impresionante —dijo ella introduciendo la mano en el hueco que formaba el codo de él, y echaron a andar calle abajo.

En un bistró que parecía salido de *Moulin Rouge* se atiborraron de carne, ensalada y vino tinto, que les sirvieron en unas copas tan grandes como una pecera. No hablaron de cosas serias ni mencionaron siquiera la charla que habían dejado a medias ni la actuación que les esperaba. AnnieLee estaba cansada y empezaba a ponerse nerviosa otra vez. Le pareció que lo mejor que podían hacer después del suflé de chocolate que tomaron de postre era irse a la cama.

—Tenemos que pasar por un sitio antes —dijo él. Pagó la cuenta y la condujo por la acera hasta que llegaron a un plácido estanque delante del hotel Bellagio.

AnnieLee no entendía por qué querría Ethan enseñarle aquello, pero podía admirarlo si él quería que lo hiciera.

—Es bonito —dijo con amabilidad.

—La gente tira monedas ahí dentro. Doce mil dólares en monedas cada año —dijo él.

—Esos son un montón de deseos —repuso ella—. ¿Qué crees que pide toda esa gente?

—Ganar al *blackjack,* lo más seguro —respondió él.

—Pues anda que no hay mejores deseos —dijo ella—. ¿Tienes una moneda?

Ethan se metió la mano en el bolsillo y sacó una. AnnieLee la escondió en el puño cerrado hasta que la moneda entró en calor al contacto con su piel. Estaba pensando en qué pedir cuando oyó lo que parecía un repique de campanas. Se volvió hacia él.

—¿Y eso qué es?

—Ahora lo verás.

Un momento después, los envolvió un murmullo sonoro que salía por los altavoces colocados por todo el perímetro del estanque y empezó a sonar a un volumen atronador la apertura sinfónica de *Luck Be a Lady.* Segundos más tarde, cientos de sinuosos chorros de agua salieron disparados hacia el cielo al ritmo de la música. Iban y venían dibujando ondas y espirales.

—El baile de las luces —dijo él.

AnnieLee se echó a reír, inclinándose hacia delante para sentir la bruma fresca en la cara. Los flashes saltaban, el tráfico del bulevar se ralentizó y, a menos de tres metros de distancia, vio que un hombre clavaba la rodilla en

371

el suelo y sostenía un anillo delante de una mujer llorosa con una camiseta de los Red Sox de Boston.

Cuando terminó la música, Ethan rodeó a AnnieLee con el brazo y ella se apoyó contra su hombro.

—Me ha parecido el desperdicio de dinero y agua más hermoso que he visto en mi vida —dijo ella—. Gracias.

—¿Volvemos al hotel?

—Sí. Espera un segundo.

Se incorporó y se acercó a la barandilla del estanque con la moneda en la mano. No pensaba irse sin pedir su deseo, y eran muchas las cosas que anhelaba. Cerró los ojos. ¿Se podrían pedir cinco deseos con una moneda de cinco centavos? Esperaba que sí.

Apretó la moneda una vez más. Pidió que la actuación del día siguiente fuera un éxito. Que Ruthanna estuviera orgullosa de ella. Que siguieran ocurriéndosele letras y melodías el resto de su vida.

Tomó aire profundamente. Aún le quedaban dos.

Pidió que de algún modo pudiera haber un futuro para Ethan Blake y para ella algún día.

Y pidió también poder guardarse para sí sus secretos toda la vida.

Apretó la moneda por última vez y la lanzó al agua.

Capítulo 70

Tras hacer una serie de cien repeticiones de flexiones, abdominales, ejercicios de tríceps con banco, sentadillas y *burpees,* una costumbre que se le había quedado de su entrenamiento cuando estaba en el ejército, Ethan salió de la habitación y fue a por un café al vestíbulo del hotel mientras mandaba un mensaje a Ruthanna, que se suponía que había llegado la noche anterior. Le escribió: Has entrado bien?

No habían pasado ni dos segundos cuando ella lo llamó.

—Buenos días, jefa —dijo él, sujetándose el móvil entre el hombro y la oreja mientras le daba vueltas al café.

—Yoga con delfines —dijo ella indignada—. ¿Te lo puedes creer? El conserje me ha sugerido que aprovechara la «oportunidad única en la vida» de hacer yoga junto a la piscina de los delfines. Creo que debía de estar borracho.

Ethan se rio. Había echado de menos las quejas constantes de Ruthanna, aunque, pensándolo bien, no le había faltado su buena dosis de algo parecido con Annie-Lee.

—¿Vas a probarlo? —le preguntó.

—Estás como una regadera si crees que eso puede ser relajante —dijo ella—. ¡Imagina! Ahí estás tú en tu postura de la montaña con el hocico de Flipper pegado al cristal del tanque mirándote como diciendo: «¡Sácame de aquí!». —Se rio—. Hay que admitir que esta gente de Las Vegas tiene mérito. No dejan de inventarse cosas nuevas para que gastes dinero.

—No me digas —dijo él, pensando en la cuenta de tres cifras que había pagado por la cena de la noche anterior, un descenso que se iba a notar en sus ahorros más de lo que le gustaría. Sabía que Ruthanna se lo pagaría si se lo pidiera, pero no quería—. ¿Cómo te las has apañado para entrar en la ciudad?

—Intenté hacerlo disimuladamente en la oscuridad de la noche, pero se me olvidó que la oscuridad no existe en este sitio —siguió refunfuñando ella—. ¡No te imaginas la que se lio! Cualquiera diría que estaban viendo a los Beatles.

Ethan se imaginaba la marabunta de fans gritando y a la pequeña Ruthanna tratando de pasar entre todos ellos con Lucas, su guardaespaldas, y el dispositivo de seguridad que hubiera reunido antes de salir de Tennessee.

—¿No te ha parecido halagador? Un poquito al menos.

—Sí —respondió ella pensativa—. Pero también me ha dado un poco de… miedo. He perdido la costumbre, Ethan. —Hizo una pausa—. Ya no estoy tan segura de que haya sido buena idea aceptar participar en esta actuación.

Ethan detectó una nota de miedo en su voz.

—Ha sido una gran idea —dijo él con firmeza—. ¿Por qué si no has compuesto todas esas canciones? ¿Para qué si no nos has contratado a mí y al resto de la banda para tocar en tu sótano todas las semanas? No se te ocurra decirme que es porque te gusta la compañía, porque todo el mundo sabe que Elrodd te pone de los nervios.

—Y tú, Ethan Blake —convino ella riéndose—. Tú llevas poniendo a prueba mi paciencia desde que te conocí. —Calló un momento y cuando volvió a hablar lo dijo con absoluta seriedad—. Ver a AnnieLee subir como lo ha hecho, apareciendo de la nada para dejar a todo el mundo boquiabierto… No sé, sentí nostalgia. Me pareció que sería divertido. Pero creo que aún no me estoy divirtiendo.

—Te va a encantar subir al escenario —le aseguró él—. Esta noche va a ser un éxito.

—¿Qué sabrás tú?

Pero Ethan sabía que una parte de ella creía en sus palabras. Igual que AnnieLee, Ruthanna había nacido para aquello. Y, después de cuatro décadas bajo los focos, era una intérprete experimentada y profesional. Tal vez pensara que estaba oxidada, pero iba a cautivar al público.

—Ya lo creo que lo sé —dijo él—. Apostaría a Gladys a que estoy en lo cierto.

—En otras palabras, trescientos pavos, ¿no?

—¡Gladys no tiene precio! —dijo él, fingiendo estar ofendido.

—Claro que sí. Gracias, vaquero. —Ruthanna inspiró hondo—. Mira, quiero que vayas a supervisar el escenario para esta noche.

No tenía que decirle nada más. Sabía que quería que fuera a comprobar el personal y los protocolos de seguridad del pabellón.

—Por supuesto —dijo él—. Luego nos vemos. Después de tu yoga con delfines. Saluda a Flipper...

Ella resopló y colgó.

Ethan se bebió lo que le quedaba de café y salió hacia el pabellón multiusos Aquitaine. El personal de Ruthanna ayudaría al del centro, lo que incluía más de cien guardias de seguridad uniformados y vestidos de calle responsables de registrar los bolsos, cachear a los asistentes y controlar el aforo.

La gerente del pabellón de congresos, una mujer rubia muy eficiente llamada Mary, le aseguró que los accesos al concierto eran limitados y que no se permitiría salir y volver a entrar.

—El pabellón es totalmente hermético —le había dicho.

Los pases vips iban a estar restringidos y nadie tendría acceso a la zona de bastidores de Ruthanna sin pasar por un control de vigilantes armados. Ethan revisó el gigantesco espacio vacío y se lo imaginó lleno de gente.

Lucas, el chófer y guardaespaldas personal de su jefa, se acercó a él y lo saludó con una palmada en el hombro. Pasaba del metro noventa de alto y tenía la cabeza afeitada y reluciente.

—Diez mil asientos —dijo—, todas las entradas vendidas. Los fans no se han olvidado de ella.

—Esperemos que los locos sí lo hayan hecho —dijo él. Ruthanna había tenido su buena ración de acosadores a lo largo de los años, incluido el perturbado mental que había conseguido trepar por la verja de su casa antes de que lo arrestaran. La policía descubrió que llevaba encima cuchillos, bridas y unas esposas. Ethan todavía se estremecía al pensar en lo que aquel hombre le habría hecho si hubiera conseguido entrar en la casa.

Se quedó junto a la barandilla en la fila trescientos y miró hacia abajo. ¿Y si alguna persona conseguía pasar un arma a pesar de la línea de guardias de seguridad? ¿Entraría alguien en el pabellón con intención de hacer daño?

Ruthanna era la verdadera estrella de la noche y la que necesitaba la protección profesional. Entonces, ¿por qué le preocupaba más la seguridad de AnnieLee?

Mary se acercó también, ajustándose el auricular por debajo de su cabello rizado y corto.

—Hemos tenido varias reuniones con el personal de seguridad y hemos revisado las credenciales de la prensa, la zona por la que entrarán y saldrán las cantantes, y qué puertas estarán en uso; hemos bloqueado los puntos por los que la gente podría intentar volver a entrar después de salir, etc. Lo tenemos todo bajo control.

Ethan asintió, consciente de que debería confiar en Mary y en su equipo. Y Las Vegas era una ciudad segura. Todos los hoteles, casinos, clubes nocturnos y teatros contaban con su propio personal de seguridad, y también había policía a pie, en bicicleta y en coche patrullando. No había necesidad de asustarse, ni por Ruthanna ni por AnnieLee.

Recorrió con la mirada el escenario, lleno de técnicos ocupándose de montar proyectores, tarimas y el equipo de la banda. Si aquello fuera una película de Hollywood, el malo ya se habría escondido en el puente de luces, preparado para saltar sobre la protagonista y raptarla cuando se dispusiera a cantar las últimas notas triunfantes.

Pero pensar esas cosas era de locos. La vida tenía sus momentos dramáticos, pensaba, pero estaba claro que aquello no era una película de Hollywood.

Capítulo 71

AnnieLee acababa de salir de la ducha cuando oyó que llamaban a la puerta con suavidad y una educada voz que decía desde el pasillo: «Servicio de habitaciones».

Salió del baño sin hacer ruido envolviéndose en un mullido albornoz blanco, quitó el pestillo de la puerta y se hizo a un lado para dejar pasar a la camarera con la mesita plegable.

—Un millón de gracias. Puede dejarlo junto al sofá.

Mientras se peinaba el pelo mojado delante del espejo, oía que le preparaban la mesa y le servían agua en un vaso.

—*Bon appétit* —dijo la mujer—. *Au revoir!*

—Gracias —gritó AnnieLee—. Y... *au revoir* para usted también.

«Hay que ver lo mucho que les gusta el francés por aquí», pensó.

Con el pelo cepillado y la cara embadurnada con una de las cremas obsequio del hotel, salió de nuevo, cerró la puerta con pestillo y se acercó a la mesa a inspeccionar el despliegue de cosas para desayunar. Bajo un precioso ramito de lilas, había un cuenco con fruta fresca recién cortada, una cesta con bollos de mantequilla y un capuchino al que le habían dibujado una flor de lis en la espuma.

Estaba demasiado cansada para tener hambre, pero cogió un cruasán y se obligó a comérselo mientras caminaba de un lado para otro de la lujosa habitación, repasando mentalmente la lista de canciones que iba a tocar. Abriría con *Driven* y después pasaría a *Dark Night, Bright Future...*

Saber que Ruthanna era la verdadera estrella del espectáculo restaba algo de presión. Pero ambas llevaban semanas sin cantar juntas y el único ensayo que iban a poder hacer antes del concierto sería en menos de dos horas.

The story is old
Has often been told
Of a rich city boy and a poor country girl

Cantó el dueto que tenían previsto, donde ella haría la armonía vocal más aguda y Ruthanna la más grave, y después salió al balcón a que le diera el sol en la cara. Se veía una piscina de agua turquesa reluciente en el bloque de al lado y, detrás, la punta de la torre Eiffel falsa y la noria High Roller. Y más al fondo se extendía el ancho desierto plano... y, casi tres mil doscientos kilómetros más allá, su casita en Nashville.

Por maravillosa que hubiera sido aquella gira, no lamentaría volver a la vida normal, donde podría pasear y componer canciones nuevas y planear lo que haría a continuación. Al fin y al cabo, tenía todo un álbum que componer. ¿Y si los de ACD querían que grabara vídeos musicales? ¿O que fuera a *Saturday Night Live?* ¿O que hiciera una gira conjunta con Luke Combs? Era demasiado para ponerse a pensar en ello en ese momento.

Entró en el dormitorio y puso la tele. Medio escuchando a una pareja joven que trataba de decidir qué supermansión comprarse, abrió por fin la caja que Ruthanna le había enviado a la habitación aquella misma mañana.

Dentro, envuelto en papel de seda de color crema, había un vestido con cuello *halter* de Proenza Schouler de tejido de punto negro metalizado con el cuerpo ceñido y con una falda de varias capas de volantes.

—Ohhh —susurró, poniéndoselo sobre los hombros mientras se miraba al espejo de marco dorado. Aquello estaba muy lejos de sus vaqueros y botas de siempre, pero esa noche era una ocasión especial, ¿no? Estaba claro que Ruthanna se pondría algo deslumbrante y ella no podía salir al escenario vestida con ropa de segunda mano.

«Ya sabes lo que pienso yo sobre "el exceso"...», había escrito Ruthanna en el anverso de la tarjeta que acompañaba la caja.

—¿Qué? —preguntó a la habitación vacía, y miró dentro del sobre de la tarjeta. Del interior cayeron cinco billetes nuevecitos de cien dólares.

«¡Que eso no existe! Mucha mierda esta noche, muchacha. Y ya nos invitarás a unas copas. Con cariño, Ruthanna.»

Sonriendo de oreja a oreja, AnnieLee se guardó el dinero en el albornoz y siguió mirando lo que había dentro de la caja. Sacó unos zapatos de tacón de aguja de quince centímetros con los tacones forrados de relucientes piedras de bisutería.

—Joder, con estos zapatos lo que me va a pasar es que me voy a romper una pierna —dijo soltándolos en la cama para coger de nuevo el vestido. Estaba a punto de quitarse el albornoz para probárselo cuando oyó un ruido que la dejó paralizada.

Un golpe sordo. Había sido suave, pero cerca. ¿Era en la tele? ¿En la habitación contigua, tal vez?

Estiró la mano hacia el mando a distancia y quitó el sonido; la pareja de la pantalla estaba debatiendo sobre el diseño de la cocina en silencio.

El golpe sordo se repitió, y otra vez.

Se dio cuenta de que llegaba del pasillo y suspiró aliviada. Sería gente que pasaba por allí y había tocado sin darse cuenta la puerta de su habitación.

Estaba muy agitada, eso estaba claro. Se tiró encima de la cama y se quedó mirando la lámpara de araña del techo. «Tienes que relajarte un minuto», se dijo.

Empezó a contar las respiraciones cuando captó movimiento por el rabillo del ojo. Una ráfaga veloz de una prenda negra, el brillo de algo metálico. Casi no le dio tiempo a pensar que había alguien dentro porque ya tenía encima a un tipo.

Se sentó a horcajadas sobre su torso y la dejó sin respiración con el peso. Tenía una pistola.

La de ella.

Capítulo 72

El miedo la cegó un instante. Pero entonces reconoció aquel rostro cruel que tanto odiaba. Conocía aquel ceño amenazador y aquellos duros ojos azules. También le llegaba su olor, una mezcla conocida y amarga de sudor y humo de tabaco.

—Tú —espetó él, clavándole la boca de la pistola en el pecho—. Tú, paleta estúpida, pensabas que podrías escapar.

—¡Apártate de mí! —gritó ella.

El tipo le tapó bruscamente la boca con la mano.

—Rose —dijo, negando con la cabeza—, Rose.

—No conozco a ninguna Rose —contestó ella entre los dedos gruesos y calientes.

—¿Eso es lo que vas diciendo por ahí? —siseó él.

AnnieLee notaba que aumentaba la sensación de pánico hasta un punto que rozaba lo insoportable.

—Yo nunca —dijo ella con desesperación—. Yo no pensaba...

Sus pensamientos iban a toda velocidad y el corazón le latía tan fuerte que le golpeaba dentro de las costillas. No sabía qué decir para evitar que le hiciera daño. Tenía la respiración muy agitada.

—¿Qué no pensabas hacer, pedazo de mierda? —dijo él con desprecio—. Yo cuidé de ti y así es como me lo pagas.

AnnieLee abrió mucho los ojos bajo la palma sudorosa. Intentó negar con la cabeza, pero aquella manaza la apretaba demasiado contra el colchón. Quería morderle para que retirase la mano, pero entonces la golpearía.

«O, peor aún, me dispararía», pensó.

El tipo la miraba con cara de pocos amigos, esperando a ver qué respondía, pero ella movió el brazo derecho sobre la cama, buscando a ciegas. Si pudiera alcanzar...

—No iba a decir nada —suplicó. El hombre la presionaba con tanta fuerza que se le clavaban los dientes en los labios. Notó el sabor de su propia sangre y el sudor de él—. Por favor, no diré nada —susurró.

—¿A qué te refieres? Cantas sobre ello.

Ella cerró los ojos.

—Es solo una canción —susurró.

El hombre le clavó la pistola en el pecho. Ella estiró el brazo todo lo que pudo.

Nada.

—Tú me perteneces —dijo—. ¿Recuerdas?

Se estiró un milímetro más y tocó algo... de cuero. El dedo se le enganchó en una tira de cuero.

—Pero no se puede confiar en ti —lo oyó decir.

AnnieLee inspiró hondo y abrió los ojos.

—Tienes razón —siseó agarrando el zapato por la suela y clavando el tacón de aguja en el ojo de su agresor. El tipo gritó de dolor y sorpresa, y ella levantó las caderas con toda la fuerza que pudo y lo desestabilizó. Otro golpe de cadera más y lo tiró de la cama. AnnieLee se levantó a toda prisa y se tiró de la cama, cayendo sobre las manos y las rodillas. Y salió corriendo del dormitorio.

Oyó que el hombre chocaba con algo detrás, medio ciego y loco de furia. Le había hecho daño, pero de poco serviría, porque iba tras ella.

Al doblar la esquina vio que había bloqueado la puerta con un sillón. No le daría tiempo a apartarlo. Gritó de rabia y se volvió hacia el salón.

Echó a correr y estuvo a punto de chocar con el sofá gigante y ridículamente lujoso. Salvó la mesa de centro y oyó otro ruido a su espalda. Por delante solo había una vía de escape.

El balcón y el vacío.

Capítulo 73

Sus ojos chocaron con el sol caliente y cegador. Oía la música que subía desde la piscina, el golpe sordo del bajo como el latido de un corazón en la distancia.

AnnieLee se tropezó y se agarró al marco. Oyó estruendo a su espalda cuando se subió de un salto a la *chaise longue,* que se inclinó bajo su peso, y a punto estuvo de perder el equilibrio, pero se sujetó a la barandilla y pasó la pierna por encima.

El miedo le provocó náuseas y sintió que su coraje flaqueaba.

«No puedo —pensó—. No puedo hacerlo.»

Pero entonces oyó que la llamaba y supo que tenía que hacerlo.

Si iba a morir, ella decidiría cómo. Ni de coña iba a dejar que ese cabrón la matara, y menos aún con su propia pistola.

Estaba encima de la barandilla, posada en el borde como un pájaro. Era hora de echar a volar. En cuestión de nada, o iba a conocer las respuestas a cuestiones como si existía el cielo y si su madre estaba esperándola, o no iba a conocer nada nunca más.

Giró la cabeza y vio que estaba ya cerca, la pistola oculta detrás de una almohada, y de repente casi le entraron ganas de reírse. ¿El que la había llamado paleta estúpida pensaba de verdad que una almohada le bastaría para silenciar un disparo?

Pero esos no eran unos últimos pensamientos razonables, y estaba segura de que eso iban a ser. Dispararía solo una vez y se aseguraía de dar en el blanco.

Solo le quedaba una salida. Se tiró.

El aire seco le azotaba la cara. Oía a la gente gritar, pero ella no podía, porque la voz se le había quedado atascada en la garganta.

Los remordimientos la consumían, feroces como el fuego. «No quería hacerlo, no quería…»

No podía retractarse, pero empezó a agitar los brazos como si eso sirviera para ralentizar la caída. El albornoz blanco ondeaba entre sus piernas.

Abajo esperaba la marquesina de cristal de la entrada del hotel, reluciente a la luz del sol, cada vez más cerca. Todo se acabaría dentro de nada. La caída… y puede que todo lo demás. Relajó las articulaciones, los músculos. Cerró los ojos.

Atravesó el alero de cristal, que se rompió en mil pedazos afilados y brillantes. Un segundo más tarde aterrizó sobre uno de los arbustos de boj que decoraban la entrada del Aquitaine y quedó tendida sobre la alfombra.

Capítulo 74

No sentía ni veía nada. Le pareció como si hubiera salido de su cuerpo y flotara sin sentir ningún dolor. Se preguntaba si estaría muerta y su cerebro aún no lo sabía.

Intentó abrir los ojos y, cuando por fin lo logró, ahogó una exclamación de sorpresa al ver dónde se encontraba. Estaba tumbada en un colchón hundido en una habitación húmeda y mal iluminada. No había edredón ni almohada, solo la cubrían unas finas sábanas. El aire olía a cerrado y a humanidad. Le pesaba demasiado el cuerpo y no podía sentarse. Giró la cabeza hacia la ventana, por donde se colaba la luz de una farola a través de las lamas verticales de la persiana. Una fina columna de humo de cigarrillo ascendía hacia el techo.

«No —pensó—. No, no, no.»

Pestañeó, pero la visión no cambió cuando levantó los párpados de nuevo. Por mucho asco que le diera, ella sabía la verdad. Siempre había estado ahí. Nashville solo había sido un sueño, un lugar cálido y luminoso que había evocado desde el fondo de cientos de noches oscuras de desesperación.

—Maybelle —gritó alargando la mano hacia un lado, aunque no veía nada. Si tenía su guitarra, no estaría sola del todo.

Unas manos fuertes la sujetaron por los hombros, la sacudieron, y entonces abrió los ojos de verdad. Estaba en una habitación llena de luz. AnnieLee pestañeó varias veces. Estaba maravillada. No estaba en un motel sucio. Estaba en una cama de hospital, y un hombre guapo, con barba de varios días, la miraba con la cara pegada casi a la suya.

—AnnieLee —dijo—. Estás bien, AnnieLee. Solo era una pesadilla.

—¿Quién? —dijo ella. Se tocó las mejillas húmedas, pero el hombre le apartó las manos suavemente y las envolvió con las suyas. Entonces supo quién era él y quién era ella, y los recuerdos entraron en una tromba de color y alivio—. ¿He sobrevivido? —susurró. Apretó los dedos de Ethan para comprobar que eran reales—. ¿O estoy en alguna especie de cielo inventado?

Él soltó una risotada áspera, un sonido de completo alivio.

—Te aseguro que esto no es el cielo, AnnieLee. —Miró el vaso de poliestireno humeante—. Si lo fuera, habría por aquí un montón de ángeles y el café sería mucho mejor. —Sonrió de oreja a oreja—. Pero con lo gruñona que eres, no sé si san Pedro te habría dejado entrar. —Nada más decirlo, su expresión se volvió seria y le escudriñó el rostro—. Dios mío, AnnieLee, creía que te habíamos perdido.

—Disculpe, señor —dijo alguien. Una enfermera corpulenta con un uniforme de color rosa fuerte acababa de entrar en la habitación con un tensiómetro de brazo—. Voy a necesitar que me deje a la paciente. Tenemos que ocuparnos de algunas cosas.

Ethan se retiró a la pared más alejada mientras la mujer, que según su placa se llamaba Patience, comprobó la tensión y el pulso, y también le enfocó los ojos con una linterna.

—Parece que todo está bien —dijo—. ¿Juega a la bonoloto?

—Nunca —respondió AnnieLee—. ¿Por qué?

—Porque es la primera vez que veo que alguien sobrevive después de caer desde una altura de cuatro plantas y no se hace más que unos rasguños. Si ha tenido tanta suerte, querida, no parece mala idea ponerla un poco más a prueba. A lo mejor gana un pellizco de esos trescientos millones.

—Ah —dijo AnnieLee—. Ya. —Movió las piernas bajo las mantas, asombrada aún de estar viva. De que aquella habitación y todos los que estaban dentro, ella incluida, fueran reales—. ¿De verdad estoy bien? Creo que no siento los pies.

Patience sonrió.

—Le han puesto un montón de analgésicos en vena porque se ha hecho un corte en el talón y una herida profunda en la pierna izquierda. Pero si alguien me hubiera preguntado qué le ocurrió, habría apostado veinte pavos a que se cayó de la bici.

—*Luck Be a Lady Tonight* —cantó suavemente. Había pedido cinco deseos y sobrevivir no había sido uno de ellos. Era más afortunada de lo que habría creído posible.

—¿Hmm? —dijo la enfermera mientras consultaba el cuadro de la paciente.

—Nada, es solo una canción —dijo ella—. Entonces, si no tengo nada grave, ¿cuándo podré salir de aquí? Se supone que tengo una actuación…

—De momento no —dijo la mujer—. Usted, ahí tranquilita y relajada. Volveré a ver cómo se encuentra dentro de una hora.

Cuando se fue, AnnieLee se volvió hacia Ethan.

—No puedo quedarme aquí.

Él volvió junto a ella.

—No tienes opción. El concierto se ha cancelado y la policía quiere hablar contigo.

Sintió un dolor en el pecho.

—¿Por qué? —consiguió decir.

—Porque te has caído desde una altura de quince metros, AnnieLee, y es un milagro que no te hayamos tenido que despegar del suelo con una espátula. —Suspiró y miró por la ventana y después hacia el pasillo—. Porque creen que alguien te empujó. O que tal vez lo hiciste a propósito.

Ella se sentó en la cama. Notaba que se le aceleraba la respiración. «¿Suicidio? ¿Era eso lo que pensaban que había sido?»

Lo más sencillo, decir la verdad, era imposible. Porque la historia no se detendría con el hombre que se había presentado en su habitación y era algo que no quería contar.

—Me caí. No pretendía quitarme la vida —dijo—. Y, si ese hubiera sido el caso, suicidarse no es delito.

Ethan le tomó la mano de nuevo.

—¿Qué hacías asomándote al balcón de esa forma?

Ella se apartó de él.

—Tengo que salir de aquí. Tráeme mi bolso, mi móvil y algo de ropa.

—No puedes irte.

—¡No voy a irme! —gritó ella—. ¡Solo quiero mis cosas!

Lo dijo con tono cortante y cruel. Quiso pedirle disculpas, pero ya se había ido.

Capítulo 75

Ethan salió al pasillo de mal humor, furioso con Annie-Lee y más agradecido de lo que podría imaginar por que no le hubiera pasado nada y estuviera viva. Cuando regresó del pabellón de congresos y vio que la estaban metiendo en camilla en una ambulancia, había estado a punto de...

—¡Esos modales, Blake!

Se había chocado con Ruthanna, casi irreconocible con aquella peluca morena, unas enormes gafas de sol oscuras y zapatillas de deporte.

—Perdona, jefa —dijo reflexivamente, y, sin saber ni lo que hacía, la agarró y la estrechó contra sí. Notó que ella también le abrazaba la cintura tras un segundo de vacilación—. AnnieLee está bien —dijo, negando con la cabeza de lo sorprendido que estaba—. Está perfectamente.

Ella se apartó y se colocó la peluca con movimientos agitados.

—Gracias a Dios. No he dejado de rezar desde que me lo dijeron. El pobre Jesús debe de estar ahí arriba diciendo: «Que alguien le diga a esta mujer que se calle, por favor». —Se rio nerviosa, retorciéndose las manos con las uñas pintadas de rosa—. ¿Se va a poner bien?

—Sí, pero tiene que quedarse aquí unos días.

Ruthanna se puso seria.

—Ha llamado Jack. Me ha dicho que la historia está ya en Internet. «Una mujer que casualmente se parece mucho a la estrella revelación del country AnnieLee Keyes se cae de un lujoso hotel de Las Vegas.» Eileen está haciendo todo lo que puede para aplacar los rumores, pero esa gente es como los buitres, Ethan.

Pero él se había distraído con el policía que estaba entrando en la habitación de AnnieLee. El hombre dejó la puerta abierta, de manera que oyó que se presentaba como el agente Gates. «Parece que ha salido de la academia hace cinco minutos», pensó.

El agente Gates sacó una libreta y pidió a AnnieLee que le contara lo que había sucedido en el hotel Aquitaine.

—¿No es obvio? —dijo ella con el enfado de antes todavía en la voz—. Me caí del balcón. ¡Debería demandar al hotel!

Gates asintió levemente con la cabeza y gesto circunspecto.

—¿Puede contarme qué estaba haciendo en el balcón? ¿Y cómo… se cayó? La barandilla tiene más de un metro de alto, señora Keyes, y usted no es especialmente alta.

Ella cruzó sobre el pecho los delgados brazos.

—No sé qué tiene que ver mi altura con todo esto, agente Gates.

—Señora…

—Y le aseguro que no soy una señora.

—Discúlpeme —dijo el policía.

Ethan lo miraba y ponía los ojos en blanco en el pasillo. No debían de pensar que AnnieLee fuera un peligro para su propia seguridad o habrían enviado a alguien que supiera lo que hacía, pensó.

—Salí a tomar el aire. A contemplar las vistas. No sé en qué estaba pensando. A ver, trepaba a todas partes cuando era pequeña. Nunca me dieron miedo las alturas. Podía guardar el equilibrio como aquel tipo... ¿Cómo se llamaba? El que cruzó las Torres Gemelas caminando sobre un cable.

—Philippe Petit —susurró Ruthanna al lado de Ethan—. Lo conocí en París —añadió, apretándole el antebrazo con fuerza—. Dice la verdad. ¿A que sí? Ha sido un accidente.

Él se lo pensó con detenimiento antes de responder al recordar la trágica muerte de Sophia. Ruthanna nunca sabría si su hija estaba tan triste por la ruptura con Trace Jones que se quitó la vida en aquella habitación de hotel o si su muerte no fue más que un terrible accidente porque iba borracha.

—No creo que quisiera morir —respondió con amabilidad cubriéndole la mano con la suya.

Ella hundió los hombros, tensos hasta ese momento.

—Eso significa mucho. Tú la conoces mejor que nadie.

«Que no es decir mucho», pensó él.

—Pero no puedo dejar de darle vueltas a una cosa. ¿Y si no estaba preparada y yo la he presionado demasiado? —continuó la cantante—. A veces, lo que creías que era un favor termina siendo la carga más pesada del mundo. Pero, cuando quieres darte cuenta, ya es demasiado tarde y no sabes cómo retractarte… —Calló y lo miró a través de sus gafas oscuras—. No quiero que sea culpa mía —susurró.

—No es culpa tuya. Lo único que hemos hecho ha sido intentar ayudarla. Pero a veces tengo la sensación de que no está acostumbrada a que la ayuden.

Patience, la enfermera que la había atendido antes, se acercó.

—¿Es usted su marido? —preguntó a Ethan.

—Amigo —se apresuró a decir.

—¿Ha notado algún cambio en cómo ha dormido o en lo que ha comido últimamente? —preguntó mientras cerraba la puerta.

—No —contestó él, dándole unas palmaditas tranquilizadoras a Ruthanna en la mano—. Estaba feliz. Emocionada. Le esperan muchas cosas buenas. No creo que quisiera hacerse daño.

«Pero ¿qué trataría de hacer? —se preguntó. La palabra se le ocurrió de improviso, lo pilló tan de sorpresa como una bofetada—. Escapar.»

—¿Señor? —preguntó la enfermera—. Le he preguntado si conoce al familiar más cercano, para ponernos en contacto con él.

Ethan no le hizo caso y se volvió hacia Ruthanna.

—Lo siento. AnnieLee quiere que vaya a buscarle unas cosas, será mejor que lo haga.

Cuando ya se alejaba por el pasillo, oyó que la enfermera le decía a Ruthanna:

—¿La conozco de algo, señora? Me resulta tremendamente familiar.

Ella lo negó con su voz profunda y grave.

—No lo creo, querida, no soy de por aquí.

Capítulo 76

De vuelta en el hotel, el director estaba visiblemente afectado cuando abrió la puerta de la habitación de AnnieLee para que Ethan entrara.

—… estamos conmocionados —decía desde el pasillo—. Ni en un millón de años habría… —Lo miró—. Si podemos ayudar en algo…

—Gracias —dijo él, y cerró sin contemplaciones la puerta en la cara bronceada y preocupada del director. Seguro que el pobre se pensaba que lo iban a amenazar con demandar al hotel. Ethan habría sentido lástima por él si no fuera porque toda la inquietud y la preocupación de que era capaz, hasta la última gota, eran para la exasperante y embriagadora AnnieLee.

Cuando se giró hacia el interior de la suite, notó un subidón de adrenalina. No tuvo que adentrarse más en la habitación para saber que hubo alguien más con Annie-Lee y que ella no había invitado al tipo a entrar.

Olía ligeramente a humo de cigarrillo, cuando AnnieLee no fumaba, y también le pareció percibir el atisbo aún más leve del olor metálico del miedo.

Se apoyó contra la pared y cerró los ojos mientras sentía la cuchillada de una vieja y penetrante angustia. Estaba otra vez en Carolina del Norte, en la habitación donde su mujer yacía estrangulada en la cama. Llevaba el camisón que le había regalado él en su cumpleaños, de seda roja como la sangre.

Inspiró profunda y temblorosamente (uno, dos, tres, cuatro), aguantó el aire dentro (uno, dos, tres, cuatro) y lo soltó (uno, dos, tres, cuatro). Esperó cuatro segundos y lo repitió. La «respiración cuadrada», como la llamaba Jeanie; ella decía que la ayudaba a calmarse cuando estaba muy estresada.

«Ojalá hubiera podido protegerla», pensó.

Se apartó de la pared negando con la cabeza, como si pudiera liberar los recuerdos de su mujer. Seguía echándola de menos, pese a su traición. Pero era hora de preocuparse por una mujer que sí estaba viva.

Avanzó en silencio, aunque sabía que quien había estado allí se había marchado hacía tiempo. El dormitorio estaba al fondo, y el salón, a la izquierda. Fue primero al dormitorio. La cama estaba revuelta, y el edredón, tirado en el suelo. Miró hacia la tele, a la que habían quitado el sonido; estaban saliendo las imágenes grabadas por un dron de una mansión enorme sobre un acantilado. Según lo que decían los subtítulos de las imágenes, podía ser suya por tan solo dieciséis millones de euros.

Un vestido negro con brillo sutil colgaba a los pies de la cama. Lo levantó y calibró el peso del caro tejido mientras leía la tarjeta de Ruthanna: «Ya sabes lo que pienso yo sobre el "exceso"…», y la dejó de nuevo en la cama. Él desde luego que lo sabía.

Y ciertamente explicaba la presencia del zapato que vio en medio de la cama, con un tacón de aguja fino y altísimo y cristales incrustrados que parecía más un arma que una prenda de calzado. No se la imaginaba con esa cosa, aunque estaba claro que Ruthanna esperaba convencer a su protegida de que se los pusiera. Vio el otro zapato del par junto a la pared, como si AnnieLee lo hubiera lanzado hacia allí de mala leche después de probárselo. Se acercó a mirar más de cerca. Parecía... un trozo de piel.

Ethan se quedó inmóvil, aunque el pulso se le había acelerado. Alguien había utilizado aquel zapato como arma.

Lo dejó con cuidado sobre la cama y pasó al salón. Las puertas del balcón estaban abiertas de par en par y la brisa agitaba levemente las cortinas de color claro. Un jarrón con rosas estaba volcado y parte del agua formaba un charquito sobre la mesa de centro y el resto goteaba por el borde sobre la gruesa alfombra de color crema.

Salió al balcón, se agarró a la barandilla y miró hacia abajo. Sintió un vértigo abrumador solo de pensar en tirarse desde tan alto. Vio la marquesina de cristal hecha añicos y el precinto de pasar con cuidado que bloqueaba la entrada del hotel.

Se apartó de la barandilla y respiró despacio otra vez, tratando de calmarse, pero le parecía sentir el pánico de AnnieLee y la sensación le produjo casi un dolor físico.

Alguien había entrado en su habitación, alguien a quien ella le tenía tanto miedo como para preferir tirarse por el balcón antes que hacerle frente. Cobrar conciencia de lo que eso significaba fue como si le dieran un puñetazo en el estómago. Aquella persona no podía ser un fan chiflado, ni un delincuente de poca monta de Las Vegas, ni tampoco un psicópata cualquiera. Era alguien que ella conocía.

¿Sería uno de los hombres de la camioneta negra? ¿El conductor del Impala? ¿O alguien aterrador que no había aparecido hasta ese momento?

Ethan sabía que tendría que llamar a la policía, pero también que, si lo hacía, conseguiría justo el efecto contrario. AnnieLee se pondría furiosa y se revolvería contra todos, evitaría responder a sus preguntas y se negaría a colaborar. ¿Y cómo iba a investigar la policía un delito si su víctima afirmaba que no había sucedido?

Regresó al dormitorio. Ya había jugado suficiente a hacer de detective por un día. En cualquier caso, las respuestas no estaban en el hotel Aquitaine. Las tenía AnnieLee.

Encontró la bolsa y empezó a guardar la poca ropa que encontró sin dejar de preguntarse qué clase de persona llevaba una bolsa de lona pequeña para un viaje de tres semanas.

Alguien acostumbrado a las privaciones y la escasez, esa era la respuesta. A Ruthanna le gustaba bromear con que nunca se tenía demasiado, pero de pronto Ethan comprendió que AnnieLee no creía siquiera en llegar a tener suficiente. Siempre había pensado que llevaba las mismas botas, que le quedaban demasiado pequeñas, y los mismos dos pares de vaqueros porque era supersticiosa y pensaba que le daban suerte. Pero en ese momento se

401

le pasó por la cabeza que los motivos eran otros, mucho más oscuros y tristes.

O bien creía que no merecía más, o bien sabía que era mejor viajar ligera para que, llegado el caso, pudiera cogerlo todo y salir corriendo.

Capítulo 77

—Entonces, ¿estaba bien? ¿Cuerpo y mente, todo bien? —preguntó Jack, sirviéndose otro whisky del minibar de Ruthanna, aunque aún faltaba mucho para las cinco de la tarde.

Ella asintió con la boca llena de chocolatinas finas de marca francesa. A la mierda la dieta baja en hidratos de carbono. En una situación tan estresante como aquella, el cuerpo te pedía trufas o lo que fueran aquellas deliciosas bolitas recubiertas de cacao.

—AnnieLee se mostraba tan impaciente y cabezona como siempre —dijo—. Pero estaba dormida cuando me fui. Creo que quieren hacerle una evaluación psiquiátrica. —Cogió otra trufa y volvió a dejarla. A lo mejor lo más indicado para el estrés era el whisky. O las dos cosas—. Aún no me lo puedo creer. Sigo pensando que alguien vendrá y me pellizcará en el brazo para que me despierte.

—Ojalá —dijo Jack haciendo una mueca mientras se frotaba la frente.

Hacía muchos años que Ruthanna no lo veía tan afectado por algo y dio unas palmaditas en el sofá a su lado.

—Relájate un momento, cariño.

Él se dejó caer pesadamente y apoyó los pies en la mesa de centro.

—Debería estar hablando con la gente de ACD y los del pabellón de congresos, y como con mil abogados y otros tantos burócratas. Pero ahora mismo lo que necesito es un poco de este whisky y agradecer que nuestra dulce niña esté bien.

Ruthanna se giró para mirar el perfil robusto y familiar de aquel hombre. «Nuestra dulce niña.» Era como si AnnieLee fuera de ellos, como si fuera una cría, y la frase la emocionó. Menos mal que tenía a Jack. Estaba muy preocupada por la chica, y verla en aquella cama de hospital, tan pequeña y sola, le había roto el corazón.

¿Habría hecho mal al preparar aquel concierto? Ella sabía que AnnieLee estaba sometida a mucha presión y lo nuevo que era todo para ella. AnnieLee no llevaba tocando desde que era bien pequeñaja, como ella. Aún no tenía la piel lo suficientemente curtida para sobrevivir.

Ruthanna dejó escapar un largo suspiro. Sophia tampoco se había curtido, y, aunque ella nunca había querido ser artista, su vida había sido siempre de interés público. También le había repugnado, y ese había sido uno de los motivos por los que le había parecido irónica su relación con Trace Jones. Al final había conseguido salir de debajo de la sombra de su madre para meterse debajo de la de él a las primeras de cambio.

¿Y si había sido eso lo que la había matado?

El día del funeral, por la mañana, Ruthanna había salido al jardín y se había encontrado con un helicóptero en el césped, tan cerca de ella que había sentido en la cara el viento que levantaban las aspas. El móvil llevaba sonando toda la noche y toda la mañana. Eran los periodistas, que querían saber cómo estaba llevando el duelo, como si tuviera la obligación de compartir con ellos su dolor.

Lo único que tenía que darles era su música, pero después de aquel día ya no pudo hacerlo. La muerte de Sophia, y la fascinación fanática de la gente por lo sucedido, la rompió. Dejó el negocio.

Y en ese momento, años después, Ruthanna volvía y otra chica a la que quería estaba sufriendo. No podría soportar perderla a ella también.

Jack le puso la mano en la pierna y le dio un apretón cariñoso.

—¿Y tú? ¿Estás bien?

Ruthanna trataba de encontrar la respuesta cuando sonó el móvil. Era Ethan.

—Hola, vaquero… —empezó a decir, pero él no la dejó terminar.

—Estoy en el hospital, pero AnnieLee no está aquí. Se ha ido, Ruthanna.

Capítulo 78

Rutahanna soltó el teléfono, que cayó en la alfombra. Jack le frotó la espalda, como si con ello pudiera hacer desaparecer el pánico creciente.

—Esa niña estúpida se ha ido —dijo.

Jack se agachó a por el móvil y se lo tendió.

—Llama al hospital.

—¿Para qué? —espetó Ruthanna, pasando rápidamente del embotamiento a la rabia—. ¿Para preguntarles cómo demonios han dejado que una chica que acaba de darse un golpazo tremendo se les escapara por la puerta de atrás descalza y vestida solo con la bata que les ponen a los enfermos?

—Puedes preguntar si alguien ha visto algo…

—Ethan ya está en ello, Jack —contestó—. Y tú sabes perfectamente lo que ocurriría si llamo. Que me cogería un berrinche de tomo y lomo, y te aseguro que eso no nos ayudaría para nada.

—A lo mejor hace que te sientas mejor.

—Ya, a lo mejor —convino ella—. En cualquier caso, creo que no voy a probar. —Se cubrió la cara con las manos—. ¿Por qué no me quedaría con ella?

—Porque pensaste que estaba segura allí —respondió él con ternura.

—Cierto —susurró. Y saber que se había equivocado le daba ganas de llorar—. Pensé que estaban cuidando de ella. —Cerró los ojos y los apretó con fuerza. Le escocían por las lágrimas. No debería haberse ido; debería haberse quedado junto a AnnieLee hasta que se despertara.

A menos, claro está, que no hubiera estado dormida realmente.

Ruthanna oyó a Jack maldecir.

—Me cago en todo —dijo el hombre.

Cuando lo miró, estaba deslizando el dedo por la pantalla del móvil. Sintió que el corazón le daba un vuelco.

—¿Qué pasa?

Jack le mostró el móvil para que leyera el titular.

AnnieLee Keyes se tira por el balcón de
un hotel de lujo en Las Vegas
[pincha AQUÍ para ver las
DRAMÁTICAS imágenes]
Sospechan que la estrella revelación
quería suicidarse

Ruthanna agarró el móvil y empezo a pinchar en las imágenes, pero, cuando vio la foto borrosa de alguien con un albornoz blanco, AnnieLee en plena caída, dejó el móvil.

—¿Suicidarse? ¡Menuda chorrada!

—Todo con tal de recibir visitas —dijo Jack.

—Y que lo digas —dijo ella con amargura—. ¡Estas webs de cotilleos mienten descaradamente, pero una cosa es decir que tengo una aventura con mi entrenador personal y otra muy distinta contar que mi protegida se ha tirado por el balcón a propósito!

—Estoy seguro de que Eileen está haciendo todo lo que puede —dijo él—. Pero cuando esa gentuza huele sangre…

Ruthanna no tenía intención de leer el artículo.

—¿Dicen que ha intentado suicidarse o que se ha suicidado?

—Depende de la web que leas.

—Tal vez tendría que llamarlos a ellos —dijo furiosa—. «Para que lo sepáis, AnnieLee no tenía intención de tirarse por la ventana, pero sí de desaparecer de la noche a la mañana, así que ya podéis dejar de tocaros las na…»

—Ruthanna —la detuvo Jack poniéndole una mano encima del hombro—. Ya sabes cómo va esto. Publicaremos un comunicado para desmentirlo. «AnnieLee Keyes ha resultado herida en un accidente y se recupera bajo supervisión médica en un lugar que preferimos no hacer público. Necesita intimidad», ya sabes. Es una realidad terrible, pero la agencia de publicidad sigue unos protocolos.

Ella sabía que tenía razón, pero de poco servía, porque no le importaba lo que dijera la gente, lo único que le importaba era que AnnieLee estuviera bien. La llamó al móvil y sonó seis veces antes de que saltara el contestador. No se molestó siquiera en dejar un mensaje.

—Voy a llamar a la policía —le dijo a Jack—. Voy a hablar con alguien que sepa lo que hace de verdad y voy a obligarlos a que la encuentren.

Se puso a caminar de un lado para otro mientras marcaba. Unos minutos después la pasaron con una mujer que dijo que era la agente Tucker.

—Me gustaría denunciar una desaparición —dijo Ruthanna.

—Muy bien —dijo la policía—. ¿Puede decirme cómo se llama la persona desaparecida?

—Se llama AnnieLee Keyes —dijo ella—. K-e-y-e-s.

—Y dígame cuándo fue la última vez que estuvo en contacto con la señorita Keyes.

—Esta mañana.

Ruthanna juraría que oyó exhalar a la otra mujer, como si pensara que estaba hablando con una chiflada.

—Hace unas horas, entonces. Muy bien. ¿La vio en persona? —preguntó la agente.

—Sí. Estaba en el hospital.

Le contó lo que sabía sobre los hechos que habían llevado a la caída de AnnieLee y se percató de que no era gran cosa. ¿Cómo había hecho aquella criatura para caerse por el balcón?

—¿Cree que es un peligro para sí misma? —preguntó la policía.

—No —se apresuró a decir Ruthanna. Lo dijo por cabezonería y lealtad. Pero, en cuanto la agente empezó a hablar, se dio cuenta de su error.

—Si una persona adulta quiere estar sola —dijo la policía— y no desvelar su paradero a su familia y amigos, está en su derecho, señora. Parece que está sometida a mucha presión. Puede que solo quiera tomarse un respiro.

Ella inspiró profundamente.

—Me he expresado mal. Sí creo que está en peligro.

—Muy bien —dijo la policía—. Quiero que me cuente por qué cree usted eso. Pero para tranquilizarla, le diré que más de mil quinientas personas desaparecen diariamente en este país y la gran mayoría aparecen sanas y salvas.

—¡Pero es que ella no se alejaría de todo así porque sí! —exclamó Ruthanna.

—¿Ha preguntado a algún familiar? ¿A sus amigos? ¿Alguien que haya podido estar en contacto con ella después de usted?

Ella inspiró sorprendida. ¿Su familia? ¿Sus amigos? No tenía ni idea de quiénes podrían ser aquellas personas. Estaba intentando encontrar la manera de explicárselo a la agente Tucker cuando oyó que llamaban fuerte a la puerta. Jack fue a ver quién era y volvió al momento con Ethan, que la miró con el rostro ensombrecido por la preocupación.

Ruthanna le señaló con un gesto que se sentara. No lo hizo.

—No, no tengo los datos de contacto —le dijo a la agente—. Pero es vital que la encontremos lo antes posible.

—¿Con quién está hablando? —preguntó Ethan a Jack, y, cuando este le dijo que con la policía, él le quitó el teléfono de la mano—. Gracias por su tiempo —le dijo a la agente—. Volveremos a llamar más tarde. —Y colgó.

Ella se quedó con la boca abierta.

—¿Qué demonios te crees que haces?

—Llamar a la policía no va a servir para nada, Ruth-anna. AnnieLee no quiere hablar con ellos y no confía en ellos. Si ve a un poli, esté donde esté, saldrá huyendo. No sé por qué, pero sé que estoy en lo cierto.

—Entonces, ¿qué? ¿Nos quedamos aquí sentados sin hacer nada? —dijo ella—. ¿Esperamos a que nos llame desde el móvil que se ha dejado y que nos diga que está bien?

—No, Ruthanna —repuso Ethan—. Yo la encontraré.

Capítulo 79

AnnieLee se caló la gorra de béisbol para que le cubriera mejor la cara mientras caminaba por Tropicana Avenue. Había sido casi decepcionantemente fácil salir del hospital sin que la vieran, y, aunque había hecho saltar la alarma de la salida de emergencia al abandonar el hospital, iba ya por la mitad del aparcamiento, escondida detrás de una furgoneta Toyota, cuando el guardia de seguridad asomó la cabeza para ver a qué se debía tanto escándalo.

Agachándose entre los coches, había salido a la calle y, tras caminar unas pocas manzanas, había encontrado una tienda de suvenires llena de accesorios de ropa baratos de Las Vegas. Agarró varias cosas sin prestar atención y se vistió. ¿En qué otro lugar del mundo podría una mujer descalza comprar una gorra, una sudadera y un pantalón de chándal, unos calcetines y unas zapatillas con doscientos dólares que se sacó del bolsillo sin que nadie pestañeara siquiera? Le parecía un milagro.

«O que, sencillamente, estamos en Las Vegas», pensó.

No tuvo que esperar mucho para encontrar a alguien que la llevara en su coche. Las tres chicas que salían de un 7-Eleven con bebidas energéticas y una caja de dónuts sintieron lástima cuando la vieron haciendo autostop con su gran sonrisa y dejaron que se subiera al asiento trasero.

—Tu cara me suena —dijo la que conducía—. ¿Estuvimos de marcha juntas anoche?

AnnieLee la miró con una sonrisa chispeante y falsa.

—Puede —respondió—. No me acuerdo de muchas de las cosas que hice.

—Ni tú ni yo —dijo la otra, poniendo los ojos en blanco—. Me llamo Bella.

—Yo soy Rose —dijo AnnieLee, que inspiró sobresaltada nada más decirlo. No era lo que quería haber dicho.

Ninguna se fijó en lo pálida que se había puesto. Las otras dos chicas, Molly y Taylor, parecían estar sufriendo los efectos de una resaca monumental de la noche anterior, aunque la primera parecía estar borracha aún. Las tres habían llegado desde Nuevo México en dos coches con otras dos amigas, que estaban durmiendo en el hotel en ese momento, «y no solas precisamente», según apuntó Bella con malicia.

Según avanzaban hacia el sudeste por la 93, Taylor, que iba en el asiento del copiloto, puso la cabeza entre las piernas y dijo:

—Para, amiga. ¡Ya!

Bella suspiró y puso el intermitente de la derecha para detenerse en el arcén. Los coches pasaban silbando a toda velocidad mientras Molly se reía y Taylor salía dando tumbos y se doblaba por la mitad agarrándose el estómago.

Volvió al cabo de cinco minutos, limpiándose la boca y roja de vergüenza mientras sus amigas hacían ruiditos comprensivos y trataban de aguantarse la risa. Taylor se echó unos caramelos de menta en la palma de la mano y ofreció a las demás.

—La próxima vez que quiera pedir rusos blancos triples, dame un puñetazo —le dijo a Bella.

No tardaron en ponerse en camino de nuevo. AnnieLee miraba por la ventanilla intentando no pensar hacia dónde se dirigían. La ciudad había quedado tras ellas, ya no la veían, y en el horizonte no había más que colinas marrones salpicadas de arbustos de salvia del desierto. Se miró las manos y se dio cuenta de que estaba temblando.

«¿Qué te crees que estás haciendo? ¿Te has vuelto loca? ¿Qué vas a arreglar con esto?»

La voz de su cabeza le hacía preguntas que no quería contestar.

Sabía que estaba traicionando a todos los que habían sido buenos con ella huyendo de aquella manera. Ruthanna Ryder, que la había tomado bajo su ala y había salido de su retiro para cantar con ella en un concierto que no iba a celebrarse. El amable y sabio Jack, que se había esforzado mucho en construirle un público, y también la gente de ACD, que había creído en ella.

Y también estaba Ethan, por supuesto. Al contrario que el resto, él no tenía nada que perder si ella destrozaba su carrera, pero abandonarlo era lo más difícil.

Recordó la conversación que habían tenido en el hotel de Salt Lake City. Cuando le contó lo que había sufrido en el pasado, ella vio que para él había sido como quitarse una losa de encima, como si la inquietud que siempre lo mantenía en movimiento se calmara de repente. Él habría querido que ella también le confesara sus secretos, probablemente porque sabía que compartirlos sería un alivio para los dos.

Pero ella no podía hacerlo, y ni siquiera podía contarle por qué.

Había intentado imaginarse la explicación. «Tu secreto era algo malo que la gente creía que habías hecho, pero el mío es algo malo que me hicieron a mí. No es la misma clase de secreto.»

Él no lo entendería. Y, si supiera la verdad, jamás volvería a mirarla de la misma forma. Era la clase de cosa que un hombre no podía olvidar.

AnnieLee se tocó la herida de la pierna. El efecto de los calmantes empezaba a pasarse, pero, más que doler, las heridas eran molestas y picaban. Sentía la piel tirante y caliente bajo los vendajes, y los gruesos pantalones mezcla de algodón y poliéster, los primeros de la talla XS que había pillado, no ayudaban. En la pernera derecha se leía LAS VEGAS RAIDERS. ¿Un equipo de fútbol americano? No tenía la menor idea.

Se inclinó hacia delante tratando de ver a qué velocidad conducía Bella. ¿Estaba acelerando? AnnieLee esperaba que fuera a quince kilómetros por hora por encima del límite establecido por lo menos.

—¿Hasta dónde vas? —preguntó Bella. Molly y Taylor parecían haberse quedado dormidas.

—Más lejos que vosotras —contestó alegremente—. Así que os acompañaré hasta donde vayáis. Y yo pago la gasolina la próxima vez que repostemos. —Sus ojos se cruzaron con los de Bella en el retrovisor—. Tengo dinero, lo que no tengo es… coche.

—Estamos encantadas de ayudarte —dijo la otra.

Molly levantó la cabeza, pestañeó adormilada varias veces y dijo:

—Las amigas son lo primero, ¿no?

AnnieLee soltó una carcajada, genuina esta vez.

—Por mí bien.

Capítulo 80

—Conque cien mil kilómetros, ¿eh? —dijo Ethan entre-cerrando los ojos para ver la camioneta aparcada delante de un rancho ruinoso a las afueras de Paradise, en Nevada. Era una Dodge Ram de 2004, de cabina corta y motor V-6, con grúa para remolcar y varios extras innecesarios.

—Sí, así es —dijo el dueño, un tipo flaco, de aspecto nervioso y con una camiseta descolorida del hotel Gol-den Nugget, chaleco de cuero y vaqueros que hacía tan-to que no veían el agua que podrían salir andando ellos solos—. Va como la seda.

La camioneta era más nueva y más bonita que Gladys, pero no poseía ninguno de sus encantos; era un vehículo sin alma. Aunque eso no le importaba lo más mínimo. No le interesaba aquella Dodge porque le gustara, sino porque necesitaba un vehículo en el que no pareciera un turista o un policía cuando llegara a las carreteras secun-darias de Arkansas en busca de AnnieLee.

—¿Por qué la vende? —preguntó—. ¿Para comprar otra mejor?

El hombre miró nervioso hacia la casa. El recubri-miento de aluminio barato se estaba levantando en algunos sitios y el tejado necesitaba una buena reparación. En el patio delantero había varias sillas de jardín rotas, una cesta de ropa boca abajo y un bate de béisbol apoyado contra una barbacoa Weber oxidada.

—Tengo que pagar algunas deudas —admitió.

—¿Tragaperras? —preguntó él sin juzgarlo ni un ápice.

—*Blackjack* —dijo el hombre—. Y caballos.

Ethan asintió comprensivamente, como si conociera ese tipo de desesperación. Él no había jugado nunca, pero sabía lo que era ser pobre. Miró dentro del hueco de la rueda, aunque los coches no se oxidaban tanto en el desierto como en Tennessee, con esos inviernos tan húmedos, y después tocó unas pequeñas abolladuras en el panel trasero.

—¿Alguien lo ha usado como diana para prácticas de tiro?

—Mi mujer —dijo el hombre taciturno.

Ethan imaginaba que su mujer tendría buenas razones para necesitar liberar tensiones. Un hombre no debería jugarse en el casino el dinero que necesitaba para vivir, o así lo creía él. Levantó el capó y examinó el motor.

—Bujías nuevas —dijo el hombre—. Y le cambié el aceite el mes pasado.

—No quiero comprar esta camioneta —dijo Ethan.

El hombre pareció encogerse de manera visible. Dio una patada a la maleza que crecía en el borde del sendero de entrada.

—Supongo que podría bajar un poco el precio.

—Quiero que me la preste —dijo Ethan.

El hombre soltó un silbido por lo bajo.

—No veo en qué me va a...

—Le pagaré lo que me pide —dijo él, pero no quería que la camioneta fuera suya. No quería aprovecharse de alguien que estaba pasando una mala racha ni obligar a que el hombre tuviera que moverse por la ciudad en la bicicleta rota que había en el porche—. Le daré el dinero y me iré. Y se la traeré de vuelta cuando termine. Los dos salimos ganando. No va a encontrar muchas oportunidades como esta por aquí, ¿no le parece?

—No irá a utilizarla para cometer algún delito, ¿verdad?

—Le aseguro que no. Hágame una foto.

—¿Para qué?

Ethan lo urgió con impaciencia a que hiciera la foto, y el tipo sacó un Android con la pantalla agrietada y lo hizo.

—Ya está —dijo—. Y tome también una foto de mi carné de conducir. Muy bien. Ahí tiene la prueba de quién soy y el aspecto que tengo, en caso de que ocurriera algo. Pero no va a pasar nada. —«Dios no lo quiera», se dijo en silencio.

El hombre parecía abrumado con el giro de los acontecimientos.

—Joder. ¿Está seguro? ¿No va a dar una vuelta siquiera, a ver cómo va?

—Tengo prisa. Voy a pagarle y me marcho. Pero si oigo algún ruido extraño volveré, y muy cabreado, porque me ha dicho que va como la seda y yo he querido creer en su palabra. —Ethan le tendió el sobre con los seis mil dólares en billetes que le había dado Ruthanna—. Es usted un hombre honesto, ¿no? Igual que yo. Pero tal vez sea mejor que se quede por aquí un rato, por si acaso.

—Claro, claro, lo haré. —Miró a Ethan con ojos inquietos sin acabar de creérselo—. ¿Esto es de verdad?

Él sabía que aquel hombre podía salir corriendo, claro, pero apostaría más de seis de los grandes a que no lo haría.

—Totalmente —contestó—. Pero voy a pedirle que me traiga ese bate.

El hombre se rio, pero se calló de pronto al ver que Ethan estaba serio.

—De acuerdo, no hay problema —dijo, entregándole las llaves mientras iba dadno una carrera a por el bate.

Él se metió en la camioneta. Había un olor dulzón dentro, como a tabaco de pipa. Sacó el brazo por la ventana para coger el bate.

—Ha sido un placer hacer negocios con usted —dijo.

—¿Cuándo cree que volverá? —preguntó el otro.

Ethan encendió el contacto y el motor rugió.

—En unos días, espero —contestó.

—Buena suerte —le gritó el hombre cuando salió marcha atrás del sendero de entrada.

Salió a la calle y se puso en marcha.

No le hizo falta nada más para saber que la camioneta iba muy bien y que lo llevaría adonde tenía que ir. Dos mil cuatrocientos kilómetros era lo único que pedía por el momento, y otros dos mil cuatrocientos de vuelta.

Puso la radio y sonó Maren Morris cantando *My Church*. Tamborileó con los dedos en el volante.

Al poco rato el tráfico disminuyó y entró en el desierto. Marrón y desolado, bajo un cielo azul sin nubes, le recordó la época de Afganistán, un lugar que se esforzaba en no recordar. Apretó la mandíbula y practicó la respiración cuadrada. Tenía diez horas de viaje hasta Arkansas. Subió la velocidad a ciento veinticinco kilómetros por hora y puso el limitador.

Capítulo 81

Eran las cinco de la mañana cuando AnnieLee se acercó al camión Freightliner de color amarillo chillón aparcado en un área de servicio a las afueras de Albuquerque y golpeó con los nudillos la ventanilla. Había pasado la noche en un motel de la cadena Roadside Inn a unos cuantos kilómetros, un gran retroceso si lo comparaba con el Aquitaine, pero ya era hora de ponerse en marcha. Esperó un momento, temblando, y volvió a llamar. Al cabo de uno o dos minutos se asomó alguien con cara de pocos amigos y mucho sueño.

El hombre le indicó con una señal que se fuera.

—No quiero compañía —dijo con la voz amortiguada por el cristal—. Yo no hago esas cosas. —Levantó un dedo con un anillo—. Casado, ¿vale?

Esa era la clase de información que AnnieLee buscaba.

—No soy una fulana ni una acompañante o como quiera llamarlo —dijo ella—. Solo necesito que me lleve. —Gesticuló hacia el horizonte, donde ya empezaba a verse un color gris más claro—. Apuesto a que se pondrá en camino dentro de poco. Si me lleva, le invito a todos

422

los McMuffins de huevo del McDonald's que pueda comer y al café más grande que tengan.

El hombre se giró y miró por la luna delantera. En la autovía solo se veían unas luces dispersas que atravesaban ya la oscuridad que precedía al amanecer. AnnieLee no lo oyó, pero vio que el hombre suspiraba por la forma en que levantó los hombros y luego los dejó caer.

—Vale —dijo.

Ella ya estaba en el escalón para subir cuando el camionero le abrió la puerta del copiloto.

—Muchas gracias —dijo mientras subía—. Me llamo Katie.

El hombre le dijo que se llamaba Foster Barnes y que se dirigía a Oklahoma City. Brusco y callado al principio, se puso de mejor humor cuando le compró el desayuno prometido en un McDonald's menos de cincuenta kilómetros más adelante. Y con café en el estómago, Foster Barnes ya no paró de cascar. AnnieLee lo escuchó hablar de su trabajo, de que le gustaba ir a pescar con su mujer y de la barca que estaban construyendo en el garaje cuando no estaba en la carretera. Después de una hora larga de monólogo, el hombre se volvió hacia ella.

—Hablo mucho, ya lo sé. ¿Qué me dices de ti?

—No demasiado —contestó ella sin darle importancia, metiéndose las manos en los bolsillos de su sudadera rosa, que decía VEGAS, BABY—. Solo soy una chica que no tiene coche.

—Ya —dijo el hombre al cabo de un momento—. Bueno, espero que vayas con cuidado.

—Tengo cuidado —dijo ella. Tocó el bote de espray de pimienta que había comprado en la tienda de Las Vegas. Pequeño y de color rosa fuerte, parecía más una barra de pintalabios.

El hombre la miró con expresión seria.

—¡Lo digo en serio, Katie! —Y a continuación añadió—: Lo siento. No pretendía ser tan borde. Es que hay mucha gente por ahí que no es tan amable como a uno le gustaría.

«No me digas —pensó—. ¿Te hago una lista?» Pero sacó las manos de los bolsillos.

—Usted sí parece amable —dijo, y vio que el rubor subía por el cuello hasta las mejillas del camionero. Había acertado, era uno de los buenos.

—Tú también pareces muy amable —respondió él.

AnnieLee se lo agradeció, aunque no lo era. Había ocultado muchas cosas a muchas personas y las había abandonado, y eso no era lo peor.

—¿Te espera alguien cuando llegues? —preguntó Foster Barnes.

—Ya lo creo —respondió ella—. Lo único que tengo que hacer es encontrarlo.

«Y, cuando lo haga, voy a matarlo», pensó. No le pareció que aquel hombre quisiera oír esa parte de su historia.

Sus caminos se separaron en Oklahoma City, a unos kilómetros del centro de logística de productos electrónicos donde terminaba el viaje de Foster Barnes. Justo antes de bajarse de la cabina, el hombre le tendió un billete de cincuenta dólares.

—Oh, no, no puedo aceptarlo.

Pero él lo agitó ante ella.

—Si así puedes coger un taxi en vez de subirte al coche de un desconocido, me doy por satisfecho. —Como ella todavía vacilaba, insistió—: Un favor personal a Foster Barnes.

Ella cogió el dinero y le tendió la mano.

—Gracias —dijo, estrechándosela con fuerza.

—Que tengas mucha suerte —contestó él—. Ve con Dios.

«Ya me gustaría —pensó ella—, pero es la ayuda del demonio la que necesito.»

Capítulo 82

Ethan notó el pinchazo en la rueda derecha trasera al salir de Flagstaff. Se metió en la primera gasolinera que vio para cambiarla, pero entonces descubrió que la rueda de recambio, que debería estar guardada bajo la carrocería en la parte de carga trasera, no estaba. Dio una patada a la rueda pinchada, furioso. No llevaba ni cuatro horas de viaje.

No había taller en la gasolinera, así que subió a la camioneta y regresó despacio a la ciudad con las luces de emergencia hasta el primer taller que encontró (un establecimiento de la cadena Pep Boys), y allí se quedó caminando de un lado a otro de la zona de espera mientras un tipo llamado Bobby cambiaba la rueda. Compró una bolsa de patatas fritas en la máquina, se las comió y compró dos más para el camino. Patatas fritas, lo que más le gustaba comer a AnnieLee y probablemente su fuente principal de ingesta de calorías.

Le entraron las dudas mientras esperaba. ¿Y si se equivocaba de medio a medio con aquella corazonada? ¿Y si se había quedado en Las Vegas en algún sitio?

426

Metió la mano en el bolsillo y sacó la cartera y el móvil de AnnieLee. El teléfono estaba bloqueado y en la cartera no había nada más que tarjetas de crédito prepago, setenta dólares y tiques de varias cafeterías de Nashville. No había nada que llevara su firma. Ni una sola foto. Tampoco parecía que hubiera carné de conducir. Parecía la cartera de un fantasma.

Ethan se dirigió a la ventana de la sala de espera y se quedó mirando los coches pasar y reducir la velocidad al llegar al semáforo en rojo. Si algo sabía de ella era que no se echaba atrás en una pelea. Así que el hecho de que hubiera huido del hombre que la había sorprendido en el hotel no significaba que la pelea hubiera terminado. Era mucho más probable que estuviera cercándolo para el golpe de gracia.

Apoyó la frente en el frío cristal. Aquel hombre había salido de esa parte de la vida de AnnieLee de la que no era capaz de hablar, estaba seguro, y el horrible secreto que insistía en guardarse para sí estaba íntimamente unido a ese tipo.

Por eso estaba volviendo a casa haciendo dedo, volviendo al lugar al que había dicho que no quería regresar. Apostaría lo que fuera a que estaba en lo cierto. Condado de Caster, en Arkansas. Esa era la única pista que tenía para encontrarla.

Estaba convencido de que podía hacerlo.

El semáforo se puso en verde y la fila de coches echó a andar. Ethan los observaba preguntándose qué tipo de conductores habrían recogido a AnnieLee. ¿Adónde iría exactamente y qué prentedía hacer cuando llegara? Pensar en todo eso lo horrorizaba.

427

—He encontrado el origen del pinchazo, señor.

Ethan se volvió y se encontró de frente a Bobby, que tenía un tornillo de cinco centímetros en la mano.

—El cabrón ha atravesado toda la goma —dijo—. Pero la he parcheado bien. Puede ir tranquilo.

Pasaban de las seis de la tarde cuando Ethan tomó la autovía de nuevo. Calculó que podría conducir unas siete u ocho horas más hasta la siguiente parada. Iba pensando mientras conducía en todo lo que sabía de AnnieLee y en lo poco que era en realidad. Era cabezota, divertida y guapa, y tenía una voz que le ponía la carne de gallina cuando la oía cantar. Pero sabía más sobre el dentista que lo trataba que sobre ella.

Entonces, ¿cómo podía amarla tanto? ¿Cómo había conseguido hacerse tan imprescindible para él como el aire que respiraba? Abrió la segunda bolsa de patatas fritas. Suponía que el mundo estaba lleno de misterios, y el corazón humano, el suyo en concreto, había pasado a ser uno de ellos.

Mientras reflexionaba sobre todo eso, un Ford rojo se puso a su lado en el carril izquierdo. Y allí se quedó durante dos o tres kilómetros, conduciendo a la misma velocidad que él. Ethan terminó por mirar para ver quién era ese conductor tan incompetente y vio que el hombre le hacía señas y gesticulaba como un poseso.

«¿Qué cojones pasa?», pensó.

El hombre hizo un gesto que le resultó comprensible: le estaba pidiendo que bajara la ventanilla.

Ethan lo hizo y el hombre le gritó pisando la línea discontinua de la carretera:

428

—¡La rueda!

Él comprobó alarmado que el volante estaba vibrando y la camioneta se le iba hacia la derecha.

Otro pinchazo. Furioso, tomó la siguiente salida.

Capítulo 83

Tras despedirse de Foster Barnes, AnnieLee no había tardado en que la recogieran y la llevaran hasta Fort Smith, en Arkansas. Pero allí se le terminó la suerte, aunque tampoco le sorprendía de un estado que la había destruido por completo, como había hecho aquel.

No, señor, nada como estar en casa.

Había seguido andando por Grand Avenue en dirección este, hacia la universidad, con la esperanza de encontrarse con algún estudiante que volviera a casa a pasar el fin de semana, pero llevaba tres horas esperando y empezaba a anochecer.

—Empujada hasta la locura, empujada al límite… —cantó en voz baja.

Pagar otra habitación en algún motel la dejaría sin blanca; en cualquier caso, estaba decidida a seguir. Echó a andar de nuevo. Estaba tensa, inquieta. Se sentía así desde que había cruzado la frontera del estado. No sabría decir si la presión que le atenazaba el pecho se debía a la expectación o al miedo. Probablemente un poco las dos cosas.

Empezó a trotar al oír el zumbido sordo proveniente de la I-540 un poco más adelante. Nunca era buena idea hacer autostop de noche, pero a esas alturas ya le daba igual todo. Haría lo que fuera necesario; como si tenía que suplicar, andar cojeando o arrastrarse sobre las manos y las rodillas.

La venganza era una gran motivación.

Veinte minutos más tarde, AnnieLee trepaba por el terraplén hasta el arcén de la autovía. Los coches pasaban a toda velocidad y la obligaban a poner una sonrisa que nadie veía porque era de noche.

Cuando se paró un viejo Pontiac blanco, se subió y dejó que la conductora le echara la bronca por hacer autostop, por estar sola en la carretera por la noche, por no llevar ropa de abrigo y por todo lo que se le ocurrió a la buena mujer que no estaba haciendo bien en su vida. AnnieLee asintió agradecida y le prometió que empezaría a ir a la iglesia y que iba a cambiar, y dos horas después se bajó en una carretera rural a apenas treinta kilómetros de su destino final.

Tocó el dinero que le había dado Foster el camionero. «Si así puedes coger un taxi...», le había dicho.

Pero no había taxis en aquel lugar perdido de la mano de Dios, o ella no conocía ningún número de teléfono al que llamar para pedir uno, además de que ni siquiera tenía móvil. Así que volvió a sacar el dedo. Esperaba que la recogiera algún desconocido amable y decente. En un lugar tan pequeño en el que parecía que todos se conocían, lo que ella necesitaba era dar con una persona que no la reconociera. Alguien que se creyera que se llamaba Katie o incluso AnnieLee Keyes.

Iba caminando por el arcén y sacaba el dedo caba vez que oía que se acercaba un coche. Al cabo de una hora o así pasó un Chevrolet destartalado y frenó con un chirrido unos metros más adelante. Ella corrió hasta él.

Cuando el hombre, de su edad más o menos y solo, le abrió la puerta del copiloto, AnnieLee notó la nube húmeda de vapores de cerveza que salió del interior y la envolvió.

No lo había visto nunca, lo que le provocó tal alivio que pasó por alto que había estado bebiendo y que le había prometido a la anciana de antes que no volvería a subirse al coche de un desconocido. Pero lo hizo. Estaba demasiado cerca de donde quería llegar y no sabía cuánto tardaría en pasar el siguiente coche, y ya sentía que estaba en territorio enemigo. Tenía que seguir avanzando.

—Al principio me ha parecido que eras un ciervo —dijo el conductor. Y soltó una carcajada—. Joder, te habría dado un golpe para hacerte filetes.

—No soy un ciervo —dijo ella. Miró las latas de cerveza vacías que había en los compartimentos para poner bebidas—. Vas a tener cuidado y no vas a salirte de la carretera, ¿verdad? —preguntó mientras se abrochaba el cinturón. Agarró el abrigo del tipo del asiento de atrás y se lo puso en los pies.

—Claro que sí —dijo él.

—Eso espero —repuso AnnieLee—, porque ya he tenido suficientes encuentros con la muerte por una semana —dijo esto último en voz tan baja que el tipo no la oyó.

—¿Hasta dónde vas? —le preguntó él.

Uno de los faros no funcionaba y el otro proyectaba una luz amarilla que alumbraba poco.

—A las afueras de Jasper —respondió—. En el camino que va a Rock Springs.

—¿Eres de las montañas?

AnnieLee vio por el rabillo del ojo que el tío la miraba con detenimiento.

—Sí.

—¿Te conozco?

—No creo —dijo ella—. Llevo mucho tiempo fuera.

—Bienvenida, entonces. ¿Te gusta salir de juerga?

—No mucho.

—Qué pena.

Después de eso se calló y pareció concentrarse en conducir. AnnieLee iba tan pegada a la puerta como podía y con la ventanilla un poco bajada para respirar aire fresco. Ya no le preocupaba que se saliera de la carretera, pero no podía decir lo mismo de lo que le esperaba en las próximas horas. ¿Conseguiría que aquel paleto medio borracho la llevara hasta la puerta de casa? ¿Estaría la vivienda a oscuras? ¿Habría alguien dentro? ¿Encontraría el rifle que solía estar escondido debajo del suelo del porche delantero?

Iba pensando en todo lo que podría pasar cuando sintió la mano del tipo en la pierna.

«Esto no puede ser verdad. ¿Otra vez esta mierda?», pensó.

—Pareces tensa —dijo.

Ella le quitó la mano.

—No.

El tipo se rio.

—No seas tan puritana —dijo él—. Solo estoy siendo amable. Vamos a tomarnos algo. Conozco un sitio pequeño que está un poco más adelante. Creo que te gustará. Me llamo Wade. ¿Y tú?

AnnieLee notó frío en los brazos.

—Creo que será mejor que me dejes aquí.

—¿Estás loca? Estamos en medio de la nada —dijo él decepcionado.

Siguió conduciendo con las dos manos en el volante durante un rato, pero al final la mano derecha acabó otra vez en la pierna de ella, que se quedó mirando cómo subía hacia su entrepierna, durante un momento inmóvil y horrorizada. ¿Dónde estaba su pistola cuando la necesitaba?

De repente se acordó del espray de pimienta y se metió la mano en el bolsillo, pero no estaba allí.

—Mierda —susurró.

—¿Qué pasa, nena?

El hombre recorrió con los dedos la costura de la cara interna del pantalón. Le hizo cosquillas. Y le dieron ganas de vomitar.

—Quítame las manos de encima o…

—¿O qué? —dijo él. La miró, pero ya no parecía borracho. Su mirada parecía centrada y peligrosa.

AnnieLee tenía la mente adormecida, pero su cuerpo se puso en marcha sin contar con ella. Echó mano del abrigo que tenía a los pies y se lo llevó al pecho. Cuando el tipo redujo la velocidad para tomar la curva, ella abrió la puerta. No se lo pensó ni un segundo. Se tiró aferrándose al abrigo para que amortiguara la caída. Aterrizó con un terrible golpe seco al chocar con el asfalto y cayó rodando hasta la cuneta.

Permaneció allí jadeando mientras el ruido del coche se perdía en la distancia. Le explotaba la cabeza de dolor y la vista se le nublaba por momentos, pero apretó los dientes y trató de incorporarse apoyándose en las manos y las rodillas. Creía que no se había roto nada, aunque le dolía todo el cuerpo.

Avanzó a gatas un poco, preguntándose si sería mejor volver a la carretera o esconderse en el bosque como un ciervo herido. ¿Qué sería menos peligroso? No era capaz de pensar, cada vez le costaba más mantener los ojos abiertos. De repente, todo empezó a dar vueltas muy rápido. Necesitaba tumbarse. Vio una ráfaga de luz y levantó la vista hacia la carretera.

Aguantó la respiración para no gritar de dolor. ¿Se acercaba alguien a ayudarla? Entrecerró los ojos en la oscuridad.

Era Wade, que bajaba por el terraplén.

—No —susurró. Y perdió el conocimiento.

Capítulo 84

Ethan se despertó rígido y dolorido después de cinco horas de sueño intermitente en la camioneta, en el aparcamiento de un pequeño supermercado a poco menos de cincuenta kilómetros al este de la frontera de Texas. Hacía frío dentro y la temperatura también era fresca fuera, aunque sabía que subiría cuando el sol estuviera más alto. Se puso las botas y se acercó con paso torpe a la tienda. Compró un café, una bolsa de pipas de girasol y un sándwich de huevo que se podía calentar en el microondas. Después llenó el depósito de combustible y se puso de nuevo en marcha.

A pesar de los pinchazos, le estaba cundiendo el viaje. Cuando Ruthanna lo llamó para preguntar, él le dijo que estaría en Arkansas antes de que terminara el día.

—¿Y después qué? —preguntó la mujer—. Maya se pasó todo el día de ayer tratando de localizarla en Internet, algo sobre su ciudad natal, su instituto, pero no encontró nada. Es como si no hubiera existido. —Aunque no eran las noticias que esperaba oír, tampoco podía decir que le extrañaran—. ¿Cómo piensas encontrarla? —quiso saber—. ¿Vas a recorrer todo el estado llamándola a gritos por la ventanilla? ¿A hacer un fuego y enviarle señales de humo?

—Dos mil kilómetros cuadrados —dijo—. Eso es lo que tengo que cubrir.

—¿Qué?

Había un policía un poco más adelante y Ethan redujo la velocidad un poco.

—Ese es el tamaño de Caster, el condado de donde es AnnieLee. Pero lo decía en broma. No tengo que recorrerlo entero. Creció en una zona boscosa, justo al lado de un riachuelo que desemboca en el río Little Buffalo. La encontraré.

—Espera un momento —dijo Ruthanna. Él la oyó teclear algo en el móvil y se puso de nuevo uno o dos minutos más tarde—. ¡No hay más que bosques y arroyos en Caster! —exclamó—. Esto no va a funcionar, Ethan.

—Sí va a funcionar —dijo él con obstinación—. Alguien tiene que conocerla, Ruthanna, y ese alguien va a decirme dónde está.

—Llámame en cuanto sepas algo.

—Lo haré.

A las cuatro de la tarde llegó a un barucho decrépito con un parpadeante letrero luminoso de Budweiser en la ventana que se llamaba Reel 'em Inn. Aunque se prohibía el consumo de alcohol en el condado de Caster, en el vecino, Boone, empezaban a servir a la hora del desayuno.

El bar estaba lleno de humo y mal iluminado, y por encima del partido de fútbol que estaban dando por la tele Ethan oyó a Hank Williams cantando sobre lo solo que se sentía. Se sentó en un taburete y pidió una pinta de lo que se anunciaba en la ventana. Aunque por el olor a pis de perro de aquella cerveza sabía que hacía tiempo que no limpiaban las tuberías por las que llegaba al grifo, si es que las habían limpiado alguna vez, sintió que se le relajaban los hombros cuando tomó el primer sorbo. Bebió medio vaso antes de preguntar al barman si había oído hablar de una chica llamada AnnieLee.

—No me suena.

Un viejo barbudo al fondo del bar resopló.

—Eso es porque aquí no tenemos mujeres. Antes había, pero ahora esto es un agujero.

—Si tanto te disgusta, Bucky, vete a otra parte —dijo el barman.

El tal Bucky se giró en el taburete.

—No hay adonde ir, colega.

Ethan buscó una foto de ella en el móvil.

—Esta es la chica que estoy buscando. Se crio por aquí.

—¿Eres poli?

—No —dijo Ethan—. Ni mucho menos.

El barman miró la pantalla y después a Ethan.

—¿Te ha dejado tirado?

Él vaciló un momento.

—Sí.

El barman le puso un chupito de Jack Daniel's.

—Las mujeres no merecen la pena —dijo—. Por eso ninguno de nosotros está en casa con la suya.

—Y que lo digas —dijo el viejo barbudo.

—Cállate. La tuya está muerta —soltó el barman.

Ethan se bebió de un trago el chupito y dejó el vaso en la barra mugrienta.

—Gracias, tío —dijo mientras se guardaba el móvil—. Supongo que te acordarías de una chica como esa, ¿verdad?

—Ya te digo —contestó el otro—. Pero ¿una chavala tan guapa como esa? No está aquí, eso te lo aseguro. Se largaría en cuanto viera la ocasión y no volvería.

Capítulo 85

Ethan pasó la noche tumbado en el asiento corrido de la camioneta, sin dormir casi, y a la mañana siguiente empezó a buscar en serio, preguntando en todos los puebluchos si alguien podía darle la información que necesitaba. Árboles y praderas se extendían a ambos lados de la carretera y casi no se cruzaba con ningún otro coche.

Los campos se extendían libremente y eran preciosos, pero los edificios abandonados que se caían a trozos en los cruces desiertos se le antojaban casi fantasmales. Un siglo antes, aquellos pueblos habían sido prósperos, pero hacía tiempo que estaban muertos.

En un lugar llamado Bensonville, Ethan pasó por delante de una carnicería con las contraventanas cerradas y un cartel escrito a mano que decía que se vendía carne de tortuga y de mapache. Al lado vio lo que en su tiempo podría haber sido una peluquería, pero en ese momento no era más que una habitación vacía con el suelo alicatado y polvoriento.

No había coches aparcados en la calle principal, pero, al final de la manzana, Ethan vio a un hombre mayor con un mono vaquero descolorido. Lo mismo era el único habitante de todo el pueblo, y parecía que estuviera esperando a un autobús que no iba a pasar.

Se paró y bajó la ventanilla.

—Buenos días. ¿Conoce a la familia Keyes?

El hombre lo miró largo y tendido antes de hablar.

—Conozco a los Locke —contestó, y soltó una risotada.

—Gracias por su tiempo —dijo él, y siguió sin molestarse en enseñarle la foto.

Al cabo de media hora, llegó a una población más grande. Era casi pintoresca, con flores plantadas en barriles viejos de whisky a lo largo de la calle principal, y el Little Buffalo, el río que buscaba, corría a lo largo del lado norte de la carretera. Ethan vio que había una tienda de antigüedades, una librería cristiana, una casa de empeños, dos moteles y un café con un toldo de rayas azules y blancas.

Se le ocurrió que empezaría por el café para matar dos pájaros de un tiro: desayunar y hacer algunas preguntas.

La mujer que atendía las mesas era joven y de rasgos finos y con unos alegres ojos verdes. Ethan intentó ser amable, pero, aparte de darle las gracias por la comanda, ella apenas le hizo caso. Veinte minutos más tarde le puso delante un plato de tortitas poco hechas y beicon demasiado hecho, y le estaba rellenando de café la taza por tercera vez cuando le dijo:

—Quería hacerte una pregunta.

Ella limpió una gota de café que había caído en la mesa con la punta del delantal.

—Tengo novio —dijo.

Ethan se quedó desconcertado.

—Teniendo en cuenta que apenas hemos cruzado veinte palabras, me parecería un poco presuntuoso pedirte que salieras conmigo —dijo él—. Y, sinceramente, creo que es un poco presuntuoso por tu parte dar por hecho que quiero hacerlo.

Ella sonrió al oírlo, la primera sonrisa amable que le había visto.

—Lo siento —dijo—. Es casi un acto reflejo.

Ethan echó un terrón de azúcar en el café amargo. Suponía que ser una chica guapa en el único café en ciento sesenta kilómetros no debía de ser el trabajo más fácil del mundo.

—Quería preguntarte si has oído hablar de AnnieLee Keyes —dijo—. Es cantante.

—Pues claro que he oído hablar de ella —dijo, y empezó a canturrear—: *Dark night, bright future. Like the phoenix from the ashes, I shall rise again...*

—Tienes buena voz —dijo él. Era aguda y clara, con un leve vibrato—. Y con esto tampoco estoy intentando ligar.

—Sí, vale, te creo —contestó ella, aunque no estaba muy claro si lo decía en serio.

—¿La has visto? —preguntó Ethan. Sacó el móvil y le enseñó una foto que le había hecho entre bastidores. Tenía el pelo revuelto, las mejillas sonrosadas y estaba sudorosa por los focos. Se la veía cansada, pero preciosa y radiante.

La camarera se inclinó y luego frunció un poco el ceño.

442

—¿Qué? —dijo Ethan.

—¿Es así físicamente? ¿Tienes más fotos de ella? —preguntó la chica.

—Pasa hacia la izquierda —contestó él.

La vio pasar por encima de las fotos que le había tomado sobre el escenario, entre bastidores y en el asiento de la furgoneta. La chica entrecerraba los ojos al principio, y después empezó a negar ligeramente con la cabeza. Al ratito se le dibujó una sonrisa. Y poco después se echó a reír.

—No puede ser —decía—. No me jodas.

—¿De qué te ríes? ¿Qué te hace tanta gracia?

—Esta no es AnnieLee Keyes —dijo ella—. Esa chica es Rose McCord. —Pasó el dedo para ver unas cuantas fotos más—. Sí, está muy guapa. Aunque me gustaba más su pelo natural.

Ethan sintió como si le hubieran dado un puñetazo en el estómago. Apartó el plato y miró a la camarera.

—¿De qué color es su pelo natural? —preguntó, pero nada más hacerlo deseó poder retirarlo, porque la respuesta carecía de importancia. Lo importante era que AnnieLee, o Rose McCord, o como se llamase, no había sido sincera sobre su pasado. Todo lo que le había dicho era mentira.

—Rubio caramelo, creo que se llama —dijo la camarera—. Lo tenía muy largo, muy bonito.

Ethan apretó los puños debajo de la mesa. Estaba cabreado y avergonzado por no saber el verdadero nombre de la mujer a la que amaba, pero intentó controlar sus emociones. Tenía que recordar que estaba en peligro.

—¿Sabes dónde vivía Ann… Rose?

—Fuera del pueblo, en alguna parte —respondió ella—. No sé dónde exactamente. Pero solía verla por aquí. Era un poco más mayor que yo, pero no se lo tenía creído. Era amable. Pero después se echó novio y fue como si desapareciera. Pensé que se habría casado y mudado a otra ciudad. Eso es lo que soñamos todas, ¿no? Largarnos de aquí. —Se sujetó un mechón detrás de la oreja—. Pero es más fácil de decir que de hacer. —Miró el plato lleno de Ethan—. ¿Ya has terminado?

—Sí —contestó él—. Estaba delicioso. —Sacó dos billetes de veinte y los dejó en la mesa—. ¿Conoces a alguien que pueda saber dónde vivía?

La chica lo miró con los ojos entornados.

—¿Quiere ella que la encuentres?

—Puede que no quisiera al principio, pero creo que ahora sí.

—¿Eres su novio?

—No, soy su… —Hizo una pausa—. Su guardaespaldas.

La chica recogió el plato.

—¿Así que Rose McCord es ahora AnnieLee Keyes? ¿Y compone canciones?

—Pues sí —dijo él—. Se le da muy bien.

—Es increíble —repuso la chica—. Joder, me alegro por ella.

Ethan se levantó.

—Cualquier información que puedas darme…

—Pregúntale a Blaine, el de la casa de empeños. Lo sabe absolutamente todo de todo el mundo, y a veces tiene ganas de hablar.

Él le dio las gracias y salió sin coger el cambio, que era una propina del trescientos por cien.

La camarera lo acompañó a la puerta y lo despidió agitando el brazo mientras él se alejaba por la calle.

—¡Era mentira lo de que tengo novio! —gritó.

Capítulo 86

Blaine llevaba el pelo muy corto, rapado por los lados y un poco más largo por arriba, como un soldado, pero Ethan supo nada más verlo que no era militar ni lo había sido nunca, aunque lo imaginó en la academia de cadetes, donde no duraría ni un semestre antes de que lo echaran por fumar porros en el aparcamiento. Le pareció que estaba un poco puesto en ese momento, eso, o que le faltaba un hervor.

Desde luego no tenía el menor interés en atenderlo, no hasta que cogió una caña de pescar y un ukelele bastante estropeado y los dejó en el mostrador de cristal. Ethan vio que hacía un cálculo rápido (una caña de mierda, un instrumento roto y un forastero) y dijo:

—Cien.

Ethan se rio y dijo:

—Veinticinco.

Blaine aceptó con un gruñido.

Cuando el tipo estaba metiendo el dinero en la caja registradora, le preguntó como si tal cosa si conocía a Rose McCord y a su familia.

—Creo que su padrastro se llama Clayton.

El tal Blaine chasqueó la lengua contra los dientes y dijo:

—Ah, sí, lo conozco. Clayton Dunning es un hijo de puta con muy mala leche. Como le des el menor motivo, te romperá esa bonita cara.

Le dieron ganas de enseñarle quién podía romper algo allí, pero iba en contra de su norma: «No empieces peleas, termínalas». Así que estampó una sonrisa falsa en la cara y dijo:

—¿Y si me dices dónde puedo encontrarlo para que me la rompa? Estoy harto de ser tan guapo.

Blaine resopló.

—El hospital más cercano está a una hora.

Ethan apretó los dientes. Se estaba cansando de la bromita.

—Necesito que me digas dónde vive.

—Sí, sí, vale —dijo el otro saliendo de detrás del mostrador—. Pero no le digas que he sido yo.

Dos minutos más tarde, echaba lo que había comprado en el asiento trasero y se dirigía hacia el nordeste de la ciudad. Condujo por la autovía durante treinta y dos kilómetros y luego tomó una carretera estrecha que se internaba en el bosque. La calzada se angostaba y el firme empeoraba a medida que avanzaba; Gladys habría ido vibrando todo el rato. Al poco, la carretera pasó a ser un camino de tierra, y tenía la sensación de que los árboles se cerraban sobre él. Empezó a sentir claustrofobia y bajó la ventanilla para respirar el aroma de las hojas, el musgo y el riachuelo cercano. Un conejo pasó saltando por delante de la camioneta y pisó el freno, pero el animal desapareció entre los árboles.

«Te va a parecer que estás demasiado lejos y que te has perdido, pero no. Si te da esa sensación, es que vas bien», le había dicho Blaine.

Según conducía, Ethan intentaba convencerse de que iba a encontrar a AnnieLee. Al final de ese camino vivían unas niñas a las que quería y un hombre al que odiaba, por lo que no era tan descabellado pensar que hubiera ido a la casa.

Por fin llegó al árbol que le había dicho el de la casa de empeños, el arce seco con los carteles de PROHIBIDO EL PASO clavados en el tronco. Dos muñecas colgaban de las ramas rotas, una de ellas boca abajo y la otra por el cuello.

«Así es como avisa de que está prohibido el paso a los que no saben leer —le había dicho Blaine riéndose—. Que te vaya bien la visita.»

Capítulo 87

Un perro se puso a ladrar cuando Ethan subió por el camino de tierra hasta la vivienda de Clayton Dunning, una casucha torcida hecha a base de retazos de tela asfáltica y recubrimiento de paredes barato. Había piezas en proceso de oxidación desperdigadas por todo el jardín y una camioneta *pickup* Chevrolet reluciente con un soporte para armas y un cabestrante para cargar piezas grandes nuevecito que no pegaba en aquel sitio por lo reluciente que estaba. Las malas hierbas crecían en torno a un montón de botellas de cerveza partidas y entre las cuerdas que fijaban la lona de una cama elástica rota.

«Joder, no me extraña que AnnieLee se fuera», pensó.

Salió de la camioneta y, mientras se acercaba a la casa, se abrió la puerta y salió un hombre al porche.

—¿Quién cojones eres tú? —dijo, apuntándole con un rifle.

Ethan se paró en seco. Levantó las manos un poco, no en señal de rendición, sino para indicar que no iba armado.

—Ethan Blake. ¿Clayton Dunning? Estoy buscando a su hijastra, Rose.

El otro lo miró entornando los ojos. Aquel tío parecía un bulldog, fornido, feo y con cara de pocos amigos. Detrás de él asomó la cabeza una adolescente, que echó a Ethan un rápido vistazo de arriba abajo con curiosidad casi animal.

—Vuelve dentro —ordenó Clayton.

—Eh —gritó Ethan—, te pareces a Rose, pero más pequeña.

La sorpresa se dibujó en la cara de la niña.

—¿Rose? ¿La conoces?

—Pues sí. Y estoy intentando encontrarla. ¿Ha venido por aquí?

—No —dijo ella, que se volvió y gritó hacia el interior de la casa—: ¡Shelly, conoce a Rose!

—Te he dicho que vuelvas dentro —dijo Clayton, empujándola con la culata hasta que desapareció. A continuación volvió a apuntar a Ethan—. Esto es allanamiento.

—No esperaba que acusaran de allanamiento a un amigo de la familia —dijo él de buena fe. Miró el arma como si fuera una pieza curiosa en vez de una amenaza—. ¿Es un Winchester Modelo 70? Yo tenía uno de esos.

Clayton echó un gargajo en el jardín.

—Tú no eres amigo —dijo—. Y Rose no es familia. No es de mi sangre.

La adolescente salió corriendo desde detrás de la casa, sujetando de la mano a una niña más pequeña, que se parecía aún más a AnnieLee: los mismos labios gruesos como un capullo de rosa y los mismos ojos de color azul brillante.

—Conoce a Rose —dijo la mayor.

Ethan se volvió hacia ellas.

—¿Habéis visto a vuestra hermana o habéis estado en contacto con ella hace poco?

Las dos negaron con la cabeza con cara seria, y él tuvo que esforzarse en acallar la ansiedad que sentía. Sabía que AnnieLee estaba cerca. ¿Por qué no se había puesto en contacto con ellas?

—Escuchad, sé que Rose ha venido hacia aquí y trato de averiguar dónde está.

—No está aquí —dijo Clayton bajando del porche. El perro empezó a ladrar otra vez—. ¡Cállate! —gritó, y el animal lloriqueó un poco y se tumbó—. No sé dónde está y tampoco me importa. Lo único que sé es que merecía lo que sea que le hayan hecho.

—¿Qué merecía? —preguntó Ethan con tono afilado—. ¿A quiénes se refiere?

Clayton escupió otra vez, pero no dijo nada.

—Hace un par de años que no la vemos —dijo la chica más mayor en voz baja.

—¿Va a venir a vernos? —preguntó la pequeña—. La echo de menos.

Él las miró y sintió mucha pena por ellas. Qué duro tenía que ser vivir en mitad del bosque con aquel hombre rabioso por toda familia.

—Vendrá. Seguro que ya está de camino.

—Esa chica tenía el diablo dentro —dijo Clayton—. No conseguí sacárselo a golpes.

Ethan se puso rígido, pero no quería empezar una pelea con aquel tipo delante de sus hijas. Les hizo un pequeño gesto y las niñas lo vieron y lo siguieron hasta la camioneta.

—¿Estáis bien? —susurró mientras abría la puerta.

La mayor asintió con la cabeza.

—¿Y Rose?

—Espero que sí —contestó él—. Tengo que encontrarla. Si te enteras de algo, me llamas, ¿vale? Estaré en la ciudad. —Le dio su número de móvil y oyó que lo repetía varias veces para sí mientras volvían las dos a la casa.

Justo en ese momento notó que le clavaban algo afilado en la parte baja de la espalda.

—Será mejor que sigas tu camino si quieres conservar las tripas dentro —dijo Clayton.

Ethan se giró tan rápido que al otro no le dio tiempo a reacionar. Agarró el rifle por el cañón y se lo quitó de las manos, para tirarlo a continuación dentro de la cabina de la camioneta al tiempo que lanzaba un gancho de izquierda a la cabeza del hombre. Este se tambaleó entre gritos, y él aprovechó y se subió al vehículo. Dio la vuelta marcha atrás trazando un giro rápido y bajó por aquel ruinoso camino de entrada mientras el padrastro de AnnieLee aullaba de rabia a su espalda.

Cuando llegó a la carretera, echó un vistazo al rifle. No se había equivocado: era un Winchester Modelo 70, igual que uno que tuvo él.

Capítulo 88

Esa tarde Ethan aparcó a las afueras de la ciudad, delante de un edificio con un cartel que decía AQUÍ VIVE POSSUM TOM. CEBO VIVO. Pero el tal Possum Tom hacía mucho que no vivía allí; las ventanas estaban tapadas con tablones de madera y la basura se amontonaba delante de la puerta.

Vio que un mapache gordo bajaba lentamente de un árbol cercano hasta la acera y avanzaba por ella olisqueando el suelo como quien sale a dar un paseo al anochecer.

—Ten cuidado, amiguito, no vayas a acabar en el plato de la cena de alguien —dijo Ethan cuando el animal pasó tranquilamente a su lado.

Esa noche la suya saldría de la bolsa bandolera que llevaba a todas partes: dos barritas de proteínas, una bolsa de pipas de girasol y una botella de Gatorade que había cogido en la sala de los artistas en el concierto de Colorado. Cuando terminó, se quedó allí sentado con el arma robada en las piernas, acariciando pensativo con el pulgar la culata pulida. Intentaba no pensar, porque, si lo hacía, la mente se le llenaba de imágenes horribles: alguien peligroso recogía a AnnieLee en la carretera y la llevaba a alguna parte en contra de su voluntad o le hacía daño o la raptaba o...

Negó con la cabeza. Ya estaba bien.

Por otra parte estaban las niñas que había conocido ese mismo día, sus hermanastras. ¿Ese Clayton les pegaba, igual que había hecho con AnnieLee? Esperaba que fuera más agradable con sus propias hijas.

No podía ni imaginar lo que tenía que haber sido crecer en aquel lugar perdido de la mano de Dios, en una casa que parecía que iba a salir volando a poco que soplara un viento fuerte. Por hermosa que fuera aquella tierra, Clayton Dunning no dejaba más que fealdad a su paso.

Ethan dejó el arma a un lado y se recostó un poco mientras escuchaba la quietud profunda de la noche en Arkansas. Debió de quedarse dormido, porque no se enteró de nada hasta que oyó unos golpetazos en la ventanilla. Se incorporó con el corazón acelerado y el rifle en las manos.

Pero la cara que había al otro lado del cristal no era una amenaza, sino una niña asustada. Era la hermanastra adolescente de AnnieLee, no sabía cómo se llamaba.

Bajó la ventanilla.

—Ey —dijo con voz ronca de dormido—. Da la vuelta. Entra.

Al momento, la niña se subió al asiento del copiloto.

—No debería estar aquí.

—¿Estás bien? —preguntó.

—Teniendo en cuenta que le he robado la camioneta a mi padre y he venido conduciendo sin carné y no me he matado por el camino, yo diría que no estoy mal.

—Extendió las manos y se las miró mientras flexionaba los dedos varias veces—. Me he agarrado a ese volante con tanta fuerza que me van a salir ampollas. —Después lo miró a él, y sus ojos parecían gigantes en la oscuridad—. Clayton me matará si se entera, pero tenía... tenía que hablar contigo. Y no cogías el móvil.

Ethan metió la mano en la bolsa y sacó el móvil. Cuatro llamadas perdidas.

—Mierda. Lo siento. No quería causarte problemas.

—Ya es demasiado tarde para eso, me parece —dijo ella. Puso los pies en el salpicadero y volvió a bajarlos—. Pero no me importa, así que...

—Creo que no sé cómo te llamas —dijo él con amabilidad.

—Alice. Alice Rae.

Ethan no podía quedarse con la duda.

—¿Qué pasa cuando te metes en algún lío, Alice Rae?

—Ah, que mi padre me encierra en mi habitación un par de días —dijo, quitándole importancia—. Da igual.

—¿Y te pega? —preguntó. «Como me diga que sí, no dejo que vuelva.»

—No, ya no. Antes sí, y Rose siempre se llevaba la peor parte. Pero hace un par de años, cuando se marchó, se llevó un buen susto. Perdió el conocimiento junto al riachuelo y no supimos dónde estaba hasta que el perro nos llevó. —Soltó una risa triste—. Tiene gracia, porque Clayton no le ha dicho una sola palabra amable a Bandit en toda su asquerosa vida. Pero los perros son leales y bobos, o yo qué sé. Cuando Clayton volvió en sí y vino el médico, descubrió que tenía problemas de corazón. El médico le dijo que no debía ponerse nervioso. Y supongo que eso lo ha ablandado un poco. —Alice no paraba de trenzarse y destrenzarse el pelo mientras hablaba—. El caso es que a ti no te importa lo que le pase y a mí tampoco, o no me importa tanto como debería, teniendo en cuenta que hoy estoy en este mundo por él, en parte.

—Puedo ayudarte —dijo él.

—No, no puedes —repuso ella sin más—. Pero eso no importa ahora. Shelly y yo estamos bien. He venido por Rose. —Lo miró de nuevo, y esta vez parecía asustada—. Y creo que está en peligro.

Ethan sintió que una descarga eléctrica le recorría el cuerpo, encendiendo todas las alarmas.

—¿Qué quieres decir?

—Si ha llegado hasta aquí y no ha venido a vernos es porque quería ver a otra persona antes. Y algo malo ha pasado. —Alice miró el rifle que él seguía teniendo en las manos—. Ha ido a ver a Gus Hobbs, me apuesto lo que sea. Y ahora necesita tu ayuda.

—¿Quién es Gus Hobbs?

Alice se agarró las manos en el regazo y empezó a retorcérselas con nerviosismo.

—Es un hombre muy malo. Y es el marido de Rose.

Capítulo 89

Tres horas después, subiendo por otro camino lleno de baches en mitad del denso bosque, Ethan se preguntaba con amargura si habría llegado al fondo de los secretos de AnnieLee. ¿Marido? No entendía nada.

También podía ser que Alice Rae fuera una mentirosa, como su hermana mayor.

Las ramas rozaban el lateral de la camioneta y los faros casi no penetraban en la oscuridad previa al amanecer. La adrenalina le corría por las venas. Y también tenía sentimientos encontrados. Nadie se le había metido de esa forma en la cabeza y el corazón como AnnieLee.

«Cuando veas una cabaña en ruinas a tu derecha es que ya estás cerca», le había dicho Alice.

«Espero que al menos me haya dado bien las indicaciones», pensó taciturno.

Al cabo de media hora más, vio la cabaña, la estructura medio desmoronada de lo que en otro tiempo habría sido una granja. Había un vertedero ilegal un poco más allá, lleno de sofás viejos, colchones y chasis de coche. Los faros de la camioneta descubrieron los ojos de alguna criatura nocturna que se escabulló entre los desechos.

Avanzó cuatrocientos cincuenta metros desde el vertedero. Y después se detuvo en el arcén y paró el motor. Hizo una breve pausa para calmarse y a continuación agarró el rifle y salió de la camioneta. Fue por un lateral del camino hasta que divisó lo que estaba buscando: el reflector rojo clavado a un poste, que, si Alice Rae no estaba intentando que se perdiera para siempre entre los bosques de Arkansas, marcaba la salida hacia la casa de Gus Hobbs.

Hacía buena noche, casi no soplaba el aire y la media luna alumbraba lo justo para ver. Ethan caminaba sin hacer ruido y con cuidado hacia su objetivo, con todos los sentidos alerta, por la pista de tierra que subía la colina.

De repente, algo se movió y oyó un ruido fuerte a su derecha. Saltó hacia atrás y sacó el rifle al mismo tiempo. Un ciervo cruzó la pista por delante de él e impactó contra la maleza del lado contrario.

Ethan esperó hasta que sus pasos se perdieron en la lejanía, jadeando.

—Joder —susurró. Cuando se le calmó un poco el pulso, continuó.

Llevaba casi un kilómetro y medio cuando vio la casa, apenas iluminada por la luna. Era una cabaña construida a mano, en medio de un patio de tierra tan limpio como sucio y desordenado estaba el de Clayton. Iba tan concentrado en la casa silenciosa que se dio de bruces con la alambrada de púas que atravesaba la pista a cuarenta y cinco metros de la casa. Se aguantó el grito de dolor cuando los pinchos oxidados se le clavaron en la carne a la altura de la cintura y el muslo. Retrocedió, apretando los dientes, y despegó con cuidado la ropa del alambre.

Fuera quien fuese aquel Gus Hobbs, tenía habilidad para la tecnología disuasoria simple, pensó. Se agachó para pasar por debajo del vallado y avanzó con más cuidado, por si el tal Hobbs hubiera escondido una trampa para osos en alguno de los hoyos del terreno. No parecía que tuviera perro guardián, pero se le ocurrían unos cuantos métodos de defensa más baratos, silenciosos y letales.

Sostenía el rifle sin apretarlo. No pensaba entrar disparando. Pero notar el peso del arma en las manos le infundía seguridad, igual que cuando era soldado. Los años que había pasado en Afganistán no es que los hubiera disfrutado, pero lo habían moldeado. Habían hecho de un chico asustado e inseguro un hombre que entendía el significado del honor y el deber, y reconocía el tipo de sacrificios que esos ideales requerían en muchas ocasiones.

Cuando pensaba en Antoine y Jeanie, y en otras personas que había perdido por el camino, se decía que no iba a quedarse sin AnnieLee también.

Se deslizó con sigilo entre dos coches y se acercó hasta una ventana poco iluminada. Se veía una cocina con la encimera llena de cajas de cereales, bolsas de patatas fritas y latas de cerveza. En el lado izquierdo de la habitación había una puerta interior cerrada. Metió la yema de los dedos debajo del bastidor de la ventana y tiró hacia arriba. Se abrió con un suspiro.

Mierda. ¿Así era como iba a hacerlo? ¿Iba a colarse en la casa por la ventana?

Era casi una invitación por escrito. Si alguien lo pillaba entrando por la ventana, sería el objetivo más fácil que se pudiera imaginar, pero seguía pareciéndole que tendría más posibilidades que si lo intentaba por la puerta delantera.

Ethan metió el rifle primero y apoyó la culata contra la pared de dentro. Después inspiró profundamente y se apoyó en el alféizar.

Las botas hicieron ruido al rozarse contra la pared, pero no se podía hacer nada para evitarlo. Ya tenía el pecho dentro y estaba deslizando el resto del cuerpo cuando se abrió la puerta que había al fondo de la cocina.

Capítulo 90

No le dio tiempo a moverse. Con medio cuerpo dentro, Ethan se encontró cara a cara con unos ojos verdes.

Y unos bigotes.

Y unas orejas negras y picudas. Seguidas por un cuerpo bajo y fibroso que entró sigilosamente en la cocina, directo hacia un recipiente con comida que había en un rincón. La puerta se cerró tras de sí.

Estuvo a punto de atragantarse del alivio que sintió mientras metía el resto del cuerpo dentro de la habitación. ¡Un puñetero gato! El animal, ajeno a que casi le había causado un infarto, olisqueó con desdén el cuenco. Y después se le frotó entre las piernas y salió de un salto por el mismo sitio por el que acababa de entrar él.

Ethan se agachó y cogió el rifle. Se oía el leve zumbido de la radio al otro lado de la puerta de la cocina. Avanzó unos pasos sin hacer ruido y apagó la luz. Esperó un momento a que los ojos se le acostumbraran a la oscuridad mientras aguzaba el oído para ver si se oían ruidos en la otra habitación. Al no percibir nada más que la radio con interferencias, abrió la puerta.

Aunque estaba muy oscuro, distinguió un sofá pegado a la pared del fondo y una puerta exterior en la pared contraria. Reconoció también un acceso a lo que supuso que sería un pasillo que conectaba con el resto de la casa.

«Todo el deporte y los boletines sobre el tiempo en el 860 AM», dijo la voz de la radio.

El sonido parecía salir del rincón más alejado de la habitación. Se acercó muy poco a poco y vio lo que parecía un sillón reclinable de gran tamaño y al hombre que dormía en él.

Gus Hobbs.

Ethan apoyó el rifle contra la pared con cuidado y se lanzó hacia delante en la oscuridad. No quería amenazarlo desde una distancia prudencial; quería darle una paliza de la hostia.

Hobbs se despertó sobresaltado cuando ya lo tenía encima y el tipo no pudo hacer otra cosa que levantar las manos para protegerse cuando él empezó a darle puñetazos en la cabeza y los brazos. El hombre se puso a gritar, tratando de parar los golpes, pero Ethan estaba bien despierto y furioso, y el tipo no podía sino intentar bajarse del sillón para que no siguiera golpeándolo.

—¡Para! ¡Joder! —gritaba—. ¡Tío, para! ¡Me cago en todo!

Él se apartó por fin y se levantó jadeando, pero no se separó del sillón.

—¿Dónde está, Hobbs? —gritó—. ¿Dónde la tienes?

Alguien encendió una luz de techo brillante y cegadora. Ethan entornó los ojos y entonces vio en la otra entrada a un hombre que le apuntaba al pecho con una pistola, tan tranquilo.

—Ese idiota no es Gus Hobbs. Soy yo.

Capítulo 91

Ethan inspiró bruscamente. No estaba asustado, estaba furioso. Había dejado que los sentimientos le nublaran el juicio y había atacado sin conocer siquiera el tamaño, la fuerza o la identidad del enemigo. Un estúpido error de novato.

Se irguió por completo, como si no le estuvieran apuntando con una pistola.

—¿Dónde está Rose? —quiso saber.

El tal Hobbs no respondió, mientras que el otro tipo se limpiaba enfadado la cara ensangrentada e hinchada.

—Dispárale —dijo—. Dispara a este cabrón.

Gus Hobbs volvió la fría mirada hacia su compañero.

—A lo mejor tendría que disparar contra ti —dijo.

—Acababa de cerrar los ojos un minuto…

—Precisamente —lo cortó Hobbs con tono siniestro.

Aquel hombre era delgado pero musculoso y tenía un rostro duro, atractivo casi. Si Clayton Dunning le había parecido un bulldog, Gus Hobbs se acercaba más a un lobo. ¿Era cierto que AnnieLee se había casado con aquel tío? ¿Había estado viviendo en esa casa? Ethan no daba crédito.

Pero la verdad daba igual. Lo único que importaba era encontrarla y que no le hubiera pasado nada.

«Y que no me maten por el camino», pensó con determinación.

—Sal —le ordenó Hobbs, gesticulando con la pistola.

El otro tipo se rio mientras se limpiaba con la manga la sangre que le salía de la nariz.

—No queremos que se manche el suelo cuando dispare.

—Cierra el pico —dijo Hobbs. Y volviéndose hacia él—: Arriba las manos. Camina. —Señaló con un gesto la puerta principal, que estaba justo a la izquierda de Ethan.

Este levantó las manos y se volvió despacio. Pero hizo el giro completo hacia la derecha, lo que le permitió ver la puerta de la cocina y el rifle que había dejado apoyado en la pared justo al lado. Puede que fuera porque el Winchester era del mismo color que la madera del recubrimiento de la pared, o porque a Hobbs o a su secuaz jamás se les habría ocurrido que alguien tuviera un arma y no la usara, pero el caso es que ninguno de los dos se había fijado en el rifle. Ethan calculó que estaría a unos dos metros y medio de distancia. «Factible», pensó.

Finalmente terminó de girarse para quedar de frente a la puerta.

—No puedo abrirla si tengo las manos en el aire —dijo.

—Joder —maldijo Hobbs—. Ábrela, Rick.

Cuando el tal Rick se acercó a él, Ethan bajó la mano derecha y tiró del pomo con todas sus fuerzas. La puerta le dio en toda la cara y, aprovechando el momento, él se lanzó hacia atrás para coger el rifle y aterrizó de costado.

Agarró el arma, rodó hasta quedar de espaldas con fluidez, apretó el gatillo y disparó contra Gus Hobbs.

O donde se suponía que estaba.

La bala hizo un agujero en la pared mientras el tipo doblaba la esquina. Ethan apuntó a Rick mientras este se levantaba.

—Sal corriendo o disparo —dijo con un gruñido.

El otro vaciló y él disparó, y la bala rozó el bíceps del secuaz, que no necesitó que se lo repitieran para salir corriendo.

Solo en la sala de estar, Ethan se acercó poco a poco al lugar por el que había escapado Hobbs. Se agachó y se asomó al arco. Vio un pasillo corto y una puerta trasera al fondo abierta de par en par.

Avanzó por allí pegado a la pared hasta que vio el patio. A la luz de la luna percibió varios rodales de hierba, un remolque, un cobertizo y una cuerda para tender la ropa en la que había varias toallas amarillentas colgadas. Al cabo de un momento, Gus Hobbs asomó la cara y la pistola por una esquina del cobertizo.

—¿Quieres que contemos hasta tres y que disparemos? —preguntó arrastrando las palabras.

Ethan apuntó justo encima de la cabeza del tipo y disparó. La bala dio en el alero en voladizo del tejado.

—¿Dónde está Rose? —gritó.

Hobbs, que había desaparecido detrás del cobertizo, no respondió.

Él soltó el rifle y bajó corriendo los escalones hasta el patio. Cruzó a la carrera hasta el otro lado del cobertizo y agarró al tipo por las piernas mientras este intentaba escapar corriendo hacia el bosque. Los dos cayeron pesadamente en la tierra. A Hobbs se le escapó la pistola, que cayó lejos de él.

El tipo le dio una patada en el pecho, pero Ethan aguantó el golpe y se levantó hasta ponerse a horcajadas sobre su adversario y le aplastó la cara contra el suelo.

—La encontró el chaval ese de la gasolinera…, Wade —respondió el hombre entre jadeos—. Dijo que se golpeó la cabeza y perdió el conocimiento, y que cuando lo recuperó un poco dijo mi nombre. —Soltó otra patada y se quedó inmóvil—. El muy gilipollas la trajo aquí. Esa chica nunca mereció la pena, así que hice lo que tenía que hacer. ¡Joder, tío, me haces daño!

—No tienes ni idea de lo que es hacer daño —dijo Ethan—. ¿Dónde está Rose McCord?

Hobbs soltó una carcajada, una risotada salvaje y desquiciada que le produjo escalofríos.

—He tirado el puto cuerpo en el sótano —respondió.

Capítulo 92

Ethan sintió que se le abría un agujero en el estómago. ¿El cuerpo de AnnieLee? Se levantó y tiró del cinturón de Hobbs hasta alzarlo.

El hombre se tambaleó mientras tosía entre agudas carcajadas.

—Se lo merecía —dijo, limpiándose el polvo de la cara y la camisa.

Si no hubiera tirado el rifle en los escalones de la casa, habría disparado contra aquel tipo allí mismo.

—Llévame con ella ahora mismo.

El otro se irguió.

—Si tú lo dices…

El miedo y el pavor hicieron que Ethan se distanciase. Sentía como si se estuviera viendo a sí mismo atravesar el patio de tierra detrás de Hobbs, que seguía riéndose, más bajo, pero con el mismo tono de loco. Se vio recoger el rifle mientras el tipo tiraba de las puertas que conducían al sótano para abrirlas.

—Adelante.

—Tú primero —se oyó decir Ethan.

Hobbs maldijo y bajó la escalera. Ethan lo siguió de cerca, con el rifle entre los omóplatos. El techo era bajo y no se veía casi.

—La luz —añadió.

Oyó que Hobbs buscaba algo a tientas y al final encendió una linterna. La luz era débil e iba y venía. Recorrió el perímetro de la habitación iluminando a su paso tierra, montones de grava y escombros.

Hasta que encontró una forma humana. AnnieLee estaba hecha un ovillo en un rincón, atada de pies y manos. Tenía los ojos cerrados y le habían tapado la boca con cinta aislante.

—AnnieLee —exclamó ahogando un grito.

Ella abrió mucho los ojos aterrorizada.

Ethan sintió que volvía en sí con un golpe brusco, a la realidad. «Santo Dios, está viva», pensó. Casi se le doblaron las rodillas.

Pero no. Se giró hacia Hobbs, que volvía a la escalera. Lo agarró por el cuello de la camisa y lo obligó a que se diera la vuelta. El tipo fue a atizarle un golpe con la linterna, pero Ethan se inclinó. A una altura más baja y cerca como estaba de él, le lanzó un puñetazo desde abajo directo a la barbilla con muy mala leche, apretando el puño justo al producirse el impacto. Los nudillos chocaron con la mandíbula con un desagradable crujido. La cabeza de Hobbs cayó hacia atrás y se golpeó con la escalera, tras lo cual se escoró hacia un lado y terminó cayendo al suelo inconsciente. La linterna se precipitó también al suelo y se apagó.

Ethan no se molestó siquiera en buscarla en la oscuridad. Avanzó gateando hacia AnnieLee, llamándola, aunque no podía contestar. Cuando la encontró, le palpó con desesperación el rostro y los hombros y luego la ayudó a sentarse y la estrechó contra su pecho, junto a su corazón, que latía a toda velocidad. Los ojos le picaban y se los limpió; estaba llorando.

—Estás bien, estás bien. Dime que estás bien —le rogó mientras le quitaba la cinta de la boca.

—Ay —se quejó ella cuando él se la arrancó. Se inclinó hacia delante mientras Ethan se afanaba en desatarle las muñecas. Tenía el pelo húmedo y olía a sudor y a miedo—. Estoy bien —dijo después con la voz rota y áspera—. Pero te juro que he estado mejor.

A Ethan le dieron ganas de gritar de puro alivio. Terminó de deshacer los nudos y le soltó las manos. La ayudó a ponerse de pie y caminó tambaleándose hacia la escalera. Él dirigió al cielo una plegaria de agradecimiento y salió tras ella del sótano justo cuando el sol comenzaba a alzarse en el cielo.

Capítulo 93

Dos horas después, AnnieLee Keyes, antes conocida como Rose McCord, estaba sentada en una comisaría de pueblo, cubierta con una camisa de franela de Ethan, pálida, agotada y rabiosa. Él estaba de pie, bebiendo un café que no sabía a nada y observando los intentos del jefe de policía, un hombre con barriga, bigote y buenas intenciones llamado Anderson, de sonsacarle lo que le había ocurrido.

Sin éxito.

—No tengo intención de hablar con usted —le dijo por enésima vez. Su voz había adquirido un tono hosco, y parecía mayor. Más seca. Anderson le había dado una taza de café a ella también, por supuesto, pero no lo había tocado.

El jefe miró a Ethan buscando apoyo.

Este le tocó el hombro a AnnieLee con dulzura y le puso bien el cuello de la camisa bajo el pelo enredado. No se acostumbraba a que fuera Rose. Era un nombre muy bonito, pero sonaba muy dulce.

—Solo intenta ayudarte —le dijo.

Ella le dirigió una mirada hosca.

—Tú no lo conoces.

—No, pero es un agente de la ley. Ha jurado protegerte y…

—Este agente —lo interrumpió— no me ha protegido jamás. De hecho, ha hecho más bien lo contrario.

Ethan se sentó en la silla plegable de metal que había al lado de ella. No era lo que esperaba oír.

—¿Qué quieres decir?

—Quiero decir —respondió— que, cuando llamaba a la policía porque Clayton me pegaba, decía que era una adolescente conflictiva. Decían que era una mentirosa y que solo quería llamar la atención. Cualquiera diría que los moratones que llevaba en los brazos demostrarían lo contrario, ¿no crees? Pues para ellos no. —Se cruzó de brazos—. El jefe creció aquí, igual que Clayton. Iban por ahí en bici juntos cuando eran pequeños y se emborrachaban en los mismos bares del condado de Boone cuando se hicieron mayores. Eran amigos. Lo que significa que, cuando yo lo llamaba, Anderson se ponía de su lado.

Ethan se dio la vuelta y miró al policía. Como soldado, respetaba el rango y quería que aquel hombre le dijera que aquello no era cierto, que se trataba de un terrible malentendido. Pero Anderson le rehuyó la mirada.

El tipo carraspeó.

—Las disputas domésticas suelen exagerarse…

—¿Lo ves? —siseó AnnieLee—. Me escapé tres veces y las tres me entregaron al hombre que me hacía daño. A mí no me parece que eso sea protegar y servir al ciudadano, a mí. ¿Y a ti?

Él aplastó el vaso vacío que tenía en las manos. Aunque ella nunca se había mostrado todo lo abierta y sincera que a él le habría gustado, sabía que en ese momento decía la verdad.

—¿Te ves capaz de contárselo a otra persona, Annie-Lee?

Desplomada en su silla, ella hizo un gesto de asentimiento con la cabeza.

—Tenemos que hablar con otro agente —le dijo al jefe Anderson.

El hombre vaciló un momento, pero terminó levantándose. Cuando volvió al cabo de unos minutos, lo acompañaba una mujer joven, con la cara redonda y el pelo cobrizo.

—Esta es la agente Danvers —dijo—. Ella le tomará declaración. —Rehuyó la mirada de odio de AnnieLee, pero le hizo una breve inclinación de cabeza a Ethan a modo de despedida y salió.

Cuando Anderson desapareció, ella se relajó visiblemente.

La agente Danvers se sentó detrás de la mesa del jefe.

—Me alegro de que esté bien —dijo—. Y siento que haya tenido que pasar por algo así. ¿Quiere otro café? No. Bien, vamos al asunto, entonces. ¿Puede contarme qué pasó con Gus Hobbs?

—He venido hasta aquí para matarlo. Todavía podría hacerlo —respondió ella con rabia.

La agente se quedó desconcertada al oírlo.

—Centrémonos en el delito que se ha cometido contra usted, señora Keyes. Lo que me interesa ahora mismo es cómo y por qué terminó atada en el sótano de Hobbs. ¿Qué ocurrió?

—No lo sé. Me desperté allí dentro.

—Estaba herida —explicó Ethan a la agente—. Un chaval la encontró y se la llevó a Hobbs.

—Yo iba hacia allí de todos modos —dijo AnnieLee.

—Pero no creo que tu objetivo fuera llegar al sótano —dijo Ethan.

—No, señor, no lo era —dijo ella—. Mi objetivo era volarle la cabeza, pero las cosas no salieron así.

—Creo que no debería… —comenzó a decir la agente Danvers.

—Por favor, AnnieLee, empieza por el principio —interrumpió él. Sabía que la historia se remontaba a muchos años atrás y quería conocerla entera.

Ella inspiró profundamente.

—Conozco a Gus Hobbs desde que tenía veinte años, cuando mi padrastro, Clayton Dunning, aún me pegaba. Pensé que iba a rescatarme —dijo—. Y supongo que durante un tiempo fue así.

Se detuvo y bajó la vista para mirarse las manos. Ni Ethan ni la agente dijeron nada. Esperaron. Él vio que AnnieLee se restregaba una zona de la muñeca en la que tenía la piel irritada.

Y entonces levantó la vista. Cuando empezó a hablar, lo hizo con calma y tono constante.

—Pero, de repente, algo cambió en él. Y poco después me había arrastrado hasta un infierno tan hondo que pensé que nunca saldría de allí.

Ethan permaneció donde estaba, sin respirar apenas, mientras la verdad comenzaba a salir a la luz por fin.

Capítulo 94

—Dígame a qué se refiere con *infierno* —dijo la agente Danvers.

AnnieLee se agarró al asiento de metal de su silla. No sabía si iba a ser capaz. Desde que salió de Houston, su supervivencia había dependido de negar todo lo que había tenido que soportar en su vida.

Se quedó mirando el vaso de café que no había probado. Se le había cerrado la garganta, como si las palabras que tenía que pronunciar no encontraran sitio por donde salir. Costaba mucho admitir la verdad.

—Tómese su tiempo —dijo la agente.

Ella miró el reloj que había encima de la cabeza de la policía y se fijó en el segundero: mil uno, mil dos…

—Gus era encantador al principio —dijo por fin—. Me decía que era la chica más guapa al oeste del río Misisipi. «Y puede que también al este, pero nunca me he molestado en cruzarlo», solía decir. —Dejó escapar un soplido de sarcasmo—. Menuda gilipollez. Bueno, pues yo me lo creí porque fue la primera persona que se mostró amable conmigo desde que murió mi madre. Pensé que estábamos enamorados.

—¿Te… casaste con él? —preguntó Ethan en voz baja.

—Señor —dijo la agente—, deje que lo cuente todo sin interrupción, por favor.

AnnieLee se volvió hacia él, cuyo hermoso rostro estaba lleno de dolor.

—No, no lo hice. Le dije a Clayton que me había fugado con él para casarnos y vivir juntos. Y las cosas fueron bien durante unos meses. Gus era muy protector. Controlador también, pero creía que era su forma de cuidar de mí. —Se detuvo y miró a la agente Danvers—. ¿Le ha ocurrido alguna vez que un hombre le ha apretado la mano un poco más fuerte de lo debido, agente? Y de repente te das cuenta de que no tienes fuerza suficiente para soltarte y no te queda más remedio que esperar a que te suelte él.

—No —contestó la otra mujer en voz baja.

—Bueno, pues a Gus le gustaba hacerlo. Quería recordarme quién era más fuerte. Y decía que había gente por ahí que quería hacerme daño y que por eso era importante que no saliera de casa sin él. —Cogió un boli de una taza que había en la mesa y empezó a sacar y meter la punta con nerviosismo—. No me dejaba nunca sola.

La agente empujó una caja de pañuelos hacia ella y en ese momento AnnieLee se dio cuenta de que las lágrimas le corrían por las mejillas. Se puso la caja en el regazo y continuó.

—Yo quería salir de allí, pero él me decía que no podía irme. Decía que yo le pertenecía. —Se secó las mejillas—. Y que tenía que recuperar todo lo que se había gastado en mí. —Se levantó, fue hasta la puerta y apoyó la cabeza en el metal frío.

—Ahora está a salvo —dijo la agente.

Un sollozo consiguió abrirse paso por su garganta.

—¡Aún no he llegado a la peor parte! —exclamó—. Gus decía que tenía que ser obediente y agradecida. Y… me vendió. —Lloraba tanto a esas alturas que casi no podía hablar—. Me vendió como si fuera un puto coche usado.

Capítulo 95

Si Ethan hubiera sabido aquello cuando fue a la casa de Gus Hobbs, la policía habría tenido que arrestarlo por asesinato. Pero permaneció muy quieto, escuchando atentamente, mientras AnnieLee terminaba de contar su historia.

Un hombre de fuera («Todo el mundo se refería a él como D, pero nunca supe su verdadero nombre ni de dónde era», había dicho) fue a por ella en plena noche y se la llevó. Le informó de que a partir de ese momento era de su propiedad y que, si no hacía lo que le decía, volvería y se llevaría a sus hermanas. Cuanto más pequeñas, más valor tenían, le dijo.

La metió en una casa con otras tres mujeres a las afueras de Little Rock. Después la llevó a un motel en Houston. Luego fueron a Tulsa, Oklahoma City y de vuelta a Houston.

—Nunca veía la luz del sol —dijo AnnieLee—. Solo el interior de una asquerosa habitación de motel tras otra y mis ojos muertos en el espejo del baño.

Se produjo un silencio en la habitación. Ella lloraba, y el dolor que sentía Ethan era como si lo apuñalaran muy despacio con un cuchillo grueso y romo.

Al cabo de un rato, la agente Danvers carraspeó.

—¿Cómo consiguió escapar?

AnnieLee se secó los ojos.

—Una noche, D estaba muy borracho y se quedó dormido delante de la tele. Ya le había pasado antes, pero tenía el sueño ligero y se despertaba a la mínima. Pero aquella vez era diferente, y me di cuenta. Así que me quedé allí sentada un buen rato mirándolo dormir y pensando en qué hacer. Yo estaba hecha polvo. Sabía que, si salía corriendo y me alcanzaba, me mataría. Pero ¿qué era la muerte en comparación con aquella vida? Un puto pícnic. Así que eché a correr y…, bueno, aquí estoy.

—AnnieLee —dijo Ethan levantándose. Le tendió los brazos, pero ella retrocedió como si le tuviera miedo. Los dejó caer—. Por favor.

La chica se quedó mirando el suelo un buen rato. Y al final se acercó a él muy despacio. Ethan esperó a que estuviera a unos centímetros y entonces la rodeó con los brazos.

—Lo siento mucho —susurró.

Ella se reclinó contra él con un suspiro.

—Fueron a por mí —dijo—. Todo por mi bocaza. Siempre decía que algún día llegaría a Nashville. Supongo que no les costó mucho encontrarme.

—¿Por qué hablas en plural?

—No sé quiénes son ni tampoco si los envió Gus o D. ¿Importa acaso cuál de los dos pensara que era mi dueño? Lo que empezó como una especie de matrimonio con todas las de la ley se convirtió en un secuestro con todas las de la ley. Lo único que sé es que D fue en persona a buscarme a Las Vegas. Para él, yo lo había traicionado, y fue para llevarme de vuelta o matarme. Pero yo ya no quería morir. Quería luchar. Quería vivir.

Él apoyó la mejilla en su coronilla.

—¿Entiendes ahora por qué no quería contarte nada, Ethan? —dijo con la voz amortiguada contra su pecho—. Yo no quería recordarlo y no quería que tú lo supieras. Porque ahora no podrás olvidarlo, no de la manera en que yo me obligué a hacerlo.

Ethan pensó en algo que pudiera reconfortarla, pero todas las palabras le parecían insuficientes y vacías. Así que permaneció allí, acunándola con ternura. Las lágrimas de AnnieLee le empaparon la camisa y sus delgados hombros temblaban.

Odiaba a aquellos hombres. Cada vez que pensaba en lo que habían hecho, apretaba los dientes tan fuerte que le dolía la cabeza. Deseó haber hecho algo más que romperle la mandíbula a Hobbs y se preguntaba si sería muy difícil dar con ese D…

—Me estás estrujando —susurró ella.

—Perdona —dijo él desconcertado—. Estaba pensando en… —No terminó la frase, no le hizo falta.

—Ya lo sé. Lo he notado.

Ethan bajó los brazos y volvió a subirlos para tomarle las manos frías y pequeñas con las suyas. Dobló las rodillas para ponerse a la misma altura y mirarla a los ojos azules.

—Escúchame, AnnieLee, por favor, porque es importante. Te dije que cuando entraste en el Cat's Paw aquella primera noche fue lo mejor que me había pasado en mucho tiempo. Pero te mentí. —Hizo una pausa. Se le había hecho un nudo en la garganta por la emoción—. Fue lo mejor que me había pasado en toda mi puta vida. Te quiero, AnnieLee. Y te prometo que no dejaré que vuelvan a hacerte daño nunca más.

Nueve meses más tarde

Capítulo 96

—AnnieLee Keyes y Ruthanna Ryder en cuatro —dijo una voz por el auricular de AnnieLee.

Su corazón hizo una pirueta y alargó el brazo para estrecharle la mano a Ruthanna.

La estrella se lo devolvió.

—Inspira bien hondo, fierecilla —dijo—. Suelta todas esas mariposas.

—¿Mariposas? Y una mierda —contestó ella—. Siento como si tuviera una bandada de palomas en el estómago.

Se puso de puntillas y a punto estuvo de perder el equilibrio por culpa de aquellos taconazos horribles que Ruthanna la había convencido para que se pusiera.

—Son los Premios de la Música Country —había dicho la otra—, y no puedes salir con vaqueros y botas cuando Nicole Kidman se pavoneará vestida de Versace de pies a cabeza, así que tú vas a llevar más lentejuelas que todas las concursantes de *Reinas del drag* de RuPaul juntas.

AnnieLee se había reído y había accedido, aunque con reticencia, a ponerse un modelo diseñado para la ocasión: un vestido ceñido y largo hasta el suelo de color dorado, tan brillante que se sentía como si fuera la estatuilla de los Óscar. Le habían recogido el pelo en un elegante moño en la base del fino cuello y lucía unos largos pendientes de diamantes, préstamo de Harry Winston, que le acariciaban los hombros.

El único problema eran los malditos zapatos, de verdad. Se agachó a recolocarse las finas tiras de piel.

—Estás fantástica —dijo Ruthanna—, pero, lo que es aún más importante, vas a estar fantástica ahí fuera.

La mujer llevaba un vestido largo también, cubierto de lentejuelas de color escarlata en el escote, cuyo tono se iba difuminando con efecto degradado hasta un suave color rosa en el bajo, y se había dejado el pelo suelto, una nube cobriza que le enmarcaba el hermoso rostro. A Annie-Lee le parecía un ángel tachonado de estrellas.

—¿Estás nerviosa? —le preguntó—. Hace años que no actúas en directo.

—¿No sabes lo que dicen? Que esto es como montar en bici. —Sonrió—. O en una Harley-Davidson. —Se inclinó hacia ella para susurrarle algo al oído, aunque no había nadie por allí que pudiera oírla—. ¿Sabías que Jack ha comprado dos motos iguales, una para cada uno? Le dije que antes de montarme en una cosa de esas cabalgaría desnuda por todo Lower Broadway. ¿Y sabes lo que ha hecho? El muy idiota me ha regalado tres meses de clases para aprender a conducir. —Puso los ojos en blanco con aire teatrero—. ¡Y yo que siempre había creído que era un hombre sensato!

Podía hacerse la escandalizada, pero AnnieLee sabía que Ruthanna estaba emocionada, puede que no por la moto en sí, pero sí por su relación con Jack. Hacían una pareja de cine…, con música de country de fondo.

Ella también estaba muy emocionada. Antes de abandonar el condado de Caster, la agente Danvers había conseguido pruebas sólidas para meter a D en la cárcel. Y, mientras se celebraba el juicio, AnnieLee había reunido la confianza que necesitaba para recordar los momentos más oscuros. Ethan había escuchado cada palabra con paciencia, amor y comprensión.

En ese momento, el telón negro que tenían delante empezó a levantarse.

—Vamos allá —dijo Ruthanna.

Las dos salieron a la potente luz de los focos cogidas de la mano. Frente a ellas, no cabía un alfiler en el estadio Bridgestone Arena, y las butacas de las primeras filas las ocupaban todas las figuras importantes de la industria discográfica.

—Señoras y señores —entonó el presentador—, ¡Ruthanna Ryder y AnnieLee Keyes!

El aplauso fue ensordecedor. Cuando los últimos ecos se apagaron, ambas se miraron, sonrieron y se soltaron la mano. El batería marcó la cuenta atrás y la banda comenzó a tocar. AnnieLee cerró los ojos y la música la invadió. El sonido era tan amplio y tan potente que notaba cómo reverberaba dentro de ella.

Ruthana empezó a cantar:

—*Put on my jeans, my favorite shirt…*

—*Pull up my boots and hit the dirt* —continuó AnnieLee.

Y luego las dos juntas en armonía.

—Finally doin' somethin' I've dreamed of for years...

Antes de llegar al primer estribillo, el público ya se había puesto en pie y cantaba tan alto que AnnieLee casi no oía a la banda a través de su auricular. Pero tampoco importaba; la canción las arrastraba, entrelazando sus voces igual que cuando ensayaban junto a la piscina, en el estudio o incluso en el Cat's Paw aquella noche ya tarde cuando no quedaba nadie más que Billy. Se había convertido en la canción de su amistad, un símbolo del espíritu indómito que compartían.

Cuando las últimas notas se apagaron, Ruthanna dio un paso al frente e hizo una reverencia elegante.

—Es maravilloso estar aquí esta noche con todos vosotros —dijo al público que la aclamaba—. Tanto, de hecho, que es posible que tenga que repetir pronto. Pero ahora voy a dejar que mi amiguita aquí presente se haga cargo de la actuación. —Se rio divertida—. Ups, se supone que no debo usar diminutivos. —Le mandó un beso y abandonó el escenario.

AnnieLee, sola bajo aquellos potentes focos que daban mucho calor, sintió que la invadían una gratitud y una determinación embriagadoras.

No tenía planeado decir nada, pero las palabras salieron sin que nadie se lo pidiera, directamente desde el corazón.

—Mi verdadero nombre no es AnnieLee Keyes —dijo—. Aunque eso sea lo que aparece en el disco y como os habéis acostumbrado a llamarme. Mi verdadero nombre es Rose McCord. Y quiero que sepáis que ha hecho falta algún que otro milagro para que esté esta noche aquí, viva. Y, mientras sea así, no dejaré de dar las gracias por este momento y por el aire que respiro, jamás.

Miró hacia el lateral del escenario, donde Ethan, Ruthanna y Jack esperaban a que se uniera cuando terminara la actuación.

—Gran parte de mi éxito —prosiguió— se lo debo a mi representante, Jack Holm. Y le debo mucho más a Ruthanna Ryder, ¡a ella todos la conocéis! Pero también le debo mi vida, y mi felicidad, a alguien que no conocéis. Se llama Ethan Blake. —Levantó la mano izquierda, en cuyo anular brillaba un pequeño y resplandeciente diamante—. Pero creo que ya tendréis tiempo de hacerlo, porque, al contrario que los llamativos pendientes que llevo, este no es prestado. —Se rio con un asombro vertiginoso—. Ha sido una aventura de locos, amigos. Pero ya está bien de charla. Vamos a hacer música.

Un asistente entró corriendo y le entregó su propia guitarra, y ella se puso la correa por detrás de la cabeza, contenta de sentir su temperatura y su peso, tan familiares. Rasgueó los acordes iniciales y a continuación Rose McCord hizo aquello para lo que había nacido.

Cantar.

Dark night, bright future
I'm on my way, I start today
I'm gonna be all right
Dark night, bright future
It's darkest just before the light
And though it's been a long dark night
Blue sky on the other side

Letras

A continuación se incluyen todas las letras aparecidas en esta novela en inglés y con su traducción al castellano, para mejor comprensión del lector. Nótese que varias de estas canciones forman parte del nuevo álbum de Dolly Parton, «Run Rose Run», que acompaña a esta novela, y que puede escucharse siguiendo el código QR que aparece en la parte trasera de la cubierta. Las doce canciones incluidas en este disco son: *Run, Big Dreams and Faded Jeans, Demons* (con Ben Haggard), *Driven, Snakes in the Grass, Blue Bonnet Breeze, Woman Up and Take It Like a Man, Firecracker, Secrets, Lost and Found* (con Joe Nichols), *Dark Night, Bright Future* y *Love or Lust* (con Richard Dennison).

¡Le recomendamos encarecidamente que lo escuche con el libreto delante para sumergirse de lleno en la experiencia de *Corre, Rose, corre!*

CANCIONES DE ROSE McCORD

Run
Corre

Intro:
Corre, corre, corre
Corre, corre, corre
Corre, corre, corre

Primera estrofa:
Cuando estás metida en un lío enorme
Atrapada entre la basura y los escombros
Suplicando una ayuda que no llega
Quieres empezar una nueva vida
No sabes muy bien cómo
Buscas la oportunidad y corres

Primer estribillo:
Corre, corre, sigue corriendo
Despeja el espacio antes
Los mismos problemas de antes tiran de ti
Corre, corre, sigue corriendo
Hasta que llegues allí donde sabes
Que puedes descansar, recobrar el aliento
Saber lo que es ganar
Oh, corre, corre, corre, corre
Corre, corre, corre, corre
Corre, corre, corre, corre

Segunda estrofa:
Quieres mantener a los perros a distancia
No te rindas, encontrarás la manera

Run

Intro:
Run–run–run, a–run–run
Run–run–run, a–run–run
Run–run, run–run, run

Verse one:
When you find yourself in a mess of trouble
Trapped amongst the trash and rubble
Prayin' for relief but gettin' none
You wanna start your life anew
You just don't know exactly how to
Find your opportunity and run

First chorus:
Run, run, and run some more
Clear the premises before
The same old problems pull you back again
Run, run, and just keep goin'
'Til you get to where you're knowin'
You can rest, catch your breath
Know how it feels to win
Oh, run–run–run, a–run–run
Run–run–run, a–run–run
Run–run, run–run, run

Verse two:
You want to keep the hounds at bay
Don't give up, you'll find a way

No dejes que nadie te controle
Y los muros contra los que chocas
Derríbalos, sabes que tienes
Dos opciones, quedarte o correr

Segundo estribillo:
Corre, corre, sigue moviéndote
Cura las heridas del pasado, sigue mejorando
Puedes afrontar los problemas de uno en uno
Vas a tener que afrontar tus problemas
Necesitas tiempo y espacio para resolverlos
Después florecerás como una rosa bajo la luz del sol
Así que corre, corre, corre, corre, corre
Corre, corre, corre, corre, corre
Corre, corre, corre, Rose, corre

Puente:
Arriésgate, puedes hacerlo
Traza un plan y cíñete a él
Elige ser alguien de verdad
Huye, corre hacia la libertad
Deja los malos hábitos, no te hacen falta
Rompe el ciclo, aquellos días ya pasaron
Tienes dos opciones, quedarte o correr

Tercer estribillo:
Corre, corre, sigue corriendo
Despeja el espacio antes
Los mismos problemas de antes tiran de ti
Corre, corre, sigue corriendo
Hasta que llegues allí donde sabes
Que puedes descansar, recobrar el aliento
Saber lo que es ganar

Refuse to be controlled by anyone
And the walls that you run into
Break 'em down, you know you have two
Choices, you can stay or run

Second chorus:
Run, run and just keep movin'
Heal the past, keep improvin'
You can face your troubles one by one
You're gonna have to face your problems
You need time and space to solve 'em
Then you'll bloom just like a rose kissed by the sun
So run-run-run, a-run-run
Run-run-run, a-run-run
Run-run, run Rose run

Bridge:
Take your chances, you can do it
Make a plan and then stick to it
Make a choice to really be someone
Break away, run to freedom
Break old habits, you don't need 'em
Break the cycle, those ol' days are done
You have two choices, you can stay or run

Third chorus:
Run, run, and run some more
Clear the premises before
The same old problems pull you back again
Run, run, and just keep goin'
'Til you get to where you're knowin'
You can rest and catch your breath
I know that you can win

Oh, corre, corre, corre, corre
Corre, corre, corre, corre
Corre, corre, corre, corre

Vamos, corre, corre, corre, corre, corre
corre, corre, corre, corre, corre
corre, corre, corre, corre, corre
corre, puedes correr
corre, corre, corre, corre, corre
corre, puedes correr
corre, corre, corre, corre, corre

Firecracker
Fierecilla

Primer estribillo:
Fierecilla, he oído que me llamabas
Fierecilla, me viene como anillo al dedo
Un cartuchito de dinamita relleno de pólvora
Soy una fierecilla, tócame y te quemarás

Primera estrofa:
Si sigues quemando la mecha, explotaré
Si no haces caso del peligro de no cumplir mis normas
El fuego más atroz puede surgir de una chispa diminuta
Si no prestas atención, esto será un infierno

Segunda estrofa:
Soy toda fuego y pasión, soy inquieta y quiero agradar
Pero, si quieres jugar con fuego, ten cuidado y presta atención
Defender lo que soy y en lo que creo
Me convierte en una fierecilla, eso es lo que seré

So run–run–run, a–run–run
Run–run–run, a–run–run
Run–run, run–run, run

Tag:
Come on, run–run–run, a–run–run
Run–run–run, a–run–run
Run–run, run–run, run
Run, you can run
Run–run–run, run–run
Run, you can run
Run–run–run, run–run

Firecracker

First chorus:
Firecracker, I heard you callin' me
Firecracker, that suits me to a T
A tiny stick of dynamite laced with TNT
I'm a firecracker, hot as I can be

Verse one:
Now I'll explode if you insist on lightin' up my fuse
If you ignore the danger of breakin' all my rules
A ragin' fire can be ignited from a tiny spark
If you don't pay attention all hell can blow apart

Verse two:
I'm full of fire and passion, wound tight and aim to please
But if you want to play with fire, be mindful and take heed
Standin' up for who I am and all that I believe
Is makin' me a firecracker, that's just what I'll be

Fierecilla, si no soportas el calor
Fierecilla, no te acerques a mí
Eso lo resume todo, así que ve con ojo
Porque quemo, vas a notar el calor que doy
(Muchas gracias)

Puente:
Boom, booom, bang, bang, fiu, fiu, fiu
Te explotaré en la cara ahora mismo
Manéjame con cuidado, con responsabilidad
Puedes perder un dedo si me señalas con él
Fierecilla, sí, puedes llamarme así
Fierecilla, porque me defenderé
Ahora no busco problemas, pero si vienen a por mí
Me defenderé con uñas y dientes; no pienso dar marcha atrás

Tercera estrofa:
Fierecilla, y muy orgullosa de serlo
Fierecilla, me viene como anillo al dedo
Un cartuchito de dinamita relleno de pólvora
Soy una fierecilla, tócame y te quemarás

(Cambio):
Yodel lady, yodel lady, yodel laaaady
Hii-hii, hiihii, hiihii

Medio puente:
Boom, booom, bang, bang, fiu, fiu, fiu
Te explotaré en la cara ahora mismo
Fierecilla, manéjame con cuidado, con responsabilidad
Fierecilla, no te metas conmigo

Second chorus:
Firecracker, if you can't take the heat
Firecracker, just stay away from me
That pretty much sums it up, so handle cautiously
I'm a hunk-a, hunk-a burnin' stuff, you'll feel the burn from
    me
(Thank you very much)

Bridge:
Boom-boom, bang-bang, pow-pow-pow
I will blow up in your face right here and right now
Handle with care, with respectability
You can lose a finger if you're pointing it at me
Firecracker, yeah you can call me that
Firecracker, 'cause I will fight you back
Now I'm not out for trouble, but if it comes around
I'll go at you tooth and nail; there'll be no backin' down

Verse three:
Firecracker, more than proud to be
Firecracker, that suits me to a T
A little stick of dynamite laced with TNT
Firecracker, as hot as I can be

(Turnaround:)
Yodel-lady, yodel-lady, yodel-laaaady
Hee-hee hee-hee hee-hee

Half bridge:
Boom-boom, bang-bang, pow-pow-pow
I will blow up in your face right here and right now
Firecracker, handle cautiously
Firecracker, now don't you mess with me

Fierecilla, llena de pólvora
Fierecilla, tócame y te quemarás

Coda:
Fierecilla, no te metas conmigo
Porque he venido a comerme el mundo
Fierecilla, yodel lady, yodel lady
Fierecilla, un cartuchito de dinamita relleno de pólvora
Fierecilla, no te metas conmigo, no se te ocurra meterte
No te metas conmigo

Woman Up (and Take It Like a Man)
Échale ovarios (y compórtate como un hombre)

Primera estrofa:
¿Es fácil?
No lo es
¿Puedo arreglarlo?
No puedo
Pero te aseguro que no pienso tragar con esto
¿Lo conseguiré?
Tal vez
¿Me rendiré?
De eso nada
Pelearé hasta que esté a dos metros bajo tierra

Primer estribillo:
Voy a echarle ovarios y a comportarme como un hombre
Voy a agarrarme para lo que venga, a ser fuerte
Para tomar el control y hacer exigencias
Tener el aspecto de una mujer
Pensar como un hombre

Firecracker, full of TNT
Firecracker, just as hot as I can be

Firecracker, hey don't you mess with me
'Cause I'm full of P and V
Firecracker, yodel-lady, yodel-lady
Firecracker, a little stick of dynamite full of TNT
Firecracker, hey don't you mess, don't you mess
Don't you mess with me

Woman Up (and Take It Like a Man)

Verse one:
Is it easy? No it ain't
Can I fix it? No I cain't
But I sure ain't gonna take it lyin' down
Will I make it?
Maybe so
Will I give up?
Oh no
I'll be fightin' 'til I'm six feet underground

First chorus:
I'm gonna woman up and take it like a man
I'm gonna buckle up, be tough enough
To take control and make demands
Look like a woman
Think like a man

Ser tan buena o mejor
Tengo que echarle ovarios y comportarme como un hombre

Segunda estrofa:
¿Quiero hacerlo?
No quiero
¿Me rendiré?
No lo haré
Es una vida larga y dura para una chica
Pero tengo que vivirla
Y es una asquerosa vergüenza, en mi opinión
Trabajar tanto
Solo para ser libre
Estoy más que dispuesta a hacer lo que haya que hacer

Segundo estribillo:
Así que voy a echarle ovarios y a comportarme como un
    hombre
Tengo que agarrarme para lo que venga, a ser fuerte
Para darles duro y asumir el mando
Suave como una mujer, fuerte como un hombre
Aferrarme a mis principios y diseñar un plan
Tengo que echarle ovarios y comportarme como un hombre

Puente (todos):
Un camino accidentado, lo haremos
No nos rendiremos, lo hablaremos
Pronto lo atribuiremos
A la experiencia y el sufrimiento
Voy a contar mi verdad

Be as good as or better than
Gotta woman up and take it like a man

Verse two:
Do I want to?
No I don't
Will I surrender?
No I won't
It's a long hard life for a gal
But I gotta live it
And it's a dang shame if you ask me
Workin' so hard
Just to be free
Whatever it takes then
I'm more than glad to give it

Second chorus:
So I'm gonna woman up and take it like a man
Gotta buckle up be tough enough
To give 'em hell and take command
Soft like a woman, strong like a man
Stick to my guns and have a plan
Gotta woman up and take it like a man

Bridge: (gang sing)
A rough road, we'll walk it
Never give up, we'll talk it
Soon enough we can chalk it
Up to experience and payin' dues
And I'll speak my truth

(Cantad, chicas)
Échale ovarios y compórtate como un hombre
Y voy a agarrarme para lo que venga, a ser fuerte
Para tomar el control y hacer exigencias
Tener el aspecto de una mujer
Pensar como un hombre
Ser tan buena o mejor
Voy a echarle ovarios y a comportarme como un hombre
Voy a hacerlo, voy a hacerlo
Voy a echarle ovarios y a comportarme como un hombre
Voy a hacerlo, voy a hacerlo
Voy a echarle ovarios y a comportarme como un hombre

Driven
Decidida

Primera estrofa:
Empujada a la locura, empujada al límite
Empujada hasta un punto casi sin retorno
Empujada a pensar cosas horribles, a hacer cosas horribles
Pero al menos me gustaría pensar que he aprendido
Estoy decidida, decidida a ser más lista
Decidida a trabajar más
Decidida a ser mejor cada día
Decidida a seguir adelante
A conseguir todo lo que quiero
Lo lamentaré si no lo hago
Aprovechar la vida al máximo
Estoyyyyyyyyyyyyy decidida

Third chorus:
(Sing it girls)
Woman up and take it like a man
And I'm gonna buckle up be tough enough
To take control and make demands
Look like a woman
Think like a man
Be as good as or better than
Gonna woman up and take it like a man
I am, I am
I'm gonna woman up and take it like a man
I am, I am
I'm gonna woman up and take it like a man

Driven

Verse one:
Driven to insanity, driven to the edge
Driven to the point of almost no return
Driven to think awful thoughts, do awful things
But at least I'd like to think I've learned
I'm driven, driven to be smarter
Driven to work harder
Driven to be better every day
Driven to keep on and on
To achieve the things
I want I'll be sorry if I don't
Make the most of livin'
I, I-I-I-I, I, I-I-I-I, I, I-I-I I'm driven

Puente:
Tengo coraje
Intento hacer algo más que sobrevivir
Tiendo las manos para coger lo que la vida me ha dado
Si algo se puede decir de mí es que
Estoyyyyyyyyyyyyy decidida

Cambio:
Estoyyyyy decidida

Segundo estribillo:
Decidida, decidida a ser más lista
Decidida a trabajar más
Decidida a ser mejor cada día
Decidida, tienes que estarlo
No hay nada que no puedas conseguir
Toma el control y cree de verdad
que puedes cambiar tu vida…
solo di estoyyyyyyyyyyyyyyyyyy dispuesta
estoyyyyyyyyyyyyyyyyyyyyyy decididia

Coda:
Estoy decidida, estoy decidida
Decidida…, dispuesta
Estoyyyyyy decidida
Estoyyyyyy decidida
Decidida, decidida

Bridge:
I've got drive
I try to do more than survive
Reachin' out to take what life has given
One thing you can say for me is
I, I-I-I-I, I, I-I-I-I, I, I-I-I I'm driven

(Turnaround:)
I-I-I I'm driven

Second chorus:
Driven, driven to be smarter
Driven to work harder
Driven to be better every day
Driven, yes you gotta be
Nothing you cannot achieve
Take the wheel and just believe
That you can change your life
Just say I, I-I-I-I, I, I-I-I-I, I, I-I-I I'm willin'
I, I-I-I-I, I, I-I-I-I, I, I-I-I I'm driven

Tag:
I'm driven, I'm driven
Driven . . . willin'
I, I-I-I I'm driven
I, I-I-I I'm driven
Driven, driven

Dark Night, Bright Future
Noche oscura, futuro brillante

Primer estribillo:
Noche oscura, futuro brillante
Como el ave fénix renaceré de mis cenizas
Noche oscura, futuro brillante
Me han hecho daño, me han roto, pero estoy recuperándome
Tengo mucho por delante
Voy a liberarme de mi pasado
Aprender de él y creer
Que puedo tocar el cielo

Primera estrofa:
Todo el mundo sabe lo que es la felicidad
Todo el mundo llora alguna pérdida
Todos lloramos, todos sonreímos
Todo el mundo sangra
Todo el mundo tiene un pasado, cosas que quiere ocultar
Todos damos, recibimos, amamos, odiamos en la vida

Segundo estribillo:
Noche oscura, futuro brillante
Como el ave fénix renaceré de mis cenizas
Noche oscura, futuro brillante
Me han hecho daño, me han roto, pero estoy recuperándome
Tengo mucho por delante
Lo que ocurrió en el pasado, ahí se quedará
Aprender de él y creer
Que puedo tocar el cielo

Dark Night, Bright Future

First chorus:
Dark night, bright future
Like the phoenix from the ashes, I shall rise again
Dark night, bright future
I've been hurt and broken but I am on the mend
Got so much ahead of me
The past is gonna set me free
Learn from it and just believe
That I can touch the sky

Verse one:
Everyone knows happiness
Everybody grieves
We all cry, we all smile
Everybody bleeds
Everybody has a past, things they want to hide
There's give, take, love, hate in each and every life

Second chorus:
Dark night, bright future
Like the phoenix from the ashes, I shall rise again
Dark night, bright future
I've been hurt and broken, but I am on the mend
Got so much ahead of me
What's in the past, I'll leave it be
Learn from it and just believe
That I can touch the sky

El perdón es una varita mágica, hace desaparecer las cosas
La bondad borra la pena, la esperanza puede vencer al miedo
La ternura, un bálsamo reparador que cura las heridas y las
    cicatrices
El amor dice que podemos empezar de cero aquí y ahora

Tercer estribillo:
Noche oscura, futuro brillante
Ya voy, empiezo hoy
Voy a estar bien
Noche oscura, futuro brillante
Está más oscuro antes de la luz
Y aunque ha sido una noche larga y oscura
El cielo azul se ve al otro lado

Medio estribillo:
Noche oscura, futuro brillante
Como el ave fénix renaceré de mis cenizas
Noche oscura, futuro brillante, me han hecho daño, me han
    roto
Pero estoy recuperándome

Bridge:
Forgiveness is a magic wand, makes things disappear
Kindness wipes away regret, hope can conquer fear
Tenderness, a soothing balm, healing wounds and scars
Love says we can start anew right from where we are

Third chorus:
Dark night, bright future
I'm on my way, I start today
I'm gonna be all right
Dark night, bright future
It's darkest just before the light
And though it's been a long dark night
Blue sky on the other side

Half chorus:
Dark night, bright future
Like the phoenix from the ashes, I shall rise again
Dark night, bright future I've been hurt and broken
But I am on the mend

CANCIONES DE RUTHANNA RYDER

Big Dreams and Faded Jeans
Grandes sueños y vaqueros desgastados

Primera estrofa:
Me pongo los vaqueros, mi camiseta favorita
Me calzo las botas y salgo a cantar
Por fin estoy haciendo lo que tantas veces he soñado
No sé bien qué pasará
Tengo un poco de miedo, pero qué narices
Las ganas pueden siempre más que el miedo

Estribillo:
Grandes sueños y vaqueros desgastados
Forman buen equipo
Siempre a punto de rasgarse
Grandes sueños y vaqueros desgastados
Solo mi vieja guitarra y yo
En busca de mi destino
Nashville es el lugar
Para los grandes sueños y los vaqueros desgastados

Segunda estrofa:
Saco el dedo y espero tener la suerte
De que un coche o un camión pare
Tarde o temprano me verán con sus faros
Y me pondré por fin en camino
En busca de un futuro, lejos de un pasado
Esperando en silencio mientras la pasión grita dentro de mí

Big Dreams and Faded Jeans

Verse one:
Put on my jeans, my favorite shirt
Pull up my boots and hit the dirt
Finally doin' somethin' I've dreamed of for years
Don't know quite what to expect
A little scared, but what the heck
My desire is always greater than my fear

Chorus:
Big dreams and faded jeans
Fit together like a team
Always busting at the seams
Big dreams and faded jeans
Just my ole guitar and me
Out to find my destiny
Nashville is the place to be
For big dreams and faded jeans

Verse two:
Put out my thumb and wish for luck
To hitch a car, a semi-truck
Sooner or later one will catch me in their beams
Then I'll be on my way at last
Find a future, lose a past
Waiting silent as the passion in me screams

Medio estribillo:
Grandes sueños y vaqueros desgastados
Forman buen equipo
Siempre a punto de rasgarse
Grandes sueños y vaqueros desgastados

Puente:
Que las estrellas que llenan mis ojos
Me guíen en mi camino y me iluminen
Que Dios me dé los medios
Para hacer realidad mis grandes sueños, mis grandes sueños

Estribillo:
Grandes sueños y vaqueros desgastados
Forman buen equipo
Siempre a punto de rasgarse
Grandes sueños y vaqueros desgastados
Como en la canción de Bobby McGee
Solo deseo ser libre
Llevadme adonde quiero estar
Grandes sueños y vaqueros desgastados

Coda:
Y son muchos los que están como yo
Con grandes sueños y vaqueros desgastados
Mm-mm-mm-mm, mm-mm-mm-mm
Mm-mm-mm-mm, mm-mm-mm
Grandes sueños, grandes sueños y vaqueros desgastados
Oh-oh-oh-oh, oh-oh-oh-oh
Solo deseo ser libre
Llevadme adonde quiero estar
Grandes sueños y vaqueros desgastados
Mm-mm-mm, mm-mm-mm-mm-mm-mm

Half chorus:
Big dreams and faded jeans
Fit together like a team
Always busting at the seams
Big dreams and faded jeans

Bridge:
May the stars that fill my eyes
Guide my path and be my light
And may God provide the means
To accomplish my big dreams, my big dreams

Third chorus:
Big dreams and faded jeans
Fit together like a team
Always busting at the seams
Big dreams and faded jeans
Like the song "Bobby McGee"
I'm just longin' to be free
Take me where I want to be
Big dreams and faded jeans

Tag:
And there are many just like me
With big dreams and faded jeans
Mm-mm-mm-mm, mm-mm-mm-mm
Mm-mm-mm-mm, mm-mm-mm
Big dreams, big dreams and faded jeans
Oh-oh-oh-oh, oh-oh-oh-oh
I'm just longing to be free
Take me where I want to be
Big dreams and faded jeans
Mm-mm-mm, mm-mm-mm-mm-mm

Mm-mm, mm-mm-mm-mm
Mm-mm-mm, mm-mm-mm-mm...

Snakes in the Grass
Serpientes en la hierba

Primera estrofa:
Serpientes en la hierba
Será mejor que te des prisa
Te envenenarán o te estrangularán hasta matarte
Sus colmillos se hunden bien hondo
Y su veneno correrá
Por dentro de ti hasta que no puedas respirar

Segunda estrofa:
Y no puedes escapar
De esas horribles serpientes
Te morderán y te chuparán hasta dejarte seca
Y cuando terminen contigo
Acecharán a otra
Créeme, será una suerte que sobrevivas

Estribillo:
Y no te soltarán
Son repulsivas, están frías
Así que ten cuidado con las serpientes en la hierba
Atacarán muy deprisa
Así que será mejor que te andes con ojo
Si no quieres ser víctima de esas serpientes en la hierba

Mm-mm, mm-mm-mm-mm
Mm-mm-mm, mm-mm-mm-mm . . .

Snakes in the Grass

Verse one:
Snakes in the grass
You'd better move fast
You'll be poisoned or be strangled to death
Their fangs, they bite deep
And their venom will creep
Inside you 'til you're gasping for breath

Verse two:
And you can't get away
From these Godawful snakes
They will bite and suck 'til they bleed you dry
And when they're done with you
They'll be stalking someone new
Aw, trust me, you'll be lucky to survive

Chorus:
And they won't let you go
They're creepy, they're cold
So beware of the snakes in the grass
They strike in a flash
So you better watch your ass
Or fall victim to those snakes in the grass

Tercera estrofa:

Serpientes en la hierba

Es difícil pasar por donde están ellas

Cuando aguardan enroscadas y preparadas para atacar

Así que será mejor que estés atenta

Si no quieres que te hagan daño

Ten cuidado con su picadura venenosa

Estribillo:

Y no te soltarán

No, son repulsivas, están frías

Así que ten cuidado con las serpientes en la hierba

Atacarán muy deprisa

Así que será mejor que te andes con ojo

Si no quieres ser víctima de esas serpientes en la hierba

Coda:

Ten cuidado con donde pisas

Porque yo ya he estado ahí

Ten cuidado con las serpientes en la hierba

Serpientes en la hierba

Serpientes en la hierba

Verse three:
Snakes in the grass
It's hard to move past
When they're waitin' coiled and ready to strike
So you best be alert
Or you're gonna get hurt
Be mindful of their poisonous bite

Chorus:
And they won't let you go
No, they're creepy, they're cold
So beware of the snakes in the grass
They strike in a flash
So you'd better watch your ass
Or fall victim to the snakes in the grass

Tag:
Be careful where you step
'Cause I've been there myself
Beware of the snakes in the grass
Ssssnakes in the grass
Ssssnakes in the grass

CANCIONES DE RUTHANNA RYDER
Y ROSE McCORD

Blue Bonnet Breeze
Brisa de flores silvestres

Estribillo:
La brisa de flores silvestres me trae dulces recuerdos
Brisa de flores silvestres
Despierta el recuerdo
Del romance y la pasión, marcando un bonito lugar en el
    tiempo
Una chica y un chico
Con grandes esperanzas disfrutaban
Haciendo lo que les apetecía
Con amor en los ojos
Bajo el ancho cielo
Haciendo el amor en la brisa de las flores silvestres

Primera estrofa:
La historia es antigua
Se ha repetido muchas veces
Un chico rico de ciudad y una chica pobre de campo
Sus familias se esforzaron
En mantenerlos separados
Pero cada uno lo era todo para el otro
Él le pidió que se casaran
Y ella dijo que sí
Cuando hincó la rodilla en el suelo
Se prometieron para siempre
Sin importar lo que pudiera pasar
Y se besaron en la brisa de las flores silvestres

Blue Bonnet Breeze

Chorus:
Blue bonnet breezes bring precious moments to mind
Blue bonnet breezes
Stirring up memories
Of romance and passion, making a sweet place in time
A girl and a boy
With high hopes enjoyed
Doing whatever they please
With love in their eyes
'Neath the wide open sky
Making love in the blue bonnet breeze

Verse one:
The story is old
Has often been told
Of a rich city boy and a poor country girl
Their families tried hard
To keep them apart
But they became each other's world
He'd ask her to marry
Of course she said yes
When he knelt there on his bended knee
They promised forever
No matter whatever
As they kissed in the blue bonnet breeze

Estribillo:
La brisa de flores silvestres me trae dulces recuerdos
Brisa de flores silvestres
Despierta el recuerdo
Del romance y la pasión, crea un bonito lugar en el tiempo
Una chica y un chico
Con grandes esperanzas disfrutaban
Haciendo lo que les apetecía
Con amor en los ojos
Bajo el ancho cielo
Haciendo el amor en la brisa de las flores silvestres

Segunda estrofa:
El padre dijo no
En voz alta y fría
¿Qué pasa con tu futuro y las clases?
No se puede permitir
Su madre dijo con orgullo
No dejaremos que hagas el tonto
Soy tu Julieta, soy tu Romeo
Se decían mientras paseaban de la mano
En el fondo de su corazón sabían
Que no podían vivir separados
Y empezaron a hacer planes

Parte recitada:
Así que ella alquiló un vestido de novia, él un esmoquin
Un ramillete de flores silvestres azules en su camioneta nueva
Conducían más y más rápido, todo lo rápido que podían
Hasta que se chocaron en un campo lleno de flores silvestres
    azules
Pusieron una lápida que decía: «En paz descanséis»
Ahora sus almas vuelan juntas con la brisa de las flores silvestres

Chorus:
Blue bonnet breezes bring precious moments to mind
Blue bonnet breezes
Stirring up memories
Of romance and passion, making a sweet place in time
A girl and a boy
With high hopes enjoyed
Doing whatever they please
With love in their eyes
'Neath the wide open sky
Making love in the blue bonnet breeze

Verse two:
The father said no
In a voice loud and cold
Oh, what's of your future and school?
This won't be allowed
His mother said proud
We won't let you be such a fool
I'm your Juliet, I'm your Romeo
They said as they walked hand in hand
They knew in their hearts
They could not live apart
So they started making their plans

Recitation:
So she rented a bridal gown, he rented a tux
A bouquet of blue bonnets in his fancy new truck
They drove faster and faster, as fast as could go
'Til they crashed in a field of blue bonnets below
They placed a marker saying "May You Rest in Peace"
Now their souls soar together in the blue bonnet breeze

Estribillo:

Mm-mm, mm–mm–mm, me trae dulces recuerdos

Mm-mm, mm–mm–mm, marcando un bonito lugar en el
tiempo

Oh, oh, mm–mm–mm–mm, haciendo lo que les apetecía

Mm-mm, mm–mm–mm, mm–mm, mm–mm–mm, haciendo
el amor en la brisa de las flores silvestres

Ah-ah-ah, mm–mm–mm, mm–mm–mm, mm–mm–mm–mm–
mm, mm–mm, mm–mm

Chorus:
Mm-mm, mm-mm-mm, bringing sweet memories to mind
Mm-mm, mm-mm-mm, marking a sweet place in time
Oh, oh, mm-mm-mm-mm, doing whatever they please
Mm-mm, mm-mm-mm, mm-mm, mm-mm-mm, making
    love in the blue bonnet breeze
Ah-ah-ah, mm-mm-mm, mm-mm-mm, mm-mm-mm-
    mm-mm, mm-mm, mm-mm

CANCIONES DE ETHAN BLAKE

Secrets
Secretos

Primera estrofa:
Secretos, se te da bien guardar secretos
Sobre todo los tuyos
Venga ya, ábrete y déjame entrar
Todo el mundo necesita un amigo
Quiero que sepas que puedes confiar en mí
(Mmm-mmm)

Segunda estrofa:
Secretos, todas esas cosas que guardas muy dentro
Que te da miedo compartir
Pero a mí me importas
No tengas miedo de abrirte
En mí puedes confiar
Y quedará entre nosotros
Te lo juro

Estribillo:
No importa lo que haya sucedido antes
No te lo guardes ni un minuto más
Estoy aquí para escucharte con comprensión
No te asustes
No tienes que guardarte
Las cosas que tienen que salir a la luz
No voy a juzgarte ni a criticarte
Solo quiero que sepas que estás a salvo conmigo
(Mm-mm, mm-mm, mm-mm)

Secrets

Verse one:
Secrets, you're good at keeping secrets
Especially your own
Aw, come on, open up and let me in
Everybody needs a friend
Want you to know you can depend on me
(Mmm-mmm)

Verse two:
Secrets, all those things you hold too close
That you're afraid to share
But I care
Don't be afraid to open up
I'm someone that you can trust
And I will keep it between us
I swear

Chorus:
No matter what's gone on before
Don't hold it in a moment more
I'm here to lend a sympathetic ear
Don't fear
You don't have to hold inside
Things that need to see the light
I won't judge or criticize
Just know you're safe with me
(Mm-mm, mm-mm, mm-mm)

Tercera estrofa:
Secretos, se te da bien guardar secretos
Sobre todo los tuyos
No estás sola
Te sentirás mejor si intentas
Confiar en ti misma y en mí
No cotilleo, no miento
Ponme a prueba

Coda:
Secretos, se me da bien guardar secretos
Sobre todo los míos
(Mm–mm–mm) secretos

Lost and Found
Perdido y encontrado

Primera estrofa:
He perdido la cuenta de las cosas incontables
Que he perdido a lo largo de los años
He perdido amigos y tiempo e interés en
Las cosas que debería apreciar
He perdido el sueño meditando sobre las cosas
Que me he perdido
Sobre todo perder el amor
Que necesitaba desesperadamente

Segunda estrofa:
Creo que no sirve de nada
Quedarse sentado rumiando
Creo que a nadie le importa un carajo
Que estés de mal humor

Secrets, you're good at keeping secrets
Especially your own
You're not alone
You'll feel much better if you try
To put some faith in you and I
I don't gossip, I don't lie
Try me

Tag:
Secrets, I'm good at keeping secrets
Especially my own
(Mm-mm-mm) . . . secrets

Lost and Found

Verse one:
Lost count of all the countless things
I've lost throughout the years
Lost friends and time and interest in
The things I should hold dear
Lost sleep just pondering the things
That have been lost to me
Especially the loss of love
I've needed desperately

Verse two:
I find it doesn't help at all
To sit around and brood
I find nobody gives a damn
About your petty moods

O eso era lo que pensaba
Hasta que apareciste tú
Ahora creo que mi alma desvelada
Por fin ha encontrado un hogar

Primer estribillo:
Perdido y encontrado, estoy sano y salvo
Perder y encontrar, estoy a salvo
Se acabó ir dando tumbos, he sentado la cabeza
Por fin me he dejado convencer
Se acabó vagar por ahí, esos días ya pasaron
Estaba solo, ahora sé que no tengo que estarlo
Desde que tu amor maravilloso me ha encontrado

Segundo estribillo:
Perdido y encontrado, desencadenado, libre
Ya no tengo dudas, ahora sé quién soy
Aquí piso terreno seguro
Porque este amor que me has mostrado, distinto a todo lo que
    conocía
cuando ya no tenía esperanza, ahora veo la eternidad
Desde que tu amor maravilloso me ha encontrado

Coda:
Muchas cosas han cambiado, has curado mi dolor
No es el mismo, sé que nunca lo será
Estuve perdido una vez, ahora me has encontrado
Desde que tu amor maravilloso me ha encontrado
Tú me has encontrado

At least that's what I thought
Until the day you came along
Now I find my restless soul
Has finally found a home

First chorus:
Lost and found, I'm safe and sound
No more drifting aimlessly, I've settled down
I finally came around
No more to roam, those days are gone
I was alone, now I know I don't have to be
Since your amazing love has found me

Second chorus:
Lost and found, unchained, unbound
No more second guessing, I know who I am
Now I'm on solid ground
'Cause this love you've shown, like none I've known
All hope was gone, now I can see eternity
Since your amazing love has found me

Tag:
So much has changed, you've healed my pain
It's not the same, I know it never will be
I once was lost but now I'm found
Since your amazing love has found me
You found me

Demons
Demonios

Primera estrofa:
Dame una oportunidad, chica, abre los ojos, yo no soy el
  enemigo
Soy un corazón tierno en el que apoyarte
Un hombro en el que llorar
Unos buenos labios que te limpien las lágrimas con besos
Así que si buscas pelea
Te has equivocado de tío
Contigo me niego a lanzar dardos
Ya he peleado bastante
Me interesa más arreglar
Las cosas cuando se rompen

Estribillo:
Demonios, demonios, todos tenemos bastante con los nuestros
Demonios, demonios, no tenemos que hacerles frente solos

Segunda estrofa:
Llevo peleando con mis demonios la mayor parte de mi vida
Así que pelear con los tuyos no tiene sentido
Necesito descansar y ya he vivido bastante en el infierno
Soy un experto en el dolor y la tortura
Así que si no puedes estar conmigo
Dime por favor que me vaya
Supongo que cuando no haya más que decir ni hacer
Todos tenemos nuestros demonios
Supongo que estaba soñando
Al creer que podríamos pelear los dos juntos

Demons

Verse one:
Give me a chance girl, open your eyes now, I'm not the enemy
   here
I'm a soft heart to lean on
A shoulder to cry on
Two good lips to kiss away the tears
So if you're looking to fight
You have come to the wrong guy
With you, I refuse to throw darts
I've had enough fighting
I'm more into righting
What's wrong when it's broken apart

Chorus:
Demons, demons, we've both had enough of our own
Demons, demons, we don't have to fight them alone

Verse two:
I've been fighting demons most of my life
So fighting with you makes no sense
I need some heaven and I've had enough hell
I'm an expert in pain and torment
So if you can't be with me
Then please just dismiss me
I guess when it's all said and done
We've all had our demons
I guess I was dreamin'
To think we could fight them as one

Estribillo:

Demonios, demonios, todos tenemos bastante con los nuestros
Demonios, demonios, no tenemos que hacerles frente solos
En algún rincón de mi interior creo de verdad que juntos
    podríamos ganar la pelea
Los demonios que los dos hemos conocido
Matémoslos y sigamos adelante
Yo lo haré si tú estás dispuesta a intentarlo

Coda:

Demonios, demonios, todos tenemos bastante con los nuestros
Demonios, demonios, no tenemos que hacerles frente solos
Los demonios que los dos hemos conocido, matémoslos y
    sigamos adelante
No tenemos que hacerles frente solos
Hmm, mm–mm–mm

Chorus:
Demons, demons, we've both had enough of our own
Demons, demons, we don't have to fight them alone
Somewhere inside me I truly do believe together we could
    win the fight
The demons we've both known
Let's slay them and move on
I will if you're willing to try

Tag:
Demons, demons, we've both had enough of our own
Demons, demons, we don't have to fight them alone
The demons we both know, let's slay them and move on
We don't have to fight them alone
Hmm, mm-mm-mm

CANCIÓN DE ETHAN BLAKE Y ROSE McCORD

Love or Lust
(Duet)
Amor o lujuria
(Dueto)

Primera estrofa:
Me avergüenza lo que pienso cuando estoy contigo
No sé cómo explicar lo que siento
Quiero pegarte, quiero besarte
Un revoltijo de sentimientos reales
Jamás he sentido algo así, ¿cómo aceptarlo?
¿Somos amantes, algo más que amigos?
Lo único que sé seguro es que es un dolor bueno
¿Es amor o es lujuria esto que tenemos?

Estribillo:
Amor o lujuria
¿Dudamos, confiamos?
Sea lo que sea, es más fuerte que nosotros
Es las dos cosas, supongo
A saber dónde termina
Pero lo sentimos cada vez que nos miramos y nos tocamos
¿Qué es, cuál [de las dos cosas] es?
Te juro que no lo sé
Aunque supongo que con un poco de suerte
La intensidad no disminuirá
Y llegaremos hasta el final
Sea amor o lujuria

Love or Lust
(Duet)

Verse one:
I blush at the thoughts I have when I'm with you
Can't hardly express how I feel
I want to hit you, I want to kiss you
A mixed bag of feelings so real
I've never felt it, how can I accept it?
Are we lovers, something other than friends?
All I know for certain, it's a good kind of hurtin'
Is it love, is it lust that we're in?

Chorus:
Love or lust
Do we doubt, do we trust?
Whatever it is, it's stronger than us
It's both, I suppose
Where it ends heaven knows
But we feel it with each look and touch
What is it, which is it?
I truly don't know
I suppose, though, that with any luck
The glow won't diminish
And we'll go 'til we finish
Whether it's love or lust

(Cambio):

Estribillo:

Amor o lujuria

¿Dudamos, confiamos?

Sea lo que sea, es más fuerte que nosotros

Es las dos cosas, supongo

A saber dónde termina

Pero lo sentimos cada vez que nos miramos y nos tocamos

¿Qué es, cuál [de las dos cosas] es?

Te juro que no lo sé

Aunque supongo que con un poco de suerte

La intensidad no disminuirá

Y llegaremos hasta el final

Sea amor o lujuria

Coda:

Amor o lujuria

El tiempo dirá si es amor o lujuria

Me gustaría creer que es amor (creamos)

¿O es lujuria?

Me gustaría creer (creo) que es amor

(Turnaround)
Chorus:
Love or lust
Do we doubt, do we trust?
Whatever it is, it's stronger than us
It's both, I suppose
Where it ends heaven knows
But we feel it with each look and touch
What is it, which is it?
I truly don't know
I suppose, though, that with any luck
The glow won't diminish
And we'll go 'til we finish
Whether it's love or it's lust

Tag:
Whether it's love or it's lust
Time will tell if it's love or it's lust
I'd like to believe it's love (let's believe)
Is it lust?
I'd like to believe (I believe) it's love